조선후기 통신사 필담창화집 번역총서 38

韓館唱和續集　一・二

한관창화속집　일·이

조선후기 통신사 필담창화집 번역총서 38

韓館唱和續集 一·二

한관창화속집 일·이

강지희 역주

보고사
BOGOSA

이 역서는 2008년도 정부재원(교육과학기술부 학술연구조성사업비)으로 한국연구재단의 지원을 받아 연구되었음(KRF-2008-322-A00073)

차례

◇ **영인자료**[우철]

韓館唱和續集

조선후기 통신사 필담창화집 번역총서를 간행하면서 /727

일러두기

1. 통신사 필담창화집 번역총서는 제1차 사행(1607)부터 제12차 사행(1811)
   까지, 시대순으로 편집하였다.

2. 각권은 번역문, 원문, 영인자료(우철)의 순서로 편집하였다.

3. 300페이지 내외의 분량을 한 권으로 편집하였으며, 분량이 적은 필담
   창화집은 두 권을 합해서 편집하고, 방대한 분량의 필담창화집은 권을
   나누어 편집하였다.

4. 번역문에서 일본 인명과 지명은 한국 한자음 그대로 표기하고, 처음
   나오는 부분의 각주에 일본어 발음을 표기하였다. 그러나 번역자의 견
   해에 따라 본문에서 일본어 발음대로 표기를 한 경우도 있다.

5. 번역문에서 책명은 『 』, 작품명은 「 」로 표기하였다.

6. 원문은 표점 입력하였는데, 번역자의 의견에 따라 표기하는 것을 원칙
   으로 하였지만, 가능하면 한국고전번역원에서 정한 지침을 권장하였
   다. 이 경우에는 인명, 지명, 국명 같은 고유명사에 밑줄을 그어 독자
   들이 읽기 쉽게 하였다.

7. 각권은 1차 번역자의 이름으로 출판되었는데, 최종연구성과물에 책임
   연구원과 공동연구원의 이름이 반드시 들어가야 한다는 한국연구재단
   의 원칙에 따라 최종 교열책임자의 이름으로 출판되는 책도 있다.8.
   제1차 통신사부터 제12차 통신사에 이르기까지 필담 창화의 특성이 달
   라지므로, 각 시기 필담 창화의 특성을 밝힌 논문을 대표적인 필담창화
   집 뒤에 편집하였다.

한관창화속집(韓館唱和續集)

1. 개요

『한관창화속집(韓館唱和續集)』은 1764년 갑신사행 당시 조선측 제술관 남옥(南玉) 및 세 명의 서기(書記) 성대중(成大中), 원중거(元重擧), 김인겸(金仁謙)이 일본측 문사들 29인과 창수한 시들을 모아 놓은 것이다. 전체 3권 3책 424면으로 구성되어 있으며, 일본 국립 공문서관(日本國立公文書館)에 소장되어 있다.

갑신사행은 이에하루(家治)의 습직을 축하하고 조일(朝日)간의 교린관계를 확인하는 데에 그 목적이 있었다. 통신사 일행은 1763년 8월 3일 서울을 출발하여 1764년 2월 16일 에도(江戸)에 도착하였다. 숙소는 아사쿠사(淺草)의 히가시혼간지(東本願寺)였고 이들은 3월 7일 쇼군(將軍)의 답서와 별폭을 받아가지고 3월 11일 에도를 떠나 귀로에 올랐다.

창화는 조선인 객관에서 1764년 2월 23·24·25일 사흘간 이루어졌으며, 국자좨주 임신언(林信言)이 필담을 모아 3월 하순에 총 3권으로 편집 간행하였다. 서(序)와 후서(後序)는 각각 국자좨주 임신언과 그의 아들인 비서감(秘書監) 임신애(林信愛)가 썼다.

2. 저자사항

『한관창화속집』은 국자좨주 임신언의 문인(門人)이면서 유관(儒官) 또는 창평국학(昌平國學)의 생원인 29명의 일본측 문사들이 조선의 제술관, 세 명의 서기와 함께 창화(唱和)한 시들을 수록하고 있다. 이들 중 몇 사람은 제9차 통신사행(1719), 제10차 통신사행(1748) 당시에도 조선 사신들을 만나 시문을 수창한 경험이 있었다.

1권에는 임신유(林信有)·덕력양필(德力良弼)·송전구징(松田久徵)·후등세균(後藤世鈞)·목부돈(木部敦)·삽정평(澁井平)·하구준언(河口俊彦)·편강유용(片岡有庸)·송본위미(松本爲美)·정상후득(井上厚得)·청엽양호(靑葉養浩) 등 11명이 등장한다. 임신유는 창평국학의 교관(敎官)이고 송본위미는 좨주 임신언의 서기이자 문인이고, 나머지 9명도 모두 임신언의 문인이다. 이 가운데 송전구징은 창평국학의 생원장(生員長)으로 나이가 78세였으며, 기해년(己亥年, 1719) 제9차 통신사행 때 조선측 사신들과 만난 적이 있었다. 덕력양필, 후등세균, 목부돈, 삽정평 등 4명은 1748년 제10차 통신사행 때 조선 사신들과 만나 시문을 수창하였다.

2권에는 남태원(南太元)·소실당칙(小室當則)·관수령(關脩齡)·중촌홍도(中村弘道)·구보태형(久保泰亨)·반전량(飯田良)·궁무방견(宮武方甄)·입정재청(笠井載淸)·산안장(山岸藏) 등 9명이 등장한다. 이 중 임신애의 서기인 구보태형의 경우 『한관창화(韓館唱和)』에도 조선 사신들과 창수한 시가 실려 있다. 남태원, 소실당칙, 관수령 등은 1748년 제10차 통신사행에서도 조선 사신들을 만난 적이 있었다.

3권에는 토전정의(土田貞儀) · 임신부(林信富) · 반전념(飯田恬) · 금정겸규(今井兼規) · 원형(原馨) · 목촌정관(木村貞貫) · 강정내(岡井鼐) · 조미혜적(糟尾惠廸) · 강명륜(岡明倫) 등 9명이 등장한다. 이 중 토전정의와 금정겸규는 1748년 제10차 사행 때 조선 사신들을 만났으며, 반전념은 60세가 넘은 고령으로 제9차 · 제10차 통신사행 때에도 조선 사신들을 만났으며 이번이 세 번째 조선 통신사 일행을 만나는 자리였다.

3. 구성 및 내용

『한관창화속집』에는 필담이 없고 오직 창화시만 실려 있는데 그 분량이 595수에 이른다. 1권에 250수, 2권에 200수, 3권에 145수가 실려 있다. 권1은 2월 23일, 권2는 24일, 권3은 25일에 이루어진 창수시가 각각 수록되어 있어, 편집은 대체로 시간 순서를 따르고 있다. 편집의 형식도 각 권이 동일하다. 일본측 문사들이 자신을 소개하는 명함을 먼저 건네고 제술관인 남옥, 세 명의 서기인 성대중 · 원중거 · 김인겸에게 차례로 시를 써서 주면 조선측 사행원들이 그에 대한 화운시를 지어 일본측 문사에게 답하는 식이었다. 대체로 한 사람당 2~4수 정도를 주고받았다.

형식을 보면 칠언율시(七言律詩)가 압도적으로 많고, 다음으로 칠언절구(七言絶句)가 그 뒤를 이으며 오언시(五言詩)는 상대적으로 적은 편이다. 1권에는 칠언율시 145수, 칠언절구 76수, 오언율시(五言律詩) 26수, 오언배율(五言排律) 2수, 오언 장편고시(長篇古詩) 1수가 실려 있다.

2권에는 칠언율시 108수, 칠언절구 61수, 오언율시 29수, 오언절구 2수가 실려 있다. 3권에는 칠언율시 77수, 칠언절구 53수, 오언율시 10수, 오언배율(五言排律) 5수가 실려 있다.

일본측 문사 중에서 가장 많은 시를 쓴 사람은 17수를 지은 산안장이고, 14수를 지은 후등세균 · 소실당칙 · 원형 등이 그 뒤를 잇고 있다. 조선측 문사 중에는 남옥이 84수로 가장 많은 지를 지었지만, 일본측 29인의 시 창수 요구에 제술관과 세 명의 서기는 제각각 70~80수 남짓의 시를 3일 동안 지어야 했다.

시의 내용을 보면 조선 통신사행원들이 일본에 와서 느끼는 객수(客愁), 그에 대한 일본측 문사들의 위로, 장대한 유람에 대한 축하, 양국 문사들이 시 수창을 하며 풍류로 만난 것에 대한 기쁨, 상대방의 훌륭한 풍모와 민첩한 시재(詩才)에 대한 찬사, 일본의 이국적인 풍경에서 비롯되는 정취, 국경을 뛰어넘어 우의(友誼)를 맺은 것에 대한 기쁨, 백년간 이어져온 사신 빙례에 대한 자부심, 유학(儒學)의 도(道)를 함께 한다는 동질감, 짧은 만남과 긴 이별에 대한 아쉬움 등이 드러나 있다. 시의 주제들이 예측 가능할 만큼 평이한 이유는, 만남의 시간이 길지 않고 그 동안에 많은 시를 민첩하게 주고받는 것이 관건이었기 때문이다.

4. 의의와 가치

통신사행을 다녀와서 조선 사신들이 남긴 사행록(使行錄)을 보면, 일기 형식으로 되어 있는 경우 그날 있었던 일을 간략하게 서술했을 뿐 일본 문사들과 주고받은 필담을 세세하게 기록하지는 않았다. 예를 들면 "오후에 임(林)의 문인 아홉 명이 와서 역시 두세 번 화답을 하였다." 하는 식이다. 그들에게는 일본 문사들의 시 창수 요구가 번거로웠을 뿐 아니라 의미를 둘 만큼 훌륭한 작품이 나오는 것도 어려웠기 때문에, 주고받은 필담이나 수창한 시들을 모두 기록해야 한다는 의무감은 없었던 듯하다. 그래서 특별히 인상적인 시구(詩句)나 중요한 필담이 아니면 굳이 다 기록하지는 않았던 것이다.

그러나 조선통신사를 맞는 일본의 입장에서는 이 같은 문화 교류 자체에 대단한 자부심을 느꼈고, 그것을 전부 기록해 놓아야 할 필요성을 절감했던 것 같다. 『한관창화속집』에는 시 창수에 참여했던 일본 문사의 이름·직업·출신·관직 등 구체적인 사항들이 모두 기록되어 있고, 이들이 조선 문사들과 차례로 주고받은 시들이 빠짐없이 실려 있다. 그들이 조선 문사들과 시를 창수한 일을 중요하게 받아들이고, 이에 대해 높은 긍지를 가졌음은 『한관창화속집』의 서문만 보아도 분명히 드러난다.

> 대저 팔차(八叉)와 칠보(七步)란 본디 즉시 민첩하게 시를 짓는 재주를 지칭하는 것이니, 초에 눈금을 새기고 동발(銅鉢)을 치는데 어찌 후대의 격조에 관한 논의를 신경 쓰겠는가.

위의 글은 국자좨주 임신언이 쓴 서문의 일부이다. '팔차(八叉)'는 당(唐)의 온정균(溫庭筠)이 여덟 번 팔짱을 끼는 동안에 팔운(八韻)을 지었다는 데서 유래한 말로, 민첩하게 시를 짓는 재주를 뜻한다. '칠보(七步)'는 위(魏)의 조식(曹植)이 일곱 걸음을 걷는 동안에 시 한 수를 지었다는 데서 유래했는데, 역시 시를 빨리 짓는 재주를 이른다. 초에 눈금을 새겨서 눈금 한 마디가 타는 동안에 사운시(四韻詩)를 짓는다거나, 동발(銅鉢)을 치면서 운(韻)을 내고 동발의 울림이 멎으면 지은 시를 내놓는 주필(走筆)의 수법도 얼마나 신속하게 시를 지어내느냐에 승패가 달려 있다. 따라서 시의 격조(格調)보다는 민첩한 시재(詩才)를 자랑하는 데 시 창수의 의미가 있다고 본 것이다.

그러나 비서감 임신애가 쓴 후서(後序)를 보면, 임신언의 생각에서 한 걸음 더 나아가, 작시(作詩)의 질적인 측면에 있어서도 일본 문사들의 우수한 실력을 자랑하기 위해 그 모든 시들을 모아 책자로 만들었음을 알 수 있다.

> 『한관창화속집』은 관유(官儒) 및 국학생 이십 여 인과 학사・서기가 함께 창화한 것으로, 본조(本朝) 문학의 성대함을 먼 데서 온 사람들에게 펼쳐 보여 준 것이다. 주고받은 시가 수십 수인데, 즉석에서 민첩하게 짓는 오묘한 솜씨로 기이한 것을 골라 쓰고 마음에 딱 맞는 표현을 찾아내어, 그 글을 아로새기고 그 말을 고상하게 만들면서 호리(毫釐)라도 비교하여 타고난 재주를 다투었다. 아! 한인(韓人)들이 여기에서 간담이 서늘해졌는지는 또한 알 수 없는 일이다.

임신애가 쓴 후서의 일부이다. 일본이 문학적 기량에 있어서 조선 문인들에게 결코 뒤지지 않는다는 자부심이 읽히는 대목이다. '본조 문학의 성대함을 먼 데서 온 사람들에게 펼쳐 보여 준 것'이라는 말이나 '한인들이 여기에서 간담이 서늘해졌는지는 또한 알 수 없는 일'이라는 언급이 그것을 증명한다. '기이한 것을 골라 쓰고 마음에 딱 맞는 표현을 찾아내어, 그 글을 아로새기고 그 말을 고상하게 만들었다.'고

한 데서는 시를 형식에 맞추어 빨리 짓는 재주뿐 아니라 그 격조나 표현에 있어서도 자신감을 드러내고 있는 것이다.

한 자리에서 만나 시문을 창수한 양국의 문사들은 서로에 대한 칭찬에도 아낌이 없다. "부상(扶桑)의 지역에 시의 영웅 있음에 문득 놀라네."(김인겸이 덕력양필에게 준 시), "뭇 현자들 훌륭하니 성당(盛唐)의 재주일세."(송전구징이 성대중에게 준 시), "봉곡의 문인은 개개인이 다 훌륭하구나."(김인겸이 목부돈에게 준 시), "(그대의) 시 짓는 재주 본래부터 종횡무진이었네."(송본위미가 남옥에게 준 시) 등등 서로에 대한 존경과 칭송은 창수시 곳곳에서 발견된다. 이런 표현들을 그저 의례적(儀禮的)이고 형식적이라고만 치부할 수 없는 것은, 그 빈도가 적지 않고 내용에서도 진심이 느껴지기 때문이다. 일본 문사들이 조선 문사들을 높이 평가한 것 못지않게 조선 문사들도 일본 문사들의 실력을 훌륭하다고 보았다. 성대중 같은 경우, 일본의 문학과 문화 수준이 과거에 비해서 점점 발전하고 있음을 파악하고 앞으로 일본에 사신으로 가는 이들은 시와 글씨에 있어서 더욱 많은 수련을 쌓아야 할 것이라며 후학들에게 경계를 남길 정도였다.[1]

조선인들이 남긴 사행록(使行錄)이 조선인의 시각으로 본 일본과 일본인들의 모습을 담고 있다면, 『한관창화속집』과 같은 필담창수집은 외교의 현장에서 이루어진 문화 교류의 실상을 자세하고 구체적으로 보여주는 자료라고 할 수 있다. 예의를 갖추어 서로 시문을 주고받는 모습에서 우리는 양국의 문사들이 서로를 대하는 태도를 읽을 수 있

---

1 성대중 저, 홍학희 역, 『부사산 비파호를 날 듯이 건너(日本錄)』, 소명출판, 2006, 11쪽.

다. 그리고 서로 창수한 시문 속에서 문장(文章)과 도(道)를 함께한다
는 일체감과 자긍심을 발견한다. 그것은 존경과 기대, 존중과 신뢰를
바탕으로 한 양국 간의 교린(交隣)이 민간에서 일어나는 생생한 모습
이다. 조선의 사행원들이 그들의 사행록 안에 스케치한 조일(朝日)간
의 만남, 외교의 현장, 교린과 우호의 실상을 더욱 선명하게 보여주고
그 내용을 밀도 있게 채워준다는 사실에서 『한관창화속집』과 같은 필
담창수집이 지닌 의의와 가치를 찾을 수 있을 것이다.

한관창화속집 권1

韓館唱和續集　卷之一

한관창화속집 권1

한관창화속집서(韓館唱和續集序)

『한관창화속집(韓館唱和續集)』이 완성되었다. 이는 문인(門人)이자 유관(儒官)인 임신유(林信有)・덕력양필(德力良弼)・남태원(南太元)・토전정의(土田貞儀)・임신부(林信富) 등 5인과 구징(久徵) 이하 24인이 한객(韓客)과 주고받은 시편이다. 대저 팔차(八叉)[1]와 칠보(七步)[2]란 본디 즉시 민첩하게 시를 짓는 재주를 지칭하는 것이니, 초에 눈금을 새기고[3] 동발(銅鉢)을 치는데[4] 어찌 후대의 격조(格調)에 관한 논의를 신경 쓰겠

---

1 팔차(八叉) : 여덟 번 팔짱을 낀다는 뜻. 당(唐)의 온정균(溫庭筠)이 여덟 번 팔짱을 끼는 동안에 팔운(八韻)을 지었다는 데서 유래하여, 재주와 생각이 민첩함을 이른다.

2 칠보(七步) : '칠보재(七步才)' 또는 '칠보성시(七步成詩)'를 말하는데, 창작력이 뛰어남을 비유한다. 위(魏)의 조식(曹植)이 그의 형인 문제(文帝)의 명령으로 일곱 걸음을 걷는 동안에 시 한 수를 지었다는 고사가 있다.

3 초에 눈금을 새기고 : 시재(詩才)가 뛰어남을 비유한다. 남조(南朝) 제(齊)의 경릉왕(竟陵王) 소자량(蕭子良)이 학사들을 모아 놓고 초에 눈금을 새겨, 눈금 1치(寸)가 타는 동안에 사운시(四韻詩) 한 수를 짓도록 한 일이 있다.

4 동발(銅鉢)을 치는데 : '격발최시(擊鉢催詩)' 즉, 시한을 정해 놓고 시를 짓는 것으로, 시재가 뛰어남을 비유한다. 남조(南朝) 제(齊)나라의 경릉왕(竟陵王) 소자량(蕭子良)이 촛불에 한 치의 눈금을 새겨 놓고, 그 눈금이 타들어 갈 때까지 사운시를 완성하게 하였는데, 소문염(蕭文琰)이 '한 치의 초가 탈 때까지 시를 짓는 게 무엇이 어려운가?' 하고는,

는가. 이에 권수(卷首)에 쓴다.

　보력(寶曆) 갑신(甲申) 모춘(暮春) 하순(下旬)
　국자좨주(國子祭酒) 임신언(林信言) 자공(子恭) 쓰다.

한관창화속집후서(韓館唱和續集後序)

　『한관창화속집』은 관유(官儒) 및 국학생 20여 인과 학사·서기가 함께 창화(唱和)한 것으로, 본조(本朝) 문학의 성대함을 먼 데서 온 사람들에게 펼쳐 보여 준 것이다. 주고받은 시가 수십 수인데, 즉석에서 민첩하게 짓는 오묘한 솜씨로 기이한 것을 골라 쓰고 마음에 딱 맞는 표현을 찾아내어, 그 글을 아로새기고 그 말을 고상하게 만들면서 호리(毫釐)라도 비교하여 타고난 재주를 다투었다. 아! 한인(韓人)들이 여기에서 간담이 서늘해졌는지는 또한 알 수 없는 일이다. 이에 모아서 책자로 만들어 집안에 보관하려 한다.
　보력(寶曆) 갑신(甲申) 삼월(三月)
　조산대부(朝散大夫) 비서감 겸 경연강관(秘書監兼經筵講官) 임신애(林信愛) 자절(子節) 쓰다.

동발을 치면서 운을 내고, 동발의 울림이 멎자 즉시 지은 시를 내놓았다고 한다.

2월 23일 임신유(林信有)·덕력양필(德力良弼) 및 송전구징(松田久徵)·후등세균(後藤世鈞)·목부돈(木部敦)·삽정평(澁井平)·하구준언(河口俊彦)·편강유용(片岡有庸)·송본위미(松本爲美)·정상후득(井上厚得)·청엽양호(靑葉養浩) 등 11인이 남 학사와 세 사람 서기를 만났다.

저의 성은 임(林)이고 이름은 신유(信有)입니다. 자는 자공(子功)이고 호는 도혜(桃蹊)입니다. 옛 국자좨주(國子祭酒)였던 신독(信篤)의 손자이며, 옛 경연강관(經筵講官)이었던 신지(信智)의 아들입니다. 국학교관(國學敎官)으로 있습니다.

임신유 재배합니다.

학사 남군께 받들어 드리다
奉贈學士南君

임신유(林信有)

주현[5]의 뛰어난 소리 원래부터 알았는데	原識朱絃絶代音
상봉한 오늘 비로소 등림하게 되었네	相逢今日始登臨
얼굴 익혀 사귀는 즐거움 지극하니 또한 기쁘고	解顔且喜交歡切
손을 잡으니 의기가 깊음을 더욱 알겠구나	握手偏知意氣深
주렴 밖에 나는 구름 떠나는 기러기 놀래키고	簾外雲飛驚旅雁

---

5 주현(朱絃) : 붉은 빛깔의 현(絃). 또는 삶아서 물에 담가 부드럽게 한 붉은 색깔의 실로 만든 현.

하늘가에 핀 꽃은 봄 숲에 가득하다   天涯花發滿春林

풍류가 때마침 붓을 휘두르는 곳에 있으니   風流恰好揮毫處

아름다운 흥취 새 노래로 객의 마음 위로하네   佳興新歌慰客心

석상에서 임도혜 교관께 받들어 화답하다
席上奉酬林桃蹊教官

남옥(南玉)

봄새가 삐리삐리 우니 이국의 소리인데   春鳥嚶嚶異國音

한 누각의 구름을 중선[6]이 내려다보네   一樓雲物仲宣臨

위원[7]은 집안 대대로 상향에서 빛나고   韋園家世桑鄉耀

왕씨 마을[8]의 풍류는 죽원에서 깊어가네   王巷風流竹院深

단산[9]에서 떠나온 새 상서로운 족속임을 알겠고   離羽丹阿知瑞族

역산에서 돋아난 가지[10] 보통 숲에는 드문 것일세   孫枝嶧首少凡林

---

6 중선(仲宣) : 삼국시대(三國時代) 건안칠자(建安七子)의 한 사람인 왕찬(王粲)의 자. 그가 형주 자사(荊州刺史)인 유표(劉表)의 식객으로 있을 때 성루(城樓) 위에 올라가 우울한 마음으로 고향을 생각하며 지은 「등루부(登樓賦)」에 "참으로 아름답지만 나의 땅이 아니니, 어찌 잠시인들 머물 수 있으리오.[雖信美而非吾土兮, 曾何足以少留.]"라는 구절이 있다.

7 위원(韋園) : 위장(韋莊)의 정원. 당(唐)나라 위장이 화수(花樹) 아래에 친족을 모아 놓고 술을 마신 일이 있다.

8 왕씨 마을 : 진(晉)나라의 명필 왕희지(王羲之)의 아들인 왕휘지(王徽之)는 빈집에 잠깐 거처할 때에도 언제나 대나무를 심도록 하였는데, 어떤 사람이 그 이유를 묻자 "어떻게 하루라도 차군이 없이 지낼 수가 있겠는가?[何可一日無此君耶?]"라고 대답했다는 고사가 전한다.

9 단산(丹山) : '단아(丹阿)'는 '단구(丹丘)'와 같은 말로, 신선이 산다는 곳이다. '단산조(丹山鳥)'는 봉황(鳳凰)의 다른 이름이다.

혜련의 기이한 시구 사영운의 것과 같으니　　　　惠連奇句如靈運

못가의 가는 풀이 객의 마음 위로하네[11]　　　　細草地塘慰客心

추월 남군께 다시 화답하다
再和秋月南君

임신유(林信有)

사신의 풍류 좋은 소리 낼 것을 생각하니　　　　使者風流思好音

일시에 관복과 수레[12]가 멀리에서 왔구나　　　　一時冠盖遠相臨

시 짓는 붓에서 봄이 생동함에 깜짝 놀랐다가　　偏驚賦筆陽春動

누대에 석양이 깊어짐을 문득 보았네　　　　　忽見樓臺夕照深

나의 벼슬길 예원을 따르는 것이 부끄러운데　　愧我官途從藝苑

그대 사업은 사림에 가득한 것이 아름답구려　　多君事業滿詞林

나그네 되어 명월 읊으니 누가 가련해 할까　　誰憐客裡吟明月

하늘 끝에서 고향 생각 응당 일어나겠지　　　應起天涯萬里心

---

10 역산에서 돋아난 가지 : 산동성(山東省)에 있는 역산(嶧山)에서는 오동나무가 많이 자
　라며, 장주(莊周)는 "봉황은 오동나무가 아니면 깃들지 않는다."고 하였다.

11 혜련의……위로하네 : 남조(南朝) 송(宋)의 시인 사영운(謝靈運)이 시상이 떠오르지
　않아 고민하다가 꿈에 족제(族弟)인 사혜련(謝惠連)을 만나 보고 '지당생춘초(池塘生春
　草)'라는 명구를 얻은 뒤에 "이 시구는 신령이 도와준 덕분에 나온 것이지 나의 말이 아니
　다.[此語有神功, 非吾語也.]"라고 술회한 고사가 전한다.

12 관복과 수레 : '관개(冠盖)'는 관복과 수레로, 높은 벼슬아치 또는 사신을 이름.

도혜에게 거듭 화답하다
疊和桃蹊

남옥(南玉)

패옥과 경거는 옛날의 소리 지녔으니	玉珮瓊琚有舊音
서원[13]에 규성의 빛이 유독 길이 임하였네	西垣奎彩獨長臨
나옹[14]의 시문이 황무지 개척한 것 오래되었고	羅翁詞翰開荒遠
퇴계를 공부하니 도를 발견한 것 깊구나	退叟功夫見道深
재능의 우수함은 모두 호군의 학문 따랐고	材秀皆從湖郡學
풍류는 줄지 않아 이미 가림이 되었네	風流不減旣家林
우리는 몇 번이나 이 누대에 와 모였던가	吾邦幾度玆樓會
봄과 가을 이 호저[15]의 마음 잊지 마시기를	毋忘春秋縞紵心

용연 성군께 받들어 드리다
奉贈龍淵成君

임신유(林信有)

봄날 성에 안개비 내리니 참으로 희미한데	春城烟雨正茫茫
손님 가득한 집에서 아름다운 시 이어지네	錦字聯翩客滿堂

---

13 서원(西垣) : 당・송 때 중서성(中書省)의 별칭. 궁중의 서쪽 궁궐에 설치하였으므로 '서원'이라 칭함.

14 나옹(羅翁) : 임나산(林羅山, 하야시 라잔, 1583~1657)을 가리킨다. 에도 시대 초기의 주자학자로, 그의 후손 대에 주자학이 막부의 관학으로 채택되어 일본 유교 사상의 원형을 확립한 인물 중 한 사람으로 꼽힌다.

15 호저(縞紵) : 생사(生絲)로 만든 띠와 모시옷. 우정이 매우 깊음을 비유한다. 오(吳)의 계찰(季札)과 정(鄭)의 자산(子産)이 흰 비단 띠와 모시옷을 주고받은 고사가 있다.

바닷가에 구름 걷히자 외로운 물가의 달 　海上雲開孤渚月
산 위에 바람 잦아드니 온 숲에 서리로다 　峰頭風靜萬林霜
새 시가 더욱 문장의 빛을 드러내니 　新篇更出文章色
예부터 해 온 일 한묵장[16]에서 먼저 알아보네 　舊業先知翰墨場
서로 만나 해후하매 호기가 발하여 　邂逅相逢豪氣發
애틋한 마음에 읊조리니 흥이 더욱 유장하구나 　共憐吟嘯興逾長

입도혜께 받들어 화답하다
奉和林桃蹊

성대중(成大中)

기해년의 사신 행차 벌써 아득해졌는데 　己亥星槎已渺茫
후인들의 글 모임 다시 절집에서 이루어졌네 　後人文會又禪堂
곤륜산의 한 조각 옥은 아직도 나라를 빛내고 　崑山片玉猶輝國
봉황지의 두 꽃은 이미 서리를 겪었구나 　鳳沼雙花已閱霜
오세손의 아름다운 글 옛 학문을 전수받으니 　五世藻華傳舊學
두 집안의 우호 만남의 자리에서 알아보았네 　兩家親好識逢場
매화 핀 처마에서 먼 손님의 방문 받으니 　梅簷昨得阿遠訪
봄풀과 새소리에 붙인 뜻이 유장하구나 　春草鳴禽寄意長

---

16 한묵장(翰墨場) : 한묵림(翰墨林), 곧 붓과 먹의 숲. 문필가들이 많이 모인 곳의 비유.

용연 성군께 다시 화답하다
再和龍淵成君

임신유(林信有)

사신 배 떠나온 만 리길 바라보니 아득한데　　仙槎萬里望蒼茫
이 집에서 시객들과 서로 만나게 되었네　　詞客相逢在此堂
대국의 예용[17] 차고 있는 칼을 보니 알겠고　　大國禮容看劍佩
중원의 사귐은 연기와 서리를 뛰어넘었네　　中原交態隔煙霜
아직도 경술 생각하면 뛰어난 성적 얻었던 터라　　猶思經術曾高第
시편만 말해도 더욱 한묵장에 솜씨를 드날리네　　但說詩篇更擅場
풍류를 함께 접하니 애런한 감상 견딜 수 있으랴　　共接風流堪戀賞
동산에 달 떠올라 흥취 더욱 유장하구나　　東山月出興偏長

임도혜께 거듭 화답하다
疊和林桃蹊

성대중(成大中)

나산옹의 연원 혼돈의 세상을 열었는데　　羅老淵源闢混茫
솔바람 같은 고상한 지조 또 다시 한집에 있구나　　松風雅操又同堂
지초와 난초 일찍 돋아나 홀로 이슬 머금어　　芝蘭早苗偏含露
도리보다 먼저 꽃 피웠어도 서리를 두려워 않네　　桃李先華不畏霜
모름지기 높은 선비의 자리에 참예해야 하리니　　□□須參高士座
풍류는 예전부터 소년의 자리에 들어왔다네　　風流昔入少年場

---

17 예용(禮容) : 예절을 갖춘 차림새나 행동거지.

묻노니 승사록에서 지난 자취 이어 받았는가 問槎錄裏承前迹

더디 지나는 하루 절에서 짓는 문장이 길구나 遲日禪樓翰墨長

현천 원군께 받들어 드리다
奉贈玄川元君

임신유(林信有)

그대의 고향 꿈속에서 몇 번이나 아름다웠을까 知君鄕夢幾時休

곳곳에서 꾀꼬리와 꽃이 나그네 수심 일으키리 處處鶯花動旅愁

먼 하늘 부사산은 맑음 속에 쌓인 눈 드러내고 富嶽天遙晴見雪

바다가 탁 트인 부상에서 함께 누대에 오르네 扶桑海闊共登樓

제현들과 우의 맺으니[18] 가흥을 견딜 수 있으랴 諸賢傾蓋堪佳興

소객이 읊는 시 또한 원유에 관한 것일세 騷客吟詩且遠遊

풍류 있는 성대한 모임 예나 지금이나 드문 일 勝會風流今古少

앉아서 담소하는 것 들으니 마음이 아득해진다 坐聞談笑意悠悠

임도혜께 화답하다
和林桃蹊

원중거(元重擧)

아름다운 덕 끊임없이 흘러 쉼 없었으니 令德源源流不休

---

18 우의 맺으니 : '경개(傾蓋)'는 수레의 일산을 마주 댄다는 뜻으로, 길에서 우연히 만나 수레를 가까이 대고 이야기를 나눔을 뜻한다. 여기서는 처음 만나 우의를 맺음을 이른다.

임씨 가문에 자손 있어 온갖 일에 근심 없구나	林家有子百無愁
온화한 기품은 구슬이 나무를 이룬 듯하고[19]	雍容標格珠成樹
뒤섞인 시들은 이무기가 신기루를 만든 듯하네[20]	錯落詩詞蜃作臺
해외에서 그대가 지닌 연릉계자[21]의 뜻을 보겠고	海外看君延季志
하늘 끝에서 나는 마공[22]의 유람을 기뻐하네	天涯吾喜馬公遊
한 자리에서 글 논하니 지음 만난 것 다행인데	論文一席猶知幸
돌아갈 날 생각하면 아득한 행로 어찌할는지	歸日回思奈路悠

현천 원군께 다시 화답하다
再和玄川元君

임신유(林信有)

하늘 끝 객의 그리움 또 어느 때나 그칠는지	天涯客思且何休
타향의 외론 학에게 수심을 묻노라	爲問佗鄉孤鶴愁
만 리 먼 데서 온 의관에 영설[23]이 날리고	萬里衣冠飛郢雪

---

19 나무를 이룬 듯하고 : '주수(珠樹)'는 신화나 전설에 나오는 구슬이 열린다는 나무인데, 아름답고 훌륭한 자제(子弟) 또는 인격이 고결한 사람을 비유한다.

20 신기루를 만든 듯하네 : '신(蜃)'은 이무기인데, 그가 기(氣)를 토하면 해시(海市) 곧 신기루가 나타난다고 한다.

21 연릉계자(延陵季子) : 춘추(春秋) 때 오(吳)의 계찰(季札). 오왕 수몽(壽夢)의 막내아들로, 지조가 높았으며 외국으로 사신 간 일이 많았다.

22 마공(馬公) : 사마천(司馬遷)을 지칭한다. 그는 단신으로 수도 장안을 떠나 남쪽으로 중국의 국토 절반을 돌면서, 국가에서 보관하고 있던 장서(藏書)를 열람하고 가는 곳마다 현지의 풍습과 인정을 상세히 기록하였으며, 당시 유명한 역사인물과 사건에 관련된 전기나 자료를 수집하였다.

23 영설(郢雪) : 고아한 시편(詩篇)이나 악곡. 양춘백설(陽春白雪)이라는 곡이 격조가 너

네 번의 글 짓는 자리 강가 누대에서 모였네　　　四筵翰墨會江樓
시 지으며 몇 번이나 가흥을 즐기겠는가　　　　賦詩幾度携佳興
우의 맺는 건 잠시일 뿐 먼 유람 가야 하리　　　傾蓋暫時陪壯遊
어둑어둑한 나무 그늘 낙조를 재촉하는데　　　樹色陰陰催落照
돌아오며 저 멀리 흰 구름을 바라본다　　　　歸來却望白雲悠

임도혜께 거듭 화답하다
疊和林桃蹊

원중거(元重擧)

화려하고 이름난 가문 덕이 있어 아름다운데　　華閥名門德與休
반평생 아직도 시의 근심 혼자 푸네　　　　　半生猶自解詩愁
외로이 읊으며 빙그레 떠오르는 해를 보고　　孤吟莞爾看升旭
흥에 겨워 표연히 홀로 누대에 오르네　　　　乘興飄然獨上樓
금은보화가 절묘한 시구에 함께하고　　　　　珠貝金銀共妙句
종남과 굴유[24]가 맑은 유람에 족하다　　　　樛楠橘柚足淸遊
동사록 시축에 임씨의 시편 있었는데　　　　東槎軸裏林家什
이날 서로 봄에 마음 더욱 아득해지네　　　　此日相看意更悠

무 높아서 초(楚)나라 영(郢) 땅에서 그에 화답할 수 있는 사람은 몇 명에 불과했다는
데서 온 말. 영중백설(郢中白雪).

24 종남(樛楠)과 굴유(橘柚) : 종려나무, 녹나무, 굴나무, 유자나무로 따뜻한 남쪽 나라에
서 자라는 식물을 대표한다. 여기서는 일본의 이국적인 풍경을 표현한 것이다.

퇴석 김군께 받들어 드리다
奉贈退石金君

임신유(林信有)

하얗게 솟은 외론 달 아래 푸른 시내 차가운데	亭亭孤月碧流寒
하늘 가운데 부용이 만 리 밖에서도 보이네	天畔芙蓉萬里看
고국에 가고픈 마음 나그네 의중일 테지만	故國歸心遊子意
이향의 계절은 옛 사람도 좋아했다오	異鄉節序故人歡
시 수창함에 나의 무딘 필봉이 부끄럽고	唱酬愧我詞鋒鈍
시를 지음엔 그대의 드넓은 학문이 아름답다	詩賦多君學海寬
아름다운 객의 건필 누가 비슷할 수 있으랴	佳客健毫誰得似
고당에서 정성스레 대접하니[25] 흥이 무르익었네	高堂投轄興曾闌

임도혜께 화답하다
和林桃蹊

김인겸(金仁謙)

강 위의 구름 쌀쌀하게 가벼운 한기 발하는데	江雲惻惻釀輕寒
동쪽 나라 산천을 난간에 기대어 바라본다	東國山川倚檻看
먼 바다에서 풍상을 맞으니 늙음을 깨달아	絶海風霜惟覺老
이방의 노래와 피리 소리도 기쁘지가 않구나	異邦歌笛不成歡
매화가 다 져버려 향수가 일어나는데	梅花落盡鄉愁動
아름다운 시 보내주심에 객의 마음 넉넉해지네	瓊律投來客抱寬

---

25 정성스레 대접하니 : '투할(投轄)'은 손님을 정성스럽게 대접함을 비유한다. 한(漢)나라
진준(陳遵)이 평소에 술을 좋아해서, 손님을 초대해 술대접을 할 때 문을 잠그고 수레의
굴대 비녀장을 뽑아서 우물에 던져 급한 일이 있어도 가지 못했다는 고사가 있다.

남과 북이 백년간 닦은 사신의 빙례　南北百年修聘禮
한 자리에서 글 주고받는데 해가 지려 하네　一床文墨日將闌

퇴석 김군께 다시 화답하다
再和退石金君

임신유(林信有)

그대는 나그네 길에서 봄추위 원망하며　知君客路怨春寒
고국의 구름과 연기 만 리 밖에서 바라보겠지　故國雲煙萬里看
떠도는 신세[26]로 사귐을 논하니 만남이 애석하여　萍梗論交憐際會
화려한 집에서 얘기하며 기쁨의 교제 맺는다네　華堂傾盖結交歡
고상한 노래 백설가라 시 짓는 재주 아름답고　高歌白雪詞才美
깊은 흥취 깃든 청산에 나그네 마음 넉넉하다　遠興靑山旅思寬
맑은 바람에 밝은 달빛 참으로 좋아　恰好淸風明月色
난간에 기대어 읊조리니 밤이 깊어가는구나　嘯吟憑檻夜將闌

임도혜께 거듭 화답하다
疊和林桃蹊

김인겸(金仁謙)

비온 뒤 봄 날씨는 아직 조금 쌀쌀한데　雨餘春意尙輕寒
자라 등의 신선 섬 풍경을 다 보지 못했네　鰲背風烟不盡看

---

26 떠도는 신세 : '평경(萍梗)'은 떠다니는 부평초와 꺾인 갈대 줄기로, 정처 없이 떠돌아다
님을 비유한다.

소나무 국화 심은 호장은 천리나 떨어졌는데 　松菊湖庄千里遠

쓸쓸한 절에서 우연히 만나 즐거움을 함께하네 　萍蓬蕭寺一床歡

일동에 영웅호걸 모였음을 비로소 깨닫고 　日東始覺英豪集

천하에 발해가 넓다는 것을 이제야 알았네 　天下方知渤澥寬

다시 시 지어 부치겠다 또 말하지 마시게 　且莫更將詩律寄

화려한 집에 꺼져가는 촛불 벌써 깊은 밤일세 　華堂殘燭已更闌

석상에서 추월 남군께 드리다
席上呈秋月南君

임신유(林信有)

비단 돛 천리 길 파도에 비치고 　錦帆千里映波濤

신기루는 나그네의 꿈을 수고롭게 하네 　蜃氣樓臺旅夢勞

바람 이는 강산에 밝은 달빛이라 　風起江山明月色

몇 곳에서 시 지으며 흥취 참으로 높았던가 　題詩幾處興偏高

임도혜께 화답하다
和林桃蹊

남옥(南玉)

절 한편에선 솔숲 흔들어 파도소리 나는데 　禪宮一面撼松濤

녹명가[27]를 부르니 수레 끄는 말 비로소 쉬네 　歌鹿初休四牡勞

---

27 녹명가(鹿鳴歌) : 고대에 군신(君臣)과 가빈(嘉賓)이 연회를 할 때 부르던 노래.

천토[28]와 규구[29]에서 의관을 갖추고 모이니 　　踐土葵丘衣帶會

백년 문장의 패자들 이 누대에 높이 앉았구나 　　百年文覇此樓高

석상에서 용연 성군께 드리다
席上呈龍淵成君

임신유(林信有)

서로 만나 한바탕 웃으며 영묘한 재주 보이니 　　相逢一笑見英才

여관엔 춘풍 불어 꽃이 활짝 피었네 　　旅舘春風花正開

해후하게 된 아름다운 날 시 짓는 흥일랑 　　邂逅佳辰詩賦興

푸른 이끼 비추는 저 석양에 맡기련다 　　任佗斜日映蒼苔

임도혜께 화답하다
和林桃蹊

성대중(成大中)

좋은 집 문틀처럼 상서로운 세상의 재주라 　　整宇門闌瑞世才

가문의 명성 남아 빈연에서 펼쳐지네 　　家聲留向儐筵開

서로 마주하니 도리어 상전벽해의 느낌 있어 　　相看却有滄桑感

푸른 휘파람 불던 사원[30]에 벌써 이끼가 끼었네 　　翠嘯詞垣已綠苔

---

28 천토(踐土) : 중국의 옛 지명. 춘추시대 정(鄭)나라에 속했던 곳으로, 지금의 하남성(河
南省) 원양현(原陽縣)의 서남쪽이다. 기원전 632년에 진 문공(晉文公)이 제후들과 이곳
에서 회맹(會盟)하였다.

29 규구(葵丘) : 노(魯)나라 희공(僖公) 9년 가을에, 제(齊)나라 환공(桓公)이 제후들과
회맹했던 장소.

석상에서 현천 원군께 드리다
席上呈玄川元君

임신유(林信有)

푸른 바다 바람과 안개 이 밤 나그네 마음이란	碧海風煙旅夜情
재주와 명망 있는 그대 만나리라 어찌 생각했으랴	何圖邂逅接才名
배와 수레 무탈한 것 참으로 축하드리니	舟車無恙堪稱慶
부상을 한 번 나서면 만 리를 가야 하리	一出扶桑萬里行

임도혜께 화답하다
和林桃蹊

원중거(元重擧)

황화의 사절은 옛 풍정 그대로라	皇華使節舊風情
만 리 먼 곳까지 남두의 명성 알려졌구나	萬里遙遙南斗名
임씨의 집안에 평범한 나무 적음을 알겠으니	解識林家凡樹少
사종이 온 곳에 중용이 행하네[31]	嗣宗來處仲容行

---

30 사원(詞垣) : 사신(詞臣)의 관서. 한림원(翰林院)과 같은 곳.

31 사종이……행하네 : '사종'은 삼국시대 위(魏)나라 완적(阮籍)의 자로, 죽림칠현(竹林七賢)의 한 사람이다. '중용'은 진(晉)나라 완함(阮咸)의 자인데, 역시 죽림칠현의 한 사람이다. 당(唐)나라 두보(杜甫)의 시 「시질좌(示侄佐)」에, "사종과 같은 여러 자제와 조카, 중용의 어짊을 일찍이 깨달았네.[嗣宗諸子姪, 早覺仲容賢.]"라는 구절이 있다.

석상에서 퇴석 김군께 드리다
席上呈退石金君

임신유(林信有)

석상의 쌍주[32]는 재주가 절로 높아　　　　　席上雙珠才自高
이곳에서 만나니 흥취 더욱 호탕하다　　　　相逢此處興逾豪
시를 읊기엔 타향의 달빛이 가장 좋으니　　嘯吟最是佗鄕月
새 시 짓느라 채색 붓 놀리는 것 이미 보았네　已見新詩弄彩毫

임도혜께 화답하다
和林桃蹊

김인겸(金仁謙)

나산옹의 문장 세상에서 드높아　　　　　　羅老文章日下高
푸른 노을 빼어난 기운 대대로 전해짐이 크도다　靑霞奇氣世傳豪
천하무적 민첩한 시재의 그대를 보니　　　見君才捷詩無敵
신선 섬의 구름과 연기 휘갈기는 붓으로 들어갔나　三島雲煙入弄毫

---

32 쌍주(雙珠) : 본래는 형제 두 사람이 모두 출중한 것을 이르는 말이다. 한(漢)나라 공융
(孔融)이 위원장(韋元將)과 중장(仲將) 두 형제를 보고는 그 부친 위휴보(韋休甫)에게
편지를 보내기를 "늙은 조개 속에서 진주 두 알이 나올 줄은 생각지도 못하였다.[不意雙
珠生于老蚌.]"고 한 고사가 있다.

저의 성은 덕력(德力)이고 이름은 양필(良弼)이며, 자는 준명(浚明), 호는 용간(龍澗)입니다. 양현(良顯)의 아들이며 임(林) 좨주의 문인입니다. 덕묘(德廟)의 조정에서 아버지께서 음관으로 관직을 하셨기 때문에 돈묘(惇廟)의 조정에서 내직학사(內直學士)로 보임되어 비부사서(秘府司書)를 맡았습니다. 무진년에 일찍이 사신 일행을 뵈었고 객관에서 수창을 하였습니다.

덕력양필이 재배합니다.

학사 남군께 받들어 부치다
奉寄學士南君

덕력양필(德力良弼)

봉황성에 봄 가득하고 채색 노을 짙은데	鳳城春滿彩霞濃
옛 교린의 예를 따라 사신 의례 공손하네	依舊隣交聘禮恭
옥과 비단 천년토록 우공33과 같고	玉帛千秋猶禹貢
배는 만경창파를 넘어 기자 나라에서 왔네	帆檣萬頃自箕封
사람들은 일하에서 명학에 부끄러운데	人皆日下慚鳴鶴
객들은 운간에서 사룡을 압도하누나34	客有雲間壓士龍

---

33 우공(禹貢) : 『서경(書經)』 「하서(夏書)」의 편명. 중국을 구주(九州)로 나누고 각 구역의 교통·지리 및 산물과 공부(貢賦)의 등급 따위에 관한 내용이 실려 있다.

34 사람들 모두……사룡을 압도하네 : '일하'는 제왕이 있는 도성, 즉 수도를 가리키는데, 제왕을 태양에 비긴 데서 유래한 것이다. '운간'은 송강현(松江縣)의 옛 이름으로, 지금은 상해시(上海市)에 속한다. 『세설신어(世說新語)』 「배조(排調)」에, "순명학, 육사룡 두 사람은 서로 잘 알지 못했는데 장무선과 만나 함께 앉았다. 장무선이 함께 말을 하도록

사해가 한 집이니 멀다고 하지 말라　　　　四海爲家休道遠

산 넘고 물 건너 대대로 경사를 누리네　　梯航世世慶時雍

덕력용간께 받들어 화답하다
奉和德力龍澗

남옥(南玉)

누대 멀리 봄 산은 푸른빛이 뚝뚝 떨어질 듯　　樓逈春山翠滴濃

초연에서 질서 정연하게[35] 예의가 공손하네　　初筵秩秩攝儀恭

십칠 년 만에 다시 사신을 맞으니　　　　　　光陰十七重迎聘

바다와 산 삼천리가 각각 경계를 막았었지　　海岱三千各限封

주나라 제도 의관에서 꿩의 무늬 보는데[36]　　周制衣冠看鷩雉

초 땅의 비바람은 어룡을 움직이네　　　　　楚鄕風雨動魚龍

이 도에 차별 없음을 알아야 하리니　　　　　須知此道無差別

임씨네 유자의 공덕이 벽옹[37]에 있다네　　　林氏儒功在辟雍

시켰는데, 그 두 사람이 모두 대단한 재주를 지녔으므로 평범한 말을 하지 못하도록 하였다. 육사룡이 손을 들고 말하기를, '구름 사이의 육사룡이다.'라고 하자, 순명학이 답하기를 '해 아래의 명학이다.'라고 하였다.[荀鳴鶴、陸士龍二人未相識, 俱會張茂先坐. 張令共語. 以其幷有大才, 可勿作常語. 陸擧手曰 : '雲間陸士龍.' 荀答曰 : '日下荀鳴鶴.']"는 기록이 있다. 순명학은 영천(穎川) 사람인데, 그곳이 낙양(洛陽)과 가까웠으므로 '일하'라고 칭한 것이다.

35 초연에서 질서 정연하게 : 『시경』 「소아(小雅)」 '빈지초연(賓之初筵)'에 "손님이 처음 자리에 나갈 때, 좌우가 질서정연하니[賓之初筵, 左右秩秩.]"라는 구절이 있다.

36 주나라……보는데 : '별면(鷩冕)'은 별의(鷩衣)'를 입고 면류관을 쓰는 차림인데, 주(周)나라 때 천자와 제후의 정복(正服)이었다.

37 벽옹(辟雍) : 주(周)나라 때 설립한 태학. 후한(後漢) 이후의 역대 왕조에서도 이를 두

추월 남군께 다시 받들어 드리다
再奉贈秋月南君

덕력양필(德力良弼)

알겠구나 그대가 천하 경영하려는 뜻을	知君四方志
꽃나무 우거진 숲에서 편히 살려 하지 않네	未肯事園林
부상의 밖에서 배회하며	躑躅扶桑外
동해의 물가에서 빙빙 도는구나	翶翔東海潯
편지 전하러 해 뜨는 곳으로 왔고	傳書臨日域
약을 캐러 신선 산으로 들어왔네	采藥入仙岑
헤어진 뒤 비록 생각난다 해도	別後縱相想
아득하기만 하니 어디서 찾을 것인가	渺茫何處尋

용간께 다시 화답하다
再和龍澗

남옥(南玉)

봄날 돌난간에서 붓을 잡으니	石欄春拈筆
동림사에 시가 첩첩이 쌓이네	詩壘在東林
가는 대나무 텅 빈 절에 기대어 있고	細竹依虛院
차가운 조수 저녁 물가에 들이치누나	寒潮上晚潯
이웃과 사귐은 자산 계찰의 일[38]과 통하고	鄰交通産札

어, 향음주례(鄉飮酒禮)·대사례(大射禮) 등을 이곳에서 거행하고 제사를 지냈다.

38 자산 계찰의 일 : 춘추시대 오(吳)나라의 계찰(季札)이 정(鄭)나라의 자산(子産)에게

시어는 고적 잠삼[39]의 경지에 들었네 　　　　騷語入高岑

이별 후엔 절집에 뜬 저 달 　　　　　　　別後禪樓月

아득히 꿈속에서나 찾으리라 　　　　　　蒼茫夢裏尋

정태실이 정을 펼친 시의 운을 써서 용간에게 주고 이별하다
用井太室敍情韻 贈別龍澗

남옥(南玉)

한번 헤어지면 이미 하늘 밖의 사람일 테니 　　一別還爲天外人

살구꽃 핀 누각에서 지금의 봄을 기억할까 　　杏花樓閣記今春

그저 보이는 건 하늘에 뜬 조각달 그림자 　　但看片月中天影

만 리 먼 곳을 이웃인 양 함께 비추리 　　　萬里同光若在隣

추월 남군께서 주신 운에 받들어 화답하며 고별하다
奉和秋月南君見贈韻 告別

덕력양필(德力良弼)

시가 완성되니 정 깊은 이역의 사람이요 　　詩就情深異域人

영기가 감도는 백량대[40] 한나라의 봄이로세 　　栢梁英氣漢時春

흰 명주 띠를 선사하니, 이에 대한 답례로 자산이 계찰에게 모시옷을 선사하였다. 여기서
는 교의(交誼)를 맺는 것을 뜻한다.

39 고적과 잠삼 : '고잠(高岑)'은 당(唐)나라 때 시인인 고적(高適)과 잠삼(岑參)의 병칭이
다. 송(宋)나라 엄우(嚴羽)는 『창랑시화(滄浪詩話)』「시평(詩評)」에서, "고잠의 시는 비장
하여 읽는 이로 하여금 감개함을 느끼게 한다.[高岑之詩悲壯, 讀之使人感慨.]"고 하였다.

이별하는 데 버들가지 꺾지 않고서   別離不用折楊柳

오래도록 문장 보며 덕으로 이웃하네   永見文章德作隣

서기 성군께 받들어 드리다
奉呈書記成君

덕력양필(德力良弼)

상서로운 구름과 해 만방으로 열리니   祥雲瑞日萬方開

천리의 웅비는 역시 상쾌하도다   千里雄飛亦快哉

돛 그림자 멀리 은하수에서 떨어지고   帆影遙從銀漢墮

패옥 소리 궁전의 섬돌 가까이에 들려오네 珮聲近向玉墀來

업도[41]에서 현인들의 시를 나란히 보고   鄴都齊見群賢賦

직하[42]에서 여러 명의 재자를 만났네   稷下相逢諸子才

이런 장대한 유람 누가 부러워하지 않으리요 如此壯遊誰不羨

게다가 좋은 봄날은 천천히 가고 있으니 況猶春好自遲回

---

40 백량대(柏梁臺) : 한(漢)나라의 궁궐로, 대개 궁궐의 범칭으로 쓰인다.

41 업도(鄴都) : 업성(鄴城)을 가리킨다. 지금의 하북성(河北省)에 있는데, 춘추시대 제 환공(齊桓公)이 도성을 쌓았던 곳이다.

42 직하(稷下) : 전국시대 제(齊)나라 도성인 임치(臨淄)의 직문(稷門) 부근의 지역. 지금 의 산동성(山東省) 임치현의 북쪽 지방. 제 선왕(齊宣王)이 직하에 학궁을 세우고 학자를 불러 모아 우대하였으므로, 천하의 학자들이 이곳에 모여 학문을 하였다고 한다.

덕력용간께 받들어 화답하다
奉和德力龍澗

성대중(成大中)

바다 굽이진 곳에 봄빛이 광활하니	海曲春光漭蕩開
중선루43에서 마음이 아득해지도다	仲宣樓上意悠哉
이방의 나라 매화와 버들을 근심하며 보는데	殊方梅柳愁中見
고국의 바람과 구름 꿈속으로 들어오네	故國風雲夢裡來
좨주의 문하생들 고상한 도를 아니	祭酒門屛知雅道
사신 맞는 자리에서 영재를 알아보겠네	皇華筵席識英才
이름난 절엔 온종일 안개 속 살구나무 고요해	名藍永日杏煙靜
맑은 인연 다 남겨두고 돌아가지 못하네	留盡清緣不放回

용연 성군께 다시 받들어 드리다
再奉贈龍淵成君

덕력양필(德力良弼)

성명(聖明)한 시대에 문덕을 펼치고	聖代敷文德
대방에서 옛 맹세를 잇는구나	大邦承舊盟
깃발 날리며 고향 마을을 떠나	揚旌辭故里
부절 가지고 수도에 들어왔네	持節入神京
물결은 떠가는 배를 따라 흥겹고	水逐浮槎興

---

43 중선루(仲宣樓) : 중국 당양현(當陽縣)에 있는 성루(城樓)로, 지금의 호북성(湖北省)에 있다. 한(漢)나라 왕찬(王粲)의 자가 중선(仲宣)인데, 이 누대에서 「등루부(登樓賦)」를 지었으므로 '중선루'라 칭하였다. 대개 시인이 등림(登臨)하여 회포를 읊는 곳을 이른다.

산은 말 채찍질하는 소리[44] 따라 가네	山隨叱馭行
세 사씨[45]의 시 짓는 것 친히 보았으니	親看三謝詠
두 왕씨[46]의 명성에 어찌 뒤지랴	何減二王名
아름다운 구절 세상이 다 알아주고	佳句世咸識
오묘한 이야기에 좌중 모두 놀라네	玄談坐悉驚
한때에 남긴 창화시는	一時留唱和
천년토록 사귐의 정 보여주리	千載見交情

용간에게 다시 화답하다
再和龍澗

성대중(成大中)

늘그막에 활과 화살[47]의 마음 빚을 갚고	晩酬弧矢債
이에 진나라 오나라의 맹약[48]을 맺는다	仍結晋吳盟
배가 은하수 끝까지 이르니[49]	舟楫窮河渚

---

44 말 채찍질하는 소리 : 마부를 호령함, 또는 위험을 무릅쓰고 공무를 수행함. 한(漢)의
　왕준(王尊)이 익주자사(益州刺史)로 부임할 때, 구절판(九折坂)의 험한 길에 이르러 마
　부에게 머뭇거리지 말고 전진하라고 꾸짖은 데서 유래하였다.
45 세 사씨 : '삼사(三謝)'는 남조(南朝) 송(宋)의 시인인 사영운(謝靈運), 사혜련(謝惠連)
　과 남조 제(齊)의 시인 사조((謝朓)를 합하여 부르는 말이다.
46 두 왕씨 : 진(晉)의 서예가 왕희지(王羲之), 왕헌지(王獻之) 부자(父子)를 일컫는다.
47 활과 화살 : 득남함의 비유. 고대에 세자(世子)가 태어나면 뽕나무 활에 쑥대 화살을
　메워 천지 사방에 쏘아 원대한 뜻을 품기를 기원한 데서 유래한 것이다.
48 진나라 오나라의 맹약 : 춘추시대, 강력해진 초(楚)를 견제하기 위해 진(晉)이 오(吳)에
　게 중원의 앞선 문물과 병법, 새로운 무기 제작법 등을 가르쳐주고 초와 전쟁을 하도록
　하였다.

바람과 구름이 한 나라 서울에 아득하구나	風雲渺漢京
강성은 봄과 함께 멀리 있는데	江城春共遠
해국에서 달과 함께 동행하네	海國月同行
아름다운 문장이 이어지는 것을 문득 보고	忽見聯華采
성대한 이름 알게 된 것을 더욱 기뻐하네	還忻識盛名
사귐은 응당 천리의 거리 가깝게 하니	交應千里近
시가 어찌 한 자리에서만 놀래킬 뿐이겠는가	詩豈一筵驚
듬성한 매화꽃 아래 짝지어 앉아	耦坐踈梅下
한담을 나누며 또한 정을 이야기한다네	閑談亦道情

서기 원군께 받들어 드리다
奉呈書記元君

덕력양필(德力良弼)

강관에 해가 비추니 붉은 기운 이어졌는데	日照江關紫氣連
높은 누각 화려한 잔치에 훌륭한 인재들 모였구나	高樓瓊宴集才賢
깃발이 맑은 날에 빛나니 서산에는 눈이요	旌旗晴映西山雪
음악이 봄에 울려 퍼지니 동해에는 안개라	笙鼓春搖東海烟
몇 년이나 서치의 의자[50]를 걸어두었나	幾載久懸徐穉榻

---

49 은하수 끝까지 이르니 : 장건(張騫)이 한 무제의 명을 받고 대하(大夏)에 사신으로 나가 황하의 근원을 찾았는데, 이때 배를 타고 은하수로 올라가 견우와 직녀를 만났다고 전한다. 외국에 사신으로 나가는 일을 비유한다.

50 서치의 의자 : 후한(後漢)의 진번(陳蕃)이 서치(徐穉)를 위해 의자 하나를 특별히 마련해 놓았는데, 서치가 오면 의자를 내려 반갑게 맞이하고 오지 않으면 먼지가 수북이 쌓이

이제야 친히 이응의 배[51]를 보게 되었네	卽今親見李膺船
일시에 강도의 종이 값이 비싸질 테니[52]	一時應貴江都紙
원근에서 다투어 초객의 시편 전하려 하네	遠近爭傳楚客篇

용간에게 화답하다
和龍澗

원중거(元重擧)

아름다운 옷자락의 그림자 서로 닿으니	華裾雲袂影相連
대패[53]와 남금[54] 같은 바닷가의 어진 인재로다	大貝南金海上賢
시 쓰는 손님 오니 꽃나무에 비 내리고	詞藻客來芳樹雨
노성한 사람을 마주하니 낙화에 안개 덮이네	老成人對落花烟
고명한 이는 스스로 여주[55]의 노래 부르는데	高明自唱驪珠曲

도록 그냥 놔두었다는 고사가 있다.

51 이응의 배 : 후한(後漢) 때의 고사(高士) 곽태(郭太)는 집안이 매우 빈천(貧賤)했는데, 그가 일찍이 낙양(洛陽)에 들어가 당대의 고사 이응(李膺)을 한번 만나고 나서는 이응에게 크게 인정을 받아서 이응과 서로 깊이 사귀었다. 그 명성이 마침내 경사(京師)를 진동시켰고, 뒤에 그가 향리로 돌아갈 적에는 수많은 선비들이 강가에까지 배웅을 나갔다. 이때 곽태가 오직 이응하고만 함께 배를 타고 건너가므로, 뭇사람들이 그 광경을 바라보고 그 두 사람을 신선으로 여겼다고 한다.

52 일시에……비싸질 테니 : 진(晉)나라 좌사(左思)가 「삼도부(三都賦)」를 지었는데, 사람들이 다투어 그 작품을 베끼려고 했기 때문에 낙양(洛陽)의 지가(紙價)가 폭등했다고 한다.

53 대패(大貝) : 조개의 일종인데, 상고시대에 보기(寶器)로 여겼다.

54 남금(南金) : 중국 남방에서 산출되는 구리로, 귀중한 물건 또는 훌륭한 인재를 비유한다.

55 여주(驪珠) : 보주(寶珠)를 말함. 전설에 의하면 여룡(驪龍)의 턱 밑에서 나왔기 때문에 이렇게 부른다고 한다.

떠나는 이는 비단 닻줄의 배를 회상하네　行子回思錦纜船

한가로운 날 화창한데 특별한 일 있으니　暇日雍容奇事在

굴원의 이소 나란히 읊어도 나쁘지 않으리　不妨吟倂楚騷篇

현천 원군께 다시 받들어 드리다
再奉贈玄川元君

덕력양필(德力良弼)

비 개이자 맑은 공기 누대에 가득한데　雨晴淑氣滿樓臺

들쭉날쭉한 매화와 버들 시흥을 재촉하네　梅柳參差詩興催

무덕이 개원한 후로 오늘의 일 있으니　武德開元今日事

여러 인재 중에 사걸을 함께 보는구나　並看四傑出群才

용간께 다시 화답하다
再和龍澗

원중거(元重擧)

신기루의 그림자 속에 파도의 빛 명멸하는데　明滅波光蜃影臺

용궁의 꽃과 나무 봄에 대한 사랑을 재촉하네　龍宮花樹愛春催

풍류를 노래하는 시 그 뜻은 언외에 있으니　風流詞藻意言外

편남[56]처럼 노성한 초나라 재주 저마다 아낀다오　各惜楩楠老楚才

---

56 편남(楩楠) : '편'과 '남'은 모두 큰 나무로, 큰 재목이나 큰 인재를 비유한다.

서기 김군께 받들어 드리다
奉呈書記金君

덕력양필(德力良弼)

강성의 봄날에 영웅호걸 찾아가니	江城遲日訪英豪
산 넘고 물 건너 온 수고를 위로하려 함일세	爲慰征途跋涉勞
고삐 잡고 봉래도[57]의 눈을 이미 노래했으니	攬轡已吟蓬島雪
누각에 기대어 광릉의 파도[58]를 읊어야 하리	倚樓須賦廣陵濤
인상여는 완벽으로 그 이름 더욱 위대해지고[59]	相如完璧名愈大
계찰은 시 듣고서 논의가 가장 높아졌네[60]	季札聞詩論最高

---

57 봉래도(蓬萊島) : 전설 속 삼신산(三神山)의 하나로, 여기서는 일본을 지칭한다.

58 광릉의 파도 : 매승(枚乘)의 『七發(칠발)』에, "장차 팔월 보름에, 제후와 먼 곳에서 교
유했던 형제들과 함께 가서 광릉의 곡강에서 파도를 보리라.[將以八月之望, 與諸侯遠方
交遊兄弟, 幷往觀濤乎廣陵之曲江.]"라고 한 구절이 있다. 훗날 '광릉도(廣陵濤)'는 광
릉, 곧 지금의 양주(揚州) 곡강의 물결을 지칭하게 되었다.

59 인상여는……위대해지고 : 『사기(史記)』 「염파인상여열전(廉頗藺相如列傳)」에 다음과
같은 기록이 있다. "인상여(藺相如)는 조(趙)나라 사람이다. 혜문왕(惠文王)이 초(楚)나
라의 화씨벽(和氏璧)을 얻었는데, 진(秦)나라 소왕(昭王)이 이를 빼앗고자 하여 거짓으로
15개의 고을과 바꾸자고 하였다. 조나라에서는 화씨벽만 빼앗기고 성은 얻지 못할까 염려
하여 진나라에 사신으로 갈 사람을 구하였는데, 인상여가 가게 되었다. 인상여는 '진나라
에서 성을 주면 화씨벽을 진나라에 줄 것이고, 성을 주지 않으면 화씨벽을 손상 없이
가지고 오겠다.'고 하고는 진나라로 갔는데, 소왕이 화씨벽만 빼앗고 성을 주려고 하지
않았다. 그러자 인상여는 화씨벽에 흠집이 있는 것을 가르쳐 주겠다고 하면서 화씨벽을
손에 잡고 기둥에 기대서서 말하기를, '대왕이 성을 주지 않고 화씨벽을 빼앗으려고 하면
옥을 깨뜨려 버리겠다.'고 하면서, 소왕에게 5일 동안 재계(齋戒)한 후 받으라고 하였다.
소왕이 재계하는 사이에 인상여는 사람을 시켜서 몰래 화씨벽을 조나라로 돌려보냈다.
소왕이 재계를 마친 뒤 화씨벽을 달라고 하자, 인상여는 '화씨벽은 이미 조나라로 보냈다.
진나라에서 먼저 15개의 성을 주면 조나라에서 화씨벽을 당장 돌려보낼 것이다.' 하였다.
그 뒤에 인상여는 무사히 조나라로 돌아와서 상대부(上大夫)가 되었다."

60 계찰은……높아졌네 : 춘추시대 오(吳)나라의 공자(公子) 계찰(季札)은 음악에 조예가
깊은 인물이었다. 계찰이 노(魯)나라에 우호 사절로 갔을 때, 노나라의 예악이 잘 정비된

채색 붓[61] 이 나라에 길이 남겨 놓으면　　　　　彩筆長留邦域內

천추에 봉황의 깃털[62]이라 칭송 받으리　　　　千秋稱作鳳皇毛

덕력용간이 주신 시에 차운하다
次德力龍澗見贈韻

김인겸(金仁謙)

연로한데도 오히려 굳센 기상 보겠으니　　　　年老猶看氣意豪

선루에 와서 나그네 수고로움 위로해 주시네　　禪樓來慰客行勞

사신[63]은 규성[64]의 빛을 반밖에 보지 못했는데　皇華半視奎華彩

학해[65]는 발해의 물결에 잔잔하게 닿아 있네　學海平臨渤海濤

황학루 부순[66] 거친 주먹 나 자신이 부끄럽고　碎鶴麤拳吾自愧

나라였으므로 계찰이 각 나라의 음악을 듣고 싶다고 청하자 노나라 왕은 악사들을 불러 연주하도록 하였다. 계찰은 주(周)나라의 음악인 주남(周南)과 소남(召南)을 비롯하여 패(邶)와 용(庸), 위(衛)나라 등의 음악을 듣고는 연주가 끝날 때마다 자신의 감상을 말하였다.

61 채색 붓 : 수식이 풍부한 아름다운 문장. 강엄(江淹)이 꿈에서 오색 붓을 받은 후에 글이 크게 진보했는데, 만년의 꿈에서 붓을 돌려주자 그 후로는 좋은 글을 지을 수 없었다고 한다.

62 봉황의 깃털 : 드물거나 얻기 어려운 인재 또는 사물을 비유한다.

63 사신 : '황화(皇華)'는 『시경(詩經)』「소아(小雅)」의 편명인 '황황자화(皇皇者華)'의 약칭이다. 임금이 사신을 보낼 때 부른 노래로, 인신하여 사신으로 나가는 일이나 사신으로 가는 사람을 일컫는다.

64 규성(奎星) : 28수의 하나로 초여름에 보이는 중성(中星). 문운(文運)을 관장하는 별.

65 학해(學海) : 학문이 깊고 넓음. 또는 그러한 사람.

66 황학루 부순 : 이백(李白)의 「강하증위남릉빙(江夏贈韋南陵氷)」 시에 "나는 그대를 위해 몽둥이로 황학루를 쳐부술 테니, 그대 또한 나를 위해 앵무주를 밟아 무너뜨리게나.[我

시낭에 가득 걸출한 시구 그대만이 고아하구나　　　　盈囊傑句子惟高

삼한 사람이 지닌 객지의 회포 묻지 마시게　　　　　韓人羇抱休相問

찬 서리가 귀밑머리에 앉은 것을 매일 느낀다오　　　日覺寒霜着鬢毛

퇴석 김군께 다시 받들어 드리다
再奉贈退石金君

　　　　　　　　　　　　　　　　　　　　덕력양필(德力良弼)

창평67의 화창한 기운 만방에 통하니　　　　　　　昌平和氣萬邦通

함께 추앙하는 수레와 문자68 사해가 똑같다네　　共仰車書四海同

음악소리 하늘에 닿을 듯 성대하게 펼쳐지고　　鳳管應天開杳藹

누선은 해에 걸린 듯 맑은 하늘 아래 있구나　　樓船懸日下淸空

한에서 벼슬한 가의는 일찍 명성을 날렸고69　　賈生仕漢名聲早

양에서 노닐던 사마상여는 웅장한 부를 지었지70　司馬遊梁詞賦雄

且爲君槌碎黃鶴樓, 君亦爲吾倒却鸚鵡洲.]”라고 하였고, 또 이백의 「취후답정십팔이시 기여퇴쇄황학루(醉後答丁十八以詩譏余槌碎黃鶴樓)」 시에 “높다란 황학루를 이미 몽둥이로 쳐부수어, 황학 탄 선인이 의지할 곳 없게 되었다네. 황학이 하늘에 올라 상제께 호소하니, 되레 황학을 쫓아 강남으로 돌려보냈다네.[黃鶴高樓已槌碎, 黃鶴仙人無所依. 黃鶴上天訴玉帝, 却放黃鶴江南歸.]”라고 하였다.

67 창평(昌平) : 본래는 공자가 태어난 곳으로 산동성(山東省)에 있다. 여기서는 일본측 문사들이 창평 국학의 생원임을 뜻하기도 한다.

68 수레와 문자 : ‘거서(車書)’는 수레와 서적 또는 수레와 문자를 뜻하는데, 인신하여 나라 의 문물제도를 의미한다.

69 한에서……날렸고 : 가의(賈誼)는 한(漢)의 낙양(洛陽) 사람으로, 정삭(正朔)을 고치고 복색(服色)을 바꾸었으며 법률과 제도를 제정하고 예악을 진흥시켰다. 후에 장사왕(長沙 王)의 태부(太傅)를 지내고 양 회왕(梁懷王)의 태부가 되었다.

70 양에서……지었지 : 양원(梁苑)은 서한(西漢) 경제(景帝) 때 양 효왕(梁孝王)이 만든

만나서 즐거워하다가 헤어지고 나면　邂逅相歡分手後

동서를 가로막은 안개와 파도 어쩌지 못하리　無何烟浪隔西東

용간덕력 군에게 다시 화답하다
再和龍澗德力君

김인겸(金仁謙)

십년 만에 이웃나라 믿음으로 한 번 통하니　十載隣邦信一通

거대한 마우풍[71]을 어찌 생각하리오　寧圖落落馬牛風

봉래산 봄빛에 삼화수[72]가 늙어가고　蓬山春色三花老

악해[73]의 물빛은 만 리의 허공을 비추네　鱷海波光萬里空

흰 머리로 막객이 된 것에 혼자서 웃고　自笑霜毛爲幕客

부상의 지역에 시의 영웅 있음에 문득 놀라네　忽驚桑域有詩雄

비단 위 구름처럼 노니는 자취를 누가 알랴　誰知錦上雲遊跡

멀리 부사산 동쪽에 와서 누웠노라　來臥迢迢富岳東

동산으로, 원림(園林)의 규모가 굉장하여 사방 300여 리나 되며 궁실이 서로 잇달아 있었다. 당시의 명사 사마상여(司馬相如)가 매승(枚乘)·추양(鄒陽)·장기부자(莊忌夫子) 등과 함께 효왕의 빈객으로 몇 해 동안 그곳에서 지낼 때 「자허부(子虛賦)」를 지어 양 효왕에게 올렸다.

71 마우풍(馬牛風): 풍마우 불상급(風馬牛不相及). 멀리 떨어져 있어 구애(求愛)하는 마소가 서로 만나지 못함. 서로 아무 관계가 없음을 비유한다.

72 삼화수(三花樹): 인도(印度)에서 나는 패다수(貝多樹)의 이명(異名). 이 나무는 1년에 꽃이 세 번 핀다 하여 붙여진 이름인데, 이백(李白)이 오애산(五崖山)으로 들어가는 자기 숙부를 전송한 시에 "가실 때 응당 숭소 사이를 들르시리니, 날 생각하여 삼화수를 꺾어 보내소서.[去時應過嵩少間, 相思爲折三花樹.]"라고 하였다.

73 악해(鱷海): 악어가 출몰하는 해변.

저의 성은 송전(松田)이고 이름은 구징(久徵)이며 자는 자문(子文), 호는 홍구(鴻溝)입니다. 이세(伊勢) 사람이고, 임 쾌주의 문인으로 창평(昌平) 국학의 생원장(生員長)입니다. 향보(享保) 기해년에 사신이 왔을 때, 일찍이 신(申)·강(姜)·성(成)·장(張)[74] 네 분이 청안(靑眼)으로 저를 보아주셨고, 연향(延享)의 모임[75]에는 일이 있어 참여하지 못해 슬픔과 한스러움이 진실로 깊었습니다. 지금은 나이가 벌써 일흔을 넘어 여든을 바라보고 있는데, 다행히 또 이런 성대한 일을 만나 여러분들과 시를 수창할 수 있게 되니 매우 영광스럽습니다. 송전구징이 재배합니다.

학사 남공께 받들어 드리다
奉呈學士南公

송전구징(松田久徵)

천리 먼 곳에 선린하려 창해에 떠 오니	千里善鄰蒼海浮
그림배가 멀리 해 뜨는 동쪽을 향하였네	畫船遙指日東州
강산에서 문장의 아름다움을 눈여겨보니	江山凝望文章美
따뜻한 봄의 구름이 신기루 위로 오르네	雲氣春溫上蜃樓

---

74 신강성장(申姜成張) : 1719년 기해년에 제술관으로 왔던 신유한(申維翰), 서기로 왔던 장응두(張應斗), 성몽량(成夢良), 강백(姜栢) 등을 지칭한다. 이때가 향보(享保) 4년이었다.

75 연향(延享)의 모임 : 1748년에 갔던 통신사를 말하는데, 이때가 연향(延享) 5년이었다.

송전홍구께 화답하다
和松田鴻溝

남옥(南玉)

자리에서 서쪽 하늘 박망후[76]가 간 곳을 보니	座閣天西博望浮
신령스런 빛으로 홀로 선 바다 속 섬	靈光獨立海中州
청천[77]의 무덤엔 백양나무 벌써 늙었는데	白楊已老青泉墓
하얀 귀밑머리로 본원사에서 다시 맞이하네	霜鬢重迎本願樓

앞의 운을 써서 추월 남공께 드리다
用前韻 呈秋月南公

송전구징(松田久徵)

하늘에서 빼어난 신선의 자태 훌륭한 풍모로	天挺仙姿風骨浮
아득한 봄빛 속에 영주[78]로 건너왔네	悠悠春色度瀛州
아름다운 시절에 도리어 청천의 부고 듣고는	佳期却聽青泉訃
저물도록 돌아가길 잊고 푸른 누각에서 슬퍼하네	日暮忘歸悲翠樓

---

76 박망후(博望侯) : 장건(張騫)의 봉호(封號). 그가 황하의 근원지를 밝히려고 뗏목을
　타고 가다가 하늘 궁전에 이르러 견우(牽牛)와 직녀(織女)를 만나고 왔다는 이야기가 장
　화(張華)의 『박물지(博物志)』에 실려 있다.

77 청천(青泉) : 신유한(申維翰)의 호.

78 영주(瀛州) : 동해 가운데 있는, 신선이 산다는 삼신산의 하나. 여기서는 일본을 가리킨다.

송전홍구께 거듭 화답하다
疊和松田鴻溝

남옥(南玉)

눈처럼 수북한 눈썹 도인의 풍모 걸출한데	厖眉如雪道機浮
남극성의 빛이 한 섬을 비추네	南極星光照一州
사십육 년 전에 바다 건너왔던 객은	四十六年前度客
다 화필[79] 가지고 신선 누각에서 기록하였네	盡將花筆記仙樓

찰방 성군께 받들어 드리다
奉呈察訪成君

송전구징(松田久徵)

범왕의 누대[80]에 하얀 매화 피어	梵王臺裏白梅開
한묵으로 시 짓는 자리에서 시재를 재촉하네	翰墨詞場騷雅催
붉은 눈썹 접해보니 천년의 뜻을 품었고	一接紫眉千載意
뭇 현자들 훌륭하니 성당의 재주일세	群賢卓犖盛唐才

---

79 화필(花筆) : 생화필(生花筆). 이백(李白)이 어렸을 때 붓대의 상단에 꽃이 피는 꿈을
　꾸었다는 고사에서 유래하여, 문장을 창작하는 뛰어난 재능을 비유한다.

80 범왕의 누대 : '범왕'은 본래 색계 사선천(色界四禪天) 중 제1의 하늘인 초선천(初禪天)
　의 왕, 또는 색계의 모든 하늘의 왕을 이른다. '범왕의 누대'는 절을 가리킨다.

송전홍구께 화답하다
和松田鴻溝

성대중(成大中)

신령한 빛 해 뜨는 동쪽에 오랫동안 펼쳐져　　　　靈光長向日東開

상전벽해 되도록 억겁의 세월 지나왔네　　　　　一任桑田閱劫催

시 짓는 자리라 길게 읊어도 그저 하룻밤일 뿐　長嘯詩筵猶宿昔

단출한 시 주머니에 재주 없음이 부끄럽소　　　簡孫囊中愧非才

앞의 운을 써서 용연 성군께 드리다
用前韻　呈龍淵成君

송전구징(松田久徵)

계림의 문채와 질박함 장대한 유람에 펼쳐지고　雞林文質壯游開

매화와 버들 강을 건너와 봄빛을 재촉하네　　　梅柳度江春色催

귀족의 유풍은 명월과 벽옥 같이　　　　　　　貴族遺風明月璧

이역에서 도리어 불군의 재주로 빛나네　　　　異鄉返照不羣才

송전홍구께 거듭 화답하다
疊和松田鴻溝

성대중(成大中)

매화 핀 창가 좋은 밤에 촛불 켰는데　　　　　梅窓良夜燭花開

석상에서 여구[81]의 노래 재촉함이 한스럽네　却恨驪駒席上催

---

81 여구(驪駒) : 일시(逸詩)의 한 편명. 이별할 때 부르는 노래.

여전히 맑은 시를 소매 가득 지니고 있으니 　　尚有清詩携滿袖

봉래산에서 노선의 재주 오래 알고 지냈으면 　　蓬山長識老仙才

봉사 원군께 받들어 드리다
奉呈奉事元君

　　　　　　　　　　　　　　　　　　송전구징(松田久徵)

사군[82]의 호기가 봄볕을 움직였나 　　　　使君豪氣動春陽

여관에 꽃이 피니 백옥당[83]이로다 　　　　旅館花開白玉堂

늘그막에 아름다운 자리에서 성대한 일 만나 　老侍綺筵逢盛事

몇 편 높이 화답하며 꽃 속에 앉았네 　　　數篇高和坐來芳

송전홍구께 화답하다
和松田鴻溝

　　　　　　　　　　　　　　　　　　원중거(元重舉)

부사산 양기로 빚은 단약 일찍부터 먹어서인가 　早服還丹富士陽

흰 머리에 여든 살이어도 더욱 당당하네 　　霜毛八十更堂堂

눈앞에선 기해년의 일 엊그제인 듯 생생한데 　眼前己亥如隔晨

먼 길 온 나그네 분주히 말 장식을 다는구나 　遠客紛紛珮馬行

---

82 사군(使君) : 상대방에 대한 존칭. 또는 명을 받들고 사신으로 가는 사람.

83 백옥당(白玉堂) : 신선이 거처하는 곳. 부귀한 사람의 집을 비유하기도 한다.

앞의 운을 써서 현천 원군께 드리다
用前韻 呈玄川元君

송전구징(松田久徵)

누선의 닻을 풀고 동쪽 햇빛 향해 와서	樓船解纜向東陽
여관을 지나오고 화당에 머물렀네	旅館經過拂畫堂
봄날 아름다운 기약에 영송하는 일 급하여	春日佳期迎送切
민첩하게 소리 높여 노래하니 지는 매화 곱구나	高歌敏捷落梅芳

진사 김군께 받들어 드리다
奉呈進士金君

송전구징(松田久徵)

천년토록 옛 노래 부른 이역의 사람	古調千年異域人
노래 한 편 완성하니 양춘과 바꿀 만하다	一篇歌就換陽春
태평시대의 문물은 모두 옥과 같은데	太平文物皆如玉
은혜롭게 주신 화답의 시 내게도 보내졌네	惠賜和章屬此身

송전홍구께 화답하다
和松田鴻溝

김인겸(金仁謙)

선루에서 두 나라 사람 서로 마주하니	禪樓相對兩邦人
버들 푸르고 꽃 피는 이월의 봄이로다	柳綠花開二月春
도성 안 문장으로는 그대만이 독보적이라	日下文章君獨步
늙고 병든 이내 몸이 절로 가련해지네	自憐衰病華吾身

앞의 운을 써서 퇴석 김군께 드리다
用前韻 呈退石金君

송전구징(松田久徵)

천년토록 이향의 사람과 사이좋게 만나니	千年好會異鄕人
객관에서 노래함에 스러져가는 봄이로다	客館高歌減却春
고국산천이 멀다고 말하지 마오	故國山川無謂遠
그 명예 길이 비춰 사후에도 전해지리	譽名長照可傳身

추월 남공께 다시 드리며 아울러 성군, 원군, 김군께 드리다
再呈秋月南公 兼呈成君、元君、金君

송전구징(松田久徵)

봄바람은 살랑살랑 길고 긴 봄날이라	春風嫋嫋望遲遲
내게 같이 주었던 명월 같은 시 생각하네	念我齊貽明月詩
얼룩진 살쩍에 남은 건 지기의 마음뿐	斑鬢只殘知己意
치의[84]를 홀로 벗으니 많은 이들 의심하네	緇衣偏免衆人疑
종횡으로 시 짓는 것 천년의 일이었고	縱橫詞翰千秋事
강호로 왕래하는 것 만 리의 기약이었지	來往江湖萬里期
알겠구나 배 띄워 귀국하는 날이면	知是泛舟歸國日
그대들은 이별의 말 상상할 일 많으리라	多君想像別離辭

---

84 치의(緇衣) : 엷은 흑색의 승복(僧服).

송전홍구의 이별시에 화답하다
和松田鴻溝別詩

남옥(南玉)

소나무 아래 선옹에겐 세월이 더디 가서	松下仙翁歲月遲
백발에 세 번이나 사신 보내는 시 지었구나	白頭三賦送槎詩
마고[85]와 같이 바다를 보았나 봉래산이 얕고	麻姑閲海蓬萊淺
귤 속의 노인[86]과 바둑 두었나 세월을 의심하네	橘老看碁甲子疑
오십년 세월을 세상에서 헤매다가	五十年光迷逆旅
저승 가는 황천길에서 만날 기약 묻는구나	九重泉路問交期
풍류가 대단해서 잊기 어려운 곳	風流篤厚難忘處
산 위에서 물가에서 초사 읊은 일이리라	臨水登山詠楚辭

송전홍구의 이별시에 화답하다
和松田鴻溝別詩

성대중(成大中)

벽도의 꽃 아래서 화창한 봄 보내는데	碧桃花下閲春遲
일찍이 사신을 송별하는 시 불렀구나	曾唱皇華送別詩

---

85 마고(麻姑) : 전설상의 선녀 이름.
86 귤 속의 노인 : 황귤(黃橘) 노인과 같은 말. 옛날 파공(巴邛) 사람이 자기 귤원(橘園)에 대단히 큰 귤이 있으므로 이상하게 여겨 쪼개어 보니, 그 귤 속에 수염과 눈썹이 하얀 두 노인이 서로 마주 앉아 바둑을 두면서 즐겁게 담소를 나누고 있었다. 그 중 한 노인이 말하기를 "귤 속의 즐거움은 상산(商山)에 뒤지지 않으나, 다만 뿌리가 깊지 못하고 꼭지가 튼튼하지 못한 탓으로, 어리석은 사람이 따 내리게 되었다."라고 했다는 고사가 있다.

기령에서 한가로이 자니 신선의 기운 고요하고	綺嶺閑眠仙氣靜
모산[87]의 맑음을 빌려오니 속세 인연 의심하네	茅山淸藉俗緣疑
백양나무 황천길에서 전날의 언약 슬퍼하리니	白楊泉路悲前契
창해의 돛에 바람 불면 훗날의 기약 끊어지리	滄海風帆斷後期
그대 집안 대대로 우호를 전했음에랴	況是吾家傳世好
매화 지는 선탑[88]에서 이별할 것을 슬퍼하네	落梅禪榻悵將辭

송전홍구께 화답하다
和松田鴻溝

원중거(元重擧)

헤어지려 고개 돌리니 마음 더욱 머뭇거려	欲別回頭意更遲
소매 안엔 기쁘게도 노성한 시 들어 있네	袖中欣有老成詩
인간세상 칠십 년이면 적게 산 것 아니니	人間七十无非少
세상 밖에서의 존망을 의심하지 마시오	世外存亡更莫疑
헤어지고 문을 나서면 상어도 울 것이요	分手出門鮫有淚
편지 전하고 바다 건너면 학도 볼 수 없으리	傳書渡海鶴無期
나는 기해년에 태어나 머리 지금 백발이나	我生己亥頭今白
그대처럼 오래 사는 것 사양치 않으리라	壽考如君祇不辭

---

87 모산(茅山) : 남조(南朝) 양(梁)의 도홍경(陶弘景)이 은거했던 산. 양 무제(梁武帝)가
   길흉과 정토(征討)의 일이 있을 때마다 그에게 자문을 구하니, 당시 사람들이 도홍경을
   '산중재상(山中宰相)'이라 하였다.
88 선탑(禪榻) : 선상(禪床). 참선하는 자리. 여기서는 절을 가리킨다.

송전홍구께 화답하다
和松田鴻溝

김인겸(金仁謙)

봉래도의 신선은 천천히 세상을 살아	蓬島仙人度世遲
빈연에서 녹명시[89]를 두 번이나 읊는구나	賓筵再誦鹿鳴詩
백아의 거문고[90] 적막하니 청천옹[91]은 떠났고	牙絃寂寂泉翁去
백발이 쓸쓸하니 귤 속의 노인인가 의심하네	霜髮蕭蕭橘老疑
오십년 후에도 노전[92]은 남아 있고	五十年來餘魯殿
삼천리 밖에서 안기생[93]을 보노라	三千里外見安期
강운과 위수[94] 아득히 멀어 꿈 같으니	江雲渭樹迢迢夢
어느 날 밤 그리움을 사양하진 마시게	佗夜相思且莫辭

---

89 녹명시(鹿鳴詩) : 『시경(詩經)』 「소아(小雅)」의 편명으로, 군신과 빈객을 연향하는 시.

90 백아의 거문고 : 백아(伯牙)는 춘추 시대 초(楚)나라의 음악가로 거문고 연주를 잘하였다. 백아가 거문고를 타면 그의 친구 종자기(鍾子期)가 늘 감상을 하며 그의 음악을 깊이 이해해 주었다. 어느 날 종자기가 갑자기 죽자 백아가 자기 음악을 제대로 들어줄 사람이 없음을 한탄한 나머지, 거문고를 부수어 버리고 종신토록 연주하지 않았다고 한다. 그래서 지기(知己)의 죽음을 슬퍼한다는 의미의 '백아절현(伯牙絶絃)'이라는 말이 생겨났다.

91 청천옹 : 1719년 통신사행 때 제술관으로 왔던 신유한의 호가 '청천(靑泉)'이었다.

92 노전(魯殿) : 영광전(靈光殿)의 이칭. 한(漢)나라 경제(景帝)의 아들 공왕(恭王)이 세운 궁전으로, 춘추시대 노나라 땅이던 산동성(山東省) 곡부현(曲阜縣)에 있었다. 옛 자취가 다 사라진 가운데 홀로 남아 추숭되는 대상을 비유한다.

93 안기생(安期生) : 동해의 선산(仙山)에서 살았다는 고대의 전설적인 신선.

94 강운과 위수 : 한 사람은 위수(渭樹) 가에 있고, 한 사람은 장강(長江) 가에 있어서 서로 멀리 떨어져 있다는 뜻. 인신하여, 먼 곳에 있는 벗을 간절히 그리워함을 의미한다.

네 분께서 나에게 고별하는 화답시를 내려주시니, 다시 앞의
운을 엮어서 추월공·용연군·현천군·퇴석군께 화답하다
四君辱賜予告別和章, 復綴前韻, 和秋月公、龍淵君、玄川君、退石君

송전구징(松田久徵)

사신의 배[95] 멀리 운해를 헤치고 왔는데	星槎遠泛海雲遲
세상의 산천이 모두 시 안으로 들어왔네	逆旅山川悉入詩
남북으로 사람들 바라보니 좋은 모임뿐이라	南北羣望唯好會
동서의 특별한 만남을 의심하지 마시오	西東奇遇勿相疑
문장은 도포처럼 화려하게 빛나고	文章偏暎錦袍色
멀리서 옥절[96] 들고 왔으니 세상이 칭송하리	世譽遙持玉節期
이향의 언어 다르다고 어찌 한스럽겠는가	豈恨異鄉言語別
작별을 아쉬워하는 손님의 답사 다정하구나	多情惜別答賓辭

추월 남공과 헤어짐을 아쉬워하다
惜別秋月南公

송전구징(松田久徵)

닭과 개 우는 새벽 무창을 출발하니	曉發武昌鷄犬聲
달 아래 울리는 종소리 그대 보내는 마음일세	鐘鳴月小送君情

---

95 사신의 배 : '성사(星槎)'는 은하수를 왕래한다는 뗏목이다. 한(漢)나라 때 어떤 사람이
바다에서 뗏목을 타고 가다가 자기도 모르게 은하수에 이르러 견우직녀를 만났다는 고사
가 있다. 여기서는 사신의 배를 가리킨다.
96 옥절(玉節) : 옥으로 만든 부신(符信).

동서 만 리의 인간 세상에서 　　　　東西萬里人間世
한번 헤어지면 풍운에 백발이 생기겠지 　一別風雲白髮生

송전홍구께 화답하다
和松田鴻溝

남옥(南玉)

길가의 버들 마당의 꽃에는 온통 빗소리 　陌柳庭花總雨聲
고송만이 추위에도 시들지 않는 정 지녔네 　古松惟有歲寒情
세상에서 사신과 몇 번이나 이별하고는 　人間屢別皇華客
매번 만날 때마다 생사를 묻는다네 　每一相逢問死生

용연 성군과 헤어짐을 아쉬워하다
惜別龍淵成君

송전구징(松田久徵)

손잡고 이곽의 배[97]와 헤어지기 어려운데 　握手難分李郭舟
봄 강에 꽃과 달 비치니 또한 풍류 있구나 　春江花月亦風流

---

97 이곽의 배 : 이응(李膺)은 자가 원례(元禮)인데, 사람들이 그의 영접을 받기만 해도
"용문에 올랐다.[登龍門]"고 자랑할 정도로 명망이 높았다. 그런 그가 부융(符融)의 소개
로 곽태(郭太)를 만나보고는 사우(師友)의 예로 대접하자 곽태의 명성이 경사(京師)를
진동하였다. 그 뒤에 곽태가 고향에 돌아가려 하자 강가에 나와 전송한 제유(諸儒)의 수
레가 수천 대나 되었으며, 이응과 곽태 두 사람이 타고 건너가는 배를 바라보며 모든
빈객들이 신선과 같다고 찬탄하면서 부러워했다는 고사가 전한다.

귀국하여 나의 소식 묻는 지음 만난다면　　　　　歸鄕如遇知音問
확삭[98]한 홍구가 창수 잘한다 말해주오　　　　　矍鑠鴻溝能唱酬

송전홍구께 화답하다
和松田鴻溝

성대중(成大中)

흰 눈썹으로 북쪽에 온 배를 세 번이나 보니　　　尨眉三見北來舟
남극성의 빛이 다 흐르지 않았나 보오　　　　　南極星輝不盡流
대밭 옆에서 시통으로 옛일 거듭 말하는데　　　竹外詩筒重話舊
상전벽해 기록 속에 화답시 남아 있을까　　　　滄桑錄裏有餘酬

---

98 확삭(矍鑠) : 노인이 여전히 강건하여 젊은이처럼 씩씩한 것을 말한다. 동한(東漢)의
　복파장군(伏波將軍) 마원(馬援)이 62세의 나이에도 불구하고 말에 뛰어올라 용맹을 보이
　자, 한 무제(漢武帝)가 "이 노인네 참으로 씩씩하기도 하다.[矍鑠哉是翁也]"라고 찬탄했
　다고 한다.

저의 성은 후등(後藤)이고 이름은 세균(世鈞)이며 자는 수중(守中)입니다. 귀국(貴國)에서 휘(諱)하는 것이 있어서 우선은 자를 가지고 말하겠습니다. 호는 지산(芝山)이며 찬기(讃岐) 사람입니다. 임 좨주의 문인이고 찬기후(讃岐侯)의 유신(儒臣)입니다. 연향의 회합 때 구헌(矩軒)·제암(濟菴)·해고(海皐)[99] 여러 분과 수창하였는데, 지금 다시 제군들의 훌륭한 풍모를 접하게 되니 매우 다행스럽습니다.

후등수중(後藤守中)이 재배합니다.

제술관 남추월에게 주다
贈製述官南秋月

후등세균(後藤世鈞)

바다는 넘실넘실 천지가 광활한데	海漫天地濶
한번 치고 가니 길이 삼천리라	一撃路三千
석목[100]에는 고향 구름 멀리 떠 있고	析木鄉雲遠
부상[101]에는 아침 해가 걸려 있네	扶桑朝日懸
대체 얼마나 많은 객을 맞이하고	逢迎凡幾客
허다한 시편을 창화했는지	唱和許多篇

---

99 구헌(矩軒)·제암(濟菴)·회고(海皐) : 1748년 통신사행 때 제술관으로 왔던 박경행(朴敬行), 서기였던 이봉환(李鳳煥)·이명계(李命啓) 등을 가리킨다.

100 석목(析木) : 중국 대륙을 기준으로 동쪽 지역인 유주(幽州)와 연주(燕州)에 속한 별자리인데, 동방을 가리킨다. 여기서는 조선을 말한다.

101 부상(扶桑) : 신화에 나오는, 동해에 있다는 신목(神木)인데 그 밑에서 해가 떠오른다 하여 '해 뜨는 곳' 또는 해를 가리킨다. 여기서는 일본을 지칭한다.

| 봄바람 속에 앉아 있자니 | 坐了春風裡 |
| 석양 앞에 아직도 흥이 남았네 | 興餘夕照前 |

후등지산께 화답하다
和後藤芝山

남옥(南玉)

매화 꽃잎 서너 개 날리는데	梅藥飄三四
고향 구름은 아득히 육천 리 밖에 있네	鄕雲渺六千
하늘이 크지 않은 줄 알고 있기에	已知天不剩
외롭게 달린 북두성만 바라본다네	唯見斗孤懸
거울 보다가 지금의 내 모습에 놀라는데	攬鏡驚今我
만남의 장에서는 예전보다 시가 줄었구나	逢場減舊篇
영지의 소식 끊어졌으니	靈芝消息斷
절 앞에서 다른 이에게 물어보노라	憑問佛樓前

귀호(貴號)가 지산(芝山)이기 때문에 끝을 이렇게 맺었습니다.

서기 성용연에게 주다
贈書記成龍淵

후등세균(後藤世鈞)

바다 서쪽 천만리 먼 곳으로	海西千萬里
옥과 비단 가지고 하늘 끝에서 왔네	玉帛自天涯
사람들 소란한데 역참 정자엔 해 저물고	人鬧郵亭暮

말은 더딘데 성 밖 관소엔 꽃이 피었구나	馬遲野舘花
객의 마음 계절과 기후에 놀라고	客心驚節候
시상은 안개와 노을을 희롱하네	詩思弄烟霞
홍려관102에서 만나	邂逅鴻臚裏
읊고 있자니 해가 금방 기우네	吟哦日易斜

후등지산께 받들어 화답하다
奉和後藤芝山

성대중(成大中)

비단 돛은 어느 날에나 돌아가려나	繡帆歸何日
드넓은 바다 그 한쪽에 있다네	滄溟是一涯
하늘 끝 텅 빈 달빛	天邊虛月色
호숫가에 지는 매화	湖上落梅花
물가 관사엔 해가 느릿느릿 지나고	濱舘遲遲日
절집엔 어렴풋이 노을이 드리웠네	禪盧淡淡霞
처음 만났는데도 분위기 무르익어	新知還爛熳
두건과 옷이 멋대로 비뚤어졌구나	巾服任欹斜

---

102 홍려관(鴻臚舘) : 관서의 이름. 빈객을 접대하는 일을 맡았다.

서기 원현천에게 주다
贈書記元玄川

후등세균(後藤世鈞)

저 아름다운 사람 서쪽에서부터[103]	彼美自西方
긴 바람에 거룻배 하나 타고 왔네	長風一葦航
해를 넘겼어도 길은 아득히 멀고	踰年路迢遞
험한 길 다니느라 말은 병들었네	涉險馬玄黃
역참 나무에선 행인이 쉬고	驛樹行人倦
도성의 문에선 후인[104]이 바쁘다	都門候吏忙
서로 만나면 시를 주고 싶은데	相逢欲有贈
하루가 다가도록 시가 되질 않는구나	終日不成章

지산에게 화답하다
和芝山

원중거(元重擧)

북두성 북극성은 어느 곳에 아득한가	斗極渺何方
남쪽으로 오니 바다에 배가 있네	南來海有航
산하는 떠 있는 해로 붉고	山河浮日赤
이슬[105]은 구름이 끼어 누렇구나	沆瀣入雲黃

---

103 저 아름다운 사람 서쪽에서부터 : 『시경』「패풍(邶風)」'간혜(簡兮)'편에, "저 미인이
여, 서방의 사람이로다.[彼美人兮, 西方之人兮.]"라는 구절이 있다.

104 후인(候人) : 빈객을 송영(送迎)하는 일을 맡은 관원.

105 이슬 : '항해(沆瀣)'는 밤의 맑은 이슬을 말하며, 신선이 마신다고 한다.

방초는 물기를 머금어 불어나고 芳艸含煙漲
시든 꽃은 비를 맞아 바삐 자라네 殘花着雨忙
한적하게 한 자리에 나누어 앉아 悠然分一席
아름다운 시편을 기쁘게 마주하네 欣對繡成章

서기 김퇴석에게 주다
贈書記金退石
후등세균(後藤世鈞)

긴 여행길에 절기도 바뀌니 時序移長路
온갖 고생 겪은 그대 가련하구나 憐君歷苦辛
바다 구름은 떠나는 기러기를 가두고 海運籠去雁
남기[106]는 떠나는 이를 매만지네 嵐氣撩行人
이국적인 강과 산을 실컷 보시고 眺飽江山異
새로 핀 꽃과 버들에 시로 화답하시길 詩酬花柳新
유자의 관은 옛 일 따른 것인데 儒冠循故事
먼 데서 온 손님 잘못 대접하였네 謬接遠方賓

후등지산께서 주신 시에 차운하다
次藤芝山見贈韻
김인겸(金仁謙)

수륙이 오천 리라 水陸五千里

---

106 남기(嵐氣) : 산 속에 낀 안개. 이내.

해를 넘기며 온갖 고난 다 겪었네　　　　　經年飽百辛
매화 핀 창에 외로이 촛불 켠 이 밤　　　　梅窓孤燭夜
서리 같이 센 머리 이향의 사람이라　　　　霜髮異鄕人
시흥은 차츰차츰 사라져 가고　　　　　　　詩興看看盡
나그네 회포는 갈수록 새롭구나　　　　　　羈懷去去新
감사하게도 그대는 선탑 있는 곳　　　　　　感君禪榻上
바다 서쪽 나그네를 찾아 주셨네　　　　　　來問海西賓

추월에게 다시 주다
再贈秋月

후등세균(後藤世鈞)

무진년에 박・이[107]와 시맹을 맺었는데　　　辰年朴李結詩盟
오늘 그대를 만나 통성명을 하는구려　　　　今日逢君通姓名
귀국한 후에 서쪽 사람들이 묻거들랑　　　　歸後西人若相問
지난번 그 서생 귀밑머리 하얘졌다 전해주오　鬢斑前度一書生

지산께 다시 화답하다
重酬芝山

남옥(南玉)

제암과 해고[108] 여러 분이 나와 동맹 맺으니　濟蕃諸子我同盟

---

107 박이(朴李) : 1748년 통신사행 때 왔던 박경행(朴敬行)・이봉환(李鳳煥)・이명계(李命啓) 등을 가리킨다.

도처에서 만나는 이마다 그 이름을 말하네 　　　到處相逢說項名
귀국하는 날 한양에서 응당 물어올 것이니 　　　歸日漢陽應問訊
삼수[109]는 만년에 향기가 난다 말하리라 　　　爲言三秀晚香生

제암·해고도 매번 그대의 이름을 말하였으니, 돌아가면 마땅히 지산(芝山)의 늙지
않은 봄을 전해주겠습니다.

용연에게 다시 주다
再贈龍淵

후등세균(後藤世鈞)

바다 서쪽 문사에 관해 오랫동안 들었는데 　　　海西文士久相聞
화려한 객관 봄바람 속에서 그댈 만났네 　　　華舘春風此遇君
시구로 다행히 서로 통할 수 있으니 　　　詩句幸堪通彼我
그렇지 않다면 은근한 얘기 어떻게 하리오 　　　不然爭得話殷勤

지산께 다시 화답하다
重和芝山

성대중(成大中)

무진년 사행 때 그대 이름 들었으니 　　　戊辰槎上盛名聞

108　제고(濟皐) : 제암(濟庵)과 해고(海皐)는 각각 이봉환과 이명계의 호이다.
109　삼수(三秀) : 진(秦)나라 말기 상산사호(商山四皓)가 캐 먹고 살았다는 영약(靈藥)인
　　지초(芝草)의 딴 이름. 후등세균의 호가 '지산(芝山)'이므로 이렇게 말한 것이다.

하늘 밖 신교[110]에 네 사람이 있었지요 　　　　　天外神交有四君
가랑비 내리는 절집에서 다시 객을 맞으니 　　　　細雨禪扉重迓客
글이 같아 한 번 만남에도 두 마음이 곡진하네 　　同文一會兩情勤

현천에게 다시 주다
再贈玄川

후등세균(後藤世鈞)

시인들 만남에 다른 재주는 없지만 　　　　　　騷人相逢技無他
오직 시편이 있어 함께 노래할 수 있네 　　　　唯有詩篇可唔歌
주옥같은 시 주시기를 바라는 것 아니요 　　　報我瓊瑤非所望
거침없는 시 나오는 대로 그냥 읊조린다네 　　狂言信口漫吟哦

지산께 거듭 화답하다
重和芝山

원중거(元重擧)

그대의 중후함 다른 이에겐 절대 없으니 　　　知君重厚斷無佗
화답 오면 천천히 마음껏 노래하네 　　　　　酬到悠然漫自歌
북쪽 나그네는 종이와 붓 펼치기 부끄러우나 　北客堪羞伸紙筆
총총히 거칠게나마 다시 또 읊조린다오 　　　忽忽潦艸更微吟

---

110 신교(神交) : 정신적으로 사귐. 또는 만나지는 못했지만 인품을 앙모하여 벗으로 삼는
것을 이른다.

퇴석에게 다시 주다
再贈退石

후등세균(後藤世鈞)

잠시 글을 가지고 풍류를 맺으니	暫將詞翰結風流
자리에서 자주 수창하는 것 싫지가 않구나	莫厭當筵頻唱酬
새 울고 꽃 지니 감상이 끝이 없어	啼鳥落花無限意
서로 만난 자리 곧 이별의 수심일세	相逢之處卽離愁

후등 군의 시에 다시 화운하다
再和後藤君韻

김인겸(金仁謙)

봄바람은 따뜻하고 바다의 구름 흐르는데	春風澹蕩海雲流
신선 섬[111] 안개와 이내에 시 빚을 묵히네	鰲背烟嵐宿債酬
아름다운 모습 잠깐 접하고 곧 헤어져야 하니	乍接芝眉將遠別
어느 밤 이슬과 갈대의 근심[112] 어찌 견디랴	可堪佗夜露葭愁

---

111 신선 섬 : 옛날 발해(渤海) 동쪽 바다에 큰 골짜기가 있고 그 밑에 신선이 사는 다섯 산이 있는데, 파도에 떠밀리자 상제가 다섯 마리의 자라로 하여금 이를 떠받치게 했다는 전설이 있다.

112 이슬과 갈대의 근심 : 『시경』 「진풍(秦風)」 '겸가(蒹葭)' 편에서 따온 것인데, 가을 홍수가 한창일 때 상대방이 물에 가로막혀 있어 만나지 못함을 안타까워하는 내용을 담고 있다.

추월이 덕력용간에게 헤어지며 준 시에 차운하다
次秋月贈別德龍澗韻

후등세균(後藤世鈞)

객관에서 이역의 사람 기쁘게 만났는데	賓舘忻逢異域人
해동의 봄날 이별의 정을 어쩌지 못하네	離情難奈海東春
창수한 시구가 교룡금[113] 같아서	唱酬詩句交龍錦
한참 앉아 있자니 인어의 집 옆인가 의심하네	坐久還疑鮫室隣

용간에게 이별하며 준 시에 또 화운하다
又和用贈別龍澗韻

남옥(南玉)

부평초처럼 만난 사람 원래 알고 있었던 듯	似曾相識萍逢人
꽃 지는 봄을 어찌할 수 없구나	無可奈何花落春
외론 밤 높이 선 돛대 안개 낀 파도 속에서	獨夜危檣烟浪裏
하늘 밖 외롭지 않은 이웃을 생각하리	應思天外不孤隣

고풍 한 편을 제술관과 삼서기에게 주다
古風一篇 贈製述官及三書記

후등세균(後藤世鈞)

| 보력 십사 년 | 寶曆第十四 |

---

113 교룡금(交龍錦) : 몸을 감고 있는 용의 무늬를 짜 넣은 비단.

해는 갑신년이라	大歲在甲申
사군[114]이 친히 새로운 정치 펼치시니	嗣君親新政
우로에 만물이 봄을 맞았네	雨露萬物春
사신 온 조선의 사람들	聘來朝鮮使
교린의 의리가 돈독함에 있구나	鄰交義在敦
멀리 부상에 뜨는 해를 향하여	遙指扶桑日
일찌감치 석목진[115]을 출발하였네	早發析木津
돛대는 파도와 안개를 넘고	帆檣凌濤霧
풍악소리는 바다 끝까지 요동친다	鼓吹盪海垠
새벽에 출발하여 아침저녁으로 가니	晨征旦夕行
길에서 몇 십 일을 보냈던가	在途幾十旬
느릿느릿 가을철을 지나고	靡靡涉素節
차츰차츰 봄철로 들어왔네	駸駸入芳辰
채색 노을은 아름답게 꾸민 창을 감싸고	彩霞擁畫戟
꽃기운은 아로새긴 수레바퀴에 스민다	花氣襲彫輪
후인은 의장대[116]를 맞이하고	候人迓鹵簿
도성에는 붉은 먼지가 날리네	九陌颭紅塵
주옥과 대모[117]가 빈객과 시종을 수없이 따르고	珠玳多賓從

---

114 사군(嗣君) : 왕위를 계승한 임금.

115 석목진(析木津) : 기성(箕星)과 두성(斗星) 사이에 은하수가 있고, 기성이 목(木)에 속하기 때문에 석목의 나루라고 칭한다. 여기서는 조선을 가리킨다.

116 의장대 : '노부(鹵簿)'는 제왕이 거둥할 때 따르는 의장대를 말한다. 한(漢)나라 이후에는 후비(后妃)·태자왕공 대신(王公大臣)의 행차를 수행했고, 당대(唐代)에는 4품 이상 관원의 외출에도 의장대가 따랐다.

117 대모(玳瑁) : 바다거북과에 속하는 거북의 일종. 열대 지방에 사는데 등껍데기는 황갈

관복과 수레가 성문에 넘쳐나는구나	冠蓋溢城闡
길을 청소하느라 가졸¹¹⁸이 뛰어다니고	淸道街卒走
불 단속하느라 관청 아전이 순시하네	警火坊吏巡
다투어 구경하려는 도성의 인사들	爭觀都人士
집들은 나란히 연이어 있구나	比屋骿相因
누대에는 융단이 깨끗하고	樓臺氍毹鮮
장막에는 수놓은 비단 화려하다	帷幕錦繡紛
정해진 날에 사신의 명 받들고	戒日將使命
국서를 정성스럽게 전하네	國書報殷勤
신의를 맺어 열 왕조를 거쳐 왔으니	講信十朝久
예를 택함은 옛 제도 따름일세	擇禮舊章循
빈개¹¹⁹가 상서¹²⁰와 서로 뒤섞여	儐介交象胥
은혜가 해외 사람에게 특별하구나	恩殊海外人
절조¹²¹하여 제사지내니 위의가 성대한데	折俎享多儀
술과 음식 권하며 사신을 위로하네	命侑勞使臣
대궐 뜰의 공물은 토양에 잘 맞으니	庭實稱土宜
펼쳐 놓은 물건이 모두 나라의 보배일세¹²²	旅百盡國珍

색에 검은 반점이 있으며, 대모 또는 대모갑(玳瑁甲)이라 하여 공예 재료로 쓰인다. '대연 (玳筵)'은 대모로 꾸민 자리를 편 연석으로, 호화스럽고 성대한 연회를 이른다.

118 가졸(街卒) : 거리의 치안과 청소를 맡은 관청의 잡역부.

119 빈개(儐介) : 손님을 안내하는 사람과 소개하는 사람.

120 상서(象胥) : 사방의 사자(使者)를 접대하는 벼슬아치, 또는 통역관.

121 절조(折俎) : 고대의 제사나 연회 때 짐승을 잡아 조각내어 조(俎)에 담던 일. '조(俎)' 는 고기를 담는 예기(禮器).

122 대궐 뜰의……보배일세 : '정실(庭實)'은 대궐의 뜰에 가득 벌여놓은 공물을 뜻하고,

잎이 다섯인 인삼은 비할 데가 없고	五葉葐無比
천리를 달릴 준마는 무리에서 빼어나며	千里駿絶倫
짙은 녹색의 담비 가죽 펼쳐져 있고	黍皮綠沈列
알록달록 빛나는 화문석 진열되었네	花席班爛陳
먼 데서 온 보물이 귀한 것 아니요	非必寶遠物
보배로운 건 오직 선린의 정신일세	所寶惟善隣
무기를 놓아 두니 온 세상이 같아지고	偃武四海同
문화를 닦아 두 나라가 친해지네	修文兩邦親
백 년 동안 관문을 닫지 않았으니	百年關不閉
태평성대의 백성 되었음을 칭송하노라	頌作太平民
나 같은 일개 서생이	僕一介書生
외람되이 장막 안의 빈객을 접하다니	叨接幕中賓
쓰는 말이 달라 괴로워도	雖苦方語異
새로운 얼굴 만나 뵈니 기쁜 일일세	可怡會面新
이미 동곽처사의 연주에 몰래 끼어들어[123]	已竊東郭吹
서시의 찡그린 얼굴 흉내내고자 하네[124]	欲傚西施矉

'여백(旅百)'은 진열한 물건이 많음을 형용한다. 『좌전(左傳)』에 "정실여백(庭實旅百)"
이라는 구절이 보인다.

123 이미……끼어들어 : 제 선왕(齊宣王)이 우(竽)의 합주를 좋아하여 악사 300명이 함께
불도록 하였을 때에는, 취주에 서툰 남곽처사(南郭處士)가 여러 사람 틈에 끼어 선왕을
속일 수 있었다. 그러나 민왕(湣王)은 독주를 좋아하여 한 사람씩 불게 하였으므로 남곽
처사는 더 이상 버티지 못하고 도망쳤다. 여기서 '동곽'이라고 한 것은 일본임을 감안하
여 '남곽'을 변용한 것이다.

124 서시의……하네 : 월(越)나라 서시(西施)가 가슴앓이로 눈살을 찌푸리고 다녔는데,
이를 아름답게 여긴 이웃의 추녀가 그런 서시의 모습을 흉내 내며 다녔다. 그러자 그
꼴이 하도 흉하여 이웃 사람들이 문을 닫고 나오지 않거나 다른 곳으로 떠났다고 한다.

오늘은 또 어떤 날인가	今日又何日
그대를 만나고 또 그대와 헤어지는 날	逢君更別君
그대와 헤어지고 나면 영영 기약 없으니	別君永無期
붓 잡고 회포의 정을 곡진하게 펼치네	秉筆抱情慇

지산께서 고체시를 주시니, 그 중에서 운자를 얻어 화답하다
芝山贈古軆詩 就其中得韻以和

남옥(南玉)

왕골 돗자리 안은 일 년 내내 봄이니	筼簹舖裏一年春
상산[125]의 선비들 새 영지를 캐었구나	商嶺衣冠采撷新
누대엔 가랑비 내리는데 꽃이 불상을 숨기고	細雨樓臺花隱佛
주렴엔 석양 지는데 제비가 사람을 엿보네	夕陽簾幕燕窺人
임 쾌주 문학에서 경전의 학문 홀로 지니고	林門獨抱傳經學
기자 나라 붓 싣고 온 객을 거듭 맞이하네	箕域重迎載筆賓
다례 끝나고 향기 사라지니 이별의 한 생겨나	茶罷香銷生別恨
등륜[126]에 기대 품천[127]의 안개와 나무를 보네	品川烟樹望藤輪

운당(筼簹)[128]은 삼수(三秀)의 말을 차용한 것이고, 상령(商嶺)은 사객(四客)의 일을 차용한 것이다.

---

125 상산(商山) : 진말(秦末)에 세상의 어지러움을 피하여 상산에 숨은 동원공(東園公)·하황공(夏黃公)·녹리선생(甪里先生)·기리계(綺里季)의 네 사람. 수염과 눈썹이 모두 흰색이어서 사호(四皓)라 불리었다.
126 등륜(藤輪) : 등나무로 만든, 베개 비슷한 물건. 앉은 자리 옆에 두고서 기대거나 누울 수 있다.
127 품천(品川) : 지명. 시나가와. 동경(東京)에 있다.

차운하여 추월께 사례하다
次韻 謝秋月

후등세균(後藤世鈞)

좋은 인연으로 만나니 때는 꽃피는 봄이라	良緣邂逅遇芳春
마음으로 사귀매 처음 안 어찌 논하랴	心契何論傾盖新
가는 곳마다 풍속 관찰하니 오나라 계찰이요	到處觀風吳季子
몇 번이나 좋은 계책 내니 정나라 나그네일세[129]	幾時謀野鄭行人
세상이 태평하니 사해가 모두 형제라	世平四海皆兄弟
한 집에 오래 앉았더니 주인과 손님 잊었네	坐久一堂忘主賓
보배 같은 시 주심에 이별의 한 절절하니	瓊琚投來離恨切
수양버들이 가는 수레에 스치면 어찌 견디랴	豈堪楊柳拂歸輪

후등지산께 다섯 번째 화운하다
五和後藤芝山

남옥(南玉)

용정자[130] 멀리 굴러가니 백화만발한 봄이라	龍亭遙轉百花春

---

128 운당(篔簹) : 대나무 이름으로, '왕대'라고도 한다. 물가에서 자라며 껍질이 얇고 마디가 길다. 죽순은 식용하거나 약용하며, 줄기는 탄력성이 좋고 세공이 쉬워 건축 및 죽세공재로 사용한다.

129 몇 번이나……나그네일세 : 비심(裨諶)은 정(鄭) 나라 대부(大夫)였는데 꾀를 잘 내는 슬기가 있었다. 『좌전(左傳)』「양공(襄公)」 31년 조에, "비심이 꾀를 잘 내었는데, 들에서 꾀를 내면 수확이 있었고 읍에서 꾀를 내면 그렇지 않았다.[裨諶能謀, 謀於野則獲, 謀於邑則否.]"는 기록이 있다. 이 때문에 '모야(謀野)'는 좋은 책략 또는 모책을 가리키는 말이 되었다.

물 흐르는 층층의 성루에 나무 빛이 새롭다	夾水層城樹色新
삼부의 음악소리에 사신은 수레에 기대었고[131]	三部笙簫憑軾使
두 줄의 누각엔 주렴 걷는 사람 있네	兩行樓閣卷簾人
송매·죽의 장소로 관소를 열었고	松梅竹所分開舘
상관 다음 중관은 잔치 참여한 손님일세	上次中官各讌賓
이백년 동안 선린의 우호 맺으니	二百年來鄰好意
하늘의 밝은 달이 같은 수레 환히 비추네	一天明月皎同輪

귀방의 궁관(宮觀)에는 송지간(松之間)·매지간(梅之間)·죽지간(竹之間)의 이름이 있고, 저희 행차의 인원에는 상관(上官)·중관(中官)·하관(下官)의 구별이 있습니다.

지산께서 오언고시를 주시니, 그 운을 따서 칠언율시를 지어 사례하다

芝山有五古之贈 拈其韻 以七律謝之

성대중(成大中)

글과 마음으로 사귀니 한 이웃 같아	文神交道若同鄰
부상의 나무 서쪽 저물녘에 나루를 묻네	扶木西頭晚問津
지초에 맑은 안개 이니 신선 섬의 새벽이요	芝草晴烟仙島曉
살구꽃에 성긴 비 내리니 절집의 봄이로다	杏花踈雨佛樓春
언젠가는 이별의 한 속에 산해에 막히리니	他時別恨分山海

---

130 용정자(龍亭子): 교여(轎輿)의 하나로, 나라의 옥책(玉冊)이나 금보(金寶) 및 국서 등 귀중한 물건을 운반할 때 사용되었다.

131 수레에 기대었고: 전국 시대에 역이기(酈食其)가 편안하게 수레를 타고 유세하면서 제 나라의 70여 성을 항복받았던 고사가 있다. 무력을 사용하지 않고 목적을 달성한다는 의미로 쓰인다.

오늘 맑은 즐거움으로 주빈을 마주하네　　　　　今日淸歡對主賓

제군들 이어서 자리로 인도함이 더욱 기쁘니　　更喜諸君聯儐席

열 개의 구슬 모두 수레 비추는 보물일세[132]　　十枚俱是照車珍

용연의 시에 차운하다
次龍淵韻

후등세균(後藤世鈞)

열 조정에서 사신 보내 덕으로 이웃 되니　　　十朝使聘德成隣

그대와 같은 빈종[133]은 실로 요진[134]이라　　儐從如君實要津

짧은 이야기로 이별의 한 말하기 어렵고　　離恨難裁暫時話

한 가지의 봄으로 사귐의 정 저버렸네　　　交情辜負一枝春

화려한 관소에서 시객 맞이할 것을 예정함은　　預期華舘延騷客

귀한 자리에 손님 많이 오는 것 싫어서라네　　須厭瓊筵多雜賓

석별의 정 담은 시는 비단에 수놓은 듯　　惜別報章驚錦繡

석상에 기이한 보배 족하여 더욱 기쁘다오　　更忻席上足奇珍

---

132 열 개의……보물일세 : 전국 시대 양 혜왕(梁惠王)이 자신의 야광주(夜光珠)를 자랑
　　하며 "과인은 나라가 작지만 그래도 수레를 전후로 각각 12승(乘)을 비출 수 있을 정도로
　　광채가 밝은 지름 1촌(村)짜리 구슬 열 개가 있다."고 하였다.

133 빈종(儐從) : 빈자(儐者)와 종자(從者). 앞에서 안내하는 사람을 '빈', 뒤에서 수행하
　　는 사람을 '종'이라 한다.

134 요진(要津) : 중요한 나루터. 현귀하고 중요한 직위의 비유. 두보(杜甫)의 시 「여인행
　　(麗人行)」에, "수많은 빈객과 시종들 현달한 사람들로 가득 찼네.[賓從雜遝實要津]"라
　　는 구절이 있다.

네 번째로 후등지산께 화운하다
四和後藤芝山

성대중(成大中)

빈 골짜기에 깊은 향기 덕 있는 이웃 적은데	空谷幽香少德鄰
버들과 꽃은 안개 덮이고 앞 나루는 어둑하다	柳烟花霧暗前津
복어가 물결을 부니 또 가랑비 내리고	河豚吹浪還微雨
제비가 둥지를 찾으니 벌써 늦은 봄이라	海燕尋巢已晚春
며칠 간 풍류 즐기며 절집에 머물렀고	數日風流留淨社
삼장의 아악[135]으로 가빈과 연회를 하였네	三章雅樂讌嘉賓
시통이 평소의 마음 전하는 데 알맞으니	詩筒只合通情素
비단 주렴 원래부터 보배 삼기 부족하네	綺簾元來不足珍

지산께서 장편 시를 보내 주시니, 그 운을 따서 짧은 율시를 지어 사례하다
芝山有長篇見贈 拈其韻 賦短律以謝

원중거(元重擧)

천 겹 바다 위의 아름다운 섬	瑤島千重海
지산의 한 나무에 봄이 왔더니	芝山一樹春
풍상은 석목에 머물고	風霜低析木
일월은 바다의 포구에서 늙어간다	日月老滄津
시 짓는 재주로 겨우 동석하긴 했는데	文藻纔同席

---

135 아악(雅樂) : 바른 음악. 천지와 종묘의 제례 및 조하·연향 때 연주하는 음악.

열흘이나 머물기엔 부끄럽구나　　　　　　　淹留媿浹旬

어렴풋이 얼굴이나 알 정도로 만났지만　　　依稀存半面

북쪽으로 돌아가는 날엔 마음이 슬프리라　　惆悵北歸辰

현천의 시에 차운하다
次玄川韻

후등세균(後藤世鈞)

시상은 추연의 율관[136]에 비길 만하니　　　詩思比鄒律

찬 골짜기에 봄이 와서 더욱 놀랐네　　　　更驚寒谷春

화답시는 푸른 옥 책상으로 전해오고　　　報來靑玉案

마음은 푸른 버들 나루에 가 있다네　　　　情在綠楊津

얼굴 보는 것은 겨우 하루뿐인데　　　　　會面纔終日

돌아가는 길은 몇 십일이 걸릴까　　　　　歸程涉幾旬

천지에 남북이 나뉘어 있으니　　　　　　乾坤限南北

한번 헤어지면 삼상[137]처럼 멀어지겠지　　一別隔參辰

---

136 추연(鄒衍)의 율관(律管) : 온화함과 생기를 가져오는 사물의 비유. 추연이 율관을
불어 기후를 따뜻하게 해서 오곡을 자라게 했다는 고사가 있다.

137 삼상(參商) : '삼신(參辰)'은 서쪽의 삼성(參星)과 동쪽의 상성(商星)을 가리킨다. 친
구가 멀리 떨어져 있어 서로 만나지 못함을 비유한다.

지산께 거듭 화답하다
重和芝山

원중거(元重擧)

부질없이 들보 사이의 달을 보면서	空對樑間月
봄날의 그 자리를 돌이켜 생각하네	回思座上春
맑은 시 남아 있어 마음이 고요하고	淸詩存澹澹
아름다운 운을 보니 흥미가 진진하다	雅韻見津津
보지 못한 지 사나흘	不見餘三日
홀로 유람하며 보낸 열흘	孤遊曠一旬
돌아가는 길 안개 낀 나무 너머에 있으니	歸程烟樹外
좋은 날 다시 만날 수 있을까	能復會良辰

거친 율시 한 편으로 지산의 고시에 사례하다
潦章一律 謝芝山古詩韻

김인겸(金仁謙)

동풍에 말을 매니 무성에 봄이 왔는데	東風繫馬武城春
만호의 누대가 바다를 내려다보네	萬戶樓臺壓海濱
돌아갈 꿈은 구름처럼 하늘 밖으로 떠가고	歸夢浮雲天外去
이별 수심은 방초처럼 비 온 뒤에 새롭구나	離愁芳艸雨餘新
십년 만에 동문의 약속 다시 생겨나	十年再生同文約
한바탕 웃으며 이국의 손님 다시 맞았네	一笑重迎異國賓
임씨의 문생 중에 그대 홀로 노성하니	林氏門生君獨老
지산의 빼어난 빛 푸르게 우뚝 섰구나	芝山秀色碧嶙峋

퇴석의 시에 차운하다
次退石韻

후등세균(後藤世鈞)

예로부터 나그네는 쉽게 봄을 슬퍼했지만	從來遊子易傷春
낮은 벼슬로 이십년을 동해 가에 있었다오	薄宦卄年東海濱
손님 맞느라 가죽옷[138] 해지는 건 부끄럽지만	深愧黑貂爲客弊
청안으로 그대 사귈 줄을 어찌 생각했으랴	豈圖靑眼向君新
시편으로 만나니 마음을 함께하는 짝이라	詩篇相遇同心侶
언어가 어찌 이방의 손님을 방해하겠소	言語何妨殊域賓
재주 가장 노성한 기실이 사랑스러우니	記室偏憐才最老
씩씩한 마음으로 시 지으매 기운이 우뚝하네	壯心賦就氣嶙峋

지산께 네 번째 화운하다
四和芝山

김인겸(金仁謙)

가벼운 수레 행로 끝나니 갈대언덕은 봄이라	輕輿踏盡葦原春
해가 지나도록 적수 물가에서 구슬을 찾았네[139]	經歲探珠赤水濱

---

138 가죽옷 : '흑초(黑貂)'는 자주색 담비, 또는 그 가죽으로 만든 갖옷을 말한다. 『전국책(戰國策)』에 보면 소진(蘇秦)이 "진왕(秦王)을 설득하려 글을 열 번이나 써서 올렸지만 그의 말은 시행되지 않았다. 담비 가죽옷은 닳아지고 황금 백 근은 다 없어져서 쓸 돈이 바닥나자 그는 진나라를 떠나 돌아왔다.[說秦王書十上而說不行, 黑貂之裘弊, 黃金百斤盡, 資用乏絶, 去秦而歸.]"는 내용이 있다. 열심히 일하였지만 성과가 없었다는 뜻이다.
139 해가 지나도록……찾았네 : '적수(赤水)'는 고대 신화의 전설에 나오는 물 이름. 『장자(莊子)』 「천지(天地)」편에 "황제(黃帝)가 적수의 북쪽에서 노닐고 곤륜산에 올라 남쪽을

비온 뒤 꽃이 핀 숲에는 새소리 흐르는데 　　　雨後芳林禽語滑

달빛 속 슬픈 피리소리에 나그네 수심 새롭다 　月中悲角客愁新

고산의 오묘한 곡조로 종자기에게 화답하니 　高山紗曲酬鍾子

북해에서의 맑은 유람 여동빈[140]에게 배웠네 　北海淸遊學洞賓

고국으로 가고픈 마음을 그대는 묻지 마오 　　故國歸心君莫問

꿈속에선 개골산이 옥처럼 우뚝하다오 　　夢中皆骨玉嶙峋

금강산(金剛山)의 다른 이름이 개골산(皆骨山)입니다.

바라보고는 돌아오는 길에 자기의 검은 구슬을 잃어버렸다.[黃帝遊乎赤水之北, 登乎崑崙之丘而南望, 還歸遺其玄珠.]"고 하였다. '현주'는 훌륭한 인재나 귀중한 물건을 비유한다.

140 여동빈(呂洞賓) : 전설에 나오는 팔선(八仙)의 한 사람. 당(唐)나라 때 경조(京兆) 사람이라 전해지며, 이름은 암(巖), 호는 순양자(純陽子)이고, 동빈은 자이다. 후에 신선이 되어 많은 기적을 남겼다고 한다.

저의 성은 목부(木部)이고, 이름은 돈(敦)입니다. 자는 자익(子翼)이고 호는 창주(滄洲)이며, 무장(武藏) 사람입니다. 임 쾌주의 문인이고 수산후(守山侯)의 유신(儒臣)입니다. 연향 무진년에 사신이 왔을 때 귀방의 여러분들께 보잘것없는 재주를 이미 보여드린 적이 있는데, 지금 다시 제군께서 절 버리지 않으시니 기쁨과 다행함이 어찌 이보다 더할 수 있겠습니까?

목부돈이 재배합니다.

학사 남공께 받들어 드리다
奉呈學士南公

목부돈(木部敦)

삼한의 사자 동방으로 오셨으니	三韓使者向東方
나그네 심회가 이국땅에서 생기는지요	爲問旅懷生異鄕
참으로 남아가 뜻한 바 있다면	正是男兒須所志
왕사[141]가 객중에서 길어진들 무엇이 수고로우랴	何勞王事客中長

---

141 왕사(王事) : 왕명으로 행해지는 공적인 일. 또는 조빙(朝聘) · 회맹(會盟) · 정벌(征伐) 같은 조정의 큰 일.

목부창주께 화답하다
和木部滄洲

남옥(南玉)

배 타고 가마[142] 타고 이 먼 곳까지 오니	桂棹篿輿天一方
살구꽃 핀 한식날 내 고향 생각나네	杏花寒食憶吾鄉
알겠구려 그대 스스로 창주의 멋 지녔음을	知君自爲滄洲趣
전후의 사신들과 시 길게 읊조렸으니	前後星槎嘯詠長

앞의 운을 다시 써서 추월 남공께 드리다
再用前韻 呈秋月南公

목부돈(木部敦)

북쪽 육지 동쪽 바다는 각기 다른 나라	北陸東溟各異方
만 리에 퍼진 바람과 안개 고향과는 다르리라	風烟萬里不同鄉
이 세상 부평초 같은 만남 가장 가련하지만	最憐萍水人間會
내게 주신 새로운 시 교제의 모습 영원하리	酬我新詩交態長

---

142 가마 : '편여(篿輿)'는 널빤지로 바닥을 만들고 사방을 대나무로 둘러쳐 만든 가마이
다. '죽여(竹輿)'라고도 한다.

목부창주께 거듭 화답하다
疊和木部滄洲

남옥(南玉)

절집의 꽃과 나무 하늘을 가렸는데	花木禪樓翳上方
열 명의 재자 모여 남쪽 마을 찾아왔네	十才子會訪南鄉
대동에도 영명한 기운 적지 않으니	大東不乏靈明氣
임씨 가문 명맥이 길이 전해졌음을 보네	看取林家一脉長

찰방 성군께 받들어 드리다
奉呈察訪成君

목부돈(木部敦)

새처럼 돛을 펴니 바다는 넘실넘실	布帆如鳥海漫漫
해로의 어려움을 멀리서 생각하네	舟路遙思多少難
오고가는 행로에 며칠이나 걸리려나	來往行程知幾日
추위 가고 더위 오는 것 서로 보겠지	送寒迎暖得相看

목부창주께 화답하다
和木部滄洲

성대중(成大中)

만 리의 풍파 넘실넘실 드넓은데	風濤萬里浩漫漫
삼신산 바다로 행장 꾸려 해를 넘겨 왔네	三海行裝隔歲難
창주에 우리의 도 있음을 일찍이 알았으니	早識滄洲吾道在

백호의 빛[143] 속에 마음 다하는 것을 보네　　　白毫光裏盡情看

앞의 운을 다시 써서 용연 성군께 드리다
再用前韻 呈龍淵成君

목부돈(木部敦)

신선 같은 손님 아득한 바다에서 뗏목 탔지만	仙客乘槎洋渺漫
봉래산이 지척이라 어렵지 않으리라	蓬萊咫尺不爲難
동해의 부용산[144]을 먼저 알았으리	先知東海芙蓉嶽
하늘 밖 저 멀리서 흰 눈을 보았을 테니	天外長懸白雪看

봉사 원군께 받들어 드리다
奉呈奉事元君

목부돈(木部敦)

창해의 푸른 물결 호수가 깊은데	滄海綠波湖水深
허공 가로질러 배 타고 먼 데까지 오셨네	凌虛舟楫遠勞心
여기서 서로 만나 고상한 노래 부르니	相逢此處歌高調
백설을 보고 이곳이 영 땅임을 알리라[145]	知是郢中白雪看

---

143 백호(白毫) : 부처의 삼십이상(三十二相) 가운데 하나. 미간에 난 흰 터럭으로 밝은
　　빛을 발한다고 한다. 이곳이 절임을 나타내기 위해 말한 것이다.

144 부용산 : 부사산(富士山)을 가리킨다.

145 백설을 보고…… 알리라 : 부사산에 쌓인 백설(白雪)을 인용하여 '백설가(白雪歌)'의
　　고사를 말한 것이다. '백설가'는 너무 고상해서 따라 부르기 힘든 노래이다. 춘추 시대

목부창주께 화답하다

和木部滄洲

원중거(元重擧)

천 그루 나무 속 누대에 저녁 비 쏟아지니	千樹樓臺夕雨深
봄빛이 북인의 마음을 흔드네	春光撩動北人心
사는 나라 다르다고 마음의 거리 있겠는가	相看不以殊方隔
거문고 연주하니 물소리인가 묻는구나[146]	手撫瑠徽問水音

앞의 운을 다시 써서 현천 원군께 드리다

再用前韻 呈玄川元君

목부돈(木部敦)

동해에 춘풍이 부니 흥이 참으로 깊어	東海春風興正深
함께 교유하매 형제의 마음 어찌 저버리랴	交游何負弟兄心
알겠구나 그대가 채색 붓 종횡으로 움직여	知君彩筆縱橫動
읊는 시가 본래부터 오묘한 소리였음을	吟就由來屬妙音

초(楚)나라의 대중가요인 '하리(下里)'와 '파인(巴人)'은 수천 명이 따라 부르더니, 고상한 '백설(白雪)'과 '양춘(陽春)'의 노래는 너무 어려워서 겨우 수십 명밖에 따라 부르지 못하더라는 이야기가 송옥(宋玉)의 「대초왕문(對楚王問)」에 나온다. '영(郢)'은 초나라의 도읍이다.

146 거문고……묻는구나 : 거문고 연주의 명인이었던 백아(伯牙)가 거문고를 타면, 옆에서 듣던 종자기(鍾子期)가 고산(高山)과 유수(流水)를 말하였다는 고사를 차용한 것이다.

목부창주께 거듭 화답하다
疊和木部滄洲

원중거(元重擧)

창주에 저녁 비 내리고 안개는 자욱한데　　　滄洲暮雨浸烟深
만난 지 반나절에 마음은 물 속 대나무 같네　　半日相看竹水心
남국에 고명한 이 적지 않음을 알겠으니　　　　南國高明知不少
실수하여 지음을 잃을까 항상 근심하네　　　　常愁錯過失知音

진사 김군께 받들어 드리다
奉呈進士金君

목부돈(木部敦)

고향 떠난 후 몇 번이나 달이 둥글었던가　　　離鄕幾度月明圓
곧장 동쪽으로 향하니 해 뜨는 곳일세　　　　直向東方日出邊
국풍에 실린 시 다 논하지도 않았는데　　　　詩載國風論未罷
그 해 임금과 현자 예우하던 계찰 같구나　　　當年季子待君賢

목부창주께 화답하다
和木部滄洲

김인겸(金仁謙)

바다 밖에 하늘이 펼쳐지고 세계는 둥그니　　　海外天開世界圓
한나라 뗏목이 멀리 석목진 끝까지 이르렀네　　漢槎遙到析津邊
오늘 와서 문장하는 선비 얻은 것 기쁘니　　　今來喜得文章士

그대를 보고 봉곡[147]의 어짊을 더욱 알겠구나 　　見子愈知鳳谷賢

앞의 운을 다시 써서 퇴석 김군께 드리다
再用前韻 呈退石金君

목부돈(木部敦)

바다 안개 아침에 걷히고 붉은 해가 둥근데 　　海霧朝晴紅日圓
부용산 남은 눈이 구름 가에 꽂혀 있다 　　　芙蓉殘雪挿雲邊
나그네 신세로 이곳에서 봄 흥을 타니 　　　　客中此處乘春興
시 짓는 풍류 세상에서 최고로 훌륭하네 　　　詩賦風流冠世賢

목부창주께 거듭 화답하다
疊和木部滄洲

김인겸(金仁謙)

선탑에 해가 질 때 둥글게 한번 모였는데 　　禪榻斜陽一會圓
규성[148]은 상서로운 구름 곁에서 빛을 발하네 　奎華放彩靄雲邊
삼한의 객은 병들어 시재가 뒤처지는데 　　　三韓客病詩才退
봉곡의 문인은 개개인이 다 훌륭하구나 　　　鳳谷門人箇箇賢

---

147 봉곡(鳳谷) : 국자좨주인 임신언(林信言)의 호.
148 규성(奎星) : '규화(奎華)'는 규성이다. 28수의 하나로 초여름에 보이는 중성(中星)인데, 문운(文運)을 관장한다고 한다.

추월 남공께 다시 드리다
再呈秋月南公

목부돈(木部敦)

동해에서 배의 운행 다하고	東海舟行盡
여관에서 만나니 봄이로구나	相逢旅舘春
보잘것없는 이름 은근히 알려드리고	慇勤通賤姓
와 계신 손님들과 해후하였네	邂逅會來賓
애오라지 우의 맺어 새로 사귄 것 좋은데	聊結新知好
도리어 오래 전부터 친했던 사람 같네	還如故舊親
즉석에서 파리곡을 부르니	卽歌巴里曲
대한의 사람에게 주기에는 부끄럽다오	愧贈大韓人

목부창주께 화답하다
和木部滄洲

남옥(南玉)

서쪽으로 돌아가는 길 절반 왔는데	一半歸西路
삼춘 가운데 두 번째 봄이로구나	三分了二春
북두성은 부절 지닌 사신[149]을 내려다보고	斗躔臨漢節
부상의 아침 해는 희화의 손님[150] 곁에 있네	桑旭近義賓

---

149 사신 : '한절(漢節)'은 한(漢) 천자가 준 부절(符節)인데, 여기서는 부절을 지닌 사자 (使者)를 가리킨다.

150 희화의 손님 : '희(羲)'는 희화(羲和), 곧 태양을 몰고 다닌다는 신이다. '희빈'은 일본 에 온 조선 사신을 가리킨다.

오나라 백성의 말 조금 알아듣겠고 　　　　　稍解吳音俚

초나라의 풍속 친근함을 또 보는구나 　　　　還看楚俗親

만나보니 옛날부터 알았던 듯한데 　　　　　相逢疑夙昔

무진년 사행록에 나온 사람일세 　　　　　　辰歲卷中人

퇴석 김군께 다시 드리다
再呈退石金君

　　　　　　　　　　　　　　　　　　목부돈(木部敦)

붉은 해는 부상의 지역 가리키고 　　　　　紅日指桑域

채색 구름은 구소[151]를 둘러 쌌네 　　　　　彩雲繞九霄

역정은 천릿길에 늘어서 있고 　　　　　　　驛亭千里路

섬들은 사방의 바닷물 속에 있구나 　　　　島嶼四邊潮

익조[152]가 넓은 동쪽바다에서 날개를 치니 　鷁搏東溟濶

객은 멀리 북쪽 땅에서 오셨네 　　　　　　客來北陸遙

풍토가 다름을 참으로 알겠으니 　　　　　　正知風土異

나그네 한은 더욱 견디기 어려우리 　　　　旅恨更難消

---

151 구소(九霄) : 신선이 사는 곳. 또는 제왕이 사는 곳.

152 익조(鷁鳥) : 물새의 일종으로, 해오라기 비슷하나 몸집이 더 크며, 깃은 흰색이고
바람에 잘 견딘다. 또는 뱃머리에 익조를 그린 배를 지칭하기도 한다.

저의 성은 삽정(澁井)이고 이름은 평(平)입니다. 자는 자장(子章)이고, 호는 태실(太室)이며, 임 좨주의 문인이고, 좌창후(佐倉侯)의 유신(儒臣)입니다. 먼젓번 조정에 하례하는 사절단이 왔을 때[153] 구헌(矩軒) 등 여러 선비들께서 저를 버리지 않으시는 은혜를 입었는데, 지금 다시 제군들과 수창하게 되니 진실로 다행스럽습니다. 아낌없이 한번 돌아봐 주신다면, 영광으로 알고 마음속에 깊이 새겨 잊지 않겠습니다.

삽정평(澁井平)이 재배(再拜)합니다.

추월 남공께 받들어 드리다
奉呈秋月南公

삽정평(澁井平)

높은 관모 자리에 서니 오량[154]이 펼쳐지는데	高冠當席五梁開
사절의 풍류 바라보니 장대하도다	使節風流望壯哉
난간에 기대어 인어의 집을 엿보았는데	倚檻曾窺鮫客室
숲에 올라 범왕의 누대에 한참을 머무네	攀林久寓梵王臺
하늘 끝이라 고향생각이 필히 간절하겠지만	天涯必合翻鄉思
바닷가에서 누가 시 짓는 재주 보여주겠소	海上誰堪試賦才
오늘 우리가 외람되게도 그대를 만나니	今日吾曹忝誘接
문단의 깃발과 북소리 공연히 마음을 재촉하네	詞場旗鼓漫相催

---

153 먼젓번 조정에……왔을 때 : 1748년 무진년의 통신사행을 이른다.
154 오량(五梁) : 오량관(五梁冠). 다섯줄의 골이 있는 예관(禮冠). '량(梁)'은 앞이마에서 뒤로 골이 있게 한 것. 진현관(進賢冠)이라고도 한다.

삽정태실의 시에 받들어 차운하다
奉次澁井太室

남옥(南玉)

절집에서 날마다 글 짓는 자리 열리니	禪扉日日筆筵開
동남의 손님과 주인 참으로 아름답구나	賓主東南信美哉
미풍에 나는 제비요 깨끗한 궤안이며	燕子風微淸几案
저녁 비 맞은 복사꽃 성대한 누대로다	桃花雨晩盛樓臺
네 명의 벼슬아치 가지[155]의 짝 되기 부끄러워	四冠堪愧歌芝伴
열 개의 구슬처럼 그 누가 조승재[156] 지녔으랴	十璧誰爲照乘才
우저의 시인 와서 인사하고 가르침을 청하니	牛渚詩人通問訊
강 가득 밝은 달이 객의 마음 재촉하네	滿江明月客心催

앞의 운을 다시 써서 추월에게 드리다
再用前韻 呈秋月

삽정평(澁井平)

| 아름다운 자리 매양 절[157] 주위에 펼쳐지는데 | 雅筵每繞化城開 |

---

155 가지(歌芝) : 진(秦)나라 말기에 상산의 사호(四皓), 즉 동원공(東園公)·기리계(綺里季)·하황공(夏黃公)·녹리선생(甪里先生)이 진나라의 난리를 피하여 남전산(藍田山)에 들어가 은거하면서 한 고조(漢高祖)의 초빙을 거절하고 자지(紫芝)를 캐 먹으면서 자지가(紫芝歌)를 불렀던 것을 말한다.

156 조승재(照乘才) : 진귀한 재주를 비유한다. 『사기』「전경중완세가(田敬仲完世家)」에, "위왕(魏王)이 제왕(齊王)과 들에서 만나 사냥하면서 말하기를, 과인(寡人)의 나라는 소국이지만 그래도 열두 채의 수레 앞뒤를 비추는 경촌(經寸)의 구슬이 열 개 있다."고 하였다.

157 절 : '화성(化城)'은 피로에 지친 무리들을 쉬게 하기 위하여 방편력(方便力)으로 성을 만든 것을 말하며, 대개 사원(寺院)을 가리킨다.

말의 기세 폭포가 쏟아지듯 또한 시원하도다	辭氣懸河亦快哉
어찌 봉래산에서 금단[158]을 구한다 하겠는가	豈爲蓬萊求大藥
더욱이 갈석산[159]에 높은 누대 지은 것 같구나	更如碣石築高臺
글을 논함은 일찍이 조룡[160]의 자질이라 들었고	論文曾聽雕龍質
문재 발휘함은 본래 수호[161]의 재주 전수받았네	摛藻元傳繡虎才
하루에 열 사람 굴복시키니 직하[162]를 압도하는데	日服十人欺稷下
하늘을 말하다[163] 길어져서 또 재촉하네	談天曼衍亦爰催

삽정태실에게 거듭 화답하다
疊和澁井太室

남옥(南玉)

| 물의 나라 봄 그늘 덮여 개이지 않는데 | 澤國春陰溇不開 |

---

158 금단 : '대약(大藥)'은 도가(道家)의 금단(金丹)을 가리킨다. 고대에 방사(方士)가 금이나 단사(丹砂)를 불리어 만든 약으로, 먹으면 불로장생한다고 전한다.

159 갈석산(碣石山) : 『서경』「우공(禹貢)」에, "오른쪽으로 갈석을 끼고 돌아서 황하로 들어갔다.[夾右碣石, 入于河.]"고 하였고, 공안국(孔安國)은 다만 '바닷가에 있는 산[海畔山]'이라고 하였다. 소재지에 대해서는 하북(河北)·열하(熱河)·산동(山東) 등 설이 분분하다.

160 조룡(雕龍) : 용무늬를 새김. 글을 다듬는 솜씨가 뛰어나거나 글을 정성 들여 다듬는 것을 비유한다.

161 수호(繡虎) : 문장이 화려하고 재주가 뛰어난 사람의 비유. '수'는 시문의 문채가 화려함을, '호'는 풍격이 웅건함을 이른다.

162 직하(稷下) : 전국 때 제(齊)의 도성인 임치(臨淄)의 직문(稷門) 부근의 지역. 제 선왕이 이곳에 학궁을 세우고 학자를 불러 모아 우대하니 당시 천하의 학자들이 직하에 모여 학문을 하였다고 한다.

163 하늘을 말하다 : 전국 때 제(齊)의 추연(鄒衍)이 우주와 천체에 대해 말한 것을 가리킨다. 인신하여, 자연과 인생의 관계를 해석하는 것을 이른다.

하늘 끝 돌아가는 기러기 아득하게 보내네 　天邊歸雁送悠哉
사명[164]의 선객은 우저[165]를 기억하고 　四明仙客憶牛渚
적수[166]의 시호는 학대[167]를 생각하네 　赤水詩豪想鶴臺
이원빈의 벗[168]이라니 그의 얼굴 본 듯하고 　友李元賓如見面
요도사[169]를 만나 다시 재주를 구하네 　逢廖道士更求才
시 짓는 자리에 풍류의 일 끝나지 않았는데 　詞筵未了風流事
대숲 너머 석양의 재촉이 참으로 한스럽구나 　剛恨斜暉竹外催

---

164 사명(四明) : 산 이름. 절강성(浙江省) 영파시(寧波市) 서남쪽에 있다. 도서(道書)에 제구동천(第九洞天)이라 하였고, 또 단산 적수동천(丹山赤水洞天)이라고도 한다. 모두 282개의 봉우리가 있다. 오(吳)의 유강(劉綱)이 일찍이 자기 아내 번운교(樊雲翹)와 함께 사명산(四明山)에서 살다가 마침내 아내와 함께 신선(神仙)이 되었다고 전한다. 당나라 때 풍류로 이름이 높았던 하지장(賀知章)은 사명광객(四明狂客)으로 자호(自號)하고 이곳에서 은거하였다. 비전주(備前州)에 호가 '사명(四明)'인 정잠(井潛)이 있었다.

165 우저(牛渚) : 동진(東晉) 때에 사상(謝尙)이 우저(牛渚)의 풍월(風月)에 즐거이 놀았다고 한다. 여기서는 '우창(牛窓)'을 가리킨다.

166 적수(赤水) : 황제(黃帝)가 적수(赤水)에 가서 놀다가 현주(玄珠)를 잃어버렸다고 전한다.

167 학대(鶴臺) : 장문주(長門州)에 호가 '학대(鶴臺)'인 농장개(瀧長愷)가 있었다.

168 이원빈의 벗 : 원빈(元賓)은 당(唐)나라 한유(韓愈)의 제자인 이관(李觀)의 자(字). 한유가 그를 매우 아꼈는데, 한유의 편지 중에 "원빈이 그리워도 만날 수가 없으니, 원빈과 함께 어울렸던 사람만 봐도 원빈을 만난 것 같다."는 내용이 있다.

169 요도사(廖道士) : 이름은 법정(法正). 병을 치료하는 데 탁월한 재주가 있었다. 형산(衡山)에서 살았는데, 당나라 함통(咸通) 6년(865)에 조정의 부름을 받고 궐에 들어가 의종(懿宗)의 병을 치료하였다. 효험이 있자 조정에서는 그에게 큰 상금을 내렸으나 받지 않았다. 한유의 글에 「송요도사서(送廖道士書)」가 있다.

용연 성균께 받들어 드리다
奉呈龍淵成君

삽정평(澁井平)

강성의 아름다운 흥취 휘호에 담겼는데	江城佳興在揮毫
신룡이 파도를 일으키나 문득 괴이해지네	忽怪神龍驅海濤
눈 얹은 부용산에 아침 해 멀리 있더니	帶雪芙蓉朝日逈
하늘을 찌르는 태산에 저녁 구름 높이 떴네	參天岱嶽暮雲高
명성은 또한 삼도부[170]를 도울 만한데	聲名且助三都賦
속에 쌓인 것이 열 곡의 술임을 알겠구나	蘊藉仍知十斛醪
언젠가 서쪽 바라보는 마음 묻고자 한다면	欲問佗時西望意
비단 군복 입은 풍류 아는 서기라 답하리라	風流書記錦征袍

삽정태실께 받들어 화답하다
奉和澁井太室

성대중(成大中)

서쪽 하늘 학 한 마리 기이한 털 깨끗이 씻고	西天一鶴刷奇毫
마음껏 참된 유람 하며 거대한 파도 얕보네	汗漫眞遊傲巨濤
만 리 행장 꾸려 오니 삼신산이 가까운데	萬里行裝三島近
저 높은 사명산 보니 백 개의 시상 떠오르네	百聯詩思四明高
매화 앞에서 꿈결에 읊조리니 백설가인 듯	梅前夢吟如歌雪

---

170 삼도부(三都賦) : 진(晉)나라 좌사(左思)가 10년 동안 구상하여 「삼도부(三都賦)」를 지었는데, 황보밀(皇甫謐)과 장화(張華) 등이 격찬하자 부자와 귀족들이 서로 다투어 베끼는 바람에 낙양의 종이 값이 일시에 폭등했다는 고사가 있다.

솔 아래서 맑은 정신으로 송료부[171]를 기억하네 　松下神淸憶賦醪

소실산[172]의 깊은 거처 멀지 않음을 알겠으니 　少室幽居知不遠

돌계단의 붉은 글자 신선 도포를 비추네 　石梯丹字照霞袍

앞의 운을 다시 써서 성군께 드리다
再用前韻 呈成君

삽정평(澁井平)

들자 하니 우창에서 채색 붓 다투셨다는데 　聞說牛窓鬪彩毫

육선의 맑은 흥취 봄 물결을 말아 올리네 　六船淸興捲春濤

능운의 기상은 푸른 바다와 민첩함을 다투고 　凌雲與海靑爭捷

토해내는 호흡에 장백산이 높이를 양보하네 　吐氣令長白讓高

천한 이 몸 한 집에서 비단 자리에 함께하니 　賤子一堂陪綺席

고인께선 언젠가 향기로운 술에 취하시겠지요 　故人它日醉香醪

기원[173]에서 한참을 있자니 종소리 들려와 　祇園坐久鐘聲度

손잡고 배회하는데 옷을 선물하고 싶네 　携手徘徊欲贈袍

---

171 송료부 : 송(宋)나라 소식(蘇軾)의 작품에 「중산송료부(中山松醪賦)」가 있다.

172 소실산 : 당(唐)나라 시인 노동(盧仝)은 호가 옥천자(玉川子)인데, 소실산(少室山)에
　서 은거하였다.

173 기원(祇園) : 진(晉) 나라 법현(法顯)의 『불국기(佛國記)』에, 인도(印度)의 급고독
　장자(給孤獨長者)가 석가모니에게 사찰을 지어 기증하려고 기타태자(祇陀太子)에게 찾
　아가 그 정원을 팔도록 종용하자, 태자가 농담 삼아 "그 땅에다 황금을 깔아 놓아야만
　팔 수 있다.[金遍乃賣]"고 하였는데, 이에 장자가 전 재산을 기울여 그곳에 황금을 깔아
　놓자[卽出藏金, 隨言布地.], 태자가 감동하여 그곳에 절을 짓게 하였다는 고사가 전한
　다. 이 절이 바로 '기원정사(祇園精舍)'인데, 기타태자의 수목과 급고독 장자의 땅이란
　뜻을 취해서 기수급고독원(祇樹給孤獨園)이라고 부르기도 한다.

삽정태실에게 거듭 화답하다
重和澁井太室

성대중(成大中)

선창에 불 밝히니 빛을 발하는 하얀 털[174]	禪窓燈點放光毫
벽을 에워싼 장송에 밤 파도소리 울린다	繞壁長松響夜濤
해내의 교제하는 정에 도 있음을 알겠으니	海內交情知有道
초나라 남쪽에서 시격의 높음을 어찌 다투랴	楚南詩格豈爭高
첫봄의 안개 낀 버들 새 비에 젖었는데	一春烟柳沾新雨
제자의 풍류가 탁주보다 낫구나	諸子風流勝濁醪
성긴 재주로 격문 쓰는 일 맡아 자괴감 느끼는데	自愧踈才當草檄
검은 머리로 연막[175]에서 푸른 도포 끌고 다니네	黑頭蓮幕曳靑袍

현천 원군께 받들어 드리다
奉呈玄川元君

삽정평(澁井平)

주나라 문물에 한나라 의관이라	有周文物漢衣冠
안개 파도 아득하여 서로 만나기 어렵다네	杳渺烟濤相會難
서쪽 사신 예의 갖추어 아홉 사람[176] 연이었고	西使成儀聯九介

---

174 빛을 발하는 하얀 털 : '방광호(放光毫)'는 '백호(白毫)'를 가리킨다. 부처의 삼십이상 (三十二相) 가운데 하나로 미간에 난 흰 터럭을 말하며 밝은 빛을 발한다고 한다.

175 연막(蓮幕) : 막부(幕府)를 뜻한다. 남제(南齊) 때 왕검(王儉)의 막부를 연화지(蓮花 池)라고 일컬은 고사에서 유래한다.

176 아홉 사람 : '구개(九介)'는 옛날 조회(朝會)하는 의식(儀式)에서, 빈객 쪽에서 갖추

동방에선 빈례로 천 명의 관리 늘어섰구나 　　東方賓禮設千官

특별히 만나는 긴 하루에 금향로가 따뜻한데 　　別逢永日金爐煖

춘풍엔 아랑곳없이 절집은 썰렁하다 　　不管春風紺殿寒

전부터 호저[177]로 사귀니 오래 알고 지낸 듯 　　縞紵由來如舊識

가까이 앉아 무릎 맞대고 즐거움 다 나누네 　　近牀進膝罄交歡

삽정태실에게 화답하다
和澁井太室

원중거(元重擧)

창해에서 삼동을 보낸 늙은 갈관[178] 　　滄海三冬老鶡冠

무주의 봄물에 괴로움을 맡겼네 　　武州春水託艱難

동명의 밝은 해는 진나라 세상에 남아 있고 　　東溟白日留秦世

북극의 푸른 구름 한나라 관리를 옹위하네 　　北極靑雲擁漢官

난간 차지한 짧은 연기 저녁 비를 머금고 　　當檻短烟含夕雨

마당 반쯤 성긴 나무에 남은 추위 머물렀구나 　　半庭踈樹逗餘寒

그대에게 우창의 저녁 일 다시 말하며 　　憑君復說牛窓夕

한번 웃으니 여전히 정자[179]와 즐기는 듯하네 　　一笑還如井子歡

었던 아홉 명의 의례를 행하는 인원을 말한다.

177　호저(縞紵) : 생사(生絲)로 만든 띠와 모시옷. 우정이 매우 깊음의 비유. 오(吳)의
　　계찰(季札)과 정(鄭)의 자산(子産)이 흰 비단 띠와 모시옷을 주고받은 고사가 있다.

178　갈관(鶡冠) : 갈(鶡)이라는 새의 깃으로 만든 모자. 산 속에 사는 사람이 썼다 하여
　　대개 은사(隱士)나 천인(賤人)의 모자를 일컫는데, 한대(漢代)에는 무관(武官)이 쓰기도
　　하였다.

앞의 운을 써서 원군에게 드리다
用前韻 呈元君

삽정평(澁井平)

서쪽에서 온 나그네 금빛으로 빛나는 관	西來客子金華冠
산 넘고 바다 건너온 만릿길 험난했으리	航海梯山萬里難
이미 선문[180]으로 길잡이 삼았는데	已使羨門充導騎
게다가 송옥까지 심부름꾼으로 만들었네[181]	還將宋玉作衙官
우창의 밤 자세히 말할 줄 어찌 생각했으랴	豈思細說牛窓夜
절집의 찬 기운을 더욱 잊게 하는구나	更使相忘梵閣寒
끊임없이 붓 움직여 유창한 시[182] 이어가니	娓娓筆鋒成炙轂
촛불 밝혀 그대와 즐기는 것 어찌 나쁘랴	何妨命燭奉君歡

삽정태실에게 거듭 화답하다
疊和澁井太室

원중거(元重舉)

진나라 세월 속에 한나라 의관이라	秦家日月漢衣冠

---

179 정자(井子) : 우창(牛窓)의 사명(四明) 정잠(井潛)을 말한다.

180 선문(羨門) : 옛날 선인(仙人)인 선문자고(羨門子高)를 가리킨다. 진시황(秦始皇)이 일찍이 동해에 노닐면서 선문의 무리를 찾았다고 한다.

181 송옥까지……만들었네 : 송옥은 초(楚)나라 사부(辭賦)의 대가인데, 작품으로 「구변(九辨)」「풍부(風賦)」「고당부(高唐賦)」 등이 있다. 당(唐)나라 두심언(杜審言)이 자신의 문장을 자랑하여, "나의 문장은 굴원(屈原)과 송옥을 불러다가 아관을 삼을 만하다."라고 하였다. '아관'은 심부름하는 아전을 뜻한다.

182 유창한 시 : '자곡(炙轂)'은 '자과(炙輠)'와 같은데, 수레에 치는 기름 귀때를 불에 쬔다는 뜻이다. 기름 귀때를 불에 쬐면 기름이 줄줄 흘러나와서 멎지 않는다는 데서, 변론이 유창함을 비유한다.

한 자리에서 서로 잊으니 이난[183]이 모두 있네	一席相忘倂二難
맑은 경쇠 소리 들리니 사찰이 열리고	淸磬聲聞開梵刹
부상의 노래 속에 신선 같은 관리 모였네	扶桑歌裏會仙官
교룡의 푸른 바다엔 구름이 비를 만들고	蛟龍海碧雲蒸雨
진주로 꾸민 붉은 누각 대나무엔 찬기가 어려	珠貝丹樓竹擁寒
안개 낀 물결 괜스레 우저의 노래 전해주니	烟水漫傳牛渚咏
청등[184]에 공연히 사명과의 즐거움 잃었네	靑燈空失四明歡

퇴석 김군께 받들어 드리다
奉呈退石金君

삽정평(澁井平)

두 나라 우호 닦으며 시를 겨루는 신하들	二邦修好鬪詞臣
붓을 대자 구름과 연기가 좌석에서 일어나네	落筆雲烟坐上新
좋은 매파 빌리지 않아도 곧 이렇게 만났고	不假良媒便此遇
역관을 쓰지 않아도 홀연히 서로 친해졌네	無消象胥忽相親
오래도록 자리에서 시 쓰는 건 서툴지만	長筵錦繡差裁盡
온종일 풍류를 사모하는 뜻은 진심이라오	永日琴書慕意眞
큰 돛이 돌아간 뒤엔 창자가 끊어질 텐데	腸斷大帆歸去後
바람이 온들 어떻게 소식을 부칠 수 있을까	臨風何得寄音塵

---

183 이난(二難) : 두 가지의 얻기 힘든 것. 현명한 임금과 훌륭한 빈객을 이르는 말.
184 청등(靑燈) : 푸른 불꽃이 타오르는 유등(油燈). 인신하여, 외롭고 고생스러운 생활.

삽정태실에게 차운하다
次澁井太室

김인겸(金仁謙)

한 탁자에서 부평초처럼 만난 두 나라의 신하	一牀萍會二邦臣
맑은 향기 잠깐 접하고는 마음을 또 쏟아놓네	乍接淸芬瀉膽新
십 년 만에 동쪽으로 다시 사신을 오니	十載天東重聘使
외로운 자취라 해외에선 사고무친일세	孤蹤海外四無親
관복이 원래부터 다른 것은 말하지 말라	莫言冠服元相異
문장에 진심이 담겼음을 비로소 깨달았으니	始覺文章自有眞
내일 아침 헤어지고 나면 슬프겠지만	怊悵明朝分手後
고개 돌리면 지난 일 어찌 먼 것이랴	回頭爭似隔前塵

앞의 운을 써서 김군께 드리다
用前韻 呈金君

삽정평(澁井平)

차고 온 인끈 어찌 꼭 초나라 신하에 비기랴	紐佩何須擬楚臣
천기를 펼침은 청신을 뽐내는 데만 합당하다	摛天唯合擅淸新
이별 후에 삼상[185]처럼 멀어질 일 슬퍼하지 않고	不悲別後參商隔
탁자 앞에서 마음껏 친근하게 담소 나누네	敢惜牀前笑語親
오늘은 은하수의 그리움 너무 간절하니	此日銀潢思已過
그 옛날 채석산[186]의 일이 더욱 진짜 같구나	由來彩石事愈眞

---

185 삼상(參商) : 서쪽의 삼성(參星)과 동쪽의 상성(商星). 친구가 멀리 떨어져 있어 서로
만나지 못함을 비유한다.

| 돌아가는 길에 가을 기러기 또 만날 테니 | 歸來且値秋鴻度 |
| 창주 부상이 평화롭다는 소식 들었으면 | 願聽滄桑未動塵 |

삽정태실에게 거듭 화답하다
疊和澁井太室

김인겸(金仁謙)

이웃나라 접대를 전담하려 뽑힌 세 신하	隣邦專對選三臣
여섯 척 배에 의관 갖춘 선비들 많기도 하다	六艦衣冠濟濟新
이역에서 봄을 만나고 아직도 못 돌아갔으니	異域逢春猶未返
나그네 몸으로 해 넘기는 것 누가 익숙할까	羈蹤經歲果誰親
봉래산 서쪽 병든 객은 멀리 고향 그리는데	萊西病客思鄉遠
직하의 여러 서생들 도를 논함이 진실하다	稷下諸生講道眞
내일이면 돌아가는 말이 상근 밖에 있으리니	來日歸鞍箱根外
떠나는 행렬 바라보며 그대 슬퍼하겠지	君應怊悵望征塵

네 공께 드리며 정을 서술하다
呈四公敍情

삽정평(澁井平)

| 한참을 얘기해 보니 자못 고향 사람인 듯 | 話舊殊疑故苑人 |

---

186 채석산(彩石山) : 당 나라의 시인 이백이 채석산(采石山) 아래 강에서 노닐다가 술에
취해 달을 잡겠다고 물속으로 뛰어들어 죽었다는 고사가 있다.

바람 앞에 서니 이별의 봄날 견디기 어렵네 臨風難耐別離春
내일 아침 이곳은 고금처럼 멀어질 테니 明朝此地猶今古
하늘 끝이 이웃 같다고 그 누가 말했던가[187] 孰道天涯若比隣

삽정태실에게 세 번째 화답하다
三和澁井太室

남옥(南玉)

옛 절의 비파나무 꽃이 내 가까이 피었는데 古寺枇杷花近人
한 번 회오리바람에 흩어져 남은 봄을 보내네 一回飄散送餘春
꽃이야 내년에도 올해와 같겠지만 花猶來歲如今歲
우린 각자 하늘 끝에 있어 이웃할 수 없으리 人各天涯不可隣

삽정태실에게 세 번째 화답하다
三和澁井太室

성대중(成大中)

만 리를 떨어져 구애하는 마소 같은 사람들 隔馬牛風萬里人
우연히 봄날 귤섬에서 만났네 偶然相會橘洲春
돌아가는 배 위로 한 조각 푸른 바다의 달빛 歸舟一片滄溟月
이웃한 숭산 처사에게도 똑같이 비추겠지 分照嵩山處士隣

---

187 하늘 끝이……말했던가 : 당(唐)나라 왕발(王勃)의 시 「촉주로 부임해 가는 두소부를
전송하다(送杜少府之任蜀州)」에서, "해내에 지기가 있다면 하늘 끝도 이웃과 같으리.
[海內存知己, 天涯若比隣.]"라는 구절이 있다.

삽정태실에게 세 번째 화답하다
三和澁井太室

김인겸(金仁謙)

춘풍 부는 해외에서 돌아가지 않은 사람	春風海外未歸人
열흘을 머무니 옛 절에 봄이 왔네	十日淹留古寺春
봉곡의 문하 서리 같은 귀밑머리의 객은	鳳谷門前霜鬢客
동쪽으로 사신 온 이들 두 번이나 만났네	重經槎節聘東隣

용연 성군께 드리다
呈龍淵成君

삽정평(澁井平)

그대의 시상 넉넉한 것이 사랑스러워	憐君饒藻思
앉은 곳에 다가가니 구름이 흐르는 듯	臨坐似雲流
묻노니 손님과 주인	借問賓將主
그 누가 조식과 유정[188] 같은가	誰同曹與劉
훌륭한 글 솜씨 만 리에 드날리고	才華擅萬里
기개는 천추를 가로지르는데	志氣橫千秋
나는 파유가[189]를 부끄러워하며	愧我巴歈調
공연히 이별의 수심 품고 있구나	空懷離別愁

---

188 조식과 유정 : 조식(曹植, 192~232)과 유정(劉楨, ?~217)은 모두 문장에 뛰어났으며 건안칠자(建安七子)에 속한다.

189 파유가 : 가곡의 이름. 『후한서』 「남만전(南蠻傳)」에 "풍속이 가무(歌舞)를 좋아했는데, 고조(高祖)가 이를 관찰하고서 '이는 무왕(武王)이 주(紂)를 정벌하던 노래이다.'라 하고 악인(樂人)에게 명하여 익히게 하였으니, 이것이 이른바 파유가이다."라는 기록이 있다.

삽정태실에게 네 번째 화답하다
四和澁井太室

성대중(成大中)

해외에서 신선을 따라 짝이 되고	海外隨仙侶
강남에선 도사의 부류를 묻노라	江南問道流
바람과 연기가 초나라 월나라까지 부는데	風烟窮楚粤
빈객은 응창과 유정[190]에 부끄럽다네	賓客愧應劉
배는 우저의 달을 실었고	舫載牛洲月
뗏목은 은하수 펼쳐진 가을을 지나왔지	槎橫漢渚秋
애오라지 선탑의 모임 만들어	漫成禪榻會
객창의 수심을 조금 위로하네	稍慰旅窓愁

---

190 응창과 유정 : 한(漢)나라 말기 건안문인(建安文人)이었던 응창(應瑒)과 유정(劉楨)은 모두 조비(曹丕), 조식(曹植)에게 예우를 받았다. 훗날 빈객재인(賓客才人)의 범칭으로 쓰인다.

저의 성은 하구(河口)이고, 이름은 준언(俊彦)입니다. 자는 군계(君啓)이고 호는 태악(太岳)이며 육오(陸奧) 사람입니다. 임 좨주의 문인이고 구교후(廐橋侯)의 유신입니다.

하구준언이 재배합니다.

추월 남군께 받들어 드리다
奉呈秋月南君

하구준언(河口俊彦)

바다 위 하늘은 맑아서 사방이 탁 트였는데	海上天晴四望開
긴 바람 타고 만릿길을 큰 배가 왔네	長風萬里가帆來
행장 속에서 청총마[191]의 걸음 처음 보았는데	行裝新見靑驄步
시 지으매 범 수놓는 재주임을 깊이 알았네	賦筆深知繡虎才
흰 구름에 대궐 그리워 근심이 다하지 않고	戀闕白雲愁不盡
밝은 달에 집 생각나 정한을 어쩌지 못하리라	思家明月恨難裁
두 조정 함께 널리 퍼진 은혜의 빛 사모하여	兩朝共羨恩輝遍
이리 만났으니 가고픈 마음 너무 재촉 마시길	相遇歸心莫謾催

하구태악께 화답하다
酬河口太岳

남옥(南玉)

만호에 복숭아나무 앵도나무 차례로 꽃을 피워	萬戶桃櫻取次開

---

191 청총마 : 청색과 백색의 털이 섞인 준마(駿馬).

변방 기러기 다 돌아가자 연나라 사람 왔네	塞鴻歸盡燕初來
뭇 영재들 모두 모이니 임군복[192]과 같은데	群英總集林君復
지친 발걸음으로 부질없이 마자재[193]를 따른다	倦跡虛隨馬子才
언외로 마음 나누니 무소뿔 줄무늬 이어진 듯[194]	言外通情犀往復
꽃 옆에서 시구 찾아 비단 꿰매듯 엮어보네	花邊覓句錦縫裁
마음으로 기약했으니 산하로 막혔다 말하지 마오	襟期不道山河阻
시 읊는 것 할 수 있으나 재촉은 하지 마시길	能事唫哦未必催

앞의 운을 써서 추월께 드리다
用前韻 呈秋月

하구준언(河口俊彥)

저 멀리 산하엔 석양이 깔렸는데	關河迢遞夕陽開
나는 듯한 수레들 험준한 산을 향해 오네	飛盖崚嶒嶽色來
손에는 천금이 있어 객과 결교할 수 있고	掌上千金能結客
책 속의 쌍벽은 절로 그 재주 사랑스럽네	卷中雙玉自憐才
청산 몇 곳이나 두루두루 거쳤으며	青山幾處行邊遍

---

192 임군복(林君復) : '군복(君復)'은 임포(林逋, 967~1028)의 자. 송(宋)의 은사(隱士). 전당(錢塘) 사람으로, 시호는 화정선생(和靖先生). 박학다식하고 시서(詩書)에 능하였다. 서호(西湖)의 고산(孤山)에 은거하면서 매화를 심고 학을 키워 당시 사람들이 '매처학자(梅妻鶴子)'라고 일컬었다.

193 마자재(馬子才) : 송나라 때의 문인 마존(馬存)의 자가 자재(子才)였다. 문장이 웅혼(雄渾)하고 강직(剛直)하다는 평이 있다.

194 무소뿔 줄무늬 이어진 듯 : 무소뿔의 흰 줄무늬는 밑부터 끝에까지 통하여 감응이 예민하다고 한다. 인신하여, 피차의 마음과 마음이 통함을 비유한다.

백설[195]은 누가 바람 속에서 지었나　　　　白雪何人風裏裁

서로 만나 정 나누니 즐거움이 끝없는데　　相遇交情歡不極

하늘 끝에서 또 다가오는 이별 한스러워하네　天涯且恨別離催

태악께 세 번째 화답하다
三和太岳

남옥(南玉)

만 리의 붕새 같은 구름 한길에 펼쳐지니　　　萬里鵬雲一道開

백년간 이어진 양국의 신의라 매양 동으로 오네　百年邦信每東來

구지산[196]의 영향인가 완전히 늙었음에 탄식하고　緱岑影響嗟全老

우혈[197]을 주유하니 재주 없음이 부끄럽다　禹穴周遊愧不才

손님이 지은 녹명가를 이제 보고는　　　　　鹿雅今看娛客賦

또 모시옷 지어 그대에게 주고 싶네　　　　縞衣還欲與君裁

등덩굴엔 어둠 내리고 슬픈 피리소리 울리는데　藤蘿昏黑悲筇動

구름 밖 떠나는 기러기 어둠이 더욱 재촉하네　雲外離鴻暝更催

---

195 백설(白雪) : 백설가(白雪歌). 옛 곡조의 이름으로, 고상한 노래를 말한다.

196 구잠(緱岑) : 주 영왕(周靈王)의 태자(太子) 진(晉)이 일찍이 생(笙)을 잘 불어 봉황(鳳凰)의 울음소리를 내면서 이락(伊洛)의 사이에서 노닐다가 신선 부구공을 따라 숭고산(崇高山)에 올라가 30여 년 동안 선술(仙術)을 닦은 후에 구지산(緱氏山)에서 학을 타고 승천했다는 전설이 있다.

197 우혈(禹穴) : 우(禹) 임금의 유적(遺蹟). 『사기(史記)』「태사공자서(太史公自序)」에 "나이 스물에 강회(江淮)에서 노닐고, 회계산(會稽山)에 올라가 우혈을 관람했다."고 하였다.

용연 성군께 받들어 드리다
奉呈龍淵成君

하구준언(河口俊彦)

사신들의 뛰어난 재주 한경[198]에 가득하니	使者雄才滿漢京
신선 집에 옷자락 끌고 와 맑은 자태로 앉았네	曳裾仙館坐來淸
붓 휘두르니 새 시의 훌륭함을 이미 봤지만	揮毫已見新詩好
멀리 고국 그리워하는 객의 마음 느껴지네	爲客遙憐故國情
누대 위에 황금 있으니 준마가 많고[199]	臺上黃金多駿馬
품속에는 백벽이 왔어 연성을 움직이네[200]	懷中白璧動連城
풍운의 모임[201] 한 번 이루어진 후에	自從一起風雲會
날아다니는 서기들 아름다운 명성 얻었구나	書記翩翩有美名

---

198 한경(漢京) : 한(漢)나라 때의 수도인 장안(長安) 혹은 낙양(洛陽). 여기서는 일본의
　　수도를 가리킨다.

199 누대 위에……준마가 많고 : 전국 시대 연(燕)나라 소왕(昭王)은 제(齊)나라에게 패망
　　한 데 대한 복수를 하기 위하여 일명 황금대(黃金臺)라는 누대를 지어 천금(千金)을 쌓아
　　놓고 천하의 현자(賢者)를 초빙하였다. 이에 조(趙)나라의 명장 악의(樂毅)를 비롯하여
　　추연(鄒衍), 극신(劇辛)과 같은 인재들이 앞 다투어 몰려와 이들의 보필을 받은 소왕은
　　마침내 제국(諸國)의 군사와 함께 제나라를 쳐부수고 숙원을 풀었다.

200 품속에는……움직이네 : 전국 시대 때 진(秦)나라 소왕(昭王)이 조(趙)나라에게 화씨
　　벽(和氏璧)과 15성(城)을 바꾸자고 청한 일이 있다.

201 풍운의 모임 : 『주역』「건괘(乾卦)」 문언(文言)의 “구름은 용을 따르고 바람은 범을
　　따른다.[雲從龍, 風從虎.]”는 말에서 유래하였다. 명군(明君)과 양신(良臣)이 서로 만난
　　것을 ‘풍운제회(風雲際會)’라 하는데, 여기서는 조선 사신과 일본 문사들의 만남을 지칭
　　한다.

하구태악께 받들어 드리다
奉呈河口太岳

성대중(成大中)

신하는 해외에서 주나라 수도[202] 생각하는데	王臣海外念周京
비단 돛 동쪽 머리에 장기와 안개 맑구나	錦帆東頭瘴霧淸
부사산에 구름 걷히니 참으로 눈이 상쾌하고	富岳開雲眞爽眼
비파호 환한 달에 너무나 정이 간다	琶湖晴月最關情
바람의 여정 넓고 머니 삼천리 물길이요	風程浩渺三千水
신선의 기운 아득한 곳 열두 개의 성이라	仙氣蒼茫十二城
본원사 안에 손님 맞는 자리 깨끗하니	本願寺中賓席淨
문장 보고 북두성 남쪽의 명성 처음 알았네	文章初識斗南名

앞의 운을 써서 용연께 드리다
用前韻 呈龍淵

하구준언(河口俊彦)

사신들 손을 잡고 수도에 모이니	詞臣携手集神京
신선 길 아득한데 행색이 맑구나	仙路迢遙行色淸
객을 위해 천리 먼 길 함께 마음 아파하고	爲客同憐千里目
우의를 맺어 백년의 정을 함께 보네	結交共見百年情
고향에 해가 지니 별이 말을 따라오고	鄕關日落星隨馬
역로에 봄추위 남아 눈이 성에 가득하네	驛道春寒雪滿城

---

202 주나라 수도 : 여기서는 한양(漢陽)을 가리킨다.

오직 원유를 사모함은 뛰어난 시구가 많아서라   偏羨遠遊多俊句
풍류로는 업성의 명성[203]에 뒤지지 않는다네   風流不減鄴中名

태악께 세 번째 화답하다
三和太岳

성대중(成大中)

해상의 뭇 신선 옥경[204]에 조회하니   海上群仙朝玉京
십주[205]의 경물은 제각기 맑음을 짝하고 있네   十洲雲物各伴清
귀향의 꿈 멀리 온 객을 공연히 힘들게 하니   空煩遠客還山夢
누가 알랴 길 떠난 신하의 대궐 그리는 정을   誰識羈臣戀闕情
백지[206]의 향기 초나라 물가에 무성하고   茝艸芳馨多楚澤
매화의 고절한 노래 강성에 흩어지네   梅花苦調散江城
신선의 행차 아직도 무진년의 일 기억하니   仙槎尙記辰年事
제로[207]가 일찍이 태악의 이름 전해주었지요   濟老曾傳大岳名

---

203 업성의 명성 : 한(漢)나라 건안(建安) 때 조자건(曹子建) 부자(父子)와 업중칠자(鄴
中七子)의 시(詩)가 뛰어났다.
204 옥경(玉京) : 도가(道家)에서, 천제(天帝)가 있다는 곳. 여기서는 수도를 가리킨다.
205 십주(十洲) : 도교에서 말하는, 큰 바다 안에 신선들이 산다는 열 곳의 명산(名山)
승경(勝景). 선경(仙境)을 범칭하기도 한다.
206 백지(白芷) : 원문의 '지(茝)'는 '백지(白芷)'라고도 하는데, 향초인 구리때를 말한다.
207 제로(濟老) : 1748년, 무진 사행 때 서기로 왔던 제암(濟庵) 이봉환(李鳳煥)을 가리킨다.

현천 원군께 받들어 드리다
奉呈玄川元君

하구준언(河口俊彦)

성 옆 선관에는 채색 구름 자욱한데	城傍仙舘彩雲深
제현께서 왕림해 주신 것 더욱 기쁘네	更喜諸賢共照臨
제나라 식객 장검으로 노래하기를 멈췄는데[208]	長鋏休彈齊客引
초나라 사람의 시 거문고로 연주하기 어렵네	瑤琴難寫楚人吟
관하는 아득하여 시흥이 일어나고	關河渺渺多詩興
산들은 푸르러 휘파람 소리 절로 나네	山嶽蒼蒼發嘯音
타향에서 그리움 어찌 한이 있으랴만	但說佗鄉何限思
부가 완성되니 마경[209]의 마음 더욱 보겠구나	賦成還見馬卿心

태악께 화답하다
和太岳

원중거(元重擧)

절집에 성긴 비 내리고 저녁 안개 자욱한데	琳宮踈雨夕烟深
밝은 꽃 핀 이월에 유자의 부절 임하였네	二月明花絳節臨
홀연히 서생[210]이 동해에 온 듯하고	忽似徐生東海到

---

208 제나라 식객……멈췄는데 : 빈객이 대접을 잘 받았다는 뜻이다. 전국 시대 제(齊) 나라
 맹상군(孟嘗君)의 식객(食客)인 풍환(馮驩)이 대접에 불만을 품고는 장협(長鋏 장검)에
 기탁하여 노래를 부르며 뜻을 표현하자, 맹상군이 몇 번이나 그 요구를 들어주었다는
 고사가 있다.

209 마경(馬卿) : 사마장경(司馬長卿), 즉 한(漢)나라의 사부가(詞賦家)인 사마상여(司
 馬相如)를 말한다. '장경'은 그의 자이다.

온통 산으로 돌아가는 암객의 노래 같구나 　渾如岩客嶽歸吟

시문이 끝없이 이어지니 길이 그 격조 보겠고 　詩文脉脉永看格

산수가 도도하니 늘그막에도 그 소리 알겠네 　山水洋洋晚識音

상령은 하늘에 들고 봉래산 나무 아득하니 　箱嶺入天萊樹杳

앉아서 먼 길 온 사람의 심정은 묻지 마시오 　坐來休問遠人心

앞의 운을 써서 현천께 드리다
用前韻 呈玄川

하구준언(河口俊彦)

한 세상 등용문에서 흥이 절로 깊었더니 　一世龍門興自深

사객을 만나 이곳에 등림하였네 　相逢詞客此登臨

채색 붓에서 봄빛이 생기는 것 홀연히 보고 　彩毫忽見生春色

백설이 초나라 노래에 있어 깜짝 놀라네 　白雪偏驚入楚吟

옥을 품은 이 몇인가 값을 정하기 어려운데 　懷璧幾人難定價

거문고 타며 어느 곳에서 지음을 묻는가 　彈琴何處問知音

가련하다 그대는 서쪽 멀리 바람과 안개 보며 　憐君西望風烟遠

고향 만 리 그리는 마음 응당 일으키리라 　應起鄉園萬里心

---

210 서생(徐生) : 진(秦)나라 때의 방사(方士)인 서불(徐市)을 말한다. 진시황(秦始皇)에
게 바다 속에 삼신산(三神山)과 신선이 있다고 상서한 후, 진시황의 명을 받아 어린 남녀
수천 명을 데리고 불사약을 구하러 바다로 떠났으나 돌아오지 않았다.

태악께 세 번째 화답하다
三和太岳

원중거(元重擧)

부슬부슬 봄비에 말 쏟아놓는 것이 깊어	春雨濛濛磬語深
선루에서 추억하며 다시 등림하노라	禪樓回憶更登臨
성긴 종소리 물시계 소리 어디로 돌아가나	疎鐘漏滴歸何處
큰 대나무 밝은 등불에 홀로 그냥 읊조리네	修竹燈明獨謾吟
나무에 기댄 외로운 구름 앉아서 보다가	坐對孤雲依樹色
일어나 흐르는 물로 거문고 소리 묻는다	起將流水問桐音
녹나무 귤나무 유자나무 다 보기 어려워	梗楠橘柚披難遍
돌아가는 날 초객은 그저 마음에 담아두리라	歸日空懷楚客心

퇴석 김군께 받들어 드리다
奉呈退石金君

하구준언(河口俊彥)

화려한 객관에서 노닐며 기쁨을 다 쏟으니	華館從游好罄歡
정 나눔에 타향에서도 관대함을 보여주네	交情見爾客中寬
자리에서 붓 휘두르니 푸른 구름 일어나고	揮毫坐上靑雲動
천문에서 거문고 갑 여니 자색 기운이 차다	開匣天門紫氣寒
이제부터 금란지교가 천년에 전해질 것이니	自是金蘭千載事
이 문물 만인이 보리란 걸 더욱 알겠구나	還知文物萬人看
한밤중에 꾸는 귀향의 꿈 가련하니	可憐半夜歸鄕夢
갈석산 앞에 가는 길 험난하리	碣石山前行路難

태악 사백의 시에 차운하다
次太岳詞伯韻

김인겸(金仁謙)

절역의 나그네 행색 절로 기쁨 적은데	絶域行裝自少歡
힘써 피리를 부니 객의 마음 넓어지네	強呼歌笛客懷寬
천 가닥 흰 머리는 성기어 짧아졌고	千莖華髮蕭蕭短
이월의 봄 그늘이 싸늘하게 차구나	二月春陰惻惻寒
봉래도의 바람과 안개 꿈속에 들어왔더니	蓬島風烟曾入夢
화국의 문물 역시 볼 만하구나	和邦文物亦堪看
오늘 아침 동맹의 기쁨 비록 얻었으나	今朝縱得同盟喜
훗날 다시 만나기 어려운 것 견딜 수 없네	叵耐他時更會難

앞의 운을 써서 퇴석께 드리다
用前韻 呈退石

하구준언(河口俊彦)

객사에서 만나 기쁘게 교유를 맺었는데	相逢客舍結交歡
시 지음에 나그네 그대 생각 넉넉함을 알겠네	賦就知君旅思寬
서쪽 산을 범한 구름 오궤[211]에서 일어나고	西嶽雲侵烏几起
큰 강에 비쳤던 눈 채색 붓에서 차갑구나	大江雪映彩毫寒
인간세상에서 경개[212]하는 것 천년의 일이라	人間傾蓋千年事

---

211 오궤(烏几) : 검은 염소 가죽으로 장식한 궤안(几案)으로 앉을 때 기대는 물건. 은자
(隱者)가 주로 사용한다.
212 경개(傾蓋) : 수레의 일산을 마주 댐. 길에서 우연히 만나 수레를 가까이 대고 이야기

바닷가에 배 타고 와서 만 리를 보네 　　海上乘槎萬里看

여기서 우정을 논함이 특히나 나쁘지 않으니 　　此處論交殊不惡

성대한 자리 별 모이기 어렵다고 누가 말하랴 　　盛筵誰道聚星難

태악께 세 번째 화답하다
三和太岳

김인겸(金仁謙)

양국의 동맹으로 한 탁자에서 즐거워하니 　　兩國同盟一榻歡

그대의 맑은 시 덕분에 나그네 마음 넉넉하다 　　賴君淸律客懷寬

시낭[213]은 삼신산 승경을 다 담을 수 없는데 　　奚囊未括三山勝

판옥이 비로소 이월의 추위 막아주네 　　板屋初排二月寒

북두성의 붉은 구름 수심 겨워 홀로 바라보다 　　斗北紅雲愁獨望

꽃 앞에서 청안으로 기쁘게 서로를 보네 　　花前靑眼喜相看

아마도 내일 헤어지고 나면 　　懸知來日分携後

바다 넓고 하늘 멀어 꿈에서도 보기 어려우리 　　海闊天長夢亦難

를 나눔을 이르는 말, 또는 처음 만나거나 우의를 맺음을 이른다.

213　시낭 : '해낭奚囊'은 시초(詩草)를 넣는 주머니다. 당(唐)나라 시인 이하(李賀)가 명
승지를 돌아다니며 지은 시를 해노(奚奴 종)가 가지고 다니는 주머니에 넣었던 고사에서
유래하였다.

석상에서 추월 남군에게 주다
席上贈秋月南君

하구준언(河口俊彦)

바람에 나부끼는 깃발 아득히 십주를 향하니	風旆悠悠指十洲
아침 되자 몇 층의 누대가 시야에 가득하다	朝來極目幾層樓
부럽구려 그대는 이 절역의 지나오는 곳마다	羨君絶域經行處
서까래 같은 채색 붓[214]으로 원유를 노래했으리	彩筆如椽賦遠遊

태악께 다시 화답하다
再和太岳

남옥(南玉)

춘풍에 노래하고 읊조리며 영주에 기대었는데	春風歌嘯倚瀛洲
빼어난 기운 오히려 백 척 누대에 걸쳐 있네	奇氣猶橫百尺樓
도처에 핀 난초 능소화 오는 길에 따고 주우니	到處蘭茗歸采拾
이 유람 자장의 유람[215]을 온전히 이기는구나	此遊全勝子長遊

---

214 서까래 같은 채색 붓 : '연필(椽筆)'은 대작(大作), 또는 다른 사람의 문재(文才)를 칭송하는 말이다. 진(晉)의 왕순(王珣)이 꿈에 어떤 사람에게서 서까래만큼 큰 붓을 받은 후 황제의 애책시의(哀冊諡議)를 쓰는 등 중요한 글을 썼던 고사에서 유래하였다. '채필'은 강엄(江淹)의 고사로, 꿈에서 그가 오색 붓을 받은 후에 글이 크게 진보했는데 만년의 꿈에서 붓을 돌려주자 그 후로는 좋은 글을 지을 수 없었다고 한다.

215 자장의 유람 : '자장'은 사마자장(司馬子長), 즉 사마천(司馬遷)을 가리킨다. 사마천이 20세에 남쪽으로 강회(江淮)・회계(會稽)・우혈(禹穴)・구의(九疑)・원상(沅湘)을 유력하고 북쪽으로는 문사(汶泗)를 건너고 제노(齊魯)의 땅에서 강학(講學)하고 양초(梁楚)를 지나 돌아왔다고 전한다.

석상에서 용연 성군에게 주다
席上贈龍淵成君

하구준언(河口俊彦)

강좌의 풍류[216] 중에도 시상이 불군이라	江左風流思不群
명성으론 그대와 같은 이 누가 또 있으랴	時名誰復有如君
괴이하다 어젯밤 풍성[217]에서는	怪來昨夜豊城上
맑은 하늘에 북두성이 멀리서 홀로 빛났었지	星斗新晴遠自分

태악에게 다시 화답하다
再和太岳

성대중(成大中)

높은 나무에서 우는 새 함께 무리 지은 듯	喬木鳴禽與作群
초나라 현량의 후예인 그대를 또 만났네	楚良之後又逢君
선방의 우아한 모임 한가로운 정취 짝했는데	禪房雅集伴閑趣
맑은 시로 다 화답하니 한밤중이 되었구나	和盡清詩到夜分

---

216 강좌의 풍류 : 강좌는 양자강 하류의 남쪽 지역을 말하는데, 여기서는 회계(會稽)
　　산음(山陰)에 살았던 진(晉)나라 왕희지(王羲之), 왕휘지(王徽之) 등 풍류가 뛰어났던
　　이들을 가리킨다.
217 풍성(豊城) : 용천(龍泉)과 태아(太阿)라는 두 보검이 나온 예장(豫章)의 지명이기도
　　하고, 풍신수길(豊臣秀吉)의 성이라 하여 오사카를 지칭하기도 한다.

석상에서 현천 원군에게 주다
席上贈玄川元君

하구준언(河口俊彦)

수레 기울여 마주보니 흥이 더욱 유장한데	傾蓋相看興轉長
게다가 앞길에는 온갖 꽃이 향기롭네	況逢前路百花香
춘풍 속에 높은 재주로 물들인 글들	高才染翰春風裏
한없는 구름과 노을 석양에 아름다워라	無限雲霞媚夕陽

태악에게 다시 화답하다
再和太岳

원중거(元重擧)

빈연에서 대화 길지 않은 것 늘 괴로웠는데	常苦賓筵話不長
북으로 돌아감에 오히려 이름의 향기 가져가네	北歸猶帶姓名香
등불 앞에서 말없이 앉아 그대 얼굴 익혔으니	燈前默坐知君面
초수의 북쪽 녹나무를 기억하리라	記得梗楠楚水陽

석상에서 퇴석 김군에게 주다
席上贈退石金君

하구준언(河口俊彦)

채색 붓이 머금은 꽃 봉모[218]를 비추니	彩筆含花映鳳毛
나그네 길에 지은 시 흥취가 더욱 호방하네	客程詞賦興逾豪

알겠구나 그대가 양춘곡[219] 한번 부르니 　知君一唱陽春曲

흩날리는 눈이 비단 도포 비추는 것을 　飛雪翩翩照錦袍

태악군의 시에 차운하다
次太岳君

김인겸(金仁謙)

쇠약한 몸 동쪽으로 오니 시들어버린 귀밑머리 　衰骨東來颯鬢毛

그대의 재기는 노년에도 호방한 것이 부럽구려 　羨君才氣老猶豪

어느 때나 전명하러 사신 수레 돌아갈지 　何時傳命星軺返

타국에서 해를 지내니 푸른 도포 닳아졌네 　經歲殊方弊綠袍

---

218 봉모(鳳毛) : 부조(父祖)처럼 뛰어난 재질을 소유한 자손을 가리키는 말.

219 양춘곡(陽春曲) : 백설가(白雪歌)와 함께 꼽히는 초(楚)나라의 2대 명곡인데, 내용이
　너무도 고상하여 예로부터 창화(唱和)하기 어려운 곡이라 일컬어졌다.

저의 성은 편강(片岡)이고 이름은 유용(有庸)입니다. 자는 자평(子平)이고, 호는 빙천(氷川)이며 무장(武藏) 사람입니다. 임 쾌주의 문인이고 창평국학(昌平國學)의 생원이며, 시인후(試忍侯)의 문학입니다.

편강유용(片岡有庸)이 재배합니다.

조선국 제술관 남추월에게 주다
贈朝鮮國製述官南秋月

편강유용(片岡有庸)

아득한 창해에 봄 물결 잔잔한데	滄海渺茫春浪平
신선 배는 또 봉래산 영주산을 찾은 듯하네	仙槎還似訪蓬瀛
왕사의 여정 태양을 향하니 부상이 가깝고	王程指日扶桑近
고향 나라에 뜬 별은 석목에서 밝구나	鄉國占星析木明
몸소 귀한 음식 더하여 사신께 바치고는	自有加籩供使者
좋은 폐백을 선생께 드릴까 하네	擬將束帛贈先生
한 집에서 만나 언어는 서로 다르지만	一堂相值方音異
시 지어 애오라지 피차의 정을 통한다네	詩賦聊通彼我情

편강빙천의 시에 차운하다
次片岡氷川

남옥(南玉)

오악의 특별한 유람 평소에 사모하였는데	五嶽奇遊慕尚平

한 해 지나 배를 타고 봉래 영주에 이르렀네　　隔年舟楫到蓬瀛

풍상을 실컷 겪어 의관이 새까맣고　　風霜飽閱衣冠黑

단사[220]는 멀리 있는데 귀밑머리 하얘졌다　　砂汞微茫鬢髮明

한식날 누대는 안개 너머에서 어른거리고　　寒食樓臺煙外隱

고향의 버들개지 꿈속에서 흩날리네　　故鄕花絮夢中生

목소리 계속 울리고 미간이 환히 빛나니　　喉聲脉脉眉心烱

사람들은 무정하다 말하지만 여기 정이 있네　　人道無情是有情

앞의 운을 따라 남추월에게 사례하다
步前韻 謝南秋月

편강유용(片岡有庸)

만 리 창파는 하늘에 닿아 평평한데　　滄波萬里接天平

멀리 걸린 구름 같은 돛 큰 바다를 건너왔네　　遙掛雲帆度大瀛

교룡의 굴 잠시 흐리고 비 내려 캄캄했는데　　龍窟片時陰雨黑

신기루 반쯤 드러나 석양에 밝구나　　蜃樓一半夕陽明

뗏목 타고 사신 와서 훌륭한 수창 주관하니　　浮槎奉使酬賢主

연이은 자리에서 시 지음에 친한 벗 생겼네　　連榻裁詩親友生

서로 만나 새로 사례하는 것 좋으니　　邂逅相逢新謝好

모시 옷 명주 띠로 교분의 정 드러낸다　　紵衣縞帶見交情

---

220 단사(丹沙) : 본래는 수은(水銀)과 유황(硫黃)의 화합물인데, 이것으로 장생불사의
　　약인 단약(丹藥)을 만들기도 한다.

빙천에게 거듭 화답하다
疊酬氷川

남옥(南玉)

복사꽃 봄비에 젖고 보리밭은 평평한데	桃花春雨麥畦平
구름과 이어진 멋진 누각 바다를 내려다보네	綺閣連雲壓巨瀛
붕새와 고니의 노정 큰 파도 가로지르니	鵬鵠路程橫渤澥
제비 꾀꼬리가 전하는 소식 청명이 가까웠구나	燕鶯消息近淸明
서군[221]의 사당 진나라 세상에서 길을 잃었는데	徐君祠廟迷秦世
임씨의 문호에는 노생[222]이 모였다	林氏門庭集魯生
시가 오고 가니 마음속 알 수 있어	詩去詩來心膽見
통역하는 수고 하지 않아도 금세 정을 통하네	不勞邦譯倩通情

앞의 운을 따라 남추월에게 주며 애오라지 이별의 정을 쓰다
步前韻 贈南秋月 聊敍離情

편강유용(片岡有庸)

넓고 아득한 바닷길 물결이 잔잔한데	海路漫漫積水平
만 리 장풍을 타고 큰 바다를 건너 왔네	長風萬里度滄瀛
푸른 하늘에 달 걸리니 용의 울음 멀리 있고	碧天懸月龍吟遠
해가 강물을 비추니 물고기 눈이 밝구나	江日射波魚眼明

---

221 서군(徐君) : 진(秦)나라 때의 방사(方士)인 서불(徐巿).
222 노생(魯生) : 전국(戰國)시대 제(齊)나라 사람 노중련(魯仲連)을 말한다. 성품이 고
   매하여 벼슬하지 않고 각국을 주유(周遊)하며 분규를 해결하였고, 제후들이 진(秦)을 황
   제의 나라로 받들려 하자 극력 반대하였으며, 제나라 임금이 벼슬을 주려 하자 해상(海
   上)에 은거하였다.

아름다운 구절 백 편이라 시상은 이백이요[223]　　佳句百篇思白也

드넓은 천 이랑 저수지라 황생을 사모하네[224]　　汪陂千頃慕黃生

홍려관에서 서로 헤어지니　　鴻臚舘裏分襟處

지는 해 공연히 이별의 정 오래 머금고 있네　　暮景空含久別情

편강빙천에게 세 번째 화답하며 이별의 정을 쓰다
三和片岡氷川 敍離情作

남옥(南玉)

소나무 너머의 장정[225] 곧장 북으로 평평한데　　松外長亭直北平

낭화의 봄 배는 겹겹의 바다에 닿았네　　浪華春舫接重瀛

만발한 꽃은 매년 올해처럼 예쁠 테지만　　繁花每似今年好

조각달은 두 땅을 나누어 비추겠지　　片月惟分兩地明

갑자기 갔다 문득 오니 신선처럼 아득하나　　焂逝忽來荷帶遠

장차 헤어지면 바다의 구름 다시 일어나리라　　將離復結海雲生

얼어붙은 시내 흐르는 물 새로 불어나　　氷溪流水添新漲

돌아가는 배 울며 보내니 나그네 마음 아는 듯　　鳴送歸帆管客情

---

223 시상은 이백이요 : 두보(杜甫)의 「춘일억이백(春日憶李白)」 시 첫머리에 "이백의 시는 천하무적이라, 시상(詩想)이 표연하여 짝할 자가 없더라.[白也詩無敵, 飄然思不群.]"라는 구절이 있다.

224 드넓은⋯⋯사모하네 : 도량이 매우 넓고 큼을 말한다. 후한(後漢) 사람 황헌(黃憲)은 자가 숙도(叔度)인데, 그를 두고 곽태(郭泰)가 "숙도는 질펀히 드넓어 마치 천 이랑 물결의 저수지와 같다. 맑게 한다고 해서 맑아지지 않고 흐리게 한다고 해서 흐려지지 않으니, 헤아릴 수 없다.[叔度汪汪如千頃陂, 澄之不淸, 淆之不濁, 不可量也.]"고 하였다.

225 장정(長亭) : 행인(行人)의 휴식 및 전별(餞別)을 위하여 10리마다 설치했던 역정(驛亭). 성에서 가까운 곳은 항상 송별의 장소가 되었다.

성서기에게 주다
贈成書記

편강유용(片岡有庸)

한 조각 구름 돛 달고 만 리 떠나온 배	一片雲帆萬里舟
푸른 하늘 아득한 곳 신선 섬으로 들어왔네	碧天迢遞入神州
파도 탄 황금 부절에 어룡이 피하고	凌波金節魚龍避
바다 건너갈 비단편지[226]에 기러기가 근심하네	隔海帛書鴻雁愁
영 땅의 노래[227] 있다면 돌아봐 주실텐데	應有郢歌生顧眄
함부로 파곡[228] 부르며 풍류를 접하였네	謾將巴曲接風流
알겠구나 도처에서 느끼는 강산의 흥취에	定知到處江山興
채색 붓 휘둘러 원유의 시 지으리라는 것을	彩筆揮來賦遠遊

---

226 비단편지 : 한(漢)나라 무제(武帝) 때 소무(蘇武)가 흉노(匈奴)에 사신으로 갔다가
붙잡혀서 돌아오지 못하게 되었는데, 그 뒤 소제(昭帝)가 즉위하자 흉노가 한나라와 화친
(和親)하였다. 이에 한나라 사신이 소무를 보내 달라고 하자, 흉노는 소무가 죽었다고
했다. 그 뒤에 한나라 사신이 흉노에 가니, 상혜(常惠)라는 사람이 방법을 일러 주기를,
"천자(天子)가 상림(上林) 중에서 활을 쏘아 기러기를 잡았는데, '소무가 어느 택중(澤
中)에 있다.'라고 쓴 백서(帛書)가 그 발에 매달려 있었다."라는 내용으로 선우(單于)에
게 말하라고 하므로, 그 말대로 하여 소무를 데리고 돌아왔다. 이 일로 인해 후세 사람들
은 기러기가 백서를 전한 것으로 여기게 되었다.

227 영 땅의 노래 : 고아한 시편(詩篇)이나 악곡. '양춘백설(陽春白雪)'이라는 곡이 격조
가 너무 높아서 초(楚)의 영(郢) 땅에서 그에 화답할 수 있는 사람은 몇 명에 불과했다는
데서 온 말이다.

228 파곡(巴曲) : 파(巴) 땅의 민간 가곡. 누구나 따라 부르기 쉬운 노래.

빙천 사종[229]께 받들어 화답하다
和奉氷川詞宗

성대중(成大中)

낭화의 안개 낀 물에 빈 배를 매고	浪華煙水繫虛舟
봄빛을 이끌고서 무주로 들어왔네	春色相將入武州
글과 검으로 나라에 보답하려는 뜻 품었지만	書劍空懷酬國志
바람과 파도에 그저 향수만 짙어지네	風波秖結望鄉愁
창평의 학교 안에 아름다운 선비 많고	昌平庠裏多佳士
임씨의 문호에는 훌륭한 부류가 넉넉하네	林氏門庭足勝流
새로 사귐에도 구면 같아 도리어 기쁘니	却喜新交如舊面
절집에서 연일 맑은 유람 펼치누나	佛樓連日辨淸遊

앞의 운을 따라 성용연께 사례하다
步前韻 謝成龍淵

편강유용(片岡有庸)

타향에서 배 매어 놓고 시 지었는데	賦就佗鄉繫客舟
도리어 왕찬이 형주에 있는 듯하네[230]	還如王粲在荊州
시단에서 겨우 헌상[231]의 인연 맺었는데	詞場纔結軒裳契

---

229 사종(詞宗) : 사장(詞章)으로 많은 사람의 존경을 받는 사람. 문단의 대가(大家).

230 도리어……있는 듯하네 : 왕찬(王粲)의 자는 중선(仲宣)인데, 박식하고 문장이 뛰어나 건안칠자(建安七子) 중 한 사람으로 꼽는다. 한 헌제(漢獻帝) 때 난리를 피해 형주(荊州)의 유표(劉表)에게 15년 동안 의탁해 있다가 조조(曹操) 밑으로 들어가 시중(侍中) 벼슬까지 지냈다. 형주에 있을 때 성루(城樓)에 올라가 시사(時事)를 한탄하고 고향을 그리는 뜻으로 「등루부(登樓賦)」를 지었다.

화려한 객관에서 문득 현괄[232]의 수심 더하네 　華舘忽添弦筈愁
정원 가득 꾀꼬리 소리 봄날은 따뜻하고 　滿苑鶯聲春日暖
주렴에 비치는 꽃 그림자에 석양이 흐르네 　映簾花影夕陽流
훌륭한 재주는 오공자[233]라 일찍이 들었으니 　賢才曾聽吳公子
사신의 수레 소요하며 상국에서 노니네 　冠蓋逍遙上國遊

빙천에게 거듭 화답하다
重和氷川

성대중(成大中)

마름꽃 물가에 봄 가득한데 목란배 떠 있고 　蘋洲春滿木蘭舟
매화 버들에 바람이 화창한 귤 유자 섬이라 　梅柳風和橘柚州
양국의 수레와 글자 다르지 않은데 　兩國車書無異則
십주의 안개와 달 한가로운 수심에 들어오네 　十洲烟月入閑愁
바닷물 지난 온 것이 삼천리요 　經來海水三千里
오문[234]에서 일류 문사들과 교유를 다하네 　交盡吳門第一流
구만리 먼 하늘을 마음 내키는 대로 가니 　九萬長空隨所適
장생은 오직 대붕의 유람에 따를 뿐일세[235] 　莊生惟信大鵬遊

---

231 헌상(軒裳) : 수레와 관복. 출세하여 고관대작이 되는 것, 또는 벼슬아치를 말한다.
232 현괄(弦筈) : 활시위와 오늬(화살의 꼬리 부분을 시위에 낄 수 있도록 에어낸 곳). 헤어지고 만나는 것에 정함이 없는 것을 비유한다.
233 오공자(吳公子) : 춘추(春秋)시대 오(吳)나라 계찰(季札)을 이른다. 오왕 수몽(壽夢)의 막내아들로, 지조가 높았으며 외국으로 사신 간 일이 많았다.
234 오문(吳門) : 한(漢)나라 매복(梅福)은 『상서(尙書)』와 『춘추곡량전(春秋穀梁傳)』에 밝았는데, 왕망(王莽)이 집정하자 성명을 바꾸고 오주(吳州)의 저자에서 문지기 노릇을 하며 은거하였고, 훗날 신선이 되었다고 한다.

앞의 운을 따라 성용연에게 주며 애오라지 이별의 정을 쓰다
步前韻 贈成龍淵 聊敍離情

편강유용(片岡有庸)

바다 너머로 돌아갈 사신의 배　　　　　　　　海外將歸使者舟

춘풍에 잠시 무장주에 머무네　　　　　　　　春風暫駐武藏州

예쁜 꾀꼬리 곳곳에서 공연히 벗을 찾으니　　嬌鶯處處空求友

방초가 우거졌어도 근심 풀지 못하네　　　　芳艸萋萋不解愁

밤에는 용 옆에서 자다가 나그네 꿈 놀라고　夜宿龍邊驚客夢

새벽엔 붕새 곁에 있다가 고래 파도 타겠지　曉凌鵬際駕鯨流

그림자처럼 붙어 있다가 두 별처럼 떨어지니　與君形影雙星隔

한번 헤어지면 시 짓는 유람 기약할 수 없으리　一別難期翰墨遊

빙천에게 세 번째 화답하다
三和氷川

성대중(成大中)

무지개 빛 그림 그려진 커다란 배들　　　　書畵虹光大米舟

흰 구름 개인 달이 동주에 가득하다　　　　白雲晴月滿東州

두 해의 객수에 꿈은 무상한데　　　　　　兩年羈思無常夢

세 바다 위험한 여정에 근심이 다하질 않네　三海危程不盡愁

---

235 장생은……뿐일세 : 『장자(莊子)』「소요유(逍遙遊)」에 "붕새가 남쪽 바다로 옮겨갈 때에는 물결을 치는 것이 삼천리요, 회오리바람을 타고 구만 리나 올라가 여섯 달을 가서야 쉰다.[鵬之徙於南冥也, 水擊三千里, 搏扶搖而上者九萬里, 去以六月息者也.]"고 하였다.

옛 성첩 지는 해에 연기가 고요하고 　　　　　古堞斜陽烟氣靜

텅 빈 누대 깊은 밤에 빗소리가 흐른다 　　　虛樓深夜雨聲流

먼 하늘 푸른 바다로 돌아갈 때 생각하면 　　長天碧水歸時想

절집에서의 오늘 유람 응당 기억하겠지 　　　應憶禪堂此日遊

원서기에게 주다
贈元書記

　　　　　　　　　　　　　　　편강유용(片岡有庸)

사절이 멀리 하늘 한 끝으로 오니 　　　　　使節遙來天一涯

아득한 나그네 길 시간이 쉬 지나갔네 　　　悠悠客路易經時

달 떠오른 바닷길에서 위태롭게 정박하고 　海程月出危檣泊

꽃 핀 산길에서 수레는 느릿느릿 갔으리 　山驛花開征蓋遲

말의 이치에서 어찌 종멸의 얼굴 논하리요[236]　言理寧論讒蔑面

용모로는 청수한 얼굴[237] 기쁘게 접하네 　容儀忻接紫芝眉

오늘 만났는데 또 다시 헤어져야 하니 　　　相逢今日還相別

숲 끝에 석양이 지는 것 보며 애석해하네 　坐惜林端夕照移

---

236 말의 이치에서……논하리요 : 숙향이 정(鄭)나라에 갔을 때 정나라 대부(大夫)인 종멸 (讒蔑)을 만난 일을 말한다. 종멸은 얼굴이 매우 못생겼는데, 숙향을 만나보기 위해 숙향 에게 술대접하는 심부름꾼을 따라 들어가 당(堂) 아래에 서서 한 마디 훌륭한 말을 하였 다. 그러자 숙향이 마침 술을 마시려다가 종멸의 말소리를 듣고는 "반드시 종멸일 것이 다." 하고는 당 아래로 내려가서 그의 손을 잡고 자리로 올라가 서로 친밀하게 얘기를 나누었다고 한다.

237 청수한 얼굴 : '자지미(紫芝眉)는 미목(眉目)이 청수하고 아름다움을 말한다. 방관(房 琯)이 원덕수(元德秀)를 볼 때마다 감탄하며 이르기를, "저 보랏빛 영지같이 청수한 미목을 대하면 그때마다 사람으로 하여금 명리(名利)에 관한 마음이 싹 가시게 만든다."고 하였다.

빙천에게 화답하다
和氷川

원중거(元重擧)

나 떠나 홀연 바다 동쪽 끝에 있으니	我行忽在海東涯
신기루 그림자 속에 버들이 한들거리네	煙柳依依蜃影時
천지는 높고 낮은데 벌써 두루 돌아다녔고	天地高低行已遍
파도는 출렁이는데 꿈은 아직도 더디다	波濤滉漾夢猶遲
누대 앞의 만 그루 나무 허공에 떠 있는 듯	樓前萬樹浮空界
난간 밖의 삼신산은 반 눈썹을 따른다	檻外三山隨半眉
수레와 문자가 같음을 함께 기뻐하니	共喜車書歸一路
마주보는 것 싫지 않은데 석양이 옮겨가네	相看不厭夕陽移

앞의 운을 따라 원현천에게 사례하다
步前韻 謝元玄川

편강유용(片岡有庸)

역로는 아득히 머니 어찌 끝이 있으리요	驛路迢迢豈有涯
만 리의 사신 행차[238] 성은에 보답하고자	梯航萬里報君時
채색 구름 한 조각 붓 휘두르는 곳에 떨어지고	彩雲一片揮毫落
꾀꼬리 소리는 객의 발걸음 늦추네	黃鳥數聲留客遲
지음을 만난 산수곡 뛰어난 솜씨로 연주되고	山水知音歸妙手

---

238 사신 행차 : '제항(梯航)'은 '제산항해(梯山航海)'의 준말. 험한 산에 사닥다리를 놓고 올라가고 바다는 배를 타고 건넌다는 뜻으로 아주 먼 곳에 가는 것을 의미하는데 여기서는 사신으로 일본에 온 것을 가리킨다.

절세의 문장은 기다란 눈썹에게서 나오는구나　文章絶世屬長眉

은하의 지기석[239] 만나 해와 별 된다 해도　縱逢河石爲星日

양국의 동맹은 끝내 변치 않으리　兩國盟交終不移

빙천에게 거듭 화답하다
重和氷川

원중거(元重擧)

산 빛은 다하지 않고 물도 끝이 없는데　山光不盡水無涯

수레는 다시 비단 돛대를 찾고 있네　四牡還尋錦颿時

지는 해 아득한데 하늘 그림자 드넓고　落日茫茫天影濶

외론 구름 느릿느릿 객의 마음도 더디다　孤雲裊裊客心遲

산하는 오랫동안 삼족오[240]에 닿아 있는데　山河久接烏三足

꿈속의 혼 멀리 초승달 하나를 따른다　魂夢遙隨月一眉

나팔소리 잦아들고 물시계도 그쳤는데　殘角數聲淸漏罷

근심스런 이는 아직도 촛불 자주 옮기네　愁人猶自燭頻移

---

239 은하의 지기석 : 한(漢)나라 장건(張騫)이 대하(大夏)에 사자로 갈 때, 뗏목을 타고
　　황하의 근원까지 갔는데, 전설에 그가 은하수에 올라 직녀(織女)를 만나서 지기석(支機
　　石)을 받아 엄군평(嚴君平)에게 보였더니, 그가 말하기를, "아무날 객성(客星)이 두우성
　　(斗牛星)을 범하더니 그대가 은하에 올랐었군."이라고 했다 한다.

240 삼족오(三足烏) : 태양 속에 있다는 세 발 가진 신조(神鳥)를 말하는데, 대개 태양을
　　가리킨다.

앞의 운을 따라 원현천에게 주며 애오라지 이별의 정을 쓰다
步前韻 贈元玄川 聊敍離情

편강유용(片岡有庸)

날을 헤아리며 떠난 배 바닷가를 향했는데	計日征帆指海涯
강가에 춘풍 부니 기러기 돌아갈 때구나	春風江上雁歸時
두 마음 간격 없이 심정 논함이 절실하니	兩情不隔論心切
재회 이룰 길 없어 이별을 늦추고자 하네	再會無緣欲別遲
긴 노정에 부질없이 나그네의 꿈 수고로운데	長路空勞游子夢
먼 산은 솜씨 좋게 미인 눈썹 그려 놓았네	遠山巧畫美人眉
고향 나무 새소리 변한 것에 응당 놀라리니	應驚鄕樹鳴禽變
그저 나그네 길에서 세월 보낸 탓이라오	徒使年華客裏移

빙천에게 화답하다
酬氷川

원중거(元重擧)

싸늘하게 비바람 치는 초나라의 물가	凄凄風雨楚天涯
한식날 누대에 제비가 날아다니네	寒食樓臺燕子時
방초 무성한 길 귀향의 꿈과 함께 아득하고	芳艸路兼歸夢遠
낙화의 봄 객의 수심 속에 더디 지나가네	落花春入客愁遲
탁 트인 비파호에 안개는 수놓은 듯하고	琶湖水濶烟如繡
구름 걷힌 부사산에 달은 눈썹 같구나	富嶽雲收月似眉
해외의 훌륭한 벗과 한 자리에 앉게 되니	海外高朋同一席
나그네 심정 공연히 짧은 시로 옮겨가네	羈懷空向短篇移

김서기에게 주다
贈金書記

편강유용(片岡有庸)

옥백으로 맹약 찾아 선린의 우호 맺으니	玉帛尋盟結善隣
홍려관에서 오늘 반가운 손님과 잔치하네	鴻臚此日宴嘉賓
채색 붓엔 분명 안개와 노을 어릴 텐데	彩毫應帶烟霞色
아름다운 시상 또한 도리의 봄을 만났음에랴	藻思況逢桃李春
천년의 풍류로는 오나라 사신[241]이요	千歲風流吳使者
사방에서 사명[242] 짓는 정나라 나그네[243]일세	四方辭命鄭行人
사귐을 논한다면 어디인들 형제가 없으랴만	論交何處無兄弟
그대와 더욱 정든 것이 가장 기쁘다오	最喜對君情更親

빙천 사백의 시에 차운하다
次氷川詞伯韻

김인겸(金仁謙)

신선 배 멀리멀리 동쪽 이웃 찾아오니	仙槎渺渺聘東隣

---

241 오나라 사신 : 오(吳)나라의 공자(公子) 계찰(季札)은 외국으로 사신을 간 일이 많았는데, 음악에 조예가 깊어서 각 나라에 갈 때마다 그 나라의 음악을 청해 듣고 품평하였다.
242 사명(辭命) : 외교문서의 문장과 언사.
243 정나라 나그네 : 춘추시대(春秋時代) 정(鄭)나라의 재상인 자산(子產)은 외교 문서를 작성하는 일에 능했다. 『논어』 「헌문(憲問)」에, "공자가 말씀하셨다. '사명(辭命)을 만들 때 비침(神諶)이 초고를 만들고 세숙(世叔)이 토론하고 행인(行人) 자우(子羽)가 수식하고 동리(東里) 자산(子產)이 윤색하였다.'[子曰, 爲命, 神諶草創之, 世叔討論之, 行人子羽修飾之, 東里子產潤色之.]"라고 하였다.

꽃비 내리는 하늘 아래 주인과 손님 마주했네　花雨諸天對主賓
욱요산 앞에서 지는 해를 보고　旭曜山前看落日
금룡사 밖에서 중춘을 느끼네　金龍寺外感中春
모여 앉아[244] 모두가 낯선 얼굴이라 말하지 말라　盍簪莫道皆新面
교제하니 오랜 벗인 듯 도리어 기쁘다오　傾盖還欣似故人
사해동포라는 걸 그대는 아는지 모르는지　四海同胞君認否
고운 시로 화답하며 마음 먼저 친해지네　聊酬瓊律意先親

앞의 운을 따라 김퇴석께 사례하다
步前韻 謝金退石

편강유용(片岡有庸)

두 나라 옛날부터 도로써 이웃 되니　兩邦自古道爲隣
맹약과 우호 닦고자 오신 서쪽의 손님　盟好來修西土賓
나그네 되어 꿈속의 혼은 고국을 헤매지만　作客夢魂迷舊國
해 지난 역로는 꽃피는 봄으로 들어왔네　經年驛路入芳春
꽃 옆에 말 세운 채 새 소리를 듣고　花邊立馬聞啼鳥
강가에서 산 보며 사공에게 묻는구나　江上看山問楫人
청안으로 교분 맺으니 초면에도 오랜 벗인 듯　青眼論交新似故
게다가 시 지으며 더욱 친해짐에랴　更將詩賦轉相親

---

244 모여 앉아 : ‘합잠(盍簪)’은 뜻 맞는 이들이 서로서로 달려와 회동하는 것을 이른다.

빙천에게 다시 화답하다
再和氷川

김인겸(金仁謙)

겹겹의 바다에서 상어 악어와 이웃하며	重洋鮫鰐接爲隣
멀리 부상에 이르니 해 뜨는 나라의 손님	遠到扶桑出日賓
고국의 솔과 대는 천리 먼 꿈속에 있는데	故國松篁千里夢
동풍에 도리화 피니 집집마다 봄이로구나	東風桃李萬家春
신선 배는 타향의 산사에 오래 머물러	仙槎久滯佗山寺
시와 글로만 이역의 사람을 만날 수 있다네	文墨惟逢異域人
사해에 모두 형제의 의리 남아 있으니	四海皆存兄弟義
고운 시 한번 주심에 서로 더욱 친해졌네	一投瓊律轉相親

앞의 운을 따라 김퇴석에게 주며 애오라지 이별의 정을 쓰다
步前韻 贈金退石 聊敍離情

편강유용(片岡有庸)

그 이름 오래 전 이미 이웃에 울려 퍼지니	姓名久已動殊隣
뽑혀온 이 대부분 국풍 살피는245 빈객이라	妙選多居觀國賓
해외에서 천리 먼 곳의 달 그리워도	海外相思千里月
하늘 끝에서 일지춘246을 부치기 어렵네	天涯難寄一枝春

---

245 국풍을 살피는 : '관국(觀國)'은 나라의 풍속을 살피는 것이다. 『주역』「관괘(觀卦)」 육사(六四)에 "나라의 휘황한 빛을 봄이니, 왕에게 나아가 손님 노릇을 하며 벼슬하는 것이 이롭다.[觀國之光, 利用賓于王.]"는 말이 있다.

246 일지춘(一枝春) : 남조(南朝) 송(宋)나라 육개(陸凱)가 강남에 있을 때 교분이 두터웠

가련하게 돌아가는 기러기 은근히 보며 　　殷勤看取憐歸雁
까닭 없이 멀어져야 하는 사람을 만나네 　　邂逅無端別遠人
꿈속의 혼만이 훗날의 만남 기약하리니 　　唯有夢魂期後會
그저 수양버들 잡고서 친근한 정 보이네 　　聊攀垂柳示情親

편강빙천의 시에 세 번째로 화답하다
三和片岡氷川韻

김인겸(金仁謙)

동풍에 깃발 부절 안고 서쪽에서 온 이웃 　　東風幢節自西隣
성긴 재주로 상객 대접한다 괴히 여기지 마오 　　莫怪踈才待上賓
만 리 밖에서 수심으로 고독한 밤이 썰렁해 　　萬里愁冷孤燭夜
삼시 세 때 멀리 고향의 봄을 추억하네 　　三時遙憶故山春
오늘 아침 우연히 매화 앞의 만남 가졌으니 　　今朝偶作梅前會
훗날에도 일하[247]의 사람 잊기 어려우리라 　　佗歲難忘日下人
한번 헤어지면 아득하여 훗날의 기약 없으리니 　　一別悠悠無後約
이 생애 어디서 다시 친할 수 있단 말이오 　　此生何處更相親

던 범엽(范曄)에게 매화 한 가지를 보내면서, "매화를 꺾다 역사를 만났기에, 농두 사는 그대에게 부치오. 강남에는 아무 것도 없어, 애오라지 한 가지 봄을 보낸다오.[折梅逢驛使, 寄與隴頭人. 江南無所有, 聊贈一枝春.]"라는 시를 함께 부친 데서 나온 말이다.
247 일하(日下) : 제왕이 사는 도성.

저번 날에 임 좨주의 서기로서 이미 좌우에 저의 명함을 드렸는데,
오늘 또 다시 예에 따라 맑은 풍모를 접하게 되니 매우 다행스럽습니
다. 다시 번거롭게 성자(姓字)를 자세히 말씀드리진 않겠습니다.
　서호(西湖) 송본위미(松本爲美)가 절합니다.

학사 남공께 받들어 드리다
奉呈學士南公

송본위미(松本爲美)

사신의 별 멀리 무창성으로 옮겨 와	使星遙動武昌城
고개 돌리니 만 리의 맑은 물결이로다	回首波濤萬里淸
개인 날 비단 돛을 북쪽 바다에 띄워	日霽錦帆浮北海
따뜻한 바람 속에 옥백 들고 동경에 들어왔네	風暄玉帛入東京
붓 휘두르니 홀연히 구름 안개 일어나고	揮毫忽起雲烟色
시 주시니 오로지 금석의 소리만 나는구나	投賦偏爲金石聲
대객의 높은 이름 누가 비슷할 수 있으랴	大客高名誰得似
시 짓는 재주 본래부터 종횡무진이었네	詞才元是自縱橫

송본서호께 화답하다
和松本西湖

남옥(南玉)

시연이 날마다 매화 지는 성에서 열리니	詩筵日闢落梅城
어른거리는 미목이 밤 저편에서 맑구나	眉眼依依隔夜淸

학 놓아 주며 멀리 군복[248]의 세상 사랑하고	放鶴遙憐君復社
누대에 올라 공연히 중선[249]의 서울 기억하네	登樓謾憶仲宣京
꽃을 적시는 단비에 시절을 능히 알겠고	霑花好雨能知節
나무 옮겨 다니는 산새는 절로 소리 조화롭다	遷木幽禽自和聲
반궁의 임 학사께 감사의 뜻 부치니	寄謝泮宮林學士
문 앞의 선비들[250] 오경을 펼쳐놓은 듯하네	門前逢掖五經橫

추월 남군께 화답하다
和秋月南君

송본위미(松本爲美)

의기양양한 깃발 강성으로 향하는데	揚揚旌斾向江城
길가에는 꽃 피고 행색은 맑구나	路上花開行色清
밝은 달 아래 천 개의 돛 신선 섬에 걸렸더니	月朗千帆挂鰲嶋
평탄한 길에 만마가 수도를 지나간다	途平萬馬過神京
거문고 연주하니 청산의 곡조에 걸맞고	鳴琴相值青山調
시를 지으니 백설의 노래에 깜짝 놀라네	作賦偏驚白雪聲

---

248 군복(君復) : 송(宋)의 은사(隱士)였던 임포(林逋)의 자. 서호(西湖)의 고산(孤山)에 은거하면서 매화를 심고 학을 키워 당시 사람들이 매처학자(梅妻鶴子)라고 일컬었다.

249 중선(仲宣) : 삼국시대 위(魏)나라 산양(山陽) 사람 왕찬(王粲)의 자. 한 헌제(漢獻帝) 때 난리를 피해 형주(荊州)의 유표(劉表)에게 15년 동안 의탁해 있었는데, 이때 성루(城樓)에 올라가 시사를 한탄하고 고향을 그리는 뜻으로「등루부(登樓賦)」를 지은 것으로 유명하다.

250 선비들 : '봉액(逢掖)'은 옛날 선비가 입는 옆이 넓게 트이고 소매가 큰 도포(道袍)인데, 여기서는 그것을 입은 선비를 가리킨다.

종일토록 감원[251]의 흥취 어찌 한이 있으랴만 　終日紺園何限興
범왕궁 너머로 저녁 구름 퍼져 있구나 　梵王宮外暮雲橫

서호께 거듭 화답하다
疊和西湖

남옥(南玉)

패기로 망망한 바다에 성을 지었는데 　覇氣蒼茫海作城
백화만발한 곳에 절집은 깨끗하다 　百花開處佛樓清
임금 조서에 붉은 구름[252] 휘장 천천히 열리고 　天書遲解紅雲帕
신선의 약속 백옥경[253]에서 헛되이 기약하네 　仙約虛期白玉京
돌아가는 말은 방초의 빛을 찾을 테고 　歸馬應尋芳艸色
봄날의 새는 이방의 소리 깨닫지 못하겠지 　春禽不覺異方聲
임군은 홀로 비심[254]의 명을 수행하느라 　林君獨營稗諶命
일찍이 공문 향해 채필[255]을 걸어두었겠지 　早向公門綵筆橫

---

251 감원(紺園) : 불교 사원의 별칭. 감우(紺宇) 혹은 감전(紺殿)이라고도 한다.
252 붉은 구름 : 선인(仙人)이 머무는 곳에는 항상 붉은 구름이 에워싸고 있다는 전설에
　　의거해서 제왕(帝王)의 궁궐을 형용할 때 홍운(紅雲)이라는 표현을 많이 쓴다.
253 백옥경(白玉京) : 원래 도가(道家)에서 말하는 원시천존(元始天尊)이 산다는 도읍인
　　데, 일반적으로 왕경(王京)을 뜻한다.
254 비심(稗諶) : 『논어』에, "정(鄭)나라에서 국서(國書)를 지을 때에 비심(稗諶)은 초안
　　하고 자산(子産)은 윤색한다."는 구절이 있다.
255 채필(綵筆) : 문재(文才)를 마음껏 발휘하게 하는 멋진 붓. 이백(李白)과 강엄(江淹)
　　의 꿈속에 각각 나타난 생화필(生花筆)과 오색필(五色筆)의 고사에서 유래하였다.

찰방 성군께 받들어 드리다
奉呈察訪成君

송본위미(松本爲美)

해상을 멀리 지나온 삼한의 사신 배	海上遙過韓使舟
고향 나라 작별하고서 동주로 내려왔네	已辭鄕國下東州
외교에선 천년의 약속 저버리지 않았지만	隣交不背千年約
나그네 마음은 만 리의 유람을 가련해하리	羈思應憐萬里遊
시부엔 예부터 기상이 스며들었고	詩賦從來侵氣象
문장은 본래 풍류를 드러내었지	文章元自見風流
채색 붓 홀연히 명주의 빛을 발하며	彩毫忽起明珠色
강 위의 하늘 십이루를 다시 비추는구나	更照江天十二樓

송본서호께 화운하여 드리다
和呈松本西湖

성대중(成大中)

돌아갈 생각 부질없이 죽엽주[256]에 엉기고	歸思空凝竹葉舟

---

256 죽엽주(竹葉舟) : 고향으로 돌아가는 배. 당(唐)나라 사람인 진계경(陳季卿)의 고사
에서 유래하였다. 강남(江南) 사람인 진계경이 장안(長安)에 와서 노닐면서 10년 동안을
돌아가지 않고 있었는데, 어느 날 청룡사(靑龍寺)에 갔다가 벽에 그려져 있는 환영도(寰
瀛圖)를 보면서 '이것을 얻어서 빨리 돌아갈 수 있으면 좋겠다.'고 생각하였다. 그러자
곁에 있던 어떤 늙은이가 빙긋이 웃으면서 "그게 뭐가 어렵겠는가." 하고는 계단 앞의
대나무를 꺾어서 그림에 있는 위수(渭水) 속에 놓은 다음 진경에게 말하기를, "이곳을
주목해 보면 소원을 이룰 수 있을 것이다."라고 하였다. 이에 진경이 그것을 보고 있자
어느 사이에 배를 타고 집에 도착하여 가족들을 만나보고 다시 청룡사로 돌아왔는데,
그때까지도 그 늙은이는 그곳에 그대로 앉아 있었다고 한다.

봄 매화는 강마을에 어지러이 떨어진다 　　　　　春梅亂落古江州

오나라[257]에 명사 많음을 비로소 알았는데 　　　始知吳下多名士

남쪽에서 장유의 시 지으니 참으로 기쁘도다 　　却喜天南賦壯遊

사해에서 교제를 논함에 시권이 있으니 　　　四海論交詩卷在

한 쪽에서 잇달아 필화[258]가 흐르는 듯 　　　一方聯席筆花流

그리운 그 선비 기쁘게도 다시 만나니 　　　依依衿珮欣重遇

녹명가의 남은 즐거움 이 절에 있구나 　　　　歌鹿餘歡是寺樓

용연 성군께 화답하다
和龍淵成君

송본위미(松本爲美)

수양버들에 묶어 놓은 만 리의 배 　　　　　繫得垂楊萬里舟

봄바람과 푸른 안개 강 마을에 가득하다 　　　春風靑靄滿江州

기쁨 나누며 용문[259]의 회합 다 이루리니 　　交歡應聲龍門會

멀리서 보고 운몽[260]의 유람임을 알았겠지 　　眺望元知雲夢遊

---

257 오나라 : '오하(吳下)'는 오나라를 가리킨다. 오나라 여몽이 처음에 무식하였으므로
손권(孫權)이 그에게 "국사를 하려면 학문을 해야 한다."고 충고했는데, 그 후로 열심히
공부하여 학식이 높아졌다. 뒤에 노숙(魯肅)이 그의 등을 쓰다듬으면서 "지금은 학식이
해박하여 그 옛날 오하의 여몽이 아니구나."라고 하였다.

258 필화(筆花) : 붓에서 피어난 꽃. 이백(李白)이 어렸을 때 붓대의 상단에 꽃이 피는
꿈을 꾸었다는 고사에서 유래하여, 시를 짓는 재능이 뛰어남을 비유한다.

259 용문(龍門) : '등용문(登龍門)'의 준말. 중망을 받고 있는 현자에게 인정을 받은 인물
을 '등용문객(登龍門客)'이라고 한다. 『후한서』 「이응열전(李膺列傳)」에 "이응이 홀로
풍재(風裁)를 지녀서 명망이 높았으므로 선비 중에 그의 인정과 대접을 받은 자가 있으면
용문에 올랐다고 지칭하였다." 하는 기록이 있다.

비단 자리에서 거문고 잡고 달을 맞이하며 　綺席把琴迎霽月

절집에서 붓 휘둘러 청류의 시를 쓰네 　紺園揮筆賦清流

우리들 다행히 계림의 손님을 접하여 　吾曹幸接雞林客

온종일 함께 누대에서 큰 소리로 노래하네 　終日高歌共倚樓

서호에게 거듭 화답하다
重和西湖

성대중(成大中)

부상의 그림자 속에 오랫동안 정박한 배 　扶桑影裡久停舟

동남쪽 육십 주에 봄이 가득하구나 　春滿東南六十州

봉래섬에서 헛되이 서불의 행로를 찾고 　蓬島空尋徐市路

회계산에서 사마천의 유람을 다시 기억하네 　會稽還憶馬遷遊

외론 산 밝은 달 아래 어린 새 잠을 자고 　孤山月白胎禽睡

창해의 긴 하늘에 여행하는 기러기 흘러간다 　滄海天長旅雁流

예로부터 사신 와서 이 모임 남아 있으니 　從古皇華留此會

빈연에서 오래도록 누대의 모습 기록하네 　儐筵長記實相樓

봉사 원군께 받들어 드리다
奉呈奉事元君

송본위미(松本爲美)

무창의 늘어진 버들 맑은 봄을 희롱하는데 　武昌垂柳弄春晴

---

260 운몽(雲夢) : 초(楚)나라의 대택(大澤)으로 사방이 9백 리이다.

이날 사신의 수레 봉성²⁶¹에 들어왔네   此日星軺入鳳城

서쪽 봉우리 눈 녹으니 자줏빛 노을이 일고   西嶺雪消紫靄起

남쪽 누대에 꽃 피니 꾀꼬리가 울어댄다   南樓花發黃鸎鳴

글 짓는 재주 양웅²⁶²의 부에 밀리지 않고   詞才不讓揚雄賦

경술은 다투어 유향²⁶³의 명성 전하는구나   經術爭傳劉向名

주인과 손님 향기로운 누각에서 서로 만나   主客相逢香閣裡

풍류 넘치는 시상으로 친교의 정 보여주네   風流詩思見交情

서호께 화답하다
和西湖

원중거(元重擧)

절집의 아름다운 모임 때는 화창한 봄날   禪樓佳會屬春晴

벽성²⁶⁴을 두른 길가의 종소리 앉아서 듣노라   坐聽街鐘繞碧城

훗날의 기약 은근히 밤새며 꼽아보고   後約殷勤經夜卜

남은 기쁨에 신이 나서 몇 편의 시 외워본다   餘懽跌宕數篇鳴

천지간에 풍류로써 함께 모이니   寰中共結風流集

---

261 봉성(鳳城) : 수도의 미칭.

262 양웅(揚雄) : 후한(後漢) 성도(成都) 사람. 부(賦)의 대가로 알려졌는데, 성제(成帝)
가 부르자 「감천(甘泉)」, 「하동(河東)」, 「장양(長楊)」 등의 부를 지어 올렸다.

263 유향(劉向) : 원명(原名)은 갱생(更生), 자는 자정(子政). 목록학(目錄學)의 비조(鼻
祖)로 일컬어진다. 저서에 「열녀전(列女傳)」「신서(新序)」「설원(說苑)」「홍범오행전론
(洪範五行傳論)」 등이 있다.

264 벽성(碧城) : 천상에 옥황상제(玉皇上帝)가 거처하는 곳.

해외에서 각미[265]의 명성 길이 거둬들이네   海外永收角尾名

임씨의 문호에는 속된 선비가 없으니   林氏門前無俗士

한 번 보고 정을 주는 것 어찌 꺼리겠는가   何嫌一見卽留情

현천 원군께 화답하다
和玄川元君

송본위미(松本爲美)

봄날 향기로운 누대에 저녁 구름 개이고   香臺春色暮雲晴

고개 돌리니 홀연 단봉성[266]이 나타났네   回首忽披丹鳳城

설산이 창 밖에 보이니 찬 그림자 움직이고   嶽雪當窓寒影動

조류에 난간이 비치니 물소리 울려퍼진다   潮流映檻水聲鳴

예로부터 사신들 고상한 노래 즐겼으니   從來槎客耽高調

좋구나 신선 같은 이들 큰 이름 남겨놓았네   好是仙郎留大名

제공의 귀국일이 가까웠음을 생각할 때면   時覺諸公歸日近

비단 자리에서도 이별의 정 어쩌지 못하네   綺筵無奈別離情

---

265 각미(角尾) : 각·미는 모두 28수(宿)의 하나로, 동방창룡(東方蒼龍) 칠수(七宿)에
    속하는 별자리의 명칭.

266 단봉성(丹鳳城) : 황제의 도성. 『열선전(列仙傳)』 소사(蕭史)에 진 목공(秦穆公)의
    딸인 농옥(弄玉)이 피리를 불면 진나라 서울인 함양(咸陽)에 단봉(丹鳳)이 내려왔다는
    전설이 있고, 『사기(史記)』 봉선서(封禪書)에 한 무제(漢武帝)가 세운 봉궐(鳳闕) 위에
    구리로 만든 봉황이 있었다는 기록이 있다.

서호께 거듭 화답하다
疊酬西湖

원중거(元重擧)

가벼운 안개 맑게 갠 무주에 낮게 깔리고	輕烟低入武州晴
구름은 부드럽게 벽성을 에워쌌네	雲物依依遠碧城
남국의 사람들은 왕씨의 옛 나라를 일컫고	南國人稱王氏舊
삼한의 공들은 때때로 맹교의 시[267] 짓누나	韓公時有孟郊鳴
명산은 참으로 용문객의 시야에 들어오고	名山正入龍門矚
가수는 노나라 빈객의 명성까지 거둬들였네	嘉樹兼收魯客名
돌아갈 날 아득히 창해 너머에 있는데	歸日茫茫滄海外
서호의 봄빛이 더욱 마음을 붙드네	西湖春色更關情

퇴석 김군께 받들어 드리다
奉呈退石金君

송본위미(松本爲美)

고명한 재자가 백설가를 부름에	才子高名白雪吟
계림의 시인묵객은 숲처럼 울창하네	雞林詞客鬱如林
하늘 끝 멀리에서 삼신산의 색 빛나는데	天邊遙映三山色
석상에선 두 마음 모두 함께 시를 짓는다	席上俱裁兩地心
절집에서 거문고 잡고 숲속에서 연주하며	紺苑把琴彈樹裡

---

267 맹교의 시 : 맹교(孟郊)는 한유(韓愈)의 친구인데, 한유는 그의 글 「송맹동야서(送孟東野序)」에서 천지만물의 울림을 설명하며 맹교의 시를 '선명(善鳴)'으로서 높이 평가하였다.

향대에서 붓을 적셔 꽃그늘에서 시를 쓴다 香臺染翰賦花陰
무창의 성 밖에서 서로 만나 武昌城外相逢處
종일토록 청담 나누니 정이 더욱 깊어지네 終日淸談情轉深

송본서호의 시에 차운하다
次松本西湖韻

김인겸(金仁謙)

나그네 회포 쓸쓸하여 홀로 읊조리는데 羈懷悄悄獨愁吟
바다의 해 높이 솟고 귤 유자는 숲을 이뤘네 海日亭亭橘柚林
만 리 먼 데서도 오직 호숫가의 집 생각뿐 萬里惟思湖上宅
이런 때 누가 객의 마음 위로해 줄까 一時誰慰客中心
미풍에 제비는 지지배배 울어대고 微風燕子呢喃語
물가의 봄 그늘 구름 끼어 어둑하다 極浦春陰靉靆陰
이역에서 우연히 매화 아래서 만나니 異域萍蓬梅下會
깊은 정 담긴 그대의 고운 시 감사하오 感君瓊律寄情深

퇴석 김군에게 화답하다
和退石金君

송본위미(松本爲美)

먼 데서 오신 손님 망향곡이 참으로 가련한데 堪憐遠客望鄕吟
오늘 기수림²⁶⁸을 찾아오셨네 今日來尋祇樹林

역루에 머무는 나그네 마음 천리를 꿈꾸고 羈思驛樓千里夢
빈관에서 나누는 정은 백년의 마음일세 交情賓舘百年心
향대에서 시 지으며 저무는 봄에 시름겹고 香臺裁賦愁春晚
비단 자리에서 붓 휘두르며 저녁 그늘에 앉았네 綺席揮毫坐暮陰
이곳의 제군들과 다시 만나기 어려우니 爲是諸君難再會
시 짓다가 헤어지면 이별의 슬픔 깊으리라 騷筵別手別心深

서호에게 다시 화답하다
再和西湖

김인겸(金仁謙)

절집 창가에서 온종일 한가롭게 읊조리자니 禪窓終日費閑吟
어둠이 캄캄하게 먼 숲에서 다가오네 暝色蒼蒼自遠林
병들어 영 땅 사람 노래에 답하기 어려운데 嬰病難酬郢人曲
지음은 다행히도 백아의 마음 이해해주네 知音幸得伯牙心
이별의 수심은 봄 등불 너머에서 또렷하고 離愁耿耿春燈外
돌아가는 길은 부사산 그늘 아래 아득하다 歸路迢迢富岳陰
이후로는 다시 만나는 일 쉽지 않으리니 此後重逢應未易
나란히 앉아 밤새는 것도 나쁘지 않겠지요 不妨連袂坐更深

---

268 기수림(祇樹林) : 중인도(中印度)에 있던 기타 태자(祇陀太子) 소유의 수림(樹林)을
이르는데, 훗날 여기에다 정사(精舍)를 지었으므로 사찰을 뜻하기도 한다.

추월 남군을 전송하며
送秋月南君

송본위미(松本爲美)

사신들 동쪽 산하와 이별하고 멀리 가려니　　　使者遙辭海岱東
천 개의 돛에 무사히 봄바람이 걸렸구나　　　千帆無恙挂春風
좋으리라 고향으로 돌아간 후엔　　　故園好是歸來後
계림의 일등 공신 더욱 알아줄 테니　　　更識雞林第一功

송본서호의 이별시에 화답하다
和松本西湖別詩

남옥(南玉)

지함[269] 처음 받들고 무관의 동쪽으로 왔을 때　　　芝函初捧武關東
붉은 빛 상서로운 구름 먼 바람에 흩어졌었지　　　紅帕祥雲散遠風
더욱 알겠구나 훌륭한 답서 가지고 가면　　　更識報書千綵筆
공손교[270] 문하에서 공훈을 논하리라는 것을　　　鄭僑門下討論功

---

269 지함(芝函) : 영지(靈芝)로 꾸민 함. 임금의 교서(敎書)를 뜻한다.
270 정교(鄭僑) : 춘추시대 때 정(鄭)나라의 대부(大夫)로 있으면서 40여 년간 국정을
　　장악하였던 공손교(公孫僑)를 가리킨다. 공손교라는 본명보다 자산(子産)이라는 자(字)
　　로 더 알려졌으므로 흔히 정자산(鄭子産)이라고 불린다.

용연 성군을 전송하며
送龍淵成君

송본위미(松本爲美)

말 타고 만릿길을 춘풍 속에 지나옴에	征鞍萬里度春風
이로부터 사귐의 정 양쪽 모두 같았다네	此去交情兩地同
이국의 바다가 멀다고 말하지 마오	勿謂異邦海波遠
청명한 가을 되면 날아가는 기러기 있으리니	淸秋自是有飛鴻

송본서호의 이별시에 화답하다
和松本西湖別詩

성대중(成大中)

중들은 밤이라 고요하고 대숲엔 바람 이는데	僧寮夜靜竹林風
화촉 아래 맑은 기쁨 함께 못함이 한스럽구나	華燭淸歡恨不同
숲속 정자의 외로운 학 우는 소리 들려오니	獨鶴林亭傳響遠
북으로 가는 기러기 울며 보내는 것이겠지	祇應啼送北歸鴻

현천 원군을 전송하며
送玄川元君

송본위미(松本爲美)

사신 깃발은 오늘 관산을 넘어갈 테니	旌旗此日度關山
가는 길에 수양버들 떠나는 이를 스치겠지	客路垂楊拂別顔

그대 강성을 떠나 고개 돌리면 君去江城回首處

오색구름 속 계림을 멀리서 알아보리라 雞林遙識五雲間

서호의 이별시에 화답하다
和西湖別詩

원중거(元重擧)

구름 끝에서 부사산을 돌아보니 雲際回看富士山

눈 개인 옥빛 봉우리 무소 뿔 띠를 두른 듯 玉峰晴雪帶犀顏

누가 나에게 그리움 담긴 글을 주었던가 何人贈我相思字

산에 쌓인 눈 사이에 깊은 정을 부쳐두네 留寄深情岳雪間

퇴석 김군을 전송하며
送退石金君

송본위미(松本爲美)

무창의 봄빛 돌아가는 그대 전송하니 武昌春色送君還

도로는 멀리 산과 바다 사이를 지나가네 道路遙過海岱間

이별 후엔 어찌하랴 한스러움 끝없는데 別後無何何限恨

강 위의 안개와 파도 저 멀리 산하가 보이네 烟波江上邈河山

서호에게 화답하다

和西湖

김인겸(金仁謙)

동풍에 옥 부절은 서쪽으로 가려는데 東風玉節欲西還
가는 길 하늘은 멀어 마축[271]의 사이에 있네 歸路天長馬筑間
한번 헤어지면 아득히 세 바다에 가로막혀 一別悠悠三海隔
꿈속의 혼도 일동의 산에 오기 어려우리 夢魂難到日東山

---

271 마축(馬筑) : 쓰시마(對馬)와 지쿠젠(筑前)을 가리킨다.

저의 성은 정상(井上)이고 이름은 후득(厚得)입니다. 자는 자고(子固)이고 호는 명계(茗溪)이며 무장(武藏) 사람입니다. 임 좨주의 문인이고 창평국학(昌平國學)의 생원입니다.

정상후득(井上厚得)이 재배(再拜)합니다.

제술관 남군께 받들어 드리다
奉呈製述官南君

정상후득(井上厚得)

만 리의 먼 길 떠나 봉래산을 찾으니	行程萬里訪蓬萊
한 조각 구름 돛이 해를 향해 펼쳐졌네	一片雲帆向日開
계림과 우호 맺은 지 오래됐기 때문이니	自是雞林修好久
어찌 신선 찾아온 서불과 같으리요	寧同徐福覓仙來
밤하늘을 살펴보니 문성이 움직이고	夜占天象文星動
새벽 함곡관 넘어가니 자줏빛 기운 재촉하네	曉度函關紫氣催
현자 모신[272] 좋은 인연 얼마나 다행인지	何幸良緣叩御李
새 시를 드리려니 재주 없음이 부끄럽구나	新詩欲贈愧非才

---

272 현자 모신 : '어리(御李)'는 현자(賢者)를 경모(敬慕)하는 것을 말한다. 후한(後漢)의 순상(荀爽)이 이응(李膺)의 어자(御者)가 된 것을 기뻐하였다는 고사가 있다.

정명계에게 화답하다
和井茗溪

남옥(南玉)

나그네의 색동옷[273] 노래자 옷과 같아	遊子斑衣屬老萊
하늘 끝에서 이 객수를 다 보이기 어렵네	天涯羈抱苦難開
기러기는 성곽 등진 채 구름 속으로 날아가고	□鴻背郭穿雲去
제비는 누대 찾아 바다를 건너 왔네	客燕尋棲渡海來
두곡[274]의 누대에서 근심스레 홀로 앉았는데	杜曲危樓愁獨坐
버들 섬에서 한식 맞으니 온갖 느낌 드는구나	柳洲寒食感相催
눈앞의 한 가지 일 조금 기뻐할 만하니	眼前一事差堪喜
보리수 귤나무 마을에서 묘한 재주 얻었네	榕橘鄉中得妙才

서기 성군께 받들어 드리다
奉呈書記成君

정상후득(井上厚得)

채색한 배 멀리 바다 동쪽으로 떠 오니	彩舟遙泛海之東
땅은 봉래 영주와 맞닿아 신선세계로 통하네	地接蓬瀛仙路通
옥 부절 든 영예로운 이름 천리에 울리고	玉節榮名千里動

---

273 색동옷 : '반의(斑衣)'는 춘추(春秋)시대 초(楚)나라의 은사(隱士)인 노래자(老萊子)가 어버이를 기쁘게 해 드리기 위하여 입었다는 색동옷인데, 여기서는 오랜 여행에 옷이 낡고 더러워진 것을 가리킨다.

274 두곡(杜曲) : 중국 장안(長安) 동남쪽에 있는 곳의 지명으로, 당(唐)나라 때 명문대가인 두씨(杜氏)가 대대로 자리 잡아 살던 곳.

뽕나무 활[275] 쏜 높은 뜻 사방으로 펼쳐지네　桑弧高志四方雄

풍랑에 돛을 다니 봄날에 무탈하고　懸帆風浪春無恙

산천으로 말을 모니 길은 끝이 없구나　叱馭山川途不窮

참으로 알겠도다 하늘가 부사산의 풍경이　定識天邊富嶽色

새 시 되어 비단 주머니로 들어왔음을　新題應入錦囊工

정명계에게 화답하다
和井茗溪

성대중(成大中)

단산의 한 조각 깃털 큰 바다 동쪽에 있어　丹山片羽大瀛東

마주하니 신령한 무소의 뿔 한 점으로 통하네　對處靈犀一點通

봄날 글 짓는 자리에 창화하는 시 넉넉한데　遲日文筵饒唱和

소년의 빛나는 시상 뛰어난 재목임을 알겠구나　少年華思識材雄

성긴 매화 작은 탁자에 무성한 눈썹 비치고　疎梅小榻丰眉映

허다한 물 긴 하늘이 혜안[276]에 다 들어오네　積水長天慧眼窮

여주[277]를 가득 쥐어 그 빛이 찬란하니　滿掬驪珠光燦爛

펄펄 나는 붓 아래 뛰어난 솜씨 드러나네　翩翩筆下見奇工

---

275 뽕나무 활 : 고대에 세자(世子)가 태어나면 뽕나무 활에 쑥대 화살을 메워 천지 사방
에 쏘아 원대한 뜻을 품기를 기원한 데서 유래한 것이다.

276 혜안(慧眼) : 불가에서 말하는 오안(五眼 육안(肉眼)·천안(天眼)·혜안·법안(法眼)·불
안(佛眼))의 하나로, 진리를 통찰하는 안목 또는 아름다운 눈동자를 가리킨다.

277 여주(驪珠) : 백낙천(白樂天)·유우석(劉禹錫) 등 여러 사람이 모여서 '금릉회고시
(金陵懷古詩)'를 짓다가 유우석이 먼저 아름다운 시를 지으니, 다른 이들이 벌써 동자(童
子)가 용의 여의주[驪龍珠]를 얻었는데 나머지의 조개껍질을 무엇에 쓰랴 하고 붓을 놓
았다고 한다.

서기 원군께 받들어 드리다
奉呈書記元君

정상후득(井上厚得)

멀리 장풍 타고 큰 바다 건너오니	遙駕長風度大瀛
배와 수레 가는 곳마다 맞이하고 환영하네	舟車到處有逢迎
오색구름 드리운 길엔 신선 찾아온 객이요	五雲一路求仙客
천리장정 떠난 것은 임금께 보답하고자 함이라	千里長程報主情
주머니 속의 새로운 시는 설색을 띠었고	囊底新詩携雪色
책상 위의 높은 곡조 쟁그랑 소리 난다	案頭高調擲金聲
나는 듯한 글 솜씨 원래부터 적수 없으니	翩翩詞翰元無敵
도성에서 다투어 서기의 이름 전하는구나	都下爭傳書記名

정수재에게 화답하다
和井秀才

원중거(元重擧)

대명 천리에 동해 바다 열어젖히니	大明千里闢東瀛
곳곳의 안개와 노을 시인묵객을 맞이하네	隨處烟霞詞客迎
낙조에 아름다운 잔치가 동무국에서 열리고	落日華筵東武國
새 봄의 꽃나무 북에서 온 이의 마음일세	新春花樹北人情
누대에는 아득한 삼신산의 풍경이요	樓臺漠漠三山色
북두성 저 멀리로 울며 가는 기러기 하나	星斗迢迢一雁聲
그대 같은 영묘함에 훌륭한 시까지 지어내니	英玅如君兼玅句
먼 훗날 북두성 남쪽의 그 이름 주목하리	他時屬目斗南名

서기 김군께 받들어 드리다
奉呈書記金君

정상후득(井上厚得)

시인은 표연히 기상이 호방한데	騷客飄然氣象豪
이월의 안개 속 꽃이 나그네 옷을 비추네	烟花二月照征袍
천년 동안 옥백으로 교린의 정 통하였고	千年玉帛通隣好
만릿길 돛대 세우고 바다를 건너 왔네	萬里帆檣度海濤
글 짓는 붓 휘두르니 쇳소리 메아리치고	文筆揮成金自響
새 시를 읊으니 음조가 고상하다	新章吟就調方高
봄바람 부는 일동의 역로에서	日東驛路春風裡
강산이 채색 붓에 비침을 정녕코 알겠구나	定識江山映彩毫

정명계에게 화답하다
和井茗溪

김인겸(金仁謙)

쇠한 몸 동쪽으로 오니 기상이 크지 않아	衰骨東來氣未豪
흰머리로 연막[278]에 있자니 하포[279]에 부끄럽네	白頭蓮幕愧荷袍
봄이 되니 꿈에서도 계림의 산 보는데	逢春不禁雞岑夢
해가 지나 겨우 악어의 바다 물결을 넘어왔네	經歲纔過鰐海濤

---

278 연막(蓮幕) : 막부(幕府)를 뜻한다. 남제(南齊) 때 왕검(王儉)의 막부를 연화지(蓮花
池)라고 일컬은 고사에서 비롯되었다.

279 하포(荷袍) : 하의(荷衣). 연잎으로 만든 옷으로 고결한 사람이나 은자(隱者)가 입는
데, 여기서는 일본측 문사를 빗대어서 쓴 표현이다.

마음과 눈에서 드넓은 비파호가 펼쳐지고　　　心目頓開琶水闊

안개와 노을 속에 먼 부사산이 손에 잡힐 듯　　　煙霞遙挹富山高

알겠구나 그대 손 안의 생화필은　　　知君手裡生花筆

분명 달 속의 옥토끼 털로 만들었으리　　　應是蟾宮玉兔毫

앞의 시에 차운하여 남군께 다시 드리다
次前韻 再呈南君

정상후득(井上厚得)

채색 구름 끝없이 봉래산을 감싸니　　　彩雲無盡護蓬萊

오색이 뜬 허공에 상서로운 풍경 펼쳐졌네　　　五色浮空瑞景開

옥백을 지니고 천년토록 명 받들고 이르니　　　玉帛千年銜命到

만 리의 파도에 배를 띄워 왔다네　　　波濤萬里泛槎來

허리에 찬 검은 별빛 받아 번쩍이고　　　腰間劍氣衝星動

붓 아래 빛나는 언사들 자리에서 쏟아지네　　　筆下詞華當席催

이날 다행히 아름다운 글 모임 만나니　　　此日幸逢文雅會

막중의 빈객들 모두 다 재주가 많구나　　　幕中賓客總多才

명계에게 거듭 화답하다
疊和茗溪

남옥(南玉)

아름다운 숲의 기화요초 잡초를 덮어버리니　　　瑤林琪草破蒿萊

한 줄기 글 바람 해국에 펼쳐졌네 　　一線文風海國開

누각 위의 사관 유향이 떠난 듯하고 　　閣上史官劉向去

시단 앞의 시객 항사[280]가 온 듯하네 　　壇前詩客項斯來

가까이 있는 성긴 매화에 차 연기가 합해지고 　　茶烟氣合踈梅近

재촉하는 고운 촛불에 꽃 붓의 향기 전해지네 　　花筆香傳畫燭催

일찍이 알았다오 나산의 풍도 남아 있어 　　蚤識羅山遺韻在

지금까지도 문하에 영재가 많다는 것을 　　至今門舘盛英才

앞의 시에 차운하여 성군께 다시 드리다
次前韻 再呈成君

정상후득(井上厚得)

아득히 먼 역로 지나 일동을 찾아오니 　　驛路迢迢訪日東

사신 수레 가는 곳마다 성명을 통하네 　　星軺到處姓名通

주머니 속의 주옥과 같은 시 문재가 풍부하고 　　橐中珠玉文才富

종이 위의 구름과 연기 필세가 웅장하다 　　紙上雲烟筆勢雄

양국의 벗 새로 사귐은 참으로 즐거운 일 　　兩國新知誠可樂

천년의 오랜 우호 본래부터 무궁하다네 　　千年舊好本無窮

좋은 인연으로 다행히 풍류 선비를 만나니 　　良緣幸接風流士

비단에 수놓은 듯한 시라 자꾸만 보게 되네 　　頻見詩章錦綉工

---

280 항사(項斯) : 당 나라 사람. 그가 자신이 지은 시권(詩卷)을 가지고 양경지(楊敬之)를 찾아본 뒤부터 이름이 세상에 알려졌다. 경지가 그에게 준 시에 "몇 차례 시를 보니 시마다 좋았지만 그 표격(標格)은 시보다 훨씬 나았어라. 나는 한평생 남의 선(善) 숨길 줄 몰라 만나는 사람마다 항사를 말하곤 하네."라고 하였다.

명계에게 거듭 화답하다
疊和茗溪

성대중(成大中)

좨주의 학당[281] 해동에 펼쳐지니	祭酒鱣帷闢海東
분수에서 학문 논하며 왕통을 사모하네[282]	汾河論學慕王通
필봉이 예리하니 후생은 두려워할 만하고	後生可畏鋒稜銳
의기가 씩씩하니 재자임을 충분히 알겠네	才子多知意氣雄
만 리의 여행길 마침내 다 왔는데	萬里程途終自致
다섯 수레의 책들을 다 보여주기 어렵구나	五車經籍不難窮
동으로 와서 구름 사이 묘함을 얻은 것 기쁘니	東來喜得雲間紗
스무 살의 문장인데 시 짓는 것 공교하구나	二十文章作賦工

앞의 시에 차운하여 다시 원군께 드리다
次前韻 再呈元君

정상후득(井上厚得)

만 리의 파도 푸른 바다를 건너오니	波濤萬里渡蒼瀛
사신의 수레를 교외에서 맞이하네	使者征軺郊外迎

---

281 학당 : '선유(鱣帷)'는 강학하는 곳이다. '선(鱣)'은 민물고기의 일종인 두렁허리. 후
한(後漢) 때 황새들이 세 마리의 두렁허리를 물고 양진(楊震)의 강당 앞에 날아와 모였다
는 고사가 있다.

282 분수에서……사모하네 : '분하(汾河)'는 분수(汾水)로, 산서성(山西省) 서남쪽에 위치
한 강. 수(隋)나라 말기에 왕통(王通)이 그 지역에서 방현령(房玄齡), 위징(魏徵), 이정
(李靖), 정원(程元), 두위(竇威) 등을 위시한 천여 명의 훌륭한 제자를 가르쳤으므로 전
하여 많은 제자에게 학문을 가르치는 것을 뜻한다.

한 집에서 교분 나누니 빛나는 솜씨 흠모하고	傾蓋一堂欽手采
이역에서 문학 논하며 우정을 맺는다네	論文異域締交情
채색 붓에 절로 안개와 노을 비치고	彩毫自映烟霞色
고아한 곡조에 금석성[283]이 막 들리네	高調方聞金石聲
나라의 보배는 천 년간 닦은 오랜 우호이니	國寶千年修舊好
계찰도 영웅의 이름 여기에 양보하리라	更知季札讓英名

정수재에게 거듭 화답하다
疊酬井秀才

원중거(元重擧)

남과 북 사이에 넘실대는 겹겹의 바다	盈盈南北隔重瀛
아득한 노을 속에서 사신단을 맞아주네	霞氣蒼茫絳節迎
한가한 날 절집에서 담소를 나누니	暇日禪樓開笑語
어린 나이의 재자 더욱 풍류가 있구나	玅年才子更風情
시연에서 구름에 닿을 듯한 문장 보았는데	筵前已看凌雲藻
대숲에서 옥을 부수는 소리 들리는 듯하네	竹裏如聞碎玉聲
꽃다운 나이에 전적을 다 보았으리니	芳歲曾須窮典籍
문장이 여사라는 건 헛된 이름이로구나	文章餘事是浮名

---

283 금석성(金石聲) : 증자(曾子)가 위(衛) 나라에 있을 때 사흘이나 불을 때지 못하고 십 년 동안 새 옷을 해 입지 못하는 극빈(極貧)의 생활 속에서도 신발을 끌고 상송(商頌)을 노래하니, 그 소리가 천지간에 가득 차면서 마치 금석에서 나오는 것과 같았다고 한다.

앞의 시에 차운하여 다시 김군께 드리다
次前韻 再呈金君

정상후득(井上厚得)

펄펄 나는 서기 기운이 참으로 호방해	翩翩書記氣方豪
천리의 구름과 산이 객의 옷을 비추네	千里雲山映客袍
사절은 새벽에 일기도[284]의 눈을 지나치고	使節曉過岐嶋雪
사신은 맑은 날에 광릉의 파도 건넜으리	星槎晴度廣陵濤
손 안의 밝은 달은 찬 기운으로 비추고	握中明月寒相照
곡조 속 양춘은 노래 절로 고아하다	曲裏陽春歌自高
그대는 소단에서 독보적이라 추앙받으리니	君是騷壇推獨步
휘호에 담긴 시부 보면 알고도 남겠네	深知詩賦在揮毫

정명계에게 거듭 화답하다
疊和井茗溪

김인겸(金仁謙)

삼한의 사람 일하의 호걸들과 만나니	韓人來會日下豪
그대는 검[285]을 차고 나는 비단 도포 입었네	君佩秋蓮我錦袍
만 리 타향서 봄 맞으니 목우[286] 같은 신세 슬퍼	萬里逢春悲木偶

---

284 일기도(壹岐嶋) : 쓰시마(對馬)와 지쿠젠(筑前) 사이에 있는 섬.

285 검 : '추련(秋蓮)'은 검을 휘두를 때 일어나는 빛인 검화(劍花)를 비유한 말로, 전하여 검을 가리킨다. 이백(李白)의 「호무인행(胡無人行)」에 "유성과 같은 백우전(白羽箭)은 허리춤에 꽂고, 가을 연꽃은 칼집에서 나온다.[流星白羽腰間揷, 劍花秋蓮光出匣.]"는 구절이 있다.

바다에서 해 보내며 바람과 파도에 고생하였네　三洋經歲困風濤

막중의 병든 몰골 얼굴이 늙었는데　幕中病骨形容老

귤 속의 바둑 두는 신선 실력이 고수로다　橘裡仙棊手法高

시 짓는 법 일찍이 누구에게서 배웠는가　詩律曾從何處學

시단의 오묘한 격조 털끝까지 분석하였네　詞壇妙格析絲毫

---

286 목우(木偶) : 나무로 만든 인형. 무능하거나 병약한 사람을 비유한다.

저의 성은 청엽(靑葉)이고 이름은 양호(養浩)입니다. 자는 지언(知言)이고, 호는 자봉(紫峰)이며 찬기(讚岐) 사람입니다. 임 좨주(林祭酒)의 문인이고 창평국학(昌平國學)의 생원입니다.

청엽양호(靑葉養浩)가 재배(再拜)합니다.

제술관 남추월에게 주다
贈製述官南秋月

청엽양호(靑葉養浩)

명받고 온 사신 수레 무성에 도착하니	奉使征軺到武城
멀고 먼 역로 얼마나 긴 여정이었나	迢迢驛路幾行程
산하는 천년의 맹세 고치지 않아	山河不改千年誓
시부로 두 나라의 정을 능히 통하는구나	詩賦堪通兩地情
떠나는 기러기 무리에서 떨어져 멀리 헤매고	旅雁離群迷遠影
날아다니는 꾀꼬리 벗을 찾아 새롭게 울어대네	流鶯求友弄新聲
서쪽 나라 문사의 명망 오래 전에 들었는데	舊聞西土文儒望
남궁[287] 군자의 이름은 익히 아실런지	稔識南宮君子名

청엽자봉의 시에 차운하다
次青葉紫峯

남옥(南玉)

강남의 수십 개 성을 두루 다 다니니	歷盡江南數十城

---

287 남궁(南宮) : 남궁성(南宮星). 남쪽에 있는 성좌(星座).

여행길 꿈결 같아 돌아가는 길 기록하네　　　　　堠亭如夢記歸程

만 리의 구름 파도 건너 새 사람을 만나고　　　　雲濤萬里逢新面

하늘처럼 고상한 노래 삼장에서 옛 정을 보노라　　霄雅三章見古情

취미가 통하여 매화 앞에 앉았더니　　　　　　　臭味通融梅對影

이리저리 시 지음에 대숲 소리 전해온다　　　　　風騷錯落竹傳聲

그대 만일 양원에 가지 못한 객이라면　　　　　　君如未至梁園客

추연의 글 명성 얻은 것 더욱 기뻐하겠지　　　　　更喜鄒書善得名

추월에게 다시 주다
再贈秋月

청엽양호(靑葉養浩)

무창의 성에서 한때 서로 만나　　　　　　　　　一時相遇武昌城

수레 기울이며 교분 논하니 공자와 정자로다　　　傾蓋論交孔與程

호저로 새로 사귄 좋은 벗을 보자니　　　　　　　縞紵偏看新識好

제포[288]가 어찌 고인의 정보다 못하리오　　　　　綈袍豈讓故人情

옥백 갖춘 선비의 모임 함께 기뻐하는데　　　　　共忻玉帛衣裳會

궁상[289]의 금석 소리가 홀연히 들려오네　　　　　忽聽宮商金石聲

이 땅에서의 장유 누가 비슷할 수 있으랴　　　　　此地壯遊誰得似

상수에 떠가던 태사[290] 절로 명성 드리웠네　　　　浮湘太史自垂名

---

288 제포(綈袍) : 두꺼운 명주로 만든 솜옷. 전국 시대 위(魏)나라의 수가(須賈)가 그의
　　옛 친구 범수(范雎)가 추위에 떠는 것을 보고 제포를 주었던 고사를 말한다.

289 궁상(宮商) : 오음(五音) 중의 궁음(宮音)과 상음(商音). 인신하여 음악 또는 음률.

290 상수에 떠가던 태사 : 사마천(司馬遷)을 지칭한다. 사마천이 20세 때에 남쪽으로 강

자봉에게 거듭 화답하다
疊酬紫峰

남옥(南玉)

조유[291]의 담장 오언의 성을 내려다보는데	曹劉墻壓五言城
날마다 시 짓는 자리에서 과정을 쫓아가네	日日詞壇趁課程
백발은 시든 매화에 나그네 신세 아파하고	白髮衰梅傷作客
청운은 밝은 달 아래 정 맺는 것 허락했네	碧雲明月許論情
진초의 사이[292]에서 회합하는 것 기쁘지만	懽同晉楚之間會
시가 가륭[293] 이후의 소리인 것이 부끄럽다	詩愧嘉隆以後聲
처음 만난 자리에서 고아한 뜻을 통할 뿐	秖是初筵通雅意
주조[294]에서 허명에 매이는 것 상관치 않네	不關朱鳥繫虛名

회(江淮)·회계(會稽)·우혈(禹穴)·구의(九疑)·원상(沅湘)을 유력하고 북쪽으로는 문사(汶泗)를 건너고 제노(齊魯)의 땅에서 강학(講學)하고 양초(梁楚)를 지나 돌아왔다고 한다.

291 조유(曹劉) : 삼국시대(三國時代) 위(魏)나라 조식(曹植)과 유정(劉楨)을 말하는데 모두 문장으로 이름을 날렸다.

292 진초의 사이 : 춘추시대 정(鄭)나라의 대부 공손교(公孫僑)는 강대국인 진·초(晉楚) 사이에 낀 정나라를 위하여 안으로는 예법으로 강족(强族)을 억제하고, 밖으로는 강국과 외교를 잘하여 수십 년 동안 정나라를 평화롭게 다스렸다.

293 가륭(嘉隆) : 명(明)나라 가정(嘉靖)·융경(隆慶) 때를 가리킨다. 이때에 가륭칠재자(嘉隆七才子)라 하여 이반룡(李攀龍)·왕세정(王世貞)·서중행(徐中行)·종신(宗臣)·사진(謝榛)·오국륜(吳國倫)·양유예(梁有譽) 등 뛰어난 일곱 명의 시인이 있었다.

294 주조(朱鳥) : 이십팔수(二十八宿) 중 남방 칠수(七宿)의 총칭. 또는 남방(南方)의 신(神) 이름. 여기서는 일본을 가리킨다.

추월이 덕력용간에게 준 이별시에 차운하다
次秋月別德力龍澗韻

청엽양호(青葉養浩)

좋은 인연으로 이방의 사람 만나니	良緣相遇異方人
시부에 담긴 풍류 특별한 봄이로다	詩賦風流別有春
오늘 밤 이별이 한스러워도 어찌하랴	無奈分離今夕恨
양국이 덕으로 이웃 된 것 기뻐할 뿐이네	只忻兩國德爲隣

용간에게 준 이별시의 운을 써서 다시 화답하다
又和用別龍澗韻

남옥(南玉)

기러기 돌아간 빈 섬에 멀리서 온 사람	歸雁空洲遠趁人
해를 넘긴 깃발과 부절 푸른 봄을 짝하였네	隔年旌節伴青春
만나긴 어렵고 헤어지긴 쉬운 남북의 사람이나	難逢易別天南北
촉 땅 나그네 산을 보니 우리 이웃 같구나	蜀客郊岑似我隣

추월에게 주어 이별의 한을 쓰다
贈秋月 敍別恨

청엽양호(青葉養浩)

눌러 있다 보니 봄은 저물어가고	淹留春欲暮
일을 마쳤는데도 초라한 말들이 맴도네	竣事薄言旋
아득하고 아득한 삼한의 길이요	渺渺三韓路

멀고 먼 만 리의 하늘일세 　　　　　　　　　遙遙萬里天

깊은 속마음 어찌 다 쓸 수 있으랴 　　　　　　豈堪寫肝膽

산천에 가로막힌 길 그 얼마나 되는지 　　　　幾許隔山川

이별 후에 만일 기억나거든 　　　　　　　　　別後如相憶

고개 돌려 해 뜨는 곳을 보시오 　　　　　　　回頭朝日邊

청엽자봉의 이별시에 화운하다
和靑葉紫峰別詩韻

남옥(南玉)

우정을 맺는 일 거문고와 칼 밖에 있으니 　　論交琴劍外

초월[295] 사이에서 주선하고 다녔네 　　　　楚越費周旋

붕새와 곤어의 바다[296] 멀리 탁 트였으나 　遼濶鵬鯤海

제비와 기러기의 하늘은 어긋나겠지 　　　　差池燕雁天

뿌리로 돌아가느라[297] 꽃 지는 뜰이요 　　歸根花落院

그림자 나뉜 곳 달 비친 시냇물 　　　　　　分影月橫川

---

295 초월(楚越) : 중국 초(楚)나라와 월(越)나라. 초나라와 월나라는 서로 거리가 멀리 떨어져 있어서 아무 상관이 없는 사이란 뜻이다.

296 붕새와 곤어의 바다 : 『장자(莊子)』「소요유(逍遙遊)」에 "북쪽 바다에는 곤(鯤)이라는 물고기가 있어 그 크기가 몇 천 리나 되는지 알 수가 없고, 이 고기가 변화하여 붕(鵬)이라는 새가 되는데, 붕새의 등 넓이는 또 몇 천 리나 되는지 알 수가 없다. …… 붕새가 남쪽 바다로 옮겨 갈 때에는 물결을 치는 것이 삼천리요, 회오리바람을 타고 구만 리를 올라가 여섯 달을 가서야 쉰다."라는 내용이 있다.

297 뿌리로 돌아가느라 : 『도덕경』에 "만물이 무성하다가도 각자 그 뿌리에 복귀하나니, 그것을 일러 고요함이라 한다.[夫物芸芸, 各復歸其根, 歸根曰靜.]"는 내용이 있다.

한번 절집을 나와 떠나면 一出禪關去
푸른 봉우리 어느 끝에 있으려나 青峯阿那邊

성 서기에게 주다
贈成書記

청엽양호(青葉養浩)

누선이 멀리 큰 바다 동쪽을 향하니 樓船遙指大瀛東
바닷길 아득하게 푸른 하늘과 이어졌다 海路渺茫連碧空
천 리의 호방한 유람 삼신산이 가깝고 千里豪遊三島近
열 조정의 오랜 우호 두 나라가 교통하네 十朝舊好兩邦通
듣자니 예교는 상나라의 풍속이라는데 曾聞禮教商時俗
위의는 한나라의 풍모임을 다시 보는구나 又見威儀漢代風
사귀는데 언어가 다른 것 어찌 논하랴 交會何論言語異
빈연에서 짓는 시부 똑같은 것 다행일세 賓筵詩賦幸相同

청엽자봉에게 화답하다
和青葉紫峰

성대중(成大中)

규벽[298]의 문명 해동에 흩어짐에 奎璧文明散海東

---

298 규벽(奎璧) : 28수(宿) 중의 규수와 벽수. 이 두 별이 문운(文運)을 주관한다는 데서,
문원(文苑)을 비유하여 이르는 말.

녹명의 시 짓는 자리 빈 적이 없다네	鹿鳴詩席不曾空
신령한 흉금에 금심[299]이 합해지니	靈襟自有琴心合
고상한 만남 필설로 통하는 것 귀찮지 않네	雅契何煩筆舌通
수불[300]의 깃발 앞에 펼쳐진 유주[301]의 풍경	繡佛旛前流洲景
목서[302]의 향기 속에 그 풍모 더욱 알겠구나	木犀香裏轉知風
길어지는 타향살이 오늘 일 생각해야지	延僑應會看今日
수레와 문자 만국이 같음은 참 좋은 일일세	好是車書萬國同

성용연에게 다시 주다
再贈成龍淵

청엽양호(靑葉養浩)

한 조각 돛이 일동으로 향하니	一片征帆指日東
붕새의 날개 먼 하늘에 날아 오른 듯	恰如鵬翼駕長空
별자리에선 삼성과 상성 떨어져 있다지만	星躔縱有參商隔
망망한 바다에 어찌 조수가 통하지 않으랴	溟海豈無潮汐通
자리에는 주옥의 광채가 밝은 달을 맞이하고	當席珠輝訝明月

---

299 금심(琴心) : 거문고로 자기 마음을 알림. 또는 남의 마음을 움직이게 함.

300 수불(繡佛) : 색실로 수놓은 불상을 말함.

301 유주(流洲) : 신선이 사는 곳. 동방삭(東方朔)의 십주기(十洲記)에 십주는 조주(祖洲)·영주(瀛洲)·현주(玄洲)·염주(炎洲)·장주(長洲)·원주(元洲)·유주(流洲)·생주(生洲)·봉린주(鳳麟洲)·취굴주(聚窟洲)라 하였다.

302 목서(木犀) : 목서(木犀花)를 말한다. 어떤 사람이 황룡회당선사(黃龍晦堂禪師)에게 법을 물었더니, 선사는 "뜰 앞에 있는 목서화의 향기를 맡았는가?"라고 되물었는데, "향기를 맡았습니다."라고 하자 "그러면 더 말할 것 없다."고 하였다.

집 가득 난의 기운 향기로운 바람과 뒤섞이네 　滿堂蘭氣坐香風
부평초 같은 이 만남 다시 갖기 어려우니 　萍蓬此會知難再
문연에서 마음의 감상 함께함이 애석하다 　可惜文筵心賞同

용연에게 주며 이별의 정을 쓰다
贈龍淵 敍離情

청엽양호(青葉養浩)

창해의 길 천리라 　　　　　　　　滄海途千里
뽕나무 활의 뜻을 어기지 않았네 　　桑弧志不違
흐르듯 나는 꾀꼬리 간절히 벗을 찾고 　流鶯求友切
돌아가는 기러기 사람을 짝해 날아가네 　歸雁伴人飛
산 노을은 떠나는 수레를 따르고 　　山靄隨征蓋
꽃향기는 객의 옷에 스민다 　　　　花香撲客衣
가슴 속 회포 다 말하지 못했는데 　　襟懷猶未盡
수레의 말은 쉬지 않고 떠나가네 　　四牡去騑騑

자봉에게 화답하다
和紫峯

성대중(成大中)

바다 건너 새로 알게 된 이 많은데 　　渡海新知盛
경전 전하려던 오랜 염원 어긋났구나 　傳經宿願違

객의 회포 성긴 비에 썰렁해지고	客懷疎雨冷
고향 꿈은 흰 구름과 함께 날아가네	鄕夢白雲飛
아름다운 모임 절집에서 열리니	雅會開蓮社
맑은 향기가 기의[303]에 와 닿는다	淸芬到芰衣
이별의 수심에 도리어 서글픈데	離愁還悄悄
앞길엔 수레 끌 말들이 준비되었네	前路整驂騑

원 서기에게 주다
贈元書記

청엽양호(靑葉養浩)

좋은 인연으로 이날 형주[304]를 알았으니	良緣此日識荊州
빛나는 솜씨가 오늘 제일류로다	手采當今第一流
다른 언어가 경개의 만남 어찌 방해하랴	異語何妨傾蓋遇
같은 마음이 합잠[305]의 유람 다시 만들었네	同心更作盍簪遊
기러기는 돌아갈 생각을 재촉하게 하지만	縱敎鴻雁催歸思
다행히 안개 낀 꽃이 객의 수심 위로해 주네	好有烟花慰客愁
원백[306]의 체시통[307]은 쉽게 얻을 수 없는데	元白遞筒非易得

---

303 기의(芰衣) : 마름의 잎을 엮어 만든 옷. 은자(隱者)의 옷차림을 비유한다.

304 형주(荊州) : 왕찬(王粲)이 형주자사(荊州刺史)인 유표(劉表)의 식객으로 있을 때 성루(城樓) 위에 올라가 「등루부(登樓賦)」를 지은 일을 말한다.

305 합잠(盍簪) : 뜻 맞는 친구들이 발걸음을 재촉하여 모여듦. 인신하여, 선비들의 회합을 지칭한다.

306 원백(元白) : 당(唐)의 시인 원진(元稹)과 백거이(白居易)의 병칭.

307 체통(遞筒) : 체시통(遞詩筒), 즉 시통(詩筒)을 말한다.

나란히 앉아 수창까지 하는구나 　　　　　　連床况復共相酬

자봉에게 화답하다
和紫峯

원중거(元重擧)

성긴 비 후둑후둑 무주를 감쌌는데 　　　　疎雨溶溶擁武州
좌중의 담소에 풍류 절로 흐르네 　　　　　坐中談笑自風流
봄날의 꽃나무 새 자태 머금어 　　　　　　三春花樹含新態
만 리 나그네 힘든 유람을 견딘다오 　　　　萬里行人耐薄遊
동쪽바다 끝까지 와서 장대한 구경 했지만 　　滄海東窮知壯矚
서쪽의 우뚝한 산 보니 다시 수심 깊어진다 　富岑西望復深愁
강남의 땅 빙 둘러 어린 영재들 많으니 　　　江南周陸多英玅
반나절을 창수한들 뭐가 나쁘겠는가 　　　　半日何妨唱更酬

원현천에게 다시 주다
再贈元玄川

청엽양호(靑葉養浩)

사신 행차 동쪽 무주에 한참 머물러 　　　　冠蓋淹留東武州
한 누대에서 명사들 접하니 얼마나 다행인지 　一樓何幸接名流
사신의 재주로 부절 가지고 전대[308]에 추대되니 　使才擁節推專對
시상으로 붓 휘둘러 원유의 시 짓는구나 　　　騷思揮毫賦遠遊

꽃과 버들 나그네 한에 다시 더해지고	花柳更添羈客恨
강산은 유독 타향에서의 수심 일으키네	江山偏惹異鄕愁
잠시 결교 맺었는데 초면인데도 구면 같아	暫時托契新如故
교칠의 우정309에 화답하지 않으실까 두렵네	膠漆交情恐不酬

자봉에게 거듭 화답하다
疊和紫峰

원중거(元重擧)

남국의 번화함 항주와 비교할 만한데	南國繁華較杭州
백년의 왕사310 집안 더욱 풍류 있구나	百年王謝更風流
세월과 함께 물결 속의 달을 쫓아왔고	星霜共逐波間月
안개 낀 나무 덕에 물외의 유람 되었네	烟樹因成物外遊
겹겹의 물 삼천리 머나 먼 꿈을 감싸고	積水三千繞遠夢
긴 다리 열두 개에 새로운 수심 부친다	長橋十二寄新愁
내 눈 앞의 여러분들 모두 신선의 짝이니	眼中諸子皆仙侶
누가 영약을 가져와 백발에게 줄 건가	靈藥誰將白髮酬

---

308 전대(專對) : 타국에 사신으로 가서 모든 질문에 응답하는 일.

309 교칠(膠漆)의 우정 : 아교(阿膠)와 칠(漆)은 모두 물건을 붙이는 접착제 역할을 하므로, '교칠지교(膠漆之交)'는 교제가 친밀한 것을 이른다.

310 왕사(王謝) : 진(晉)나라의 재상인 왕도(王導)와 사안(謝安). 모두 명문가로 이름이 있었다.

현천에게 주며 이별의 뜻을 쓰다
贈玄川 敍別意

청엽양호(靑葉養浩)

아, 그대 바다 끝에서 떠나시니	嗟君海隅去
이제부터 길이 아름다운 소식 끊어지리	長此絶徽音
이별의 한 사라지게 할 순 없지만	無酒消離恨
헤어지는 심정 전할 시가 있다오	有詩寄別心
떠나는 길엔 봄풀이 모여 있겠고	驛程春草合
나루터 나무엔 저녁연기 자욱하겠지	津樹暮烟深
설령 파도가 험난하다 해도	縱使波濤險
은근히 꿈속에서도 찾아가리라	殷勤夢寢尋

자봉에게 화답하다
酬紫峯

원중거(元重擧)

좌중에서 빼어난 기운 보았고	坐中看秀氣
등잔 아래서 맑은 소리 기억하네	燈下憶淸音
객은 안개와 노을의 생각 지녔는데	客有煙霞想
그대는 얼음과 달 같은 마음 품었구려	人懷氷月心
가랑비는 겹문을 옭아매고	微雨重門鎖
성긴 종소리 어지러운 대나무에 깊구나	踈鐘亂竹深
귀로에서 해변 역참에 이른다면	歸程臨水驛
다시 돌아와 그대 찾아볼 수 있을까	能復還相尋

김 서기에게 주다
贈金書記

청엽양호(靑葉養浩)

사절이 멀리 발해로부터 오니	使節遙從渤海來
가는 배 돛은 태양을 향해 펼쳐졌네	征帆遠向日邊開
뗏목 타고 달까지 오르니 장건의 흥취요	乘槎貫月張騫興
물결 헤치고 바람 타니 원간[311]의 재주로다	破浪駕風元幹才
예로부터 삼인[312]이 있어 예속이 남아 있고	維昔三仁餘禮俗
지금까지 팔도에는 영재가 넉넉하네	于今八道足英材
서로 만나 새로 사귐을 함께 즐기니	相逢同是新知樂
성 위의 저무는 해 재촉해도 상관치 않네	遮莫城頭暮景催

자봉 사백이 주신 시에 차운하다
次紫峯詞伯見贈韻

김인겸(金仁謙)

겹겹의 만리 바다에 돛 하나 떠 와서	重洋萬里一帆來
옛 절의 석양 속에 시 짓는 자리 펼쳐졌다	古寺斜陽墨壘開

---

311 원간(元幹) : 종각(宗慤)의 자. 남조(南朝) 송나라 사람. 그의 숙부 병(炳)은 뜻이
　고상하여 벼슬하지 않았는데, 종각이 어릴 때 숙부가 그의 뜻을 물으니 종각이 "원컨대
　긴 바람을 타고 만 리의 풍랑을 헤치고 싶습니다.[願乘長風, 破萬里浪.]"라고 대답했다
　고 한다.
312 삼인(三仁) : 은(殷)의 세 명의 어진 사람, 미자(微子)·기자(箕子)·비간(比干)을 가
　리킨다.

하얘진 머리에 늙었음을 깨닫곤 혼자 웃는데　　　自笑霜毛偏覺老
상역에도 재주꾼 많은 건 처음 알았네　　　　　始知桑域亦多才
모과313로 옥 같은 시에 화답함이 부끄럽지만　　羞將木李酬瓊律
높은 소나무 곁 상수리나무 된 것이 기쁘구나　喜得喬松傍櫟材
모이고 흩어짐이 온통 꿈같아 견딜 수 없는데　聚散不堪渾似夢
내일이면 강성에서 객은 길을 떠나겠지　　　　江城明日客行程

김퇴석에게 다시 주다

再贈金退石

청엽양호(靑葉養浩)

서기 훨훨 날아 붓을 싣고 오니　　　　　　　書記翩翩載筆來
홍려관에서 서로 만나 담소를 시작했네　　　鴻臚相遇笑談開
한 집에서 외람되이 조충314의 재주 보이고　一堂叨奏雕蟲技
팔두315의 수호재316에 그저 놀랄 뿐이라　　八斗偏驚繡虎才

---

313 모과 : 『시경』 「모과[木瓜]」에 "나에게 모과를 주기에, 경거(瓊琚)로 갚네.[投我以木
　　瓜, 報之以瓊琚.]"라는 구절이 있다. 여기서 모과는 자기 시문(詩文)에 대한 겸사이고
　　경거는 상대방의 시문을 높인 말이다.
314 조충(雕蟲) : 벌레 모양을 새기듯 미사여구(美辭麗句)로 글을 꾸미는 작은 기예(技藝).
315 팔두(八斗) : 팔두재(八斗才). 재주가 많은 것을 일컫는다. 『남사(南史)』 「사영운전
　　(謝靈運傳)에 "영운이 말하기를 '온 천하의 재주가 모두 한 섬인데 조자건(曹子建 자건
　　은 조조(曹操)의 아들인 식(植)의 자)이 8두(斗)를 얻었고 내가 1두(斗)를 얻었고 나머지
　　는 고금(古今) 사람들이 차지했다.' 하였다."는 말이 있다.
316 수호재(繡虎才) : 문장이 화려하고 재주가 뛰어난 사람을 비유한다. '수(繡)'는 시문
　　의 문재가 화려함을, '호(虎)'는 풍격이 웅건함을 이른다. 『옥상잡기(玉箱雜記)』에 "조식
　　이 일곱 걸음 걷는 동안 시를 지으니, 이를 '수호'라고 하였다.[曹植七步成章, 號繡虎.]"

난 본래 호련³¹⁷의 그릇 아님이 부끄러운데	愧我元非瑚璉器

난 본래 호련[317]의 그릇 아님이 부끄러운데　愧我元非瑚璉器
그대는 절로 동량의 재목임을 알았네　　　知君自是棟梁材
세상에서 모이고 흩어지는 일 정하기 어려워　人間聚散應難定
만 리의 상심이 남몰래 눈물을 재촉한다　　萬里傷心淚暗催

자봉군에게 다시 화답하다
再和紫峰君

김인겸(金仁謙)

산 넘고 바다 건너 유유히 오니　　　　　　渡海踰山袞袞來
봉래 영주 한쪽에서 꽃 핀 달밤 펼쳐졌네　蓬瀛花月一邊開
계림의 문객은 외로운 부평초 같은데　　　雞林詞客孤萍跡
봉곡의 문생은 팔두재를 지녔구나　　　　　鳳谷門生八斗才
아름다운 옥 비단주머니에 가득함이 괴이한데　却怪瓊瑤盈錦橐
옥수 곁의 가죽나무라 더욱 부끄럽네　　　還慚玉樹傍樗材
도도한 건필은 원래 대적하기 어려웠으니　滔滔健筆元難敵
시회의 석양 공연히 재촉하지 말았으면　　詩會斜陽莫漫催

는 구절이 있다.
317 호련(瑚璉) : 호(瑚)와 연(璉)은 모두 종묘(宗廟)에서 서직(黍稷)을 담는 그릇인데,
옥(玉)으로 장식하였으며 그릇 중에 귀중하고 화려한 것이다. 자공(子貢)이 공자에게 "저
는 어떻습니까?" 하고 묻자, 공자는 "너는 그릇이다." 하니, 자공이 "어떤 그릇입니까?"
하고 다시 묻자, "호련이다."라고 하였다는 기록이 『논어』에 있다.

퇴석에게 주어 이별의 한을 쓰다
贈退石 敍離恨

청엽양호(靑葉養浩)

하늘이 동서로 나뉘어 있으니	天限東西隔
삼신[318]처럼 멀리 떨어졌네	邈如參與辰
부평초처럼 만나 한번 헤어지면	萍蓬一爲別
그 모습 서로 만나볼 길이 없네	形影兩無因
산은 그때 왔던 얼굴을 기억하고	山記來時面
사람은 일찍이 묵었던 손님인 듯 맞이하네	人迎曾宿賓
경개는 예로부터 즐거운 일이었으니	只忻傾盖故
백발의 모습 낯설지가 않구나	不似白頭新

자봉에게 화답하다
和紫峯

김인겸(金仁謙)

안개와 노을 속에 승경을 찾노라니	烟霞探勝界
꽃과 버들 속에 좋은 날 함께 했네	花柳屬良辰
시주머니 묶었지만 풍경이 끝없이 펼쳐져	囊括無邊景
시 수창을 끝낼 길이 없네	詩酬未了因
상을 나란히 하고 흔쾌히 간담 쏟아놓으며	聯床欣瀉膽

318 삼신(參辰) : 서남방의 삼성(參星)과 동방의 상성(商星)을 말하는데, 동서(東西)로 등지고 있으므로 동시에 볼 수 없으므로, 오래도록 만나지 못하는 것을 의미한다.

수레 빗장 던져[319] 감동한 손님 머물게 하네   投轄感留賓
내일이면 비파호 드넓은 길에   來日琵湖闊
걸음마다 이별의 수심 새로울 텐데   離愁步步新

---

319 수레 빗장 던져 : 손님을 정성스럽게 대접함의 비유. 한(漢)의 진준(陳遵)이 평소에
술을 좋아하여, 손님을 초대해 술대접을 할 때 문을 잠그고 수레의 굴대 비녀장을 뽑아서
우물에 던져 급한 일이 있어도 갈 수 없게 했다는 고사가 있다.

韓館唱和續集 卷之一

韓館唱和續集序

韓館唱和續集成矣。 是門人儒官林信有、德力良弼、南太元、土田貞儀、林信富等五人，及久徵以下二十四人，贈酬韓客之詩篇也。夫八叉七步，固稱卽時敏捷之才，刻燭擊鉢，寧顧後來格調之論。乃筆卷首。

寶曆 甲申 暮春 下澣

國子祭酒 林信言 子恭 識

韓館唱和續集後序

韓館唱和續集者，官儒及國學生二十餘人與學士書記俱所唱和，而所以開示本朝文學之盛於遠人也。贈酬爲數十首，卽席敏作之妙，搜奇抉快，雕鏤其文，高尙其辭，較毫釐以爭分才。嗚呼。韓人於是破膽，亦未可知矣。乃集爲冊子，而藏於家而已。

寶曆 甲申 三月

朝散大夫 秘書監兼經筵講官 林信愛 子節 識

　二月廿三日, 林信有、德力良弼、及松田久徵、後藤世鈞、木部敦、澁井平、河口俊彥、片岡有庸、松本爲美、井上厚得、青葉養浩等十一人, 會南學士三書記。

　僕姓林, 名信有, 字子功, 號桃蹊, 故國子祭酒信篤之孫, 故經筵講官信智之子也。爲國學教官。
　林信有再拜。

《奉贈學士南君》　　　　　　　　　　　　　　　　　林信有
　原識朱絃絕代音, 相逢今日始登臨。解顏且喜交歡切, 握手偏知意氣深。簾外雲飛驚旅雁, 天涯花發滿春林。風流恰好揮毫處, 佳興新歌慰客心。

《席上奉酬林桃蹊教官》　　　　　　　　　　　　　　南玉
　春鳥嚶嚶異國音, 一樓雲物仲宣臨。韋園家世桑鄉耀, 王巷風流竹院深。離羽丹阿知瑞族, 孫枝嶧首少凡林。惠連奇句如靈運, 細草地塘慰客心。

《再和秋月南君》　　　　　　　　　　　　　　　　　林信有
　使者風流思好音, 一時冠盖遠相臨。偏驚賦筆陽春動, 忽見樓臺夕照深。愧我官途從藝苑, 多君事業滿詞林。誰憐客裡吟明月, 應起天涯萬里心。

《疊和桃蹊》　　　　　　　　　　　　　　　　　　　南玉
　玉珮瓊琚有舊音, 西垣奎彩獨長臨。羅翁詞翰開荒遠, 退叟功夫見道深。材秀皆從湖郡學, 風流不減旣家林。吾邦幾度玆樓會, 毋忘春秋縞紵心。

《奉贈龍淵成君》　　　　　　　　　　　　　　林信有
春城烟雨正茫茫, 錦字聯翩客滿堂。海上雲開孤渚月, 峰頭風靜萬林霜。新篇更出文章色, 舊業先知翰墨場。邂逅相逢豪氣發, 共憐吟嘯興逾長。

《奉和林桃蹊》　　　　　　　　　　　　　　成大中
己亥星槎已渺茫, 後人文會又禪堂。崑山片玉猶輝國, 鳳沼雙花已閱霜。五世藻華傳舊學, 兩家親好識逢場。梅簷昨得阿遠訪, 春草鳴禽寄意長。

《再和龍淵成君》　　　　　　　　　　　　　　林信有
仙槎萬里望蒼茫, 詞客相逢在此堂。大國禮容看劍佩, 中原交態隔煙霜。猶思經術曾高第, 但說詩篇更擅場。共接風流堪戀賞, 東山月出興偏長。

《疊和林桃蹊》　　　　　　　　　　　　　　成大中
羅老淵源闊混茫, 松風雅操又同堂。芝蘭早苗偏含露, 桃李先華不畏霜。□□須參高士座, 風流昔入少年場。問槎錄裏承前迹, 遲日禪樓翰墨長。

《奉贈玄川元君》　　　　　　　　　　　　　　林信有
知君鄉夢幾時休, 處處鶯花動旅愁。富嶽天遙晴見雪, 扶桑海闊共登樓。諸賢傾蓋堪佳興, 騷客吟詩且遠遊。勝會風流今古少, 坐聞談笑意悠悠。

《和林桃蹊》 元重擧

令德源源流不休, 林家有子百無愁。雍容標格珠成樹, 錯落詩詞蜃作臺。海外看君延季志, 天涯吾喜馬公遊。論文一席猶知幸, 歸日回思奈路悠。

《再和玄川元君》 林信有

天涯客思且何休, 爲問佗鄉孤鶴愁。萬里衣冠飛郢雪, 四筵翰墨會江樓。賦詩幾度携佳興, 傾蓋暫時陪壯遊。樹色陰陰催落照, 歸來却望白雲悠。

《疊和林桃蹊》 元重擧

華閥名門德與休, 半生猶自解詩愁。孤吟莞爾看升旭, 乘興飄然獨上樓。珠貝金銀共妙句, 櫻楠橘柚足清遊。東槎軸裏林家什, 此日相看意更悠。

《奉贈退石金君》 林信有

亭亭孤月碧流寒, 天畔芙蓉萬里看。故國歸心遊子意, 異鄉節序故人歡。唱酬愧我詞鋒鈍, 詩賦多君學海寬。佳客健毫誰得似, 高堂投轄興曾闌。

《和林桃蹊》 金仁謙

江雲惻惻釀輕寒, 東國山川倚檻看。絶海風霜惟覺老, 異邦歌笛不成
歡。梅花落盡鄉愁動, 瓊律投來客抱寬。南北百年修聘禮, 一床文墨日
將闌。

《再和退石金君》 林信有

知君客路怨春寒, 故國雲煙萬里看。萍梗論交憐際會, 華堂傾盖結交
歡。高歌白雪詞才美, 遠興靑山旅思寬。恰好淸風明月色, 嘯吟憑檻夜
將闌。

《疊和林桃蹊》 金仁謙

雨餘春意尙輕寒, 鰲背風烟不盡看。松菊湖庄千里遠, 萍蓬蕭寺一床
歡。日東始覺英豪集, 天下方知渤澥寬。且莫更將詩律寄, 華堂殘燭已
更闌。

《席上呈秋月南君》 林信有

錦帆千里映波濤, 蜃氣樓臺旅夢勞。風起江山明月色, 題詩幾處興
偏高。

《和林桃蹊》 南玉

禪宮一面撼松濤, 歌鹿初休四牡勞。踐土葵丘衣帶會, 百年文覇此
樓高。

《席上呈龍淵成君》 　　　　　　　　　　　　　　林信有

相逢一笑見英才，旅舘春風花正開。邂逅佳辰詩賦興，任佗斜日映
蒼苔。

《和林桃蹊》 　　　　　　　　　　　　　　　　　成大中

整宇門闌瑞世才，家聲留向儐筵開。相看却有滄桑感，翠嘯詞垣已
綠苔。

《席上呈玄川元君》 　　　　　　　　　　　　　林信有

碧海風煙旅夜情，何圖邂逅接才名。舟車無恙堪稱慶，一出扶桑萬
里行。

《和林桃蹊》 　　　　　　　　　　　　　　　　　元重擧

皇華使節舊風情，萬里遙遙南斗名。解識林家凡樹少，嗣宗來處仲
容行。

《席上呈退石金君》 　　　　　　　　　　　　　林信有

席上雙珠才自高，相逢此處興逾豪。嘯吟最是佗鄉月，已見新詩弄
彩毫。

《和林桃蹊》 　　　　　　　　　　　　　　　　　金仁謙

羅老文章日下高，靑霞奇氣世傳豪。見君才捷詩無敵，三島雲煙入
弄毫。

僕姓德力，名良弼，字浚明，號龍潤，良顯之子，林祭酒門人。

德廟之朝, 以父蔭列儒官。

惇廟之朝, 補內直學士, 見任秘府司書。

戊辰年, 曾與見聘儀, 贈酬于客舘。

德力良弼再拜。

《奉寄學士南君》　　　　　　　　　　　　　　德力良弼

鳳城春滿彩霞濃, 依舊隣交聘禮恭。玉帛千秋猶禹貢, 帆檣萬頃自箕封。人皆日下慚鳴鶴, 客有雲間壓士龍。四海爲家休道遠, 梯航世世慶時雍。

《奉和德力龍澗》　　　　　　　　　　　　　　　　南玉

樓逈春山翠滴濃, 初筵秩秩攝儀恭。光陰十七重迎聘, 海岱三千各限封。周制衣冠看鷟鸒, 楚鄉風雨動魚龍。須知此道無差別, 林氏儒功在辟雍。

《再奉贈秋月南君》　　　　　　　　　　　　　德力良弼

知君四方志, 未肯事園林。躑躅扶桑外, 翶翔東海潯。傳書臨日域, 采藥入仙岑。別後縱相想, 渺茫何處尋。

《再和龍澗》　　　　　　　　　　　　　　　　　　南玉

石欄春拈筆, 詩罍在東林。細竹依虛院, 寒潮上晚潯。鄰交通産札, 騷語入高岑。別後禪樓月, 蒼茫夢裏尋。

《用井太室敍情韻 贈別龍澗》　　　　　　　　　　南玉

一別還爲天外人, 杏花樓閣記今春。但看片月中天影, 萬里同光若在隣。

《奉和秋月南君見贈韻 告別》　　　　　　　德力良弼
詩就情深異域人，栢梁英氣漢時春。別離不用折楊柳，永見文章德
作隣。

《奉呈書記成君》　　　　　　　　　　　　德力良弼
祥雲瑞日萬方開，千里雄飛亦快哉。帆影遙從銀漢墮，珮聲近向玉墀
來。鄴都齊見群賢賦，稷下相逢諸子才。如此壯遊誰不羨，況猶春好自
遲回。

《奉和德力龍淵》　　　　　　　　　　　　成大中
海曲春光漭蕩開，仲宣樓上意悠哉。殊方梅柳愁中見，故國風雲夢裡
來。祭酒門屏知雅道，皇華筵席識英才。名藍永日杏煙靜，留盡清緣不
放回。

《再奉贈龍淵成君》　　　　　　　　　　　德力良弼
聖代敷文德，大邦承舊盟。揚旌辭故里，持節入神京。水逐浮槎興，
山隨叱馭行。親看三謝詠，何減二王名。佳句世咸識，玄談坐悉驚。一
時留唱和，千載見交情。

《再和龍淵》　　　　　　　　　　　　　　成大中
晚酬弧矢債，仍結晉吳盟。舟楫窮河渚，風雲渺漢京。江城春共遠，
海國月同行。忽見聯華采，還忻識盛名。交應千里近，詩豈一筵驚。耦
坐踈梅下，閑談亦道情。

《奉呈書記元君》　　　　　　　　　　　　德力良弼

日照江關紫氣連, 高樓瓊宴集才賢。旌旗晴映西山雪, 笙鼓春搖東海烟。幾載久懸徐穉榻, 即今親見李膺船。一時應貴江都紙, 遠近爭傳楚客篇。

《和龍淵》　　　　　　　　　　　　　　　元重擧

華裾雲袂影相連, 大貝南金海上賢。詞藻客來芳樹雨, 老成人對落花烟。高明自唱驪珠曲, 行子回思錦纜船。暇日雍容奇事在, 不妨吟併楚騷扁。

《再奉贈玄川元君》　　　　　　　　　　　德力良弼

雨晴淑氣滿樓臺, 梅柳參差詩興催。武德開元今日事, 並看四傑出群才。

《再和龍淵》　　　　　　　　　　　　　元重擧

明滅波光蜃影臺, 龍宮花樹愛春催。風流詞藻意言外, 各惜楩楠老楚才。

《奉呈書記金君》　　　　　　　　　　　　德力良弼

江城遲日訪英豪, 爲慰征途跋涉勞。攬轡已吟蓬島雪, 倚樓須賦廣陵濤。相如完璧名愈大, 季札聞詩論最高。彩筆長留邦域內, 千秋稱作鳳皇毛。

《次德力龍淵見贈韻》　　　　　　　　　　金仁謙

年老猶看氣意豪, 禪樓來慰客行勞。皇華半視奎華彩, 學海平臨渤海

濤。碎鶴矗拳吾自愧, 盈囊傑句子惟高。韓人羈抱休相問, 日覺寒霜着
鬢毛。

《再奉贈退石金君》　　　　　　　　　　　　　　　　德力良弼
　昌平和氣萬邦通, 共仰車書四海同。鳳管應天開杳藹, 樓船懸日下淸
空。賈生仕漢名聲早, 司馬遊梁詞賦雄。邂逅相歡分手後, 無何烟浪隔
西東。

《再和龍澗德力君》　　　　　　　　　　　　　　　　金仁謙
　十載隣邦信一通, 寧圖落落馬牛風。蓬山春色三花老, 鱷海波光萬里
空。自笑霜毛爲幕客, 忽驚桑域有詩雄。誰知錦上雲遊跡, 來臥迢迢富
岳東。

　僕姓松田, 名久徵, 字子文, 號鴻溝, 伊勢人, 林祭酒門人, 昌平國學
生員長。享保已亥之聘, 嘗辱申、姜、成、張四子之垂青, 延享之會,
有故不得與, 悵恨誠深。今齒已躋七望八, 幸又遇此盛事, 得與諸君應
酬, 爲榮已甚。
　松田久徵再拜。

《奉呈學士南公》　　　　　　　　　　　　　　　　松田久徵
　千里善鄰蒼海浮, 畫船遙指日東州。江山凝望文章美, 雲氣春溫上
蜃樓。

《和松田鴻溝》　　　　　　　　　　　　　　　　　南玉
　座閱天西博望浮, 靈光獨立海中州。白楊已老青泉墓, 霜鬢重迎本

願樓。

《用前韻 呈秋月南公》　　　　　　　　　　松田久徵

天挺仙姿風骨浮，悠悠春色度瀛州。佳期却聽靑泉訃，日暮忘歸悲翠樓。

《疊和松田鴻溝》　　　　　　　　　　　　　　　　南玉

厖眉如雪道機浮，南極星光照一州。四十六年前度客，盡將花筆記仙樓。

《奉呈察訪成君》　　　　　　　　　　　　松田久徵

梵王臺裏白梅開，翰墨詞場騷雅催。一接紫眉千載意，群賢卓犖盛唐才。

《和松田鴻溝》　　　　　　　　　　　　　　成大中

靈光長向日東開，一任桑田閱劫催。長嘯詩筵猶宿昔，簡孫囊中愧非才。

《用前韻 呈龍淵成君》　　　　　　　　　　松田久徵

雞林文質壯游開，梅柳度江春色催。貴族遺風明月璧，異鄉返照不羣才。

《疊和松田鴻溝》　　　　　　　　　　　　　成大中

梅窓良夜燭花開，却恨驪駒席上催。尙有淸詩携滿袖，蓬山長識老仙才。

《奉呈奉事元君》　　　　　　　　　　　　松田久徵

使君豪氣動春陽，旅館花開白玉堂。老侍綺筵逢盛事，數篇高和坐
來芳。

《和松田鴻溝》　　　　　　　　　　　　　　元重擧

早服還丹富士陽，霜毛八十更堂堂。眼前己亥如隔晨，遠客紛紛珮
馬行。

《用前韻　呈玄川元君》　　　　　　　　　松田久徵

樓船解纜向東陽，旅館經過拂畫堂。春日佳期迎送切，高歌敏捷落
梅芳。

《奉呈進士金君》　　　　　　　　　　　　松田久徵

古調千年異域人，一篇歌就換陽春。太平文物皆如玉，惠賜和章屬
此身。

《和松田鴻溝》　　　　　　　　　　　　　　金仁謙

禪樓相對兩邦人，柳綠花開二月春。日下文章君獨步，自憐衰病華
吾身。

《用前韻　呈退石金君》　　　　　　　　　松田久徵

千年好會異鄉人，客館高歌減却春。故國山川無謂遠，譽名長照可
傳身。

《再呈秋月南公 兼呈成君、元君、金君》　　　　　　　　松田久徵

　春風嫋嫋望遲遲, 念我齊貽明月詩。斑鬂只殘知己意, 緇衣偏免衆人疑。縱橫詞翰千秋事, 來往江湖萬里期。知是泛舟歸國日, 多君想像別離辭。

《和松田鴻溝別詩》　　　　　　　　　　　　　　　　　　南玉

　松下仙翁歲月遲, 白頭三賦送槎詩。麻姑閱海蓬萊淺, 橘老看碁甲子疑。五十年光迷逆旅, 九重泉路問交期。風流篤厚難忘處, 臨水登山詠楚辭。

《和松田鴻溝別詩》　　　　　　　　　　　　　　　　　　成大中

　碧桃花下閱春遲, 曾唱皇華送別詩。綺嶺閑眠仙氣靜, 茅山清藉俗緣疑。白楊泉路悲前契, 滄海風帆斷後期。況是吾家傳世好, 落梅禪榻悵將辭。

《和松田鴻溝》　　　　　　　　　　　　　　　　　　　　元重擧

　欲別回頭意更遲, 袖中欣有老成詩。人間七十旡非少, 世外存亡更莫疑。分手出門鮫有淚, 傳書渡海鶴無期。我生己亥頭今白, 壽考如君祇不辭。

《和松田鴻溝》　　　　　　　　　　　　　　　　　　　　金仁謙

　蓬島仙人度世遲, 賓筵再誦鹿鳴詩。牙絃寂寂泉翁去, 霜髮蕭蕭橘老疑。五十年來餘魯殿, 三千里外見安期。江雲渭樹迢迢夢, 佗夜相思且莫辭。

《四君辱賜予告別和章，復綴前韻，和秋月公、龍淵君、玄川君、退石君》
　　　　　　　　　　　　　　　　　　　　　　　　　　　松田久徵
星槎遠泛海雲暹，逆旅山川悉入詩。南北羣望唯好會，西東奇遇勿相疑。文章偏暎錦袍色，世譽遙持玉節期。豈恨異鄉言語別，多情惜別答賓辭。

《惜別秋月南公》　　　　　　　　　　　　　　　　　　松田久徵
曉發武昌鷄犬聲，鐘鳴月小送君情。東西萬里人間世，一別風雲白髮生。

《和松田鴻溝》　　　　　　　　　　　　　　　　　　　　　南玉
陌柳庭花總雨聲，古松惟有歲寒情。人間屢別皇華客，每一相逢問死生。

《惜別龍淵成君》　　　　　　　　　　　　　　　　　　松田久徵
握手難分李郭舟，春江花月亦風流。歸鄉如遇知音問，矍鑠鴻溝能唱酬。

《和松田鴻溝》　　　　　　　　　　　　　　　　　　　　成大中
厖眉三見北來舟，南極星輝不盡流。竹外詩筒重話舊，滄桑錄裏有餘酬。

僕姓後藤，名世金傍勺，字守中，以有避於貴國，假以字行，號芝山，讚岐人，林祭酒門人，讚岐侯儒臣。延享之會，與矩軒、濟菴、海皋諸子唱酬，今復得接諸君雅範，幸幸甚甚，後藤守中再拜。

《贈製述官南秋月》　　　　　　　　　　　　　　　後藤世鈞

海漫天地濶, 一擊路三千。析木鄉雲遠, 扶桑朝日懸。逢迎凡幾客,
唱和許多篇。坐了春風裡, 興餘夕照前。

《和後藤芝山》　　　　　　　　　　　　　　　　　　南玉

梅蘂飄三四, 鄉雲渺六千。已知天不剩, 唯見斗孤懸。攬鏡驚今我,
逢場減舊篇[320]。靈芝消息斷, 憑問佛樓前。

　　貴號芝山, 故結云。

《贈書記成龍淵》　　　　　　　　　　　　　　　　後藤世鈞

海西千萬里, 玉帛自天涯。人鬧郵亭暮, 馬遲野舘花。客心驚節候,
詩思弄烟霞。邂逅鴻臚裏, 吟哦日易斜。

《奉和後藤芝山》　　　　　　　　　　　　　　　　成大中

繡帆歸何日, 滄溟是一涯。天邊虛月色, 湖上落梅花。濱舘遲遲日,
禪盧淡淡霞。新知還爛熳, 巾服任欹斜。

《贈書記元玄川》　　　　　　　　　　　　　　　　後藤世鈞

彼美自西方, 長風一葦航。踰年路迢遞, 涉險馬玄黃。驛樹行人倦,
都門候吏忙。相逢欲有贈, 終日不成章。

320　원문에는 '蒿'으로 되어 있으나 '篇'의 오기(誤記)인 듯함.

《和芝山》 元重擧

斗極渺何方，南來海有航。山河浮日赤，沉瀯入雲黃。芳艸含煙漲，
殘花着雨忙。悠然分一席，欣對繡成章。

《贈書記金退石》 後藤世鈞

時序移長路，憐君歷苦辛。海運籠去雁，嵐氣撩行人。眺飽江山異，
詩酬花柳新。儒冠循故事，謬接遠方賓。

《次藤芝山見贈韻》 金仁謙

水陸五千里，經年飽百辛。梅窓孤燭夜，霜髮異鄉人。詩興看看盡，
羇懷去去新。感君禪榻上，來問海西賓。

《再贈秋月》 後藤世鈞

辰年朴李結詩盟，今日逢君通姓名。歸後西人若相問，鬂斑前度一
書生。

《重酬芝山》 南玉

濟崑諸子我同盟，到處相逢說項名。歸日漢陽應問訊，爲言三秀晚
香生。

濟菴、海皐，每道盛名，歸當傳芝山不老之春。

《再贈龍淵》 後藤世鈞

海西文士久相聞，華舘春風此遇君。詩句幸堪通彼我，不然爭得話
殷勤。

《重和芝山》　　　　　　　　　　　　　　　　　　　成大中

戊辰槎上盛名聞, 天外神交有四君。細雨禪扉重迓客, 同文一會兩
情勤。

《再贈玄川》　　　　　　　　　　　　　　　　　　　後藤世鈞

騷人相逢技無他, 唯有詩篇[321]可晤歌。報我瓊瑤非所望, 狂言信口漫
吟哦。

《重和芝山》　　　　　　　　　　　　　　　　　　　元重擧

知君重厚斷無佗, 酬到悠然漫自歌。北客堪羞伸紙筆, 忽忽潦艸更
微吟。

《再贈退石》　　　　　　　　　　　　　　　　　　　後藤世鈞

暫將詞翰結風流, 莫厭當筵頻唱酬。啼鳥落花無限意, 相逢之處卽
離愁。

《再和後藤君韻》　　　　　　　　　　　　　　　　　金仁謙

春風澹蕩海雲流, 鰲背烟嵐宿債酬。乍接芝眉將遠別, 可堪佗夜露
莨愁。

《次秋月贈別德龍澗韻》　　　　　　　　　　　　　　後藤世鈞

賓舘忻逢異域人, 離情難奈海東春。唱酬詩句交龍錦, 坐久還疑鮫
室隣[322]。

---

321 원문에는 '蒍'으로 되어 있으나 '篇'의 오기(誤記)인 듯함.

《又和用贈別龍淵韻》　　　　　　　　　　　　　南玉

似曾相識萍逢人，無可奈何花落春。獨夜危檣烟浪裏，應思天外不
孤隣。

《古風一篇 贈製述官及三書記》　　　　　　　　後藤世鈞

寶曆第十四，大歲在甲申。嗣君親新政，雨露萬物春。聘來朝鮮使，
鄰交義在敦。遙指扶桑日，早發析木津。帆檣凌濤霧，鼓吹盪海垠。晨
征旦夕行，在途幾十旬。靡靡涉素節，駸駸入芳辰。彩霞擁畫戟，花氣
襲彫輪。候人迓鹵簿，九陌颺紅塵。珠玳多賓從，冠蓋溢城闉。淸道街
卒走，警火坊吏巡。爭觀都人士，比屋騈相因。樓臺氍毹鮮，帷幕錦繡
紛。戒日將使命，國書報殷勤。講信十朝久，擇禮舊章循。儐介交象胥，
恩殊海外人。折俎享多儀，命侑勞使臣。庭實稱土宜，旅百盡國珍。五
葉蓂無比，千里駿絶倫。黍皮綠沈列，花席班爛陳。非必寶遠物，所寶
惟善隣。偃武四海同，修文兩邦親。百年關不閉，頌作太平民。僕一介
書生，叨接幕中賓。雖苦方語異，可怡會面新。已竊東郭吹，欲傚西施
矉。今日又何日，逢君更別君。別君永無期，秉筆抱情愍。

《芝山贈古體詩 就其中得韻以和》　　　　　　　南玉

篔簹舖裏一年春，商嶺衣冠釆擷新。細雨樓臺花隱佛，夕陽簾幕燕窺
人。林門獨抱傳經學，箕域重迎載筆賓。茶罷香銷生別恨，品川烟樹望
藤輪。

篔簹用三秀語，商嶺用四客事。

---

322 원문에는 '憐'으로 되어 있으나 '隣'의 오기(誤記)인 듯함.

《次韻 謝秋月》　　　　　　　　　　　　　　　　後藤世鈞

良緣邂逅遇芳春, 心契何論傾盖新。到處觀風吳季子, 幾時謀野鄭行人。世平四海皆兄弟, 坐久一堂忘主賓。瓊琚投來離恨切, 豈堪楊柳拂歸輪。

《五和後藤芝山》　　　　　　　　　　　　　　　　南玉

龍亭遙轉百花春, 夾水層城樹色新。三部笙簫憑軺使, 兩行樓閣卷簾人。松梅竹所分開舘, 上次中官各譔賓。二百年來鄰好意, 一天明月皎同輪。

貴邦宮觀, 有松之間、梅之間、竹之間之名, 弊行人員, 有上官、中官、下官之別。

《芝山有五古之贈 拈其韻 以七律謝之》　　　　　　成大中

文神交道若同鄰, 扶木西頭晚問津。芝草晴烟仙島曉, 杏花踈雨佛樓春。他時別恨分山海, 今日清歡對主賓。更喜諸君聯儐席, 十枚俱是照車珍。

《次龍淵韻》　　　　　　　　　　　　　　　　　　後藤世鈞

十朝使聘德成隣, 儐從如君實要津。離恨難裁暫時話, 交情辜負一枝春。預期華舘延騷客, 須厭瓊筵多雜賓。惜別報章驚錦繡, 更忻席上足奇珍。

《四和後藤芝山》　　　　　　　　　　　　　　　　成大中

空谷幽香少德鄰, 柳烟花霧暗前津。河豚吹浪還微雨, 海燕尋巢已晚春。數日風流留淨社, 三章雅樂讌嘉賓。詩筒只合通情素, 綺簾元來不足珍。

《芝山有長篇[323]見贈 拈其韻 賦短律以謝》　　　　　元重擧

　瑤島千重海，芝山一樹春。風霜低析木，日月老滄津。文藻纔同席，
淹留媿浹旬。依稀存半面，惆悵北歸辰。

《次玄川韻》　　　　　　　　　　　　　　　　　　後藤世鈞

　詩思比鄒律，更驚寒谷春。報來靑玉案，情在綠楊津。會面纔終日，
歸程涉幾旬。乾坤限南北，一別隔參辰。

《重和芝山》　　　　　　　　　　　　　　　　　　元重擧

　空對檻間月，回思座上春。清詩存澹澹，雅韻見津津。不見餘三日，
孤遊曠一旬。歸程烟樹外，能復會良辰。

《潦章一律 謝芝山古詩韻》　　　　　　　　　　　金仁謙

　東風繫馬武城春，萬戶樓臺壓海濱。歸夢浮雲天外去，離愁芳艸雨餘
新。十年再生同文約，一笑重迎異國賓。林氏門生君獨老，芝山秀色碧
嶙峋。

《次退石韻》　　　　　　　　　　　　　　　　　　後藤世鈞

　從來遊子易傷春，薄宦廿年東海濱。深媿黑貂爲客弊，豈圖青眼向君
新。詩篇[324]相遇同心侶，言語何妨殊域賓。記室偏憐才最老，壯心賦就
氣嶙峋。

---

323 원문에는 '蒿'으로 되어 있으나 '篇'의 오기(誤記)인 듯함.
324 원문에는 '蒿'으로 되어 있으나 '篇'의 오기(誤記)인 듯함.

《四和芝山》　　　　　　　　　　　　　　　金仁謙

輕輿踏盡葦原春, 經歲探珠赤水濱。雨後芳林禽語滑, 月中悲角客愁新。高山玅曲酬鍾子, 北海淸遊學洞賓。故國歸心君莫問, 夢中皆骨玉嶙峋。

　金剛一名皆骨。

　僕姓木部, 名敦, 字子翼, 號滄洲, 武藏人, 林祭酒門人, 守山侯儒臣。延享戊辰之聘, 已曾奏薄技于貴邦諸子, 今復蒙諸君之不棄, 欣幸何加。

　木部敦再拜。

《奉呈學士南公》　　　　　　　　　　　　　木部敦

三韓使者向東方, 爲問旅懷生異鄉。正是男兒須所志, 何勞王事客中長。

《和木部滄洲》　　　　　　　　　　　　　　南玉

桂棹筬輿天一方, 杏花寒食憶吾鄉。知君自爲滄洲趣, 前後星槎嘯詠長。

《再用前韻 呈秋月南公》　　　　　　　　　木部敦

北陸東溟各異方, 風烟萬里不同鄉。最憐萍水人間會, 酬我新詩交態長。

《疊和木部滄洲》　　　　　　　　　　　　　南玉

花木禪樓翳上方, 十才子會訪南鄉。大東不乏靈明氣, 看取林家一脉長。

《奉呈察訪成君》　　　　　　　　　　　　　　　木部敦

布帆如鳥海漫漫, 舟路遙思多少難。來往行程知幾日, 送寒迎暖得
相看。

《和木部滄洲》　　　　　　　　　　　　　　　　成大中

風濤萬里浩漫漫, 三海行裝隔歲難。早識滄洲吾道在, 白毫光裏盡
情看。

《再用前韻　呈龍淵成君》　　　　　　　　　　　木部敦

仙客乘槎洋渺漫, 蓬萊咫尺不爲難。先知東海芙蓉嶽, 天外長懸白
雪看。

《奉呈奉事元君》　　　　　　　　　　　　　　　木部敦

滄海綠波湖水深, 凌虛舟楫遠勞心。相逢此處歌高調, 知是郢中白
雪看。

《和木部滄洲》　　　　　　　　　　　　　　　　元重擧

千樹樓臺夕雨深, 春光撩動北人心。相看不以殊方隔, 手撫瑠徽問
水音。

《再用前韻　呈玄川元君》　　　　　　　　　　　木部敦

東海春風興正深, 交游何負弟兄心。知君彩筆縱橫動, 吟就由來屬
妙音。

《疊和木部滄洲》 元重擧

滄洲暮雨浸烟深，牛日相看竹水心。南國高明知不少，常愁錯過失知音。

《奉呈進士金君》 木部敦

離鄕幾度月明圓，直向東方日出邊。詩載國風論未罷，當年季子待君賢。

《和木部滄洲》 金仁謙

海外天開世界圓，漢槎遙到析津邊。今來喜得文章士，見子愈知鳳谷賢。

《再用前韻 呈退石金君》 木部敦

海霧朝晴紅日圓，芙蓉殘雪挿雲邊。客中此處乘春興，詩賦風流冠世賢。

《疊和木部滄洲》 金仁謙

禪榻斜陽一會圓，奎華放彩靄雲邊。三韓客病詩才退，鳳谷門人箇箇賢。

《再呈秋月南公》 木部敦

東海舟行盡，相逢旅舘春。慇懃通賤姓，邂逅會來賓。聊結新知好，還如故舊親。卽歌巴里曲，愧贈大韓人。

《和木部滄洲》　　　　　　　　　　　　　　　南玉

一牛歸西路，三分了二春。斗躔臨漢節，桑旭近義賓。稍解吳音俚，
還看楚俗親。相逢疑夙昔，辰歲卷中人。

《再呈退石金君》　　　　　　　　　　　　　　木部敦

紅日指桑域，彩雲繞九霄。驛亭千里路，島嶼四邊潮。鶄搏東溟闊，
客來北陸遙。正知風土異，旅恨更難消。

　　僕姓澁井，名平。字子章，號太室，武藏人，林祭酒門人，佐倉侯儒臣。
先朝聘賀之時，曾蒙矩軒諸彥之不棄，今又與諸君唱酬，爲幸誠多。
若不吝一顧，榮荷銘佩。
　　澁井平再拜。

《奉呈秋月南公》　　　　　　　　　　　　　　澁井平

高冠當席五梁開，使節風流望壯哉。倚檻曾窺鮫客室，攀林久寓梵王
臺。天涯必合翻鄉思，海上誰堪試賦才。今日吾曹忝誘接，詞場旗鼓漫
相催。

《奉次澁井太室》　　　　　　　　　　　　　　南玉

禪扉日日筆筵開，賓主東南信美哉。燕子風微清几案，桃花雨晚盛樓
臺。四冠堪愧歌芝伴，十璧誰爲照乘才。牛渚詩人通問訊，滿江明月客
心催。

《再用前韻　呈秋月》　　　　　　　　　　　　澁井平

雅筵每繞化城開，辭氣懸河亦快哉。豈爲蓬萊求大藥，更如碭石築高

臺。論文曾聽雕龍質, 摛藻元傳繡虎才。日服十人欺稷下, 談天曼衍亦
爰催。

《疊和澁井太室》 南玉

澤國春陰滁不開, 天邊歸雁送悠哉。四明仙客憶牛渚, 赤水詩豪想鶴
臺。友李元賓如見面, 逢廖道士更求才。詞筵未了風流事, 剛恨斜暉竹
外催。

《奉呈龍淵成君》 澁井平

江城佳興在揮毫, 忽怪神龍驅海濤。帶雪芙蓉朝日逈, 參天岱嶽暮雲
高。聲名且助三都賦, 蘊藉仍知十斛醪。欲問佗時西望意, 風流書記錦
征袍。

《奉和澁井太室》 成大中

西天一鶴刷奇毫, 汗漫眞遊傲巨濤。萬里行裝三島近, 百聯詩思四明
高。梅前夢吟如歌雪, 松下神淸憶賦醪。少室幽居知不遠, 石梯丹字照
霞袍。

《再用前韻 呈成君》 澁井平

聞說牛窓鬪彩毫, 六船淸興捲春濤。凌雲與海靑爭捷, 吐氣令長白讓
高。賤子一堂陪綺席, 故人它日醉香醪。祇園坐久鐘聲度, 携手徘徊欲
贈袍。

《重和澁井太室》 成大[325]中

禪窓燈點放光毫, 繞壁[326]長松響夜濤。海內交情知有道, 楚南詩格豈

爭高。一春烟柳沾新雨, 諸子風流勝濁醪。自愧踈才當草檄, 黑頭蓮幕曳青袍。

《奉呈玄川元君》　　　　　　　　　　　　　　　澁井平

有周文物漢衣冠, 杳渺烟濤相會難。西使成儀聯九介, 東方賓禮設千官。別逢永日金爐煖, 不管春風紺殿寒。縞紵由來如舊識, 近林進縢罄交歡。

《和澁井太室》　　　　　　　　　　　　　　　　元重擧

滄海三冬老鶡冠, 武州春水託艱難。東溟白日留秦世, 北極青雲擁漢官。當檻短烟含夕雨, 半庭踈樹逗餘寒。憑君復說牛窓[327]夕, 一笑還如井子歡。

《用前韻 呈元君》　　　　　　　　　　　　　　澁井平

西來客子金華冠, 航海梯山萬里難。已使羨門充導騎, 還將宋玉作衙官。豈思細說牛窓[328]夜, 更使相忘梵閣寒。娓娓筆鋒成炙轂, 何妨命燭奉君歡。

《疊和澁井太室》　　　　　　　　　　　　　　　元重擧

秦家日月漢衣冠, 一席相忘併二難。清磬聲聞開梵刹, 扶桑歌裏會仙

---

325 원문에는 '太'로 되어 있으나 '大'의 오기(誤記)임.
326 원문에는 '璧'으로 되어 있으나 '壁'의 오기(誤記)인 듯함.
327 원문에는 '午窓'으로 되어 있으나 '牛窓'의 오기(誤記)인 듯함.
328 원문에는 '午窓'으로 되어 있으나 '牛窓'의 오기(誤記)인 듯함.

官。蛟龍海碧雲蒸雨, 珠貝丹樓竹擁寒。烟水漫傳生渚咏, 青燈空失四明歡。

《奉呈退石金君》　　　　　　　　　　　　　　　　澁井平

二邦修好鬪詞臣, 落筆雲烟坐上新。不假良媒便此遇, 無消象胥忽相親。長筵錦繡差裁盡, 永日琴書慕意眞。腸斷大帆歸去後, 臨風何得寄音塵。

《次澁井太室》　　　　　　　　　　　　　　　　　金仁謙

一牀萍會二邦臣, 乍接清芬瀉膽新。十載天東重聘使, 孤蹤海外四無親。莫言冠服元相異, 始覺文章自有眞。惝恨明朝分手後, 回頭爭似隔前塵。

《用前韻 呈金君》　　　　　　　　　　　　　　　澁井平

紐佩何須擬楚臣, 摛天唯合擅清新。不悲別後參商隔, 敢惜牀前笑語親。此日銀潢思已過, 由來彩石事愈眞。歸來且值秋鴻度, 願聽滄桑未動塵。

《疊和澁井太室》　　　　　　　　　　　　　　　金仁謙

隣邦專對選三臣, 六艦衣冠濟濟新。異域逢春猶未返, 羈蹤經歲果誰親。萊西病客思鄕遠, 稷下諸生講道眞。來日歸鞍箱根外, 君應惝恨望征塵。

《呈四公敍情》　　　　　　　　　　　　　　　　澁井平

話舊殊疑故苑人, 臨風難耐別離春。明朝此地猶今古, 孰道天涯若比隣。

《三和澁井太室》　　　　　　　　　　　　　　　　南玉
古寺枇杷花近人，一回飄散送餘春。花猶來歲如今歲，人各天涯不
可隣。

《三和澁井太室》　　　　　　　　　　　　　　　　成大中
隔馬牛風萬里人，偶然相會橘洲春。歸舟一片滄溟月，分照嵩山處
士隣。

《三和澁井太室》　　　　　　　　　　　　　　　　金仁謙
春風海外未歸人，十日淹留古寺春。鳳谷門前霜鬢客，重經槎節聘
東隣。

《呈龍淵成君》　　　　　　　　　　　　　　　　　澁井平
憐君饒藻思，臨坐似雲流。借問賓將主，誰同曹與劉。才華擅萬里，
志氣橫千秋。愧我巴歈調，空懷離別愁。

《四和澁井太室》　　　　　　　　　　　　　　　　成大中
海外隨仙侶，江南問道流。風烟窮楚粵，賓客愧應劉。舫載牛洲月，
槎橫漢渚秋。漫成禪榻會，稍慰旅窓愁。

僕姓河口，名俊彥，字君啓，號太岳，陸奧人，林祭酒門人，廐橋侯儒臣。
河口俊彥再拜。

《奉呈秋月南君》 河口俊彦

海上天晴四望開, 長風萬里大帆來。行裝新見青驄步, 賦筆深知繡虎才。戀闕白雲愁不盡, 思家明月恨難裁。兩朝共羨恩輝遍, 相遇歸心莫謾催。

《酬河口太岳329》 南玉

萬戶桃櫻取次開, 塞鴻歸盡燕初來。群英總集林君復, 倦跡虛隨馬子才。言外通情犀往復, 花邊覓句錦縫裁。襟期不道山河阻, 能事哈哦未必催。

《用前韻 呈秋月》 河口俊彦

關河迢遞夕陽開, 飛盖嶒嶒嶽色來。掌上千金能結客, 卷中雙玉自憐才。青山幾處行邊遍, 白雪何人風裏裁。相遇交情歡不極, 天涯且恨別離催。

《三和太岳》 南玉

萬里鵬雲一道開, 百年邦信每東來。緱岑影響嗟全老, 禹穴周遊愧不才。鹿雅今看娛客賦, 縞衣還欲與君裁。藤蘿昏黑悲筇動, 雲外離鴻暝更催。

《奉呈龍淵成君》 河口俊彦

使者雄才滿漢京, 曳裾仙館坐來清。揮毫已見新詩好, 爲客遙憐故國情。臺上黃金多駿馬, 懷中白璧動連城。自從一起風雲會, 書記翩翩有

---

329 원문에는 '大'로 되어 있으나 '太'의 오기(誤記)인 듯함.

美名。

《奉呈河口太岳》　　　　　　　　　　　　　　　成大中
　王臣海外念周京, 錦帆東頭瘴霧清。富岳開雲眞爽眼, 琵湖晴月最關
情。風程浩渺三千水, 仙氣蒼茫十二城。本願寺中賓席淨, 文章初識斗
南名。

《用前韻 呈龍淵》　　　　　　　　　　　　　　　河口俊彦
　詞臣携手集神京, 仙路迢遙行色清。爲客同憐千里目, 結交共見百年
情。鄉關日落星隨馬, 驛道春寒雪滿城。偏羨遠遊多俊句, 風流不減鄴
中名。

《三和太岳》　　　　　　　　　　　　　　　　　成大中
　海上群仙朝玉京, 十洲雲物各件清。空煩遠客還山夢, 誰識羈臣戀闕
情。蒞艸芳馨多楚澤, 梅花苦調散江城。仙槎尙記辰年事, 濟老曾傳太
岳[330]名。

《奉呈玄川元君》　　　　　　　　　　　　　　　河口俊彦
　城傍仙舘彩雲深, 更喜諸賢共照臨。長鋏休彈齊客引, 瑤琴難寫楚人
吟。關河渺渺多詩興, 山嶽蒼蒼發嘯音。但說佗鄉何限思, 賦成還見馬
卿心。

---

330 원문에는 '大'로 되어 있으나 '太의 오기(誤記)인 듯함.

《和太岳》 元重擧

琳宮踈雨夕烟深, 二月明花絳節臨。忽似徐生東海到, 渾如岩客嶽歸
吟。詩文脉脉永看格, 山水洋洋晚識音。箱嶺入天萊樹杳, 坐來休問遠
人心。

《用前韻 呈玄川》 河口俊彦

一世龍門興自深, 相逢詞客此登臨。彩毫忽見生春色, 白雪偏驚入楚
吟。懷璧幾人難定價, 彈琴何處問知音。憐君西望風烟遠, 應起鄕園萬
里心。

《三和太岳》 元重擧

春雨濛濛磬語深, 禪樓回憶更登臨。踈鐘漏滴歸何處, 修竹燈明獨謾
吟。坐對孤雲依樹色, 起將流水問桐音。梗楠橘柚披難遍, 歸日空懷楚
客心。

《奉呈退石金君》 河口俊彦

華館從游好罄歡, 交情見爾客中寬。揮毫坐上靑雲動, 開匣天門紫氣
寒。自是金蘭千載事, 還知文物萬人看。可憐半夜歸鄕夢, 碣石山前行
路難。

《次太岳詞伯韻》 金仁謙

絶域行裝自少歡, 强呼歌笛客懷寬。千莖華髮蕭蕭短, 二月春陰惻惻
寒。蓬島風烟曾入夢, 和邦文物亦堪看。今朝縱得同盟喜, 回耐他時更
會難。

《用前韻 呈退石》 　　　　　　　　　　河口俊彦

相逢客舍結交歡，賦就知君旅思寬。西嶽雲侵烏几起，大江雪映彩毫寒。人間傾蓋千年事，海上乘槎萬里看。此處論交殊不惡，盛筵誰道聚星難。

《三和太岳》 　　　　　　　　　　　　金仁謙

兩國同盟一榻歡，賴君清律客懷寬。奚囊未括三山勝，板屋初排二月寒。斗北紅雲愁獨望，花前青眼喜相看。懸知來日分携後，海濶天長夢亦難。

《席上贈秋月南君》 　　　　　　　　　河口俊彦

風旆悠悠指十洲，朝來極目幾層樓。羨君絶域經行處，彩筆如椽賦遠遊。

《再和太岳》 　　　　　　　　　　　　南玉

春風歌嘯倚瀛洲，奇氣猶橫百尺樓。到處蘭茗歸采拾，此遊全勝子長遊。

《席上贈龍淵成君》 　　　　　　　　　河口俊彦

江左風流思不群，時名誰復有如君。怪來昨夜豊城上，星斗新晴遠自分。

《再和太岳》 　　　　　　　　　　　　成大中

喬木鳴禽與作群，楚良之後又逢君。禪房雅集伴閑趣，和盡清詩到夜分。

《席上贈玄川元君》 河口俊彦

傾蓋相看興轉長，況逢前路百花香。高才染翰春風裏，無限雲霞媚
夕陽。

《再和太岳》 元重舉

常苦賓筵話不長，北歸猶帶姓名香。燈前默坐知君面，記得梗楠楚
水陽。

《席上贈退石金君》 河口俊彦

彩筆含花映鳳毛，客程詞賦興逾豪。知君一唱陽春曲，飛雪翩翩照
錦袍。

《次太岳君》 金仁謙

衰骨東來颯鬢毛，羨君才氣老猶豪。何時傳命星軺返，經歲殊方弊
綠袍。

僕姓片岡，名有庸，字子平，號氷川，武藏人，林祭酒門人，昌平國學
生員，試忍侯文學。
片岡有庸再拜。

《贈朝鮮國製述官南秋月》 片岡有庸

滄海渺茫春浪平，仙槎還似訪蓬瀛。王程指日扶桑近，鄉國占星析木
明。自有加邊供使者，擬將束帛贈先生。一堂相值方音異，詩賦聊通彼
我情。

《次片岡氷川》　　　　　　　　　　　　　　　　南玉

　五嶽奇遊慕尙平, 隔年舟楫到蓬瀛。風霜飽閱衣冠黑, 砂禾微茫鬢髮
明。寒食樓臺煙外隱, 故鄕花絮夢中生。喉聲脉脉眉心燗, 人道無情是
有情。

《步前韻 謝南秋月》　　　　　　　　　　　　　片岡有庸

　滄波萬里接天平, 遙掛雲帆度大瀛。龍窟片時陰雨黑, 蜃樓一半夕陽
明。浮槎奉使酬賢主, 連榻裁詩親友生。邂逅相逢新謝好, 紵衣縞帶見
交情。

《疊酬氷川》　　　　　　　　　　　　　　　　南玉

　桃花春雨麥畦平, 綺閣連雲壓巨瀛。鵬鵠路程橫渤澥, 燕鶯消息近淸
明。徐君祠廟迷秦世, 林氏門庭集魯生。詩去詩來心膽見, 不勞邦譯倩
通情。

《步前韻 贈南秋月 聊敍離情》　　　　　　　　片岡有庸

　海路漫漫積水平, 長風萬里度滄瀛。碧天懸月龍吟遠, 江日射波魚眼
明。佳句百篇[331]思白也, 汪陂千頃慕黃生。鴻臚舘裏分襟處, 暮景空含
久別情。

《三和片岡氷川 敍離情作》　　　　　　　　　　南玉

　松外長亭直北平, 浪華春舫接重瀛。繁花每似今年好, 片月惟分兩地
明。悠逝忽來荷帶遠, 將離復結海雲生。氷溪流水添新漲, 鳴送歸帆管

---

331 원문에는 '蒿'으로 되어 있으나 '篇'의 오기(誤記)인 듯함.

客情。

《贈成書記》　　　　　　　　　　　　　　　片岡有庸
一片雲帆萬里舟, 碧天迢遞入神州。凌波金節魚龍避, 隔海帛書鴻雁愁。應有郢歌生顧眄, 謾將巴曲接風流。定知到處江山興, 彩筆揮來賦遠遊。

《和奉氷川詞宗》　　　　　　　　　　　　　成大中
浪華煙水繫虛舟, 春色相將入武州。書劍空懷酬國志, 風波秖結望鄕愁。昌平庠裏多佳士, 林氏門庭足勝流。却喜新交如舊面, 佛樓連日辨淸遊。

《步前韻 謝成龍淵》　　　　　　　　　　　片岡有庸
賦就佗鄕繫客舟, 還如王粲在荊州。詞場纔結軒裳契, 華舘忽添弦筈愁。滿苑鶯聲春日暖, 映簾花影夕陽流。賢才曾聽吳公子, 冠蓋逍遙上國遊。

《重和氷川》　　　　　　　　　　　　　　　成大中
蘋洲春滿木蘭舟, 梅柳風和橘柚州。兩國車書無異則, 十洲烟月入閑愁。經來海水三千里, 交盡吳門第一流。九萬長空隨所適, 莊生惟信大鵬遊。

《步前韻 贈成龍淵 聊敍離情》　　　　　　片岡有庸
海外將歸使者舟, 春風暫駐武藏州。嬌鶯處處空求友, 芳艸萋萋不解愁。夜宿龍邊驚客夢, 曉凌鵬際駕鯨流。與君形影雙星隔, 一別難期翰墨遊。

《三和氷川》　　　　　　　　　　　　　　　　　　　成大中

書畫虹光大米舟，白雲晴月滿東州。兩年羈思無常夢，三海危程不盡愁。古堞斜陽烟氣靜，虛樓深夜雨聲流。長天碧水歸時想，應憶禪堂此日遊。

《贈元書記》　　　　　　　　　　　　　　　　　　　片岡有庸

使節遙來天一涯，悠悠客路易經時。海程月出危檣泊，山驛花開征蓋遲。言理寧論皻蔑面，容儀忻接紫芝眉。相逢今日還相別，坐惜林端夕照移。

《和氷川》　　　　　　　　　　　　　　　　　　　　元重擧

我行忽在海東涯，煙柳依依蜃影時。天地高低行已遍，波濤滉漾夢猶遲。樓前萬樹浮空界，檻外三山隨半眉。共喜車書歸一路，相看不厭夕陽移。

《步前韻　謝元玄川》　　　　　　　　　　　　　　　片岡有庸

驛路迢迢豈有涯，梯航萬里報君時。彩雲一片揮毫落，黃鳥數聲留客遲。山水知音歸妙手，文章絕世屬長眉。縱逢河石爲星日，兩國盟交終不移。

《重和氷川》　　　　　　　　　　　　　　　　　　　元重擧

山光不盡水無涯，四牡還尋錦飇時。落日茫茫天影闊，孤雲裊裊客心遲。山河久接烏三足，魂夢遙隨月一眉。殘角數聲淸漏罷，愁人猶自燭頻移。

《步前韻 贈元玄川 聊敍離情》　　　　　　　　　　片岡有庸

計日征帆指海涯, 春風江上雁歸時。兩情不隔論心切, 再會無緣欲別
遲。長路空勞游子夢, 遠山巧畵美人眉。應驚鄉樹鳴禽變, 徒使年華客
裏移。

《酬氷川》　　　　　　　　　　　　　　　　　　　元重擧

凄凄風雨楚天涯, 寒食樓臺燕子時。芳艸路兼歸夢遠, 落花春入客愁
遲。琶湖水濶烟如繡, 富嶽雲收月似眉。海外高朋同一席, 羈懷空向短
篇[332]移。

《贈金書記》　　　　　　　　　　　　　　　　　　片岡有庸

玉帛尋盟結善隣, 鴻臚此日宴嘉賓。彩毫應帶烟霞色, 藻思況逢桃李
春。千歲風流吳使者, 四方辭命鄭行人。論交何處無兄弟, 最喜對君情
更親。

《次氷川詞伯韻》　　　　　　　　　　　　　　　　金仁謙

仙槎渺渺聘東隣, 花雨諸天對主賓。旭曜山前看落日, 金龍寺外感中
春。盍簪莫道皆新面, 傾盖還欣似故人。四海同胞君認否, 聊酬瓊律意
先親。

332　원문에는 '萹'으로 되어 있으나 '篇'의 오기(誤記)인 듯함.

《步前韻 謝金退石》　　　　　　　　　　　　片岡有庸

兩邦自古道爲隣, 盟好來修西土賓。作客夢魂迷舊國, 經年驛路入芳春。花邊立馬聞啼鳥, 江上看山問楫人。靑眼論交新似故, 更將詩賦轉相親。

《再和氷川》　　　　　　　　　　　　　　　金仁謙

重洋鮫鰐接爲隣, 遠到扶桑出日賓。故國松篁千里夢, 東風桃李萬家春。仙槎久滯佗山寺, 文墨惟逢異域人。四海皆存兄弟義, 一投瓊律轉相親。

《步前韻 贈金退石 聊敍離情》　　　　　　　片岡有庸

姓名久已動殊隣, 妙選多居觀國賓。海外相思千里月, 天涯難寄一枝春。殷勤看取憐歸雁, 邂逅無端別遠人。唯有夢魂期後會, 聊攀垂柳示情親。

《三和片岡氷川韻》　　　　　　　　　　　　金仁謙

東風幢節自西隣, 莫怪踈才待上賓。萬里愁冷孤燭夜, 三時遙憶故山春。今朝偶作梅前會, 佗歲難忘日下人。一別悠悠無後約, 此生何處更相親。

前日, 以林祭酒書記, 已通弊刺于左右, 今又隨例接淸範, 幸甚幸甚。不更煩詳姓字。

西湖松本爲美拜。

《奉呈學士南公》　　　　　　　　　　　　　　松本爲美

使星遙動武昌城, 回首波濤萬里淸。日霽錦帆浮北海, 風暄玉帛入東京。揮毫忽起雲烟色, 投賦偏爲金石聲。大客高名誰得似, 詞才元是自縱橫。

《和松本西湖》　　　　　　　　　　　　　　　　南玉

詩筵日闢落梅城, 眉眼依依隔夜淸。放鶴遙憐君復社, 登樓謾憶仲宣京。霑花好雨能知節, 遷木幽禽自和聲。寄謝泮宮林學士, 門前逢掖五經橫。

《和秋月南君》　　　　　　　　　　　　　　　松本爲美

揚揚旌旆向江城, 路上花開行色淸。月朗千帆挂鰲嶋, 途平萬馬過神京。鳴琴相値靑山調, 作賦偏驚白雪聲。終日紺園何限興, 梵王宮外暮雲橫。

《疊和西湖》　　　　　　　　　　　　　　　　南玉

覇氣蒼茫海作城, 百花開處佛樓淸。天書渥解紅雲帕, 仙約虛期白玉京。歸馬應尋芳艸色, 春禽不覺異方聲。林君獨營稗諶命, 早向公門綵筆橫。

《奉呈察訪成君》　　　　　　　　　　　　　　松本爲美

海上遙過韓使舟, 已辭鄕國下東州。隣交不背千年約, 羇思應憐萬里遊。詩賦從來侵氣象, 文章元自見風流。彩毫忽起明珠色, 更照江天十二樓。

《和呈松本西湖》 成大中

歸思空凝竹葉舟, 春梅亂落古江州。始知吳下多名士, 却喜天南賦壯遊。四海論交詩卷在, 一方聯[333]席筆花流。依依衿珮欣重遇, 歌鹿餘歡是寺樓。

《和龍淵成君》 松本爲美

繫得垂楊萬里舟, 春風靑靄滿江州。交歡應罄龍門會, 眺望元知雲夢遊。綺席把琴迎霽月, 紺園揮筆賦淸流。吾曹幸接雞林客, 終日高歌共倚樓。

《重和西湖》 成大中

扶桑影裡久停舟, 春滿東南六十州。蓬島空尋徐市路, 會稽還憶馬遷遊。孤山月白胎禽睡, 滄海天長旅雁流。從古皇華留此會, 儐筵長記實相樓。

《奉呈奉事元君》 松本爲美

武昌垂柳弄春晴, 此日星軺入鳳城。西嶺雪消紫靄起, 南樓花發黃鶯鳴。詞才不讓揚雄賦, 經術爭傳劉向名。主客相逢香閣裡, 風流詩思見交情。

《和西湖》 元重擧

禪樓佳會屬春晴, 坐聽街鐘繞碧城。後約殷勤經夜卜, 餘懽跌宕數篇[334]鳴。寰中共結風流集, 海外永收角尾名。林氏門前無俗士, 何嫌一

---

333 원문에는 '聠'으로 되어 있으나 '聯'의 오기(誤記)인 듯함.

見卽留情。

《和玄川元君》　　　　　　　　　　　　　　　　松本爲美

香臺春色暮雲晴, 回首忽披丹鳳城。嶽雪當窓寒影動, 潮流映檻水聲鳴。從來槎客耽高調, 好是仙郞留大名。時覺諸公歸日近, 綺筵無奈別離情。

《疊酬西湖》　　　　　　　　　　　　　　　　　　元重擧

輕烟低入武州晴, 雲物依依遶碧城。南國人稱王氏舊, 韓公時有孟郊鳴。名山正入龍門矚, 嘉樹兼收魯客名。歸日茫茫滄海外, 西湖春色更關情。

《奉呈退石金君》　　　　　　　　　　　　　　　松本爲美

才子高名白雪吟, 雞林詞客鬱如林。天邊遙映三山色, 席上俱裁兩地心。紺苑把琴彈樹裡, 香臺染翰賦花陰。武昌城外相逢處, 終日淸談情轉深。

《次松本西湖韻》　　　　　　　　　　　　　　　金仁謙

羈懷悄悄獨愁吟, 海日亭亭橘柚林。萬里惟思湖上宅, 一時誰慰客中心。微風燕子呢喃語, 極浦春陰靉靆陰。異域萍蓬梅下會, 感君瓊律寄情深。

---

334 원문에는 '蔦'으로 되어 있으나 '篇'의 오기(誤記)인 듯함.

《和退石金君》　　　　　　　　　　　　　　　　　　松本爲美

堪憐遠客望鄉吟，今日來尋祇樹林。羈思驛樓千里夢，交情賓舘百年
心。香臺裁賦愁春晚，綺席揮毫坐暮陰。爲是諸君難再會，騷筵別手別
心深。

《再和西湖》　　　　　　　　　　　　　　　　　　　　金仁謙

禪窓終日費閑吟，暝色蒼蒼自遠林。嬰病難酬郢人曲，知音幸得伯牙
心。離愁耿耿春燈外，歸路迢迢富岳陰。此後重逢應未易，不妨連袂坐
更深。

《送秋月南君》　　　　　　　　　　　　　　　　　　松本爲美

使者遙辭海岱東，千帆無恙挂春風。故園好是歸來後，更識雞林第
一功。

《和松本西湖別詩》　　　　　　　　　　　　　　　　　　南玉

芝函初捧武關東，紅帕祥雲散遠風。更識報書千綵筆，鄭僑門下討
論功。

《送龍淵成君》　　　　　　　　　　　　　　　　　　松本爲美

征鞍萬里度春風，此去交情兩地同。勿謂異邦海波遠，清秋自是有
飛鴻。

《和松本西湖別詩》　　　　　　　　　　　　　　　　　成大中

僧寮夜靜竹林風，華燭清歡恨不同。獨鶴林亭傳響遠，祇應啼送北
歸鴻。

《送玄川元君》 　　　　　　　　　　　　　　松本爲美

旌旗此日度關山，客路垂楊拂別顏。君去江城回首處，雞林遙識五
雲間。

《和西湖別詩》 　　　　　　　　　　　　　　元重擧

雲際回看富士山，玉峰晴雪帶犀顏。何人贈我相思字，留寄深情岳
雪間。

《送退石金君》 　　　　　　　　　　　　　　松本爲美

武昌春色送君還，道路遙過海岱間。別後無何何限恨，烟波江上邈
河山。

《和西湖》 　　　　　　　　　　　　　　　　金仁謙

東風玉節欲西還，歸路天長馬筑閑。一別悠悠三海隔，夢魂難到日
東山。

僕姓井上，名厚得，字子固，號茗溪，武藏人，林祭酒門人，昌平國學
生員。

井上厚得再拜。

《奉呈製述官南君》 　　　　　　　　　　　井上厚得

行程萬里訪蓬萊，一片雲帆向日開。自是雞林修好久，寧同徐福覓仙
來。夜占天象文星動，曉度函關紫氣催。何幸良緣叩御李，新詩欲贈愧
非才。

《和井茗溪》 南玉

遊子斑衣屬老萊, 天涯羈抱苦難開。□鴻背郭穿雲去, 客燕尋棲渡海來。杜曲危樓愁獨坐, 柳洲寒食感相催。眼前一事差堪喜, 榕橘鄉中得妙才。

《奉呈書記成君》 井上厚得

彩舟遙泛海之東, 地接蓬瀛仙路通。玉節榮名千里動, 桑弧高志四方雄。懸帆風浪春無恙, 叱馭山川途不窮。定識天邊富嶽色, 新題應入錦囊工。

《和井茗溪》 成大中

丹山片羽大瀛東, 對處靈犀一點通。遲日文筵饒唱和, 少年華思識材雄。踈梅小榻丰眉映, 積水長天慧眼窮。滿掬驪珠光燦爛, 翩翩筆下見奇工。

《奉呈書記元君》 井上厚得

遙駕長風度大瀛, 舟車到處有逢迎。五雲一路求仙客, 千里長程報主情。囊底新詩携雪色, 案頭高調擲金聲。翩翩詞翰元無敵, 都下爭傳書記名。

《和井秀才》 元重舉

大明千里關東瀛, 隨處烟霞詞客迎。落日華筵東武國, 新春花樹北人情。樓臺漠漠三山色, 星斗迢迢一雁聲。英鈔如君兼鈔句, 他時屬目斗南名。

《奉呈書記金君》　　　　　　　　　　　　　　井上厚得

騷客飄然氣象豪, 烟花二月照征袍。千年玉帛通隣好, 萬里帆檣度海
濤。文筆揮成金自響, 新章吟就調方高。日東驛路春風裡, 定識江山映
彩毫。

《和井茗溪》　　　　　　　　　　　　　　　　　金仁謙

衰骨東來氣未豪, 白頭蓮幕愧荷袍。逢春不禁雞岑夢, 經歲纔過鱷海
濤。心目頓開琶水闊, 煙霞遙挹富山高。知君手裡生花筆, 應是蟾宮玉
兎毫。

《次前韻 再呈南君》　　　　　　　　　　　　井上厚得

彩雲無盡護蓬萊, 五色浮空瑞景開。玉帛千年銜命到, 波濤萬里泛槎
來。腰間劍氣衝星動, 筆下詞華當席催。此日幸逢文雅會, 幕中賓客總
多才。

《疊和茗溪》　　　　　　　　　　　　　　　　南玉

瑤林琪草破蒿萊, 一線文風海國開。閣上史官劉向去, 壇前詩客項斯
來。茶烟氣合踈梅近, 花筆香傳畫燭催。蚤識羅山遺韻在, 至今門舘盛
英才。

《次前韻 再呈成君》　　　　　　　　　　　　井上厚得

驛路迢迢訪日東, 星軺到處姓名通。槖中珠玉文才富, 紙上雲烟筆勢
雄。兩國新知誠可樂, 千年舊好本無窮。良緣幸接風流士, 頻見詩章錦
繡工。

《疊和茗溪》 成大中

祭酒鱣帷闢海東, 汾河論學慕王通。後生可畏鋒稜銳, 才子多知意氣雄。萬里程途終自致, 五車經籍不難窮。東來喜得雲間紗, 二十文章作賦工。

《次前韻 再呈元君》 井上厚得

波濤萬里渡蒼瀛, 使者征軺郊外迎。傾蓋一堂欽手釆, 論文異域締交情。彩毫自映烟霞色, 高調方聞金石聲。國寶千年修舊好, 更知季札讓英名。

《疊酬井秀才》 元重擧

盈盈南北隔重瀛, 霞氣蒼茫絳節迎。暇日禪樓開笑語, 玅年才子更風情。筵前已看凌雲藻, 竹裏如聞碎玉聲。芳歲會須窮典籍, 文章餘事是浮名。

《次前韻 再呈金君》 井上厚得

翩翩書記氣方豪, 千里雲山映客袍。使節曉過岐嶋雪, 星槎晴度廣陵濤。握中明月寒相照, 曲裏陽春歌自高。君是騷壇推獨步, 深知詩賦在揮毫。

《疊和井茗溪》 金仁謙

韓人來會日下豪, 君佩秋蓮我錦袍。萬里逢春悲木偶, 三洋經歲困風濤。幕中病骨形容老, 橘裏仙碁手法高。詩律曾從何處學, 詞壇妙格析絲毫。

僕姓青葉, 名養浩, 字知言, 號紫峰, 讚岐人, 林祭酒門人, 昌平國學生員。

青葉養浩再拜。

《贈製述官南秋月》　　　　　　　　　　　　　　　青葉養浩

奉使征輅到武城, 迢迢驛路幾行程。山河不改千年誓, 詩賦堪通兩地情。旅雁離群迷遠影, 流鶯求友弄新聲。舊聞西土文儒望, 稔識南宮君子名。

《次青葉紫峯》　　　　　　　　　　　　　　　　　　南玉

歷盡江南數十城, 埭亭如夢記歸程。雲濤萬里逢新面, 霄雅三章見古情。臭味通融梅對影, 風騷錯落竹傳聲。君如未至梁園客, 更喜鄒書善得名。

《再贈秋月》　　　　　　　　　　　　　　　　　　青葉養浩

一時相遇武昌城, 傾蓋論交孔與程。縞紵偏看新識好, 綈袍豈讓故人情。共忻玉帛衣裳會, 忽聽宮商金石聲。此地壯遊誰得似, 浮湘太史自垂名。

《疊酬紫峰》　　　　　　　　　　　　　　　　　　南玉

曹劉墻壓五言城, 日日詞壇趁課程。白髮衰梅傷作客, 碧雲明月許論情。懼同晉楚之間會, 詩愧嘉隆以後聲。秖是初筵通雅意, 不關朱鳥繫虛名。

《次秋月別德力龍淵韻》　　　　　　　　　　　　青葉養浩
良緣相遇異方人，詩賦風流別有春。無奈分離今夕恨，只忻兩國德
爲隣。

《又和用別龍淵韻》　　　　　　　　　　　　　　　南玉
歸雁空洲遠趁人，隔年旌節伴青春。難逢易別天南北，蜀客郤岑似
我隣。

《贈秋月　敍別恨》　　　　　　　　　　　　　　青葉養浩
淹留春欲暮，竣事薄言旋。渺渺三韓路，遙遙萬里天。豈堪寫肝[335]
膽，幾許隔山川。別後如相憶，回頭朝日邊。

《和青葉紫峰別詩韻》　　　　　　　　　　　　　南玉
論交琴劍外，楚越費周旋。遼濶鵬鯤海，差池燕雁天。歸根花落院，
分影月橫川。一出禪關去，青峯阿那邊。

《贈成書記》　　　　　　　　　　　　　　　　　青葉養浩
樓船遙指大瀛東，海路渺茫連碧空。千里豪遊三島近，十朝舊好兩邦
通。曾聞禮敎商時俗，又見威儀漢代風。交會何論言語異，賓筵詩賦幸
相同。

《和青葉紫峰》　　　　　　　　　　　　　　　　成大中
奎璧文明散海東，鹿鳴詩席不曾空。靈襟自有琴心合，雅契何煩筆舌

335　원문에는 '旰'으로 되어 있으나 '肝'의 오기(誤記)인 듯함.

通。繡佛旛前流洲景, 木犀香裏轉知風。延僑應會看今日, 好是車書萬國同。

《再贈成龍淵》　　　　　　　　　　　　　　青葉養浩

一片征帆指日東, 恰如鵬翼駕長空。星躔縱有參商隔, 溟海豈無潮汐通。當席珠輝訝明月, 滿堂蘭氣坐香風。萍蓬此會知難再, 可惜文筵心賞同。

《贈龍淵 敍離情》　　　　　　　　　　　　青葉養浩

滄海途千里, 桑弧志不違。流鶯求友切, 歸雁伴人飛。山靄隨征蓋, 花香撲客衣。襟懷猶未盡, 四牡去騑騑。

《和紫峯》　　　　　　　　　　　　　　　　　成大中

渡海新知盛, 傳經宿願違。客懷踈雨冷, 鄉夢白雲飛。雅會開蓮社, 清芬到芰衣。離愁還悄悄, 前路整驂騑。

《贈元書記》　　　　　　　　　　　　　　　青葉養浩

良緣此日識荊州, 手采當今第一流。異語何妨傾蓋遇, 同心更作盍簪遊。縱敎鴻雁催歸思, 好有烟花慰客愁。元白遞筒非易得, 連床况復共相酬。

《和紫峯》　　　　　　　　　　　　　　　　　元重擧

踈雨溶溶擁武州, 坐中談笑自風流。三春花樹含新態, 萬里行人耐薄遊。滄海東窮知壯矚, 富岑西望復深愁。江南周陸多英玅, 半日何妨唱更酬。

《再贈元玄川》　　　　　　　　　　　　青葉養浩

冠蓋淹留東武州, 一樓何幸接名流。使才擁節推專對, 騷思揮毫賦遠遊。花柳更添羈客恨, 江山偏惹異鄉愁。暫時托契新如故, 膠漆交情恐不酬。

《疊和紫峰》　　　　　　　　　　　　　元重擧

南國繁華較杭州, 百年王謝更風流。星霜共逐波間月, 烟樹因成物外遊。積水三千繞遠夢, 長橋十二寄新愁。眼中諸子皆仙侶, 靈藥誰將白髮酬。

《贈玄川 敍別意》　　　　　　　　　　青葉養浩

嗟君海隅去, 長此絕徽音。無酒消離恨, 有詩寄別心。驛程春草合, 津樹暮烟深。縱使波濤險, 殷勤夢寢尋。

《酬紫峯》　　　　　　　　　　　　　元重擧

坐中看秀氣, 燈下憶清音。客有煙霞想, 人懷冰月心。微雨重門鎖, 疎鐘亂竹深。歸程臨水驛, 能復還相尋。

《贈金書記》　　　　　　　　　　　　青葉養浩

使節遙從渤海來, 征帆遠向日邊開。乘槎貫月張騫興, 破浪駕風元幹才。維昔三仁餘禮俗, 于今八道足英材。相逢同是新知樂, 遮莫城頭暮景催。

《次紫峯詞伯見贈韻》　　　　　　　　金仁謙

重洋萬里一帆來, 古寺斜陽靄靄開。自笑霜毛偏覺老, 始知桑域亦多

才。羞將木李酬瓊律, 喜得喬松傍櫟材。聚散不堪渾似夢, 江城明日客
行程。

《再贈金退石》　　　　　　　　　　　　　　　青葉養浩
　書記翩翩載筆來, 鴻臚相遇笑談開。一堂叨奏雕蟲技, 八斗偏驚繡虎
才。愧我元非瑚璉器, 知君自是棟梁材。人間聚散應難定, 萬里傷心淚
暗催。

《再和紫峰君》　　　　　　　　　　　　　　　金仁謙
　渡海踰山衮衮來, 蓬瀛花月一邊開。雞林詞客孤萍跡, 鳳谷門生八斗
才。却怪瓊瑤盈錦囊, 還慚玉樹傍樗材。滔滔健筆元難敵, 詩會斜陽莫
漫催。

《贈退石　敍離恨》　　　　　　　　　　　　　青葉養浩
　天限東西隔, 邈如參與辰。萍蓬一爲別, 形影兩無因。山記來時面,
人迎曾宿賓。只忻傾盖故, 不似白頭新。

《和紫峯》　　　　　　　　　　　　　　　　　金仁謙
　烟霞探勝界, 花柳屬良辰。囊括無邊景, 詩酬未了因。聯床欣瀉膽,
投轄感留賓。來日琶湖濶, 離愁步步新。

한관창화속집 권2

韓館唱和續集 卷之二

한관창화속집 권2

2월 24일, 남태원(南太元) 및 소실당칙(小室當則), 관수령(關脩齡), 중촌홍도(中村弘道), 구보태형(久保泰亨), 반전량(飯田良), 궁무방견(宮武方甄), 입정재청(笠井載淸), 산안장(山岸藏) 등 9인이 학사 서기를 만났다.

저의 성(姓)은 남(南)이고 이름은 태원(太元)이며, 자(字)는 군초(君初), 호(號)는 월호(月湖)입니다. 인정(訒亭)의 손자이고 성재(省齋)의 아들이며, 임 좨주(林祭酒)의 문인(門人)입니다.

유관(儒官)의 대열에 끼어 연향(延享) 무진년에 사절(使節)이 동쪽으로 왔을 때 이미 박공(朴公) 등 여러분의 큰 배려를 받은 바 있는데, 지금 또 제군들께서 저를 돌아봐주시니 감사한 마음 어찌 다할 수 있겠습니까? 남태원(南太元)이 재배(再拜)합니다.

제술관 남군께 받들어 드리다
奉呈製述官南君

남태원(南太元)

바닷가의 깃발 저절로 창창하니	海頭旌旆自蒼蒼
신선 길에 따뜻한 바람 얼마나 길게 불었나	仙路風溫幾許長
저녁이면 사신 수레 휘감는 휘황한 달빛	夕繞星軺暉夜月
아침에 나부끼는 관과 패옥 봄날의 여장일세	朝飄冠佩作春裝

남월호께 받들어 화답하다
奉和南月湖

남옥(南玉)

명월 아래 남녘 땅 호수는 푸른빛이요	明月南胡湖水蒼
만나서 성을 묻는데 바다 구름 펼쳐 있네	相逢問姓海雲長
오래된 푸른 모전[1] 쌍금[2]처럼 귀중하니	雙金價重靑氈舊

먼 길 온 북쪽 객에게 삼세의 시 전하네　　　　　三世詩傳北客裝

추월 남군에게 다시 화답하다
再和秋月南君

　　　　　　　　　　　　　　　　　　남태원(南太元)

신선 손님 갓끈에 파란 물빛 비치는데　　　　仙客冠纓佩水蒼
같은 성끼리 즐거움 함께하니 오랜 사귄 듯　　合歡同姓若交長
시 지을 땐 해가 부용산 머리에 있었는데　　　詞章白日芙蓉頂
구름길 멀리 석양의 행장이 옮겨가네　　　　雲路遙遷落日裝

월호에게 거듭 화답하다
重和月湖

　　　　　　　　　　　　　　　　　　남옥(南玉)

아름다운 자리의 상객 귀밑머리 희끗한데　　上客華筵鬢髮蒼
선루에서 한바탕 웃으니 두 소리가 울리네　　禪樓一笑兩聲長
신선한 즐거움 부족한데 이별의 수심 동하니　新歡未足離愁動
조서를 전하고 나면 곧 행장 꾸려야 하네　　傳得天書便理裝

---

1 푸른 모전(毛氈) : 집에 대대로 내려오는 귀한 물건이나 가업(家業).
2 쌍금(雙金) : 쌍남금(雙南金)의 준말로, 보통의 금보다 두 배의 가치가 나가는 남쪽
　지방의 금을 말한다.

찰방 성군께 받들어 드리다
奉呈察訪成君

남태원(南太元)

사신들 만 리의 봄 물결 건너오니	使臣萬里渡春波
산과 바다 따라 오는 동안 세월이 지나갔네	山海追隨日月過
예악이 길이 남아 시대 바뀌어도 절묘한데	禮樂長存異代妙
창문 열자 소슬히 부는 바람 또 어떠하신지	開軒颯爾亦如何

남월호에게 화답하다
和南月湖

성대중(成太中)

남포의 춘풍 한수의 푸른 물결	南浦春風漢綠波
무진년의 뗏목과 달이 꿈속에서 지나가네	戊辰槎月夢中過
대대로 모가에 전해진 시 상자 무거우니	茅家奕世詩箱重
푸른 바다 멀리 통한 것 얼마나 되는지를 묻네	滄海遙通問幾何

용연 성군에게 화답하다
和龍淵成君

남태원(南太元)

온 세상 노을에 닿아 물결도 일지 않는데	海內接霞不擧波
선랑이 동쪽 바라보며 조각배로 지나왔네	仙郎東望片舟過
천추에 풍류의 기운을 두루 맡기니	千秋遍託風流氣
저의 재주와 이름 보시기에 어떠하신지	忍見才名如我何

월호에게 거듭 화답하다
重和月湖

성대중(成大中)

모래섬에 가랑비 내려 푸른 물결 불어나니　　細雨蘋洲漲碧波
낭화의 안개 낀 버들 지나왔음을 기억하네　　浪華烟柳記曾過
고독한 심회 호숫가 달에 부치나니　　孤懷寄與湖邊月
하늘 끝에서 송별하는 것 어떠하신지요　　天際其如送別何

봉사 원군께 받들어 드리다
奉呈奉事元君

남태원(南太元)

역로에 춘풍 불고 화창한 빛 넉넉한데　　驛路春風晴色寬
두우 사이의 붉은 기운[3] 물결 위에 비치네　　斗間紫氣映波瀾
사절을 한번 따르며 동해에서 맞이하니　　一從使節迎東海
해후의 자리에서 깊은 사귐은 어렵구나　　邂逅開筵交厚難

월호에게 화답하다
和月湖

원중거(元重擧)

밝은 정신 빼어난 품격 의관을 갖춰 입으니　　明神秀格帶衣寬

---

3 두우 사이의 붉은 기운 : 진(晉)나라 무제(武帝) 때, 하늘의 두우(斗牛) 사이에 자기(紫氣)
가 뻗치는 것을 보고, 뇌환(雷煥)이 용천(龍泉)과 태아(太阿)의 두 명검(名劍)을 얻었던
고사가 있다.

동해의 문장 파도가 세차게 일어날 듯　　　東海文波欲放瀾
맑은 향기로 함께 자리함을 홀로 허락하시니　孤許淸芬看一席
정을 품은 것 한이 없으나 말하기 어렵구나　含情脉脉語言難

현천 원군에게 거듭 화답하다
疊和玄川元君

남태원(南太元)

용기 있는 풍모 넉넉한 시객을 만나니　　　相逢詞客勇風寬
노래는 노을을 일으키고 붓 아래엔 물결이　吟動春霞筆下瀾
비단자리에 아름다운 모습 빛나지만　　　徒有綺筵佳麗色
재주 있는 붓 오래 맡길 이 얼마나 될까　才毫長託幾人難

진사 김군께 받들어 드리다
奉呈進士金君

남태원(南太元)

동쪽으로 북두성을 향하던 돛 그림자 맞이하니　東望斗邊帆影迎
아득한 물결 고요하고 푸른 구름 누워 있네　　迢迢波靜翠雲傾
새벽에 관문을 건너 온 천년의 손님　　　　　關門曉渡千秋客
관복과 수레 바람에 스쳤어도 안색은 맑구나　冠蓋風斜容色淸

월호 남군에게 화답하다
和月湖南君

김인겸(金仁謙)

봄비 내리는 선루에서 한바탕 웃으며 맞이해	春雨禪樓一笑迎
백년의 남북 수레지붕이 비로소 기울었네[4]	百年南北盖初傾
나산의 시맥이 전해진 것 오래 되었으니	羅山詩脉傳來遠
그대의 주옥같은 시 청아한 구절이 좋구나	喜子瓊章句語清

퇴석 김군에게 다시 화답하다
再和退石金君

남태원(南太元)

봄날 자리 열어 바람 속에 맞이하니	春日開筵風裡迎
하늘 끝 감싼 노을 비 갠 그늘에 기울었네	天涯擁霞霽陰傾
시재가 드리운 흔적 진실로 이와 같으니	詞才垂跡眞如此
지어진 시의 청탁을 어찌 따라잡으랴	賦就難攀奈濁清

월호에게 거듭 화답하다
疊和月湖

김인겸(金仁謙)

삼한의 사신 거듭 맞아주는 것 기뻐하여	三韓槎客喜重迎
전후의 시 짓는 자리에서 의기를 기울이네	前後詩筵氣意傾

---

4 수레지붕 비로소 기울었네 : 경개(傾蓋)는 수레의 일산을 마주 댄다는 뜻이다. 길에서
우연히 만나 수레를 가까이 대고 이야기를 나눔, 또는 처음 만나거나 우의를 맺음을 이른다.

봉곡의 문하엔 재자들이 족하니   鳳谷門前才子足

경옥 같은 숲에는 맑은 가지 얼마나 되나   瓊林玉樹幾枝淸

남추월을 송별하며
送別南秋月

남태원(南太元)

한 차례 뒤따라 여관에 올라보니   一從登旅舘

우러러볼 귀인들이 자리에 가득하네   滿坐仰冕冠

산에 든 구름과 노을 따뜻하고   山入雲霞暖

눈 덮인 소나무 잣나무 차갑구나   雪侵松柏寒

용의 재주 쫓아가려 하지만   人龍才逐跡

선객의 덕은 바라보기도 어렵네   仙客德難看

참으로 씩씩한 풍모 고결함을 지녀   眞有雄風潔

훗날에도 넉넉히 볼까 마음을 졸이네   勞心他日寬

월호에게 화답하다
和月湖

남옥(南玉)

바다 손님 청평검[5]을 차고   海客靑萍劍

산 사람은 벽혜관[6]을 썼네   山人碧蕙冠

---

5 청평검(靑萍劍) : 옛날의 보검(寶劍)의 이름.

6 벽혜관(碧蕙冠) : 푸른 혜초(蕙草)로 만든 관.

취향이 다르다고 말하지 마오	莫云香臭別
마음의 추위도 비출 수 있네	猶照寸心寒
언어는 시를 통해 주고받고	言語憑詩遞
얼굴은 촛불에 의지해 보네	容顔乘燭看
이별 수심 그리 멀지 않았으니	離愁無那遠
기러기 돌아가는 초나라 하늘이 넓구나	歸雁楚天寬

서기 세 분을 송별하며
送別書記三君

남태원(南太元)

재주와 명성으로 제나라 업성[7]에서	才名齊鄴下
예전부터 노닐었음을 알겠구나	料識昔時遨
시는 밝은 달에 닿아 드넓고	吟接月明濶
노래는 산 빛에 더해져 높아지네	曲添山色高
도무지 옥안에 의지할 길 없으니	遍無依玉案
또 다시 제포[8]에 맡겨야 하나	又若託綈袍
종일토록 맑은 감상 접하였는데	終日逢淸賞
이별 생각에 괴로움을 견딜 수 없네	別離不耐勞

---

7 제나라 업성 : 수도를 지칭한다. 지금의 하북성(河北省)에 있었는데, 춘추(春秋) 때
제 환공(齊桓公)이 도성을 쌓았던 곳이다.

8 제포(綈袍) : 두꺼운 명주로 만든 솜옷. 전국 시대 위(魏)나라의 수가(須賈)가 그의 옛
친구 범수(范雎)가 추위에 떠는 것을 보고 제포를 주었던 고사에서 유래하였다.

월호에게 화답하다
和月湖

성대중(成大中)

늘그막에 사양[9]의 자취 뒤쫓다가	晚逐師襄迹
공연히 열자[10]의 노닐던 일 그리워하네	空懷列子遨
긴 하늘 성긴 비에 어둡고	長空疎雨暗
깊은 바다 먼 파도가 높구나	深海遠濤高
옛 우호로 주옥같은 시축 남아 있는데	舊好留瓊軸
새로 사귐에 모시옷을 주노라[11]	新交贈紵袍
돌아가는 배 북쪽 물가로 가니	歸帆北渚去
먼 훗날 꿈속의 혼이 수고롭겠네	他日夢魂勞

월호에게 화답하다
和月湖

원중거(元重擧)

새 봄이 해국에 펼쳐지니	新春開海國
봄의 정경 즐거운 놀이와 함께하네	韶景屬良遨

---

9 사양(師襄) : 공자(孔子)에게 거문고를 가르쳤던 악사(樂師) 양(襄)을 가리킨다. 춘추
시대에 주(周)나라가 쇠퇴하여 악(樂)이 폐해진 데다 노(魯)나라 또한 극도로 쇠해지자,
난리를 피하기 위해 노나라의 태사(太師) 이하 모든 악사들이 사방으로 흩어져 나갈 적에
사양은 바다로 들어갔다.

10 열자(列子) : 열어구(列禦寇). 전국(戰國) 때 정(鄭)의 사상가. 황로(黃老)의 학문을
기본으로 하였으며, 『열자』 8권을 지었다.

11 모시옷을 주노라 : 춘추시대 오(吳)나라의 계찰(季札)이 정(鄭)나라의 자산(子産)에게
흰 명주 띠를 선사하니, 이에 대한 답례로 자산이 계찰에게 모시옷을 선사하였다. 모시옷
은 준다는 것은 교분을 맺는 것을 의미한다.

성긴 비에 매화는 지고	踈雨梅花落
동풍에 제비는 높게 나는구나	東風燕子高
선루에선 금석의 소리 시가 되고[12]	禪樓金作章
가객은 비단으로 도포를 만들었네	嘉客繡成袍
헤어지는 날 아름다운 약속 남기니	分日留芳約
자리는 파했어도 피로한 줄 모르겠네	終筵未覺勞

월호에게 화답하다
和月湖

김인겸(金仁謙)

임공 문하의 선비들	林公門下士
붓을 싣고 와 함께 노니네	載筆共遊遨
창해엔 말의 근원이 드넓고	滄海詞源濶
봉래산엔 먹의 성채가 높구나	蓬山墨壘高
가을 서리 월나라 검[13]에 생겨나고	秋霜生越劍
호수의 달 연잎 도포[14]를 비춘다	湖月照荷袍
전후로 객을 맞는 관사에서	前後迎賓舘
시 주시어 객의 노고 위로하시네	投詩慰客勞

---

12 금석의 소리 내고 : 증자(曾子)가 위(衛)나라에 있을 때 사흘이나 불을 때지 못하고 십 년 동안 새 옷을 해 입지 못하는 극빈(極貧)의 생활을 하였다. 그러면서도 그는 신발을 끌고 상송(商頌)을 노래했는데, 그 소리가 천지간에 가득 차면시 마치 금석에서 나오는 것 같았다고 한다.

13 월나라 검 : 명검인 막야(莫邪)와 간장(干將)이 오월(吳越) 지방에서 나왔으므로 '월검(越劍)'이라 한 것이다.

14 연잎 도포 : 하의(荷衣). 연잎으로 만든 옷을 말하는데 은자(隱者)의 행색을 지칭한다.

저의 성은 소실(小室)이고 이름은 당칙(當則)입니다. 자는 공도(公道),
호는 문양(汶陽)입니다. 무장(武藏) 사람이고 임 쾌주의 문인이며, 회진후
(會津侯)의 유신(儒臣)입니다. 연향(延享)의 빙례(聘禮) 때 구헌 등 여러
공들과 이 집에서 모였었는데, 또 이런 성대한 일을 만나게 되니 천행(天
幸)이 실로 많습니다. 대단히 기쁘고 위로가 됩니다.

소실당칙(小室當則)이 재배(再拜)합니다.

추월 남공께 받들어 드리다
奉呈秋月南公

소실당칙(小室當則)

소동의 동해 대동의 동쪽	小東東海大東東
만리엔 아침저녁으로 조수가 통하네	萬里朝潮夕汐通
거울 속에 닻줄 내리니 맑은 풍경 펼쳐지고	解纜鏡中開淑景
그림 속에 돛을 날리니 갠 하늘을 비추네	揚帆畵裏映晴空
외로운 산 밝은 달은 조경15의 부에 담겼고	孤山明月晁卿賦
그늘진 골짜기의 영지 서복16의 궁에 있도다	陰洞靈芝徐福宮
오늘 주나라 의관을 새로 보니	今日新觀周冕弁
양국의 예악 청풍 속에 화목하구나	兩邦禮樂穆清風

---

15 조경(晁卿) : 일본인 안배중마려(安倍仲麻呂)의 중국 이름. 일본의 사신으로 중국에
갔다가 그곳의 문물을 흠모한 나머지 50년 동안이나 경사(京師)에 머물렀다. 그의 죽음을
애도한 이백(李白)의 시 「곡조경형(哭晁卿衡)」이 전한다.

16 서복(徐福) : 서불(徐市). 진(秦) 때의 방사(方士). 진시황(秦始皇)에게 바다 속에 삼신
산(三神山)과 신선이 있다고 상서하여, 진시황의 명령으로 어린 남녀 수천 명을 데리고
불사약을 구하러 바다로 떠난 뒤 돌아오지 않았다.

소실문양께 받들어 화답하다
奉和小室汶陽

남옥(南玉)

부상의 가지 끊어진 절벽 동쪽에 없었더니	桑枝斷石更無東
수해의 걸음[17] 장건의 뗏목[18]으로 길이 통하였네	亥步張槎有路通
이 한 봄 꽃놀이는 모두 꿈만 같아	花事一春都似夢
사흘간 붓 놀리며 쉰 적이 없었다오	筆遊三日未曾空
큰 구름에 기러기는 신선 산으로 돌아가고	長雲鴻雁歸僊嶠
가랑비에 비파나무 절집에서 젖어 있네	細雨枇杷濕梵宮
소실의 산속 거처 봉래도에 가까우니	小室山居蓬島近
앉은 자리에 찬바람 이는 것 느껴지누나	坐間渾覺動冷風

앞의 운을 다시 사용하여 남공께 드리다
再用前韻 呈南公

소실당칙(小室當則)

해 빛나는 동쪽에서 의관을 서로 비추니	冠裳相映日華東
휘날리는 깃발에 아름다운 기운 통하네	旌斾揚揚佳氣通

---

17 수해의 걸음 : 수해(豎亥)는 우(禹) 임금의 신하로, 걸음을 잘 걸었다는 신화 속의 인물
  이다. 『회남자(淮南子)』「지형훈(地形訓)」에 "수해에게 북극에서부터 남극까지 걸어가
  게 하였더니, 모두 2억 3만 3천 5백 리(里) 75보(步)였다."는 말이 나온다.
18 장건의 뗏목 : 한(漢)나라 장건(張騫)이 대하(大夏)에 사자로 갈 때, 뗏목을 타고 황하
  의 근원까지 갔는데, 전설에 의하면 그가 은하수에 올라 직녀(織女)를 만나서 지기석(支
  機石)을 받아 엄군평(嚴君平)에게 보였더니, 그가 말하기를, "어느 날 객성(客星)이 두우
  성(斗牛星)을 범하더니 그대가 은하에 올랐었군." 하고 말했다고 한다.

익방[19]은 바람에 나부껴도 절로 평온하고　　　鷁舫飄颻浮自穩

신기루 비슷하지만 바라보면 허공일세　　　蜃樓彷彿望來空

천리의 백여 나라에 하늘이 둘러 있고　　　天回千里百餘國

삼신산 십이궁[20]에 구름이 모여 있네　　　雲合三山十二宮

산하에 비취색이 짙게 어린다 해도　　　縱使江關多翠色

고향 가는 길 춘풍에 취하는 것만 못하리라　　　不如鄉路醉春風

소실문양에게 거듭 화답하다
疊和小室汶陽

남옥(南玉)

한 조각 꽃잎 날리는 한 조각 동쪽　　　一片花飛一片東

봄 나무와 헤어지면 아득하여 통하기 어렵겠지　　　別來春樹渺難通

요임금 땅[21]의 일월 아래 천하가 나뉘어　　　堯封日月分寶域

초나라 끝[22] 구름과 연기는 허공과 맞닿았네　　　楚尾雲烟際太空

좋은 잔치 파하니 용상[23] 선원으로 돌아가는데　　　良讌罷回龍象院

---

19 익방(鷁舫) : 익조(鷁鳥)가 그려진 배. 익조는 물새의 일종으로, 해오라기 비슷하지만 몸집이 크고 깃은 흰색이다. 바람에 잘 견딘다고 한다.

20 십이궁(十二宮) : 황도(黃道)의 둘레를 십이부분(十二部分)으로 나눈 성기궁(星紀宮)·원효궁(元枵宮)·추자궁(娵訾宮)·강루궁(降婁宮)·대량궁(大梁宮)·실침궁(實沈宮)·순수궁(鶉首宮)·순화궁(鶉火宮)·순미궁(鶉尾宮)·수성궁(壽星宮)·대화궁(大火宮)·석목궁(析木宮)을 병칭해서 부르는 말이다.

21 요임금 땅 : 우순(虞舜)이 당요(唐堯)로부터 천하를 인수하여 매 주(州)마다 산 하나씩 열두 산을 봉했다는 데서 나온 말. 중국의 국토를 의미한다.

22 초나라 끝 : 초나라는 중국의 남쪽에 위치하므로, 여기서는 일본을 지칭한다.

맑은 시 지어 신교[24]의 궁을 가득 채웠네   淸詩題滿蜃鮫宮

하늘 끝에서 만난 얼굴 어떻게 기록했으랴   天涯顏面何由記

신령한 붕새 큰 바람 빌리지 않았다면   除是神鵬假大風

용연 성군께 받들어 드리다
奉呈龍淵成君

소실당칙(小室當則)

파란 바다 잔잔한 물결 아침 하늘에 닿았는데   靑海波平接早天

옥통소와 금북이 누선을 출발시키네   玉簫金皷起樓船

비단 돛 흔들리며 가니 구름 끝에 걸린 듯   錦帆搖曳掛雲表

채익주[25]는 편안히 흘러 해 옆에 이르렀다   彩鷁安流到日邊

역원에 울리는 종소리 뒷날 밤까지 전해지고   驛院鳴鐘傳後夜

고향의 밝은 달은 앞 시내에 가득하다   故園明月滿前川

연기와 노을빛에 초목을 다 보았을 터   見經艸木烟霞色

십오 국풍의 시 몇 편이나 지으셨는지   十五國風詩幾篇

---

23 용상(龍象) : 물속의 용과 육상의 코끼리처럼 위력이 자재(自在)하다는 뜻으로, 보통
    학덕이 높은 승려를 가리키는 불가(佛家)의 용어.

24 신교(蜃鮫) : 이무기와 상어. 바닷가에 숙소가 있으므로 이렇게 말한 것이다.

25 채익주(彩鷁舟) : 채색으로 익조(鷁鳥)가 그려진 배.

소실문양에게 화답하다
和小室汶陽

성대중(成大中)

높은 관모 커다란 띠 봄 하늘을 비추는데	峩冠偉帶照春天
부상[26]의 서쪽 가지에 여섯 척 배를 매었네	扶木西枝繋六船
소실의 그윽한 집 계수나무 숲속에 있고	小室幽居叢桂裏
무진년의 남은 사명 지는 매화 곁에 있구나	辰年餘命落梅邊
서왕의 옛 나라에서 삼도[27]를 말하고	徐王故國道三島
두로의 나그네 자취 사천에서 막혔네[28]	杜老羈蹤滯四川
예로부터 초나라 남쪽엔 아름다운 글 많아	從古楚南多麗藻
구가 이소[29]의 메아리가 파편[30]을 이으리라	九歌騷響繼葩篇

---

26 부상(扶桑) : 전설에 나오는 나무의 이름으로 해가 뜨는 동쪽을 가리키는 말. 해가 뜰 때 이 나무 아래에서 솟아나 나무를 스치고 떠오른다고 한다.

27 삼도(三島) : 바다 가운데 있다고 전하는 신선의 섬으로, 봉래(蓬萊)와 영주(瀛洲), 방장(方丈)의 삼신산(三神山)을 가리킨다.

28 두로의……막혔네 : 중국 사천성(四川省)에 있는 적갑산(赤甲山)은 두보가 살았던 곳이다. 두보(杜甫)의 시 「적갑(赤甲)」에 "적갑에 터 잡아 살매 옮겨 삶이 새로운데, 무산과 초수에 봄을 두 번이나 보았어라.[卜居赤甲遷居新, 兩見巫山楚水春.]"라는 구절이 있다.

29 구가 이소(九歌離騷) : '구가'는 『초사(楚辭)』의 편명이며, '소'는 굴원(屈原)이 쓴 '이소경(離騷經)'을 지칭한다.

30 파편(葩篇) : 『시경(詩經)』을 '파경(葩經)'이라고도 하는데, 한유(韓愈)의 「진학해(進學解)」에 '시는 바르고 아름다우며[詩正而葩]'에서 비롯한 말이다.

앞의 운을 써서 성군에게 드리다
用前韻 呈成君

소실당칙(小室當則)

아득한 군자의 나라 동쪽 하늘	蒼蒼君子國東天
섣달 지난 낭화에서 그림배 맞이했네	臘盡浪華迎畫船
객관의 새벽바람 꿈속에서 놀라게 하고	舍館曉風驚夢裏
관산의 차가운 달 수심 곁에 가득하네	關山寒月滿愁邊
어찌 주송을 부르는데 금곡[31]을 말하겠는가	豈稱酒頌談金谷
오직 다경을 말한다면 옥천[32]을 배워야지	惟說茶經學玉川
우리들 다행히도 성대한 일로 만나니	吾輩幸相逢盛事
조의에서 응당 녹명편[33]을 읊어야 하리	朝儀應賦鹿鳴篇

소실문양에게 거듭 화답하다
重和小室汶陽

성대중(成大中)

| 사신 수레 십주의 하늘에서 바람을 모니 | 星軺風馭十洲天 |
| 신선 기운에 태을의 배[34]가 둥둥 떠다니네 | 仙氣浮浮太乙船 |

---

31 금곡(金谷) : 진(晉)나라 때 대부호(大富豪)인 석숭(石崇)의 별장이 있는 금곡원(金谷
　園)을 가리킨다. 석숭은 매양 이곳에 빈객을 모아서 시부(詩賦)를 짓고 술을 마시며 매우
　호사스럽게 놀았다고 한다.

32 옥천(玉川) : 노동(盧同)은 당(唐)나라 제원(濟源) 사람으로 소실산(少室山)에 은거하
　여 옥천자(玉川子)라고 자호(自號)하였다. 박학하고 시에 뛰어났으며, 조정에서 간의(諫
　議)로 불렀으나 나가지 않았다. 차 마시기를 좋아하여 차에 관한 좋은 시가 많다.

33 녹명편(鹿鳴篇) : 고대에 군신(君臣)과 가빈(嘉賓)이 연회를 할 때 부르던 노래.

만 리의 여행길 마침내 끝났는데	萬里行程終有限
첩첩의 바다에 연기와 비는 끝이 없구나	重溟烟雨更無邊
하늘같은 옛 반열에 대궐을 바라보지만	雲霄舊列瞻宸極
고기 낚는 한가한 인연으론 포천을 꿈꾸네	漁釣閑緣夢抱川
아직도 새 시에 의지해 객수를 달래는데	尚賴新詩寬客恨
여구[35]의 노래에 식미편[36]으로 화답하네	驪駒和返式微篇

현천 원군께 받들어 드리다
奉呈玄川元君

소실당칙(小室當則)

선랑의 옥절이 서쪽에서 오니	仙郞玉節自西方
밤낮으로 함관에는 자줏빛 기운 뻗쳤네	日夜函關紫氣揚
송백의 바람 소리 악보에 전해지고	松柏風聲傳樂譜
누대의 달 그림자 문장 안으로 들어온다	樓臺月影入文章
어찌 습씨[37]의 못가에서만 술을 마시랴	那須習氏池頭飲
영공 옷의 향기를 바로 접하였으니	正接令公衣上香

---

34 태을의 배 : 태화봉(太華峯) 위에 큰 못이 있는데, 연꽃이 큰 배 같아서 태을선인(太乙仙人)이 그 꽃 위에 누워서 책을 읽고 있었다고 한다.

35 여구(驪駒) : 일시(逸詩)의 하나로, 고별(告別)의 내용이 담겨 있다.

36 식미편(式微篇) : 『시경(詩經)』 「패풍(邶風)」의 편명으로, 나라의 형세가 쇠미(衰微)해져 망할 위기에 처한 것을 노래하였다.

37 습씨(習氏) : 진(晉)나라 산간(山簡)이 양양(襄陽)에 있을 때, 그 지방의 호족(豪族)인 습씨(習氏)의 집 연못가를 자주 찾아가 술을 마시곤 번번이 만취해서 부축을 받고 돌아왔다는 고사가 있다.

돌아가며 슬프게 바라본들 무슨 소용 있겠나 無奈歸鞍遙悵望
아득한 월나라 물에 초나라 구름 깊으리라 蒼茫越水楚雲長

소실문양에게 화답하다
和小室汶陽

원중거(元重擧)

문성이 바다 쪽에 떠 있음을 이미 알았는데 已識文星開海方
시 짓는 자리에서 번쩍임을 다시 보네 更看詩疊坐間揚
간단없이 합포에는 구슬이 엉기고[38] 無空合浦凝珠貝
바람 부는 형산[39]에는 녹나무가 울창하다 風落荊山蔚豫章
화연을 초록으로 적시니 비파나무의 이슬인 듯 華硯綠沾杷露潤
채색 붓 붉게 젖으니 잣나무 꽃 향기 같구나 彩毫紅濕柏花香
창평의 객관에서 분주한 선비들 昌平館裏紛紛士
모두들 구양수의 옛 연못 영원하다고 말하네 摠道歐陽舊澤長

---

38 합포에는 구슬이 엉기고 : 후한(後漢) 때 합포(合浦)에서 구슬이 생산되었는데, 탐관오리가 수령으로 오는 일이 많아지자 잠시 구슬이 나오지 않았다. 그러다가 맹상(孟嘗)이 태수로 부임하여 청렴한 정사를 행하니 다시 구슬이 생산되기 시작했다.
39 형산(荊山) : 춘추시대 초(楚)나라 변화(卞和)는 형산(荊山)에서 직경이 한 자나 되는 박옥(璞玉)을 얻었다.

앞의 운을 써서 원군께 드리다
用前韻 呈元君

소실당칙(小室當則)

깃발과 음악소리 동방에 울려 퍼지고	羽旗鼓吹動東方
구름 같은 거마 행색이 양양하다	車馬如雲行色揚
여관의 비단 창엔 달이 한 조각	旅館紗窓月一片
경성의 문원에는 꽃이 천 송이	京城文苑花千章
눈 온 뒤에 힘겹게 온 늙은 억새풀[40]	勞來雪後蒹葭老
강남의 향기로운 귤나무 유자나무 다 보았네	見歷江南橘柚香
지척인 이곳에서도 다시 뵙기가 어려워	咫尺此中難再奉
고독한 심회 여전히 푸른 하늘처럼 길다오	孤懷尙與碧天長

소실문양에게 거듭 화답하다
疊和小室汶陽

원중거(元重擧)

열흘 동안 쉰내 나게 절간에 누웠자니	十日澗然臥丈方
바다 하늘 가랑비가 저물녘에 흩날리네	海天輕雨晩悠揚
경쇠 앞의 푸른 기와 성긴 용의 뿔 같고	磬前碧瓦疎龍角
석상의 붉은 붓[41]은 호랑이 무늬 수놓은 듯	席上彤毫繡虎章

---

40 억새풀 : '겸가(蒹葭)'는 보잘것없는 처지를 말한다. 삼국 시대 위(魏)나라 명제(明帝) 때 하후현(夏侯玄)과 황후의 동생 모증(毛曾)이 함께 자리에 있는 것을 보고는 사람들이 "억새풀이 옥나무 옆에 기대어 있는 것과 같다.[蒹葭倚玉樹]"고 평했다는 고사가 있다.

41 붉은 붓 : '동호(彤毫)'는 붉은색 자루의 붓으로, 여기서는 글 짓는 솜씨가 뛰어난 것을

초록빛 봄물은 천 그루 나무 그림자를 적시고　　春水綠涵千樹影
붉은 밤의 꽃 만 채의 집에서 향기 발하네　　夜花紅從萬家香
만나보고 문득 봉호[42]의 꿈에 놀라는데　　相看忽訝蓬壺夢
세상 밖은 컴컴하고 발해는 드넓구나　　塵外冥冥瀣渤長

퇴석 김군께 받들어 드리다
奉呈退石金君

소실당칙(小室當則)

곧장 파도로 향하며 대도를 벗어나　　直指波濤出大都
해의 동쪽 바다 바다의 모퉁이라　　日之東海海之隅
별들이 자리를 옮겨가니 천문을 따져보고　　星辰宛轉辨天象
섬들이 희미하니 지도를 살펴보네　　島嶼微茫按地圖
여러 선비의 노래는 신악부요　　諸彦弦歌新樂府
선인들이 지은 글은 강호의 옛 노래라　　先人賦筆舊江湖
내일 새벽이면 천 마리 말 바삐 돌아가리니　　來晨千騎頻歸去
함담봉[43] 꼭대기에 설색이 고독하겠네　　菡萏峯頭雪色孤

의미한다.
42 봉호(蓬壺) : 봉래산(蓬萊山)의 다른 이름.
43 함담봉(菡萏峯) : '연꽃 봉우리'라는 뜻인데 후지산(富士山)을 가리켜 한 말이다.

소실문양에게 화답하다
和小室汶陽

김인겸(金仁謙)

구름 돛 만 리를 떠나 도도산⁴⁴을 찾아오니	雲帆万里訪桃都
바람 일고 안개 낀 삼신산 석목⁴⁵의 모퉁이	三島風烟析木隅
창해의 씩씩한 마음 종각⁴⁶의 풍랑이요	滄海雄心宗慤浪
명산의 오랜 계획 소문⁴⁷의 그림이로다	名山宿計少文圖
화려한 전당의 의관은 청접⁴⁸이 연이었고	華堂冠服連蜻蝶
고국의 송죽은 산과 호수 너머에 있네	故國松篁隔嶺湖
십 년 만의 빈연에서 한묵장⁴⁹에 참여하니	十載賓筵參翰墨
그대의 풍격 홀로 맑고 고독함이 좋구나	喜君標格獨淸孤

---

44 도도산(桃都山) : 전설에 의하면, 땅 동남쪽에 도도산이 있으며 그 꼭대기에 있는 큰 나무에 천계(天鷄)가 사는데, 아침에 해가 뜨면서 이 나무를 비추면 천계가 울고, 그 소리를 따라서 온 천하의 닭들이 운다고 한다.

45 석목(析木) : 중국 대륙을 기준으로 동쪽 지역인 유주(幽州)와 연주(燕州)에 속한 별자리인데, 동방을 가리킨다.

46 종각(宗慤) : 남조(南朝) 송나라 사람. 그의 숙부 병(炳)은 뜻이 고상하여 벼슬하지 않았는데, 종각이 어릴 때 숙부가 그의 뜻을 물으니 종각이 대답하기를, "원컨대 긴 바람을 타고 만 리의 풍랑을 헤치고 싶습니다.[願乘長風, 破萬里浪.]"라고 하였다.

47 소문(少文) : 남조(南朝) 송(宋)나라 종병(宗炳)의 자. 그는 명산대천을 유람하는 것을 좋아하였는데 늙어서 병이 들어 더 이상 산에 오를 수 없게 되자, 이에 자기가 유람하였던 산수를 벽에 그림으로 그려 두고 누워서 구경하였다고 한다.

48 청접(蜻蝶) : 청국(蜻國)은 일본을, 접역(蝶域)은 우리나라를 지칭한다.

49 한묵장(翰墨場) : 붓과 먹을 가지고 노는 자리. 여러 사람이 모여 시문을 짓는 곳을 이른다.

앞의 운을 써서 김군께 드리다
用前韻 呈金君

소실당칙(小室當則)

바람 부는 밤 맑은 서리 두 도성에 내리는데	風夜淸霜歷兩都
봉성[50]의 모퉁이에서 안장 풀고 편히 쉬네	卸鞍偃蹇鳳城隅
뭇 현자들의 의기 시부에 드러나고	群賢意氣見詩賦
상객의 풍류는 그림 속에 들어 왔다	上客風流入畵圖
장대한 유람 북해에 펼쳐진 것 어찌 물으랴	何問壯遊開北海
대아[51]께서 서호를 기억하심을 정히 알겠네	定知大雅憶西湖
사신 수레 지난 곳에 덕의 광채 가득하니	星軺過處德輝滿
만 리의 이웃이라도 외롭지 않다네	萬里比隣還不孤

소실문양에게 거듭 화답하다
疊和小室汶陽

김인겸(金仁謙)

지난해에 일찍이 한양 도성을 이별했는데	前年曾別漢陽都
올해에 아직도 발해 모퉁이에 머물고 있네	今歲猶淹渤澥隅
부상에서 불이 솟아오르니 일출을 보고	扶木火騰看日出
천지에 물결이 서니 붕새의 포부를 보겠네	天池波立見鵬圖
부평초 아득하게 주조[52]에 침입하는데	萍蓬渺渺侵朱鳥

---

50 봉성(鳳城) : 수도의 미칭.
51 대아(大雅) : 덕이 높고 재능이 뛰어난 사람. 여기서는 상대방을 높여 부르는 말로 쓰였다.

소나무 국화에 멀리 금호를 생각하네 　　　　松菊悠悠憶錦湖

슬프게 그대와 헤어지고 나면 　　　　　　怊悵與君分手後

어느 밤 달빛 아래 고독을 견딜 수 있을까 　可堪他夜月來孤

추월 남공께 받들어 드리다
奉呈秋月南公

　　　　　　　　　　　　　　　소실당칙(小室當則)

이리저리 노닐다가 이역에서 봄을 만나니 　巡遊尙値異鄕春

강가에서 나그네 생각을 시로 쓰시네 　　　客思題詩江水濱

왕손의 돌아가고픈 마음 재촉하려 함인가 　偏使王孫促歸意

은빛 못에 방초 피고 버들가지 새로 났네 　銀塘芳艸柳條新

소실문양에게 화답하다
和小室汶陽

　　　　　　　　　　　　　　　남옥(南玉)

수양버들 연한 잎은 온통 봄빛인데 　　　軟草垂楊一色春

문양은 매화 지는 물가에서 객을 보내네 　汶陽送客落梅濱

산새는 높은 가지로 옮겨가길[53] 원하는지 　幽禽似有遷喬願

---

52 주조(朱鳥) : 이십팔수(二十八宿) 중 남방 칠수(七宿)의 총칭. 또는 남방(南方)의 신
(神) 이름.

53 높은 가지로 옮겨가길 : 『시경(詩經)』 「소아(小雅)」 '벌목(伐木)'의 "깊은 골짜기에서

가랑비 속 가지 끝에서 백번의 울음 새롭구나   細雨枝頭百囀新

용연 성군께 받들어 드리다
奉呈龍淵成君

소실당칙(小室當則)

강가엔 양춘 백설[54]의 숲이라   江上陽春白雪林

까닭 없이 꽃과 새에 객의 마음 깊어지네   無端花鳥客情深

풍광은 잠시나마 손에 잡을 수 있지만   風光暫爾能携手

하늘 끝 삼성과 상성[55]에 한을 금할 수 없네   天末參商恨不禁

소실문양에게 화답하다
和小室汶陽

성대중(成大中)

복숭아꽃 붉은 비가 절집[56]을 적시고   桃花紅雨濕祇林

나와 높은 나무로 날아가네.[出自幽谷, 遷于喬木.]"라는 말에서 따온 것이다.

54 양춘백설(陽春白雪) : '양춘'과 '백설'은 모두 고아한 곡조의 이름.

55 삼성과 상성 : 서쪽의 삼성(參星)과 동쪽의 상성(商星). 친구가 멀리 떨어져 있어 서로 만나지 못하는 것을 비유한다.

56 절집 : '기림(祇林)'은 기원(祇園)을 말한다. 인도(印度)의 급고독 장자(給孤獨長者)가 석가모니에게 사찰을 지어 기증하려고 기타태자(祇陀太子)에게 찾아가 그 정원을 팔도록 종용하자, 태자가 농담 삼아 "그 땅에다 황금을 깔아 놓아야만 팔 수 있다.[金遍乃賣]"고 하였는데, 이에 장자가 전 재산을 기울여 그곳에 황금을 깔아 놓자[卽出藏金, 隨言布地.], 태자가 감동하여 그곳에 절을 짓게 하였다는 고사가 전한다.

바다 위의 봄 구름 온 사원에 깊구나 　　　　海上春雲一院深

참으로 아름다운 산하 공연히 눈에 가득해 　　信美山河空滿目

중선[57]의 품은 마음 더욱 금하기 어렵네 　　仲宣懷緒更難禁

현천 원군께 받들어 드리다
奉呈玄川元君

소실당칙(小室當則)

높은 누대에서 종일토록 선랑을 대하니 　　　高樓竟日對仙郎

지금도 그 풍모 접한 듯 자리가 향기롭네 　　猶接風姿座裏香

촛불로 이은 시편들로 곧 유별[58]해야 하니 　繼燭詩篇卽留別

날랜 재주로 쓴 시 홀로 귀하게 간직하리 　翩翩才筆獨珍藏

퇴석 김군께 받들어 드리다
奉呈退石金君

소실당칙(小室當則)

아득히 진나라 바라보니[59] 바다 구름 개었는데 　蒼茫秦望海雲開

57　중선(仲宣) : 왕찬(王粲)의 자. 박식하고 문장이 뛰어나 건안칠자(建安七子) 중 하나로
　　꼽힌다. 한 헌제(漢獻帝) 때 난리를 피해 형주(荊州)의 유표(劉表)에게 15년 동안 의탁해
　　있다가 조조(曹操) 밑으로 들어가 시중(侍中) 벼슬까지 지냈다. 형주에 있을 때 성루(城
　　樓)에 올라가 시사를 한탄하고 고향을 그리는 뜻으로 「등루부」를 지은 것이 유명하다.
58　유별(留別) : 상대방을 남겨두고 떠남.
59　진나라 바라보니 : 진(秦)나라가 중국 서쪽에 위치했으므로, 여기서는 조선이 있는 곳

신선배 타고 이곽[60]이 온다고 알려주네 報道仙舟李郭來
청옥안[61] 앞에서 서로를 보고 있자니 靑玉案頭相見去
인풍과 화기가 봄 누대에 가득하다 仁風和氣滿春臺

소실문양에게 화답하다
和小室汶陽

김인겸(金仁謙)

법계[62]의 높은 누대 곁에 바다가 열리니 法界高樓傍海開
강도의 제자들이 빗속에서 오는구나 江都才子雨中來
그대의 시를 보니 새로운 율격이 많아 看君詩律多新格
자못 장주의 노학대[63]와 비슷하네 頗似長州老鶴臺

을 가리킨다.

60 이곽(李郭) : 이응(李膺)과 곽태(郭太)를 가리킨다. 후한(後漢) 때의 고사(高士) 곽태
는 집안이 매우 빈천했는데, 그가 일찍이 낙양(洛陽)에 들어가 당대의 고사 이응을 한번
만나고 나서는 이응에게 크게 인정을 받아서 이응과 서로 깊이 사귐으로써 명성이 마침내
경사(京師)를 진동시켰다. 훗날 그가 향리(鄕里)로 돌아갈 적에 수많은 선비들이 강가에
까지 배웅을 나갔는데, 이때 곽태가 오직 이응하고만 함께 배를 타고 건너가므로 뭇사람
들이 그 광경을 바라보고 그 두 사람을 신선으로 여겼다는 고사가 있다.

61 청옥안(靑玉案) : 한(漢)나라 장형(張衡)의 '사수시(四愁詩)'에 나오는 "무엇으로 청옥
안에 보답할까.[何以報之靑玉案]"라는 구절에서 비롯된 것인데, 여기서는 시를 짓는 책
상을 말한다.

62 법계(法界) : 불가(佛家)의 말로 참다운 진리의 세계를 가리킴.

63 장주의 노학대 : 장문주(長門州)에서 만났던 농장개(瀧長愷)를 말한다. 그의 호가 '학
대(鶴臺)'이므로 '노학대'라 한 것이다.

퇴석군께 받들어 부치다
奉寄退石君

소실당칙(小室當則)

지난번 붓 들고서 화려한 자리에 앉았을 때 　　向携詞筆坐瓊筵
꽃잎들이 은촛대 앞에서 언덕을 이루었지 　　花片爲堆銀燭前
멀리서 기억하리라 고려교[64]에서 바라보며 　　遙憶高麗橋上望
삼월 춘풍에 누선[65]을 전송하던 일 　　春風三月送樓船

소실문양에게 화답하다
和小室汶陽

김인겸(金仁謙)

봄바람 따뜻하게 부는 녹명의 연회[66] 　　春風澹蕩鹿鳴筵
시 짓는 자리 수불[67] 앞에서 처음 열렸네 　　文罍初開繡佛前
네 번 부쳐준 귀한 시 정이 더욱 중하니 　　四寄瓊章情更重
북으로 돌아가는 배에서 응당 슬퍼하리라 　　知應怊悵北歸船

---

64 고려교(高麗橋) : 일본 규슈(九州) 남단 가고시마(鹿兒島) 현에 있는 다리 이름. 코라
이바시.
65 누선(樓船) : 이층으로 지은 배. 통신사가 타고 온 배를 가리킨다.
66 녹명의 연회 : 사신의 노고를 위로하는 연회라는 의미이다. '녹명(鹿鳴)'은 『시경』「소
아(小雅)」의 편명으로 신하나 빈객을 접대할 때 부르는 노래이다.
67 수불(繡佛) : 색실로 수놓은 불상.

추월군께 받들어 부치다
奉寄秋月君

소실당칙(小室當則)

물가에 봄바람 불고 방초는 살쪘는데　　　河上春風芳艸肥
왕손의 채필[68]은 서쪽으로 간다는 시를 짓네　王孫彩筆賦西歸
동쪽 변방에서 나는 물건 보잘 것은 없지만　東藩産物雖微細
밤마다 묵지[69]를 비출 수는 있겠지요　　　夜夜應能照墨池

소실문양에게 화답하여 회진후께서 납촉을 주신 것에 사례하다
和小室汶陽 謝會津侯蠟燭之惠

남옥(南玉)

어느 곳 신선 산에 벌꿀이 비옥한가　　　何處僊山蜂液肥
오후[70]의 연기 돌아가는 객선에 들어왔네　五侯烟入客船歸
학루에서 고운 시 짓는데 힘이 모자라니　鶴樓賁飾慚無力
삼상[71]이 연지 되었다고 누가 말하랴　　誰道三湘作硯池

---

68 채필(彩筆) : 수식이 풍부한 아름다운 문장. 강엄(江淹)이 꿈에서 오색 붓을 받은 후에
   글이 크게 진보했는데, 만년의 꿈에서 붓을 돌려주자 그 후로는 좋은 글을 지을 수 없었다
   는 고사가 있다.
69 묵지(墨池) : 연지(硯池). 머물을 한데 모으도록 된 벼루 속의 오목한 곳.
70 오후(五侯) : 권귀(權貴) 호문(豪門)을 가리킨다. 한(漢)나라 성제(成帝) 때 왕씨(王氏)
   다섯 사람이 동시에 제후로 봉해졌던 고사에서 유래하였다.
71 삼상(三湘) : 호남성의 상향(湘鄕), 상담(湘潭), 상음(湘陰)을 합해서 부른 말인데, 고
   인의 시에서는 흔히 상강(湘江) 유역 및 동정호(洞定湖) 지역을 가리킨다.

저의 성은 관(關)이고 이름은 수령(脩齡)입니다. 자는 군장(君長), 호
는 송창(松窻)이며 무장(武藏) 사람입니다. 임 쾌주의 문인(門人)이며
구교후(廐橋侯)의 유신(儒臣)입니다. 무진년 통신사 때 빈객으로 오
셨던 박경행(朴敬行)·이봉환(李鳳煥)·유후(柳逅) 여러분들이 외람되
게도 저를 돌아봐주셨는데, 오늘 다시 이런 성대한 모임을 만나니
실로 대단한 영광이고 다행이라 여깁니다.

관수령(關脩齡)이 재배(再拜)합니다.

추월 남군에게 주다
贈秋月南君

관수령(關脩齡)

동쪽 길에 봄 구름 드리우니 사신이 온 해	東道春雲聘使年
죽간의 옛 글들을 아울러 찾아보네	兼探竹簡古文編
아름다운 명성 일찍이 시단에서 일어났으니	美名曾傍詞場起
훌륭한 글은 예원을 따라 길이 전해지리라	藻翰長隨藝苑傳
해악에서 이는 웅대한 마음 어찌 한이 있으랴	何限雄心生海嶽
바람과 안개 너머로 돌아갈 계획 끝이 없구나	無端歸計隔風烟
한때 부평초처럼 만났지만 친해진 정이 있어	一時萍梗存交誼
못난 재주라 훌륭한 자산[72]에겐 심히 부끄럽네	薄劣深慙子産賢

---

72 자산(子産) : 중국 춘추시대의 정치가. 성은 공손(公孫), 이름은 교(僑). 정(鄭)나라
　목공의 손자이며 자국(子國)의 아들이다. 기원전 547년 재상에 임명되어 기원전 522년
　세상을 뜨기까지 20년 넘게 국내 정치를 혁신하는 데 심혈을 기울였으며, 대외적으로

관송창에게 화답하다
和關松窓

남옥(南玉)

취설[73]이 동쪽으로 배 타고 온 지 십칠 년	醉雪東浮十七年
밤 창에 소나무 달이 돌아가는 시를 비추네	夜牕松月照歸編
단명[74]의 옛 일은 하늘 끝에서 어긋났는데	端明故事天涯誤
장록[75]의 옛 이름 좌석에 전해지네	張祿前名座上傳
객관에선 봄의 근심 복숭아 살구에 비 내리고	客舘春愁桃杏雨
절집에선 시 생각 귤나무 등나무에 안개 꼈네	佛樓詩思橘藤烟
서쪽으로 돌아가면 그대 소식 물으리니	西還定問君消息
오몽[76]이 옛 현자보다 낫다고 알려주리라	報道吳蒙勝昔賢

실용적인 외교활동을 벌여 열강들이 감히 정나라에 칼을 겨누지 못하게 했다.

73 취설(醉雪) : 1748년 제10차 통신사행 당시 서기(書記)로 왔던 유후(柳逅)의 호(號).

74 단명(端明) : 사마단명(司馬端明), 즉 송(宋)나라의 사마광(司馬光)을 가리킨다. 송나라의 어진 정승으로, 왕안석의 신법(新法)을 공박하고 외직(外職)으로 쫓겨났다가, 철종(哲宗) 때에 정승이 되어서 새 법을 만들어 백성에게 해가 되는 것은 모두 폐지하였다.

75 장록(張祿) : 위(魏)나라 범수(范雎)를 가리킨다. 그가 일찍이 위나라 재상 위제(魏齊)에게 매를 맞고 도망쳐서 성명(姓名)을 장록이라 고치고 남몰래 진(秦)나라에 들어갔던 고사가 있다.

76 오몽(吳蒙) : 삼국(三國)시대 오(吳)나라의 명장 여몽(呂蒙)을 가리키는데, 훗날 학식이나 문재(文才)가 부족한 사람을 기롱하는 말로 쓰이게 되었다. 여몽이 군무(軍務)에만 종사하다 손권(孫權)의 권유로 열심히 독서하여 노사숙유(老士宿儒)보다 오히려 나을 정도의 학식을 쌓자 노숙(魯肅)이 도독(都督)으로 와서 여몽과 담론해 보고는 "이미 예전 오나라의 아몽(阿蒙)이 아니구려.[非復阿蒙]" 하니, 여몽이 "선비는 이별한 지 사흘이면 눈을 비비고 다시 봐야 합니다.[士別三日, 卽更刮目相對.]"라고 하였다. 여기에서 '괄목상대(刮目相對)'라는 말이 생겨났다.

용연 성군에게 주다
贈龍淵成君

관수령(關脩齡)

겹겹의 물 긴 하늘에 나그네 길 갈렸는데	積水長天客路分
동관에서 여장 푸니[77] 빗줄기 흩날리네	東關稅駕雨紛紛
그리움에 못가의 풀[78]은 꿈속으로 들어오고	相思入夢池塘草
말하는 중에 저녁 구름은 수심을 머금었구나	對語含愁日暮雲
오로지 부러운 건 원유에 붓을 싣고 온 일	偏羨遠游能載筆
맑은 잔치에 글을 논함이 더욱 사랑스럽네	更憐淸宴坐論文
봄바람은 매화꽃 진 뒤에도 남아 있는데	春風猶滯梅花後
만 리에 돌아가는 기러기 소리 들리지 않네	萬里歸鴻不可聞

관송창에게 화답하다
和關松窓

성대중(成大中)

넓은 바다 남쪽을 보니 초나라 하늘 나뉘었는데	滄溟南望楚天分
한기 섞인 동풍 부니 객의 마음 어지럽다	寒色東風客緒紛
전날 밤 비에 복숭아꽃 오얏 꽃 반쯤 피었고	桃李半開前夜雨

---

77 여장 푸니 : '세가(稅駕)'는 '해가(解駕)'와 같은 말로, 수레에서 내린다는 뜻이다.
78 못가의 풀 : 남조(南朝) 송(宋)의 시인 사영운(謝靈運)이 시상이 떠오르지 않아 고민하
   다가 꿈에 족제(族弟)인 사혜련(謝惠連)을 만나 보고 '지당생춘초(池塘生春草)'라는 명구
   를 얻은 뒤에 "이 시구는 신령이 도와준 덕분에 나온 것이지 나의 말이 아니다.[此語有神
   功, 非吾語也.]"라고 술회한 고사가 전한다.

상방[79]의 구름 아래 선비들 마주하였네 　衣巾相對上方雲

아름다운 빈객 아직도 황화의 잔치 기억하니 　嘉賓尙記皇華讌

바른 도는 응당 주사[80]의 문장에 전해지리 　雅道應傳柱史文

아몽이 예전 모습 아님을 알고도 남겠으니 　剩識阿蒙非昔狀

서쪽으로 돌아가면 설옹의 소문도 전하리다 　西歸與報雪翁聞

현천 원군에게 주다
贈玄川元君

관수령(關脩齡)

먼 데서 오신 통신사 도로가 험했을 터 　信使迢遙道路難

고당에서 악수하고 음식 더 드릴까 묻는다 　高堂握手問加餐

문장 닦는 것 천년의 업으로 허락했으니 　修文已許千秋業

술잔 들고 열흘 동안 즐김이 무에 나쁘랴 　把酒何妨十日歡

해상의 신선 배에서 한 해 가는 것에 놀라고 　海上仙槎驚歲晚

하늘가의 나그네 옷은 봄추위를 두려워하네 　天涯旅服畏春寒

이제 명주 띠를 남겨 주게 되었으니 　只今縞帶堪相遺

그때의 계찰[81]을 보는 것과 같구나 　猶作當年季札看

---

79 상방(上方) : 고대 음양오행가(陰陽五行家)에서 동방과 북방을 가리킨다. 혹은 주지승이 거처하는 내실(內室), 즉 절을 지칭하기도 한다.

80 주사(柱史) : 노자(老子)는 주나라의 역사를 편찬하던 관원이었는데, 그가 편찬실 기둥 아래에 있었으므로 '주사(柱史)'라고 칭하였다.

81 계찰 : 춘추 시대 오(吳)나라 계찰(季札)이 정(鄭)나라에 사신으로 가서 자산(子産)을 만나보고는 오랜 친구처럼 여기며 흰 명주 띠[縞帶]를 선물하자, 자산이 답례로 모시옷 [紵衣]을 보낸 고사가 전한다.

송창에게 화답하다
和松窓

원중거(元重擧)

사미[82] 갖춘 화려한 전당에 이난[83]도 있으니	四美華堂倂二難
사람마다 선골이라 귀한 음식 먹으며 늙었네	人人仙骨老瓊餐
소선[84]은 혜외에서 헛된 소식 전하고	蘇仙惠外傳虛報
양설[85]은 중주에서 옛날의 즐거움 기억한다	羊舌中州記舊歡
먼 바다의 삼신산에 저녁 비 엉겨 있고	遙海三山凝暮雨
충성의 이월에 남은 추위 머무네	層城二月逗餘寒
맑은 가을날 옥절 들고 사신의 길 떠났는데	淸秋玉節皇華路
돌아가는 날 장정에서 풀빛을 보는구나	歸日長亭草色看

퇴석 김군에게 주다
贈退石金君

관수령(關脩齡)

춘성에 옥백 들고서 긴 옷자락 끌고 오니	春城玉帛曳裾長
기실의 능력과 명성 바닷가에 울려 퍼지네	記室能名動海方

---

82 사미(四美) : 양신(良辰)·상심(常心)·미경(美景)·낙사(樂事)를 가리킨다.

83 이난(二難) : 두 가지의 얻기 힘든 것. 현명한 임금과 훌륭한 빈객을 이르는 말.

84 소선(蘇仙) : 소선은 북송(北宋)의 소식(蘇軾)을 가리킨 것으로, 신선의 풍모가 있어 붙여진 이름.

85 양설(羊舌) : 진(晉)나라 양설힐(羊舌肹)은 자가 숙향(叔向)인데, 정(鄭)나라 공손교 (公孫僑)와 더불어 춘추시대 같은 시기에 활동했던 명신(名臣)이다.

이미 먼 유람에서부터 사조[86]를 알았는데　　已自遠游知謝朓

또 아름다운 만남을 통해 추양[87]을 보는구나　還因佳會見鄒陽

일시의 풍재[88]로 산 넘고 바다 건넌 날　　一時風裁梯航日

다른 시대 한묵장[89]에서 명성이 빛나네　　異代聲華翰墨場

고개 돌리면 저물녘 돌아가는 말 가련하리니　回首應憐歸騎晚

객로의 방초가 참으로 희미하네　　　　客程芳草正微茫

송창에게 화답하다

和松窓

김인겸(金仁謙)

작은 배 끝없이 가는 뱃길이 길더니만　　端軸無涯鷁路長

돛 하나 흘러와 동방의 끝에 이르렀다　　一帆來到極東方

삼신산의 꽃과 달 부상 너머에 있고　　三山花月扶桑外

만호의 누대 자해[90]의 북쪽이라네　　萬戶樓臺紫海陽

옛 절의 구름과 안개 근심스레 말을 맸는데　古寺雲煙愁繫馬

글 짓는 아름다운 자리에서 기쁘게 만났네　華筵文墨喜逢場

---

86 사조(謝朓) : 자는 현휘(玄暉), 남제(南齊) 때 양하(陽夏) 사람. 초서(草書)·예서(隸書)
　를 잘 쓰고 오언시에 능하였다.

87 추양(鄒陽) : 한(漢)의 임치(臨淄) 사람으로 양 효왕(梁孝王)의 상객이있다. 문장과 언
　변으로 유명하다.

88 풍재(風裁) : 훌륭한 풍채나 호탕한 기백. 기개(氣槪).

89 한묵장(翰墨場) : 한묵림(翰墨林), 곧 붓과 먹의 숲. 문필가들이 많이 모인 곳의 비유.

90 자해(紫海) : 전설 속의 바다 이름.

직하에 명사가 많은 줄 비로소 알았으니　　　始知稷下多名士

풍소[91]가 오래 전 아득해졌다 말하지 마오　　　休道風騷久渺茫

석상에서 추월 남군에게 주다
席上贈秋月南君

관수령(關脩齡)

자기[92]가 관문 위에 높이 뜬 것 의심하지 말지니　　　休疑紫氣入關高

시객이 봄을 타고 채색 붓을 휘두르네　　　詞客乘春弄彩毫

길이 부용산을 지나니 설색이 환하고　　　路過芙蓉明雪色

돛이 발해에 걸리니 가을 물결 일어난다　　　帆懸勃海起秋濤

십년을 꿈꾸던 일이라 정을 다하기 어려워　　　十年夢寐情難盡

하루의 풍류에도 흥은 점점 호방해진다　　　一日風流興轉豪

타향이라 같은 가락이 적음을 알겠으니　　　知是他鄉同調少

주현[93]은 다시 몇 사람을 향해 연주될까　　　朱絃更向幾人操

---

91 풍소(風騷) : 『시경』 속의 「국풍(國風)」과 『초사(楚辭)』 가운데 「이소(離騷)」를 말하는
데, 시문(詩文)의 범칭으로 쓰인다.

92 자기(紫氣) : 자줏빛의 서기(瑞氣). 제왕이나 성현의 출현에 대한 전조(前兆)로 나타난다.

93 주현(朱絃) : 붉은 빛깔의 현. 금슬(琴瑟)과 같은 현악기를 지칭한다.

송창에게 다시 화답하다
再和松窓

남옥(南玉)

신선의 풍채와 격조 설옹[94]보다 높아　神仙標格雪翁高

용과 뱀 상상하여 취한 붓 움직이네　想得龍蛇動醉毫

해외에서 풍류로 일역을 놀라게 하는데　海外風流驚日域

꿈속의 얼굴은 구름 파도 너머에 있구나　夢中顏鬂隔雲濤

구책[95]이 삼한 노인 따랐음을 옛날에 들었는데　舊聞區冊從韓老

진량[96]이 초나라 호걸임을 새로 알았네　新識陳良是楚豪

나 역시 사양[97]에게서 거문고를 배웠으니　我亦師襄琴縵學

산수로 끝나는 곡조 그대를 위한 연주일세　曲終山水爲君操

자리 사이에서 용연 성군에게 주다
席間贈龍淵成君

관수령(關脩齡)

해문은 서쪽으로 낙랑의 성에 닿아 있는데　海門西接樂浪城

사신이 대려[98]의 맹세를 찾아서 왔네　使者來尋帶礪盟

---

94 설옹(雪翁) : 무진년에 사행을 왔던 취설(醉雪) 유후(柳逅)를 가리킨다.

95 구책(區冊) : 소동파가 황주(黃州)로 유배 갔을 때에 처음 수학한 생도(生徒). 여기서는 구책처럼 학문하지 않은 훌륭한 인물을 지칭한다.

96 진량(陳良) : 『맹자(孟子)』 「등문공 상(滕文公上)」에 "진량(陳良)은 초(楚)나라에서 태어났지만, 주공(周公)과 중니(仲尼)의 도를 좋아한 나머지, 북쪽으로 중국에 와서 학문을 배웠다.[北學於中國]"라는 말이 있다.

97 사양(師襄) : 공자(孔子)에게 거문고를 가르쳤던 악사(樂師) 양(襄)을 가리킨다.

객로에 핀 봄꽃에 시상이 떠오르고　客裡春花騷思發

주렴 앞 저녁 비에 나그네 혼이 놀라네　簾前暮雨旅魂驚

수후의 구슬⁹⁹ 청운의 자리를 나란히 비추고　隨珠並照靑雲座

영 땅의 노래 백설가¹⁰⁰를 함께 연주한다　郢曲兼操白雪聲

그 해의 술을 마시던 흥취 이제 품었으니　却懷當年杯酒興

풍류는 고인의 정에 뒤지지 않는다네　風流不減故人情

송창에게 다시 화답하다
再和松窓

성대중(成大中)

뗏목 위의 별빛 물의 도성 비추니　槎上星輝照水城

봄날 절의 누각에서 지난 맹세 기억하네　寺樓春日記前盟

설옹의 품격은 신선이 내려온 듯했고　雪翁標格神仙降

제수¹⁰¹의 시장은 귀신도 놀랄 정도였지　濟叟詞章鬼物驚

예부터 알던 요조의 채찍¹⁰² 얻어 기쁘지만　喜得朝鞭稱舊識

---

98 대려(帶礪) : 황하(黃河)가 띠 같이 되고 태산(泰山)이 숫돌 같이 되도록 변하지 않는다는 뜻.

99 수후(隨侯)의 구슬 : 수후(隨侯)가 다친 뱀을 치료해 주자 그 뱀이 밤중에 큰 구슬을 물고 와 은덕을 갚았다는 고사가 있다. 천하 지보(至寶)를 말한다.

100 영 땅의 노래 백설가(白雪歌) : 너무도 고상해서 따라 부르기 힘든 노래를 말한다. 춘추시대 초(楚)나라의 대중가요인 '하리(下里)'와 '파인(巴人)'은 수천 명이 따라 부르더니, 고상한 '백설(白雪)'과 '양춘(陽春)'의 노래는 너무 어려워서 겨우 수십 명밖에 따라 부르지 못하더라는 이야기가 송옥(宋玉)의 「대초왕문(對楚王問)」에 나온다. '영(郢)'은 초나라의 도읍.

101 제수(濟叟) : 무진년(1748)에 사행을 왔던 제암(濟庵) 이봉환(李鳳煥)을 가리킨다.

신성 울리는 진림의 격문[103]이라 감히 말하랴 　　敢言陳檄動新聲
만 리 너머로 시 보내며 힘들게 소식 물으니 　　郵筒萬里勞相問
관문에서 세속을 벗어난 정 깊이 알겠구나 　　深認關門出世情

자리 사이에서 현천 원군에게 주다
席間贈玄川元君

관수령(關脩齡)

듣자니 주현의 곡조 최신의 것이라는데 　　聞說朱絃調最新
연주하고서 화답 노래 부를 사람을 묻는다 　　彈來爲問和歌人
강성의 객은 한식을 만난 지가 한참이라 　　江城客久逢寒食
산 역정엔 꽃 만발해 저무는 봄 마주했네 　　山驛花深對暮春
자리에서 지은 시편 재주 절로 뛰어나 　　坐上詞篇才自長
하늘가의 환한 우호 뜻이 서로 가깝다오 　　天涯明好意相親
해교[104]에 바람 안개 짙은 것을 어찌 상관하랴 　　何妨海嶠風煙遠
이날 시단의 모임은 신들린 듯하구나 　　此日騷壇會有神

---

102 요조의 채찍 : 바른 계책을 세울 어진 인재를 상징한다. 춘추시대 진(晉)나라 사회(士會)가 진(秦)나라에 망명했다가 진(晉)의 술수에 걸려 다시 진(晉)나라로 돌아가게 되었을 때, 요조(繞朝)가 말채찍을 선물로 주면서 "그대는 진(秦)나라에 사람이 없다고 하지 말라. 나는 그대 나라의 술수를 알고 있지만 내 계책이 쓰이지 않고 있을 따름이다."라고 말한 고사가 있다.
103 진림의 격문 : 뛰어난 글재주를 뜻한다. 후한(後漢) 때 광릉(廣陵) 사람인 진림(陳琳)은 처음에 하진(何進)의 주부(主簿)로 있다가 원소(袁紹)에게 가서 조조(曹操)의 죄상을 열거하는 격문을 썼는데, 원소가 패한 뒤 조조가 그의 재능을 아껴 기실(記室)로 삼았다.
104 해교(海嶠) : 바다에 임하고 산이 많은 섬.

송창에게 다시 화답하다
再和松窓

원중거(元重擧)

용궁의 옛 일 문득 다시 새로워	舊事龍宮忽更新
설옹의 풍채를 동쪽 사람에게 전하네	雪翁風彩寄東人
의표는 잔치 열린 날에 홀로 빛나고	儀標獨映開筵日
즐거운 웃음으로 자리 가득 봄이 머무네	歡笑因留滿座春
덕을 아는 것 안평중의 사귐[105] 이어받았고	知德早承平仲契
재주 사랑하는 것 이응의 친근함 터득하였네	愛才還得李膺親
싱겁고 짠 것 채색과 백색이 모두 특별하니	淡醎采白皆殊用
천하의 교제에 마음 담겨 있음을 알겠구나	始識寰中交有神

석상에서 퇴석 김군에게 주다
席上贈退石金君

관수령(關脩齡)

서기가 사뿐히 날아 바다 북쪽에서 오니	書記翩翩海北來
버들개지 날리는 만 리에 기운이 씩씩하다	飛楊萬里氣雄哉
매숙[106]이 파도를 보던 홍취라 함께 부르며	共稱枚叔觀濤興

---

105 안평중의 사귐 : 공자(孔子)가 이르기를, "안평중(晏平仲)은 사람들과 잘 사귀도다.
오래도록 서로 공경하는구나.[晏平仲善與人交, 久而敬之.]"라고 하였다.
106 매숙(枚叔) : 한 경제(漢景帝) 때 회음(淮陰) 사람인 매승(枚乘)을 가리킨다. 그가
지은 「칠발(七發)」 내용 중에 광릉(廣陵)의 곡강(曲江)에 가서 파도를 구경하는 대목이
있는데, 파도에 대한 묘사가 매우 풍부하다.

진림이 격서 초안한 재주라 또 말하네 也說陳琳草檄才

갑 속의 구슬은 밝은 달을 맞아 움직이고 匣裡珠迎明月動

주머니 속의 시는 낙화를 대하며 피어난다 囊中賦對落花開

두 나라 강산에 막혀 있음을 미리 근심하니 預愁兩地江山隔

만날 수 없음에 술잔만 잡고 있네 不得相逢把酒杯

송창에게 다시 화답하다
再和松窓

김인겸(金仁謙)

장풍 부는 자라 등[107] 익조[108]를 타고 와서 鰲背長風駕鷁來

석목진의 안개와 달에 흥이 유유하구나 析津烟月興悠哉

썩은 선비라 본디 청하[109]의 기운 부족하였고 腐儒素乏靑霞氣

백발의 노인 원래 백설가 짓는 재주 없다네 華髮元非白雪才

매화 아래서 고향 그리움에 홀로 앉았다가 梅下鄉愁悲獨坐

등불 앞 시회를 기쁨으로 함께 여네 燈前詩會喜同開

화국과 삼한이 동서에 멀다 말하지 말라 和韓莫道東西遠

창해를 나는 오늘 한잔 술로 보노라 滄海吾今視一杯

---

107 자라 등 : 바다 가운데 있는 섬을 말한다. 옛날 발해(渤海) 동쪽의 다섯 산이 파도에
떠밀리자 상제가 다섯 마리의 자라로 히여금 이를 떠받치게 했다는 전설이 선해온다.

108 익조(鷁鳥) : 물새의 일종으로 해오라기 비슷하나 크며, 깃은 흰색이고 바람에 잘
견딘다. 순조로운 항해를 위해 뱃머리에 익조를 그린 배를 지칭하기도 한다.

109 청하(靑霞) : 뜻이 높다는 말. 강엄(江淹)의 「한부(恨賦)」에 "청하의 기특한 뜻이 꽉
찼네.[鬱靑霞之奇意]"라는 말이 있다.

추월 남군에게 주며 아울러 유자상[110]에게 보이다
贈秋月南君 兼示柳子相

관수령(關脩齡)

춘풍에 사행을 잘 온 것이 기쁘니	春風喜好使
언덕과 습지를 끼고 가는 수레	原隰擁征軺
시객이 붓을 지니고 나오니	騷客含毫出
유신은 옥을 들고 조회하네	儒臣執玉朝
정을 나눔에 밝은 달 멀리 있고	交情明月遠
귀로에는 흰 구름이 아득하구나	歸路白雲遙
신선 노인 요즈음 무탈하신지	仙叟今無恙
그대 통해 바다물결로 소식 부치네	因君寄海潮

송창에게 화답하다
和松窓

남옥(南玉)

새벽에 임금 조서 담은 보자기 펼치고	曉啓天書袱
봄에 돌아가는 사신의 수레	春歸使者軺
생황과 비파의 잔치에 예의가 이뤄지고	禮成笙瑟讌
성명의 조정에 복명을 하네	命復聖明朝
대마[111]는 빠른 바람에 울고	代馬嘶風疾

---

110 유자상(柳子相) : 자상(子相)은 취설(醉雪) 유후(柳逅)의 자(字).
111 대마(代馬) : 중국 대군(代郡)에서 나는 명마.

변방의 기러기 먼 달을 끌어오는데 　　　邊鴻引月遙
다정한 관윤자[112]는 　　　多情關尹子
슬픈 마음에 텅 빈 물결 바라본다 　　　惆悵望空潮

취설의 시에 제하여 송창에게 주다
題醉雪詩 贈松窓

성대중(成大中)

끊어진 구름 쌓인 눈 여기는 동쪽의 성 　　　斷雲殘雪是東城
해 뜨니 명추[113]가 떠나는 길 재촉한다 　　　日出鳴騶催去程
내 머리카락 성기고 시는 더욱 괴로워 　　　余髮蕭蕭詩更苦
차가운 매화 아래 정을 이기지 못하겠네 　　　寒梅花下不勝情

유자상의 시에 차운하여 용연 성군에게 화답하다
次柳子相韻 酬龍淵成君

관수령(關脩齡)

복숭아꽃 오얏꽃에 봄이 깊은 바닷가 성 　　　桃李春深海上城
풍진 속 여행은 다시 귀로에 올랐네 　　　風塵行役復歸程

---

112 관윤자(關尹子) : 전국시대 진(秦)나라 윤희(尹喜)를 말하는데, 그가 함곡관 윤(函谷
關尹)을 지냈기 때문에 관령이라고 칭한 것이다. 윤희는 일찍이 노자(老子)와 교유(交
遊)하였는데, 『관윤자(關尹子)』를 그가 저술하였다고도 한다.

113 명추(鳴騶) : 귀인(貴人)의 수레 앞에서 잡인(雜人)의 통행을 소리쳐서 금하는 기졸
(騎卒)을 말한다.

고향에서 신선 노인이 물어보거든   故園若遇仙翁問

한묵[114]에 이별의 정 남겨두었다 하시오   翰墨長留別後情

관군의 부채에 쓰다
題關君長扇

남옥(南玉)

소나무 창의 달을 홀로 마주하며   獨對松窓月

멀리 취설옹을 생각하네   遙思醉雪翁

하늘 끝에 있는 지기의 이름자   天涯知己字

북으로 가는 기러기에게 써서 보내네   題送北歸鴻

추월 남군이 부채에 제하여 주신 것에 보답하다
酬秋月南君題扇見貽

관수령(關脩齡)

취옹에게 오랜 사귄 친구 있으니   醉翁存舊識

그대가 마침 지음이구려   君適是知音

헤어진 후 맑은 가을 달에   別後淸秋月

함께 내걸린 천리의 마음   並懸千里心

---

114 한묵(翰墨) : 붓과 먹. 시문(詩文)이나 서화(書畫)를 이른다.

저의 성은 중촌(中村)이고 이름은 홍도(弘道)입니다. 자는 후재(厚載)이고 호는 학시(鶴市)입니다. 찬기(讃岐) 사람이고 임 좨주의 문인이며, 찬기후(讃岐侯)의 유신(儒臣)입니다.

중촌홍도(中村弘道)가 재배(再拜)합니다.

제술관 남추월에게 주다
贈製述官南秋月

중촌홍도(中村弘道)

기자 땅의 재주와 학식 예부터 들어왔으니	箕封才學昔曾聞
오늘 좋은 인연으로 처음 그대를 보았구려	今日良緣始見君
사신 수레는 가을에 한양의 달과 작별했는데	華蓋秋辭漢陽月
그림 깃발 봄날에 해동의 구름을 비추네	畫旗春映海東雲
모여든 별 이곳에서 겨우 서로 만났지만	聚星此處纔相遇
풍마우[115]는 예로부터 무리를 이룰 수 없다네	風馬由來不作群
탁자를 나란히 하니 말 다른 게 무슨 문제랴	連榻何妨言語異
두 나라 시 쓰는 붓은 본래 같은 글을 쓰니	兩邦詞筆本同文

---

115 풍마우 : '풍마우불상급(風馬牛不相及)', 즉 멀리 떨어져 있어 구애하는 마소가 서로 만나지 못함. 서로 아무 관계가 없음을 비유한다.

중촌학시에게 화답하다
和中村鶴市

남옥(南玉)

처마 빗소리 성글고 숲의 새 울음 들리는데	檐雨踈踈林鳥聞
상방의 맑은 경쇠소리 제군을 끌어당기네	上方淸磬引諸君
나그네 수심에 일곱 번 차고 기우는 달 보았고	羈愁七過虧盈月
교분 맺어 모이고 흩어지는 구름 함께 본다	交誼雙看聚散雲
바람 속 꽃술은 동서 어디에 꽃받침이 있나	風蕊東西那有蔕
저녁 기러기 서너 마리 무리 이루지 못했네	暮鴻三四不成群
이별 후에 응당 그리워하는 곳에선	惟應別後相思處
기성과 두성[116]의 별빛이 밤마다 빛나리라	箕斗星芒夜夜文

앞의 운을 써서 다시 추월에게 주다
用前韻 再贈秋月

중촌홍도(中村弘道)

풍류와 유아함은 전에 들었던 것보다 나으니	風流儒雅勝前聞
영준한 이 그 누가 그대와 나란하겠나	英俊誰人得並君
앉아 있으니 억새풀이 옥수에 기댄 것 같고	坐似蒹葭依玉樹
바라보니 난새와 학 신선 구름 타고 온 듯	望如鸞鶴下仙雲
말의 근원 호탕해 참으로 적수가 없고	詞源浩蕩眞無敵
예모는 유유자적 절로 무리에서 빼어나다	禮貌逍遙自出群

---

116 기성(箕星)과 두성(斗星) : 각각 남쪽과 북쪽에 있는 별의 이름.

기자 나라에 성인의 교화 남아 있으니 　　更識箕邦存聖化
팔조[117]가 유문에만 보이는 것 아닐세 　　八條不啻見遺文

학시에게 거듭 화답하다
疊和鶴市

남옥(南玉)

솔가지 끝 남은 물방울 갠 후에도 듣는데 　　松梢殘滴霽猶聞
치자 꽃 향기 맑아 몇 분에게 보여주네 　　舊薔香清見數君
해상의 진선은 선악에 어긋났는데[118] 　　海上眞仙違羨偓
강동의 재사들은 기운[119]을 얻었네 　　江東才士得機雲
어산[120]의 범패 소리에 새는 서로 마주하고 　　魚山梵裏禽相對
봉곡의 문 앞에는 학이 무리 짓지 않는다 　　鳳谷門前鶴不群
헤어지고 나면 삼성과 상성처럼 멀어질 텐데 　　一別參商還似舊
위수의 봄 나무 문장 논하는 너머에 있네[121] 　　渭天春樹隔論文

---

117 팔조(八條) : 고조선 사회에서 시행된 8조목의 법금(法禁). 살인자는 사형에 처하고,
　　상해(傷害)한 자는 곡식으로 갚고, 도둑질한 자는 그 집의 노비로 삼는다는 것 등의
　　3조목만 전한다. 기자(箕子)가 베푼 것이라고 전해져 왔으나 이론이 있다.
118 선악에 어긋났는데 : '악(偓)'은 옛날 신선의 이름인 '악전(偓佺)'을 가리키는 듯하다.
　　'선(羨)'은 부러워한다는 뜻이니, '위선악(違羨偓)'은 결국 참된 신선이 되지 못했음을
　　말하는 것으로 보인다.
119 기운(機雲) : 진(晉)나라의 저명한 문학가인 육기(陸機)와 육운(陸雲) 형제를 말한다.
　　그들이 함께 낙양(洛陽)에 들어가서 사공(司空)으로 있던 장화(張華)를 찾아가자, 장화
　　가 한 번 보고는 기특하게 여겨 명사(名士)로 대접하면서 제공(諸公)에게 천거했던 고사
　　가 있다.
120 어산(魚山) : 지명인데, 어산(漁山)이라고도 한다. 위(魏)나라 조식(曹植)이 이곳에
　　있으면서 비로소 범패(梵唄)를 제작하였으므로 이 때문에 범패를 어범(漁梵)이라 한다.

서기 성용연에게 주다
贈書記成龍淵

중촌홍도(中村弘道)

객은 서쪽에서 만 리의 길 떠나　　客自西方萬里程

꽃 피고 새 우는 이월 강성에 들어왔네　　鶯花二月入江城

서복이 찾던 신선의 길 멀리 지나왔으니　　遙經徐福求仙路

장건에게 사신의 이름 양보할 수 있겠는가　　肯讓張騫奉使名

원래부터 선린을 국보라 칭하였으니　　元是善鄰稱國寶

국경을 나와 시맹을 맺는 것 나쁘지 않으리　　不妨出境結詩盟

멀리 유람 왔으니 시낭 속의 시 어찌 적으랴　　遠游豈乏囊中草

시편마다 나그네 마음 담았음을 알겠구나　　定識篇篇裁旅情

중촌학시에게 차운하다
次中村鶴市

성대중(成大中)

커다란 구름 높은 곳에 사신 행차 열리니　　鵬雲高處啓王程

봄날 천자의 깃발 바닷가 성에 닿았네　　春日旌旄海上城

봉곡의 문생 중엔 아는 얼굴 많은데　　鳳谷門生多識面

121 위수의……너머에 있네 : 위천(渭天)은 위수(渭水)를 지칭한다. 두보(杜甫)의 「춘일억이백(春日憶李白)」 시에, "위수 북쪽엔 봄날의 숲이요, 강 동쪽엔 해 저문 구름이로다. 언제나 한 동이 술로 서로 만나서, 거듭 함께 글을 자세히 논해 볼꼬.[渭北春天樹, 江東日暮雲. 何時一樽酒, 重與細論文.]"한 데서 온 말로, 멀리 있는 다정한 친구를 그리워하는 것을 의미한다.

학정이라는 재자는 처음 알게 되었구려　　　　　鶴汀才子始知名
선루에서 저물녘에 의상의 모임[122] 소식 듣고　　禪樓晚聞衣裳會
시단에서 처음으로 굳건한 맹세를 하네　　　　　詩壇初成武建盟
헤어진 후 서쪽 물가로 가면 소식 끊길 테니　　一別西洲消息斷
강의 꽃 위수의 버들에 그냥 마음 끌린다　　　江花渭柳謾牽情

앞의 운을 써서 용연에게 다시 주다
用前韻 再贈龍淵

중촌홍도(中村弘道)

사신은 어찌하여 돌아가는 일정 헤아리는가　　　詞臣何事計歸程
동쪽의 무성 푸른 버들 아래서 맹세를 하네　　柳翠花盟東武城
건필이 병도 치료할 수 있음을 벌써 알았는데　　已識健毫能愈病
아름다운 시구로 명성 독차지함을 또 들었네　　又聞佳句獨專名
보배 같은 이웃 와서 선대의 우호를 잇고　　　寶鄰來續先君好
문원에서 여러 사람의 맹세를 함께 찾는다　　文苑同尋諸子盟
이별 후엔 사귀었던 기쁨 천리 밖에 있으리니　別後交歡隔千里
다시 날아가는 꿈 의지해 남은 정 다하겠지　更憑飛夢竭餘情

---

122 의상의 모임 : 나라와 나라 사이에 예로서 친교를 맺는 모임.

학시에게 거듭 화답하다
重和鶴市

성대중(成大中)

물과 육지에서 만 리의 여정 재촉하는데	水陸相催萬里程
늦봄의 바람과 비에 강성이 어둑하다	晚春風雨暗江城
서화는 참으로 무익하다는 것 근래에 알았는데	近知書畫眞無益
시문으로 일찍이 이름난 것 대단히 부끄럽구려	多愧詩文早有名
검은 제비 날아서 가니 반드시 짝이 되겠고	玄燕歸飛須作伴
갈매기 한가롭게 내려오니 동맹을 맺으리라	白鷗閑落與同盟
구고[123]의 신선이 기쁘게 객을 맞아주니	九皐仙侶欣迎客
임씨 집안의 자제들 정이 있음을 알겠네	當識林家子養情

서기 원현천에게 주다
贈書記元玄川

중촌홍도(中村弘道)

사신은 멀리 한강의 가을과 작별하고	星使遙辭漢水秋
부산의 밝은 달이 신선 배를 전송했네	釜山明月送仙舟
길은 아홉 나라를 지나 붕새 구름 곁에 닿고	路過九國鵬雲際
하늘 끝 두 나라 사이 고래 바다 흐른다	天限兩邦鯨海流
곳곳의 안개 낀 꽃은 이방인을 상심케 하고	隨地烟花傷異客

---

123 구고(九皐) : 깊숙한 못. 『시경』「소아(小雅)」'학명(鶴鳴)'에, "학이 구고에서 울매
소리가 하늘에 들린다.[鶴鳴于九皐, ~ 聲聞于野.]"라는 구절이 있다.

망향의 시부 오르는 누대에 가득하네 望鄉詩賦滿登樓

이번 행차 우호를 통하러 온 것뿐이 아니요 此行不但來通好

풍속을 살핀 계자[124]의 유람 같기도 하다네 亦似觀風季子游

학시에게 화답하다

和鶴市

원중거(元重擧)

서왕[125]의 바다 빛깔 천추에 바랬는데 徐王海色老千秋

학 너머의 봄바람이 객의 배를 전송하네 鶴外春風送客舟

일월의 빛 솟아 나온 삼신산을 침노하고 日月光侵三島出

산하의 그림자 육오[126]의 물결 속에 들어왔네 山河影入六鰲流

사방에 있는 귤과 유자 안개 속 나무요 披離橘柚烟中樹

뒤섞여 있는 금과 은 물 위의 누각이라 錯落金銀水上樓

고명한 벗이 헤어지는 날 찾아오심에 감사하니 多謝高朋分日訪

숲에 내린 성긴 비가 유람을 맑게 하네 半林踈雨辨清游

---

124 계자(季子) : 춘추시대 오(吳)나라 사람인 계찰(季札). 예악(禮樂)에 밝아 노(魯)나라
로 사신 가서 주(周)나라 음악을 듣고 열국(列國)의 치란흥쇠(治亂興衰)를 알았다고 한다.

125 서왕(徐王) : 진시황(秦始皇)의 명을 받고 신선의 땅을 찾아 동쪽으로 떠났던 서불(徐
市)을 가리킨다.

126 육오(六鰲) : 바다 속에서 삼신산(三神山)을 머리로 이고 있다는 여섯 마리 자라를
가리킨다. 용백국(龍伯國)에 거인이 있는데 한 번의 낚시로 바다 속에 있다는 큰 자라
여섯 마리를 한꺼번에 낚았다고 한다.

앞의 운을 써서 현천에게 다시 주다
用前韻 再贈玄川

중촌홍도(中村弘道)

나그네 폐백을 싣고 맑은 가을에 떠났는데	行人載幣發淸秋
동해의 봄이 채익주를 머물게 하네	東海春留彩鷁舟
조선 땅의 사신 뛰어난 사람 많아	鮮土詞臣多俊逸
업성의 재자들 풍류를 숨기는구나	鄴都才子避風流
두 나라가 닦은 신의 천년을 기약했고	兩邦修信期千歲
만 리에 맺은 교분 한 누각에서 함께하네	萬里論交共一樓
다행히 귀한 시 받았으니 영원한 우호 될 터	幸荷瓊瑤永爲好
헤어진 뒤 읊으면서 함께 놀았던 일 기억하리	吟來別後憶同遊

학시에게 거듭 화답하다
重和鶴市

원중거(元重擧)

사신들이 물었던 일 춘추에 기록되었으니	皇華咨度記春秋
국토 편안히 한 공은 한강 건넌 배에 있으리	靖土功歸濟漢舟
호저[127]의 정에 아름다운 나무 사랑스러우니	縞紵之情嘉樹愛
황하는 띠처럼 흐를 때까지 다하지 않으리라	黃河不盡帶如流
봄바람에 옥절을 든 조선의 사신	春風玉節朝鮮使

---

127 호저(縞紵) : 생사(生絲)로 만든 띠와 모시옷. 우정이 매우 깊음의 비유. 오(吳)의
계찰(季札)과 정(鄭)의 자산(子産)이 흰 비단 띠와 모시옷을 주고받은 고사.

이월의 매화 아래 실상[128]의 누대로다　　　二月梅花實相樓

어찌하여 동방에는 번다한 절목이 많아　　　何事東方多瑣節

사람들 신선의 길에서 놀지 못하게 하는가　　不敎人作紫街遊

서기 김퇴석에게 주다
贈書記金退石

중촌홍도(中村弘道)

만 리의 안개 낀 파도 나그네 길 먼데　　　　萬里烟濤客路賒

봉래도에 다 왔나 신선 노을을 묻는구나　　　擬窮蓬島問仙霞

하늘가에서 이미 봄의 기러기 보냈는데　　　天涯已送三春雁

바닷가에 아직도 팔월의 뗏목 머물고 있네　　海畔猶留八月槎

긴 여정 헤아리며 납설[129]을 기약했을 터　　預計長程期臘雪

매화 이후의 즐거운 모임 어찌 생각했으랴　　豈圖嘉會後梅花

선린의 우호 닦으며 나라의 은혜 보답하니　　來修鄰好堪酬國

타향에서 세월에 늙어간다 말하지 마시기를　　莫道他鄕老歲華

---

128 실상(實相) : 불가(佛家)의 용어로, 생멸(生滅) 무상(無常)의 상(相)을 떠난 만유제법
　　(萬有諸法)의 진상(眞相), 즉 본체(本體)를 말한다.

129 납설(臘雪) : 동지 후 입춘 전에 내리는 눈.

학시가 준 시에 차운하다
次鶴市見贈韻

김인겸(金仁謙)

붕새의 길 멀고멀어 일하에 아득한데	鵬路迢迢日下賒
연잎 옷 입고 와 적성[130]의 노을을 스친다	荷衫來拂赤城霞
영가대[131] 밖에서 자주 달을 쳐다보고	永嘉臺外頻瞻月
대판의 강 앞에 오랫동안 배를 매어두었네	大坂江前久繫槎
신선의 비결 봉래산 약초에 창연하고	仙訣蒼茫蓬島藥
나그네는 수심 겨워 무주의 꽃에 팔이 빠질 듯[132]	羈愁腕脫武州花
그대를 보니 나이도 어린데 시재가 민첩해	見君年少詩才捷
삼한 사람 귀밑머리 샌 것을 비웃지 마시게	莫笑韓人兩鬢華

앞의 운을 써서 퇴석에게 다시 주다
用前韻 再贈退石

중촌홍도(中村弘道)

꽃다운 이웃 가는 길 멀지 않다고 누가 말했나	誰道芳鄰路不賒
군복과 수레가 안개 노을에 물들었네	征袍飛蓋染烟霞
몸 방어하느라 항상 충성검[133]을 차고 있고	防身常帶衝星劍

---

130 적성(赤城) : 제왕의 궁성, 또는 전설 속의 선경(仙境)을 가리킨다.

131 영가대(永嘉臺) : 부산광역시 동구 범일동에 있는 조선 후기 통신사가 해신제를 지내
던 누각.

132 팔이 빠질 듯 : 일본 땅에서 봄을 맞아 꽃을 보며 계속해서 시를 쓰니 팔이 빠질 것
같다는 말이다.

임금의 은혜 보답코자 은하수 가는 배를 따르네	報主遙隨凌漢槎
이미 주머니 안에 조승주[134] 가지고 있는데	已有橐中珠照乘
석상에서 생화필[135]을 또 보는구나	又看席上筆生花
그대 다시 고향으로 돌아갈 날을 생각하니	憶君還向鄕關日
고래 바다 건너면서 머리 다 희어지리라	纔渡鯨洋頭盡華

학시에게 다시 화답하다
再和鶴市

김인겸(金仁謙)

창해 동쪽 머리에 달빛이 아득한데	滄海東頭月色賒
흥이 일어 부사산 노을만 마주하고 있네	興來惟對富山霞
아로 새긴 들보에 제비는 새 집 짓고	雕梁玄燕營新壘
절집의 붉은 매화 낡은 등걸에 붙어 있네	齋院紅梅着古槎
물가 스치는 기러기에 나그네 수심 더해지고	客裏愁添衝浦雁
낙양의 꽃에 꿈속의 봄이 저물어가니	夢中春晩洛陽花

---

133 충성검(衝星劍) : 오(吳)나라 때 북두성과 견우성 사이에 늘 보랏빛 기운이 감돌기에 장화(張華)가 예장(豫章)의 점성가(占星家) 뇌환(雷煥)에게 물었더니 보검의 빛이라 하였다. 이에 풍성(豊城) 감옥 터의 땅 속에서 춘추시대에 만들어진 전설적인 보검인 용천검과 태아검(太阿劍) 두 보검을 발굴했다고 한다.

134 조승주(照乘珠) : 『사기』「전경중완세가(田敬仲完世家)」에, "위왕(魏王)이 제왕(齊王)과 들에서 만나 사양하면서 말하기를, 과인(寡人)의 나라는 소국이지만 그래도 열두 채의 수레 앞뒤를 비추는 경촌(經寸)의 구슬이 열 개 있다."고 하였다.

135 생화필(生花筆) : 이백(李白)이 어렸을 때 붓대의 상단에 꽃이 피는 꿈을 꾸었다는 고사에서 온 말로, 문장을 창작하는 재능이 빼어남을 비유한다.

떠도는 인생에서 모이고 흩어지는 일 슬프다 　　浮生聚散堪怊悵
이것이 어찌 이국에서의 느낌일 뿐이랴 　　　豈獨殊方感物華

남추월을 송별하며
送別南秋月

　　　　　　　　　　　　　　　　중촌홍도(中村弘道)

서쪽 하늘 만 여리 　　　　　　　　西天萬餘里
귀로엔 바다 구름 깊구나 　　　　　歸路海雲深
어린 종놈 이방의 말을 외고 　　　　童僕諳方語
강산은 객의 노래에 들어왔네 　　　江山入客吟
지저귀는 새 이별의 한을 아는 듯 　鳴禽知別恨
수양버들은 나그네 마음 어지럽히네 　垂柳亂羈心
이 즐거움 이제부터 멀어지고 나면 　懽好自玆隔
꿈속의 혼 어디에서 찾을까 　　　　夢魂何處尋

중촌학시의 송별시에 거듭 화답하다
重和中村鶴市別詩

　　　　　　　　　　　　　　　　　남옥(南玉)

봄을 맞은 성 한식에 비 내리고 　　春城寒食雨
저녁의 절엔 떨어진 꽃잎 수북하다 　晩寺落花深
길은 외기러기 날아간 곳 가리키고 　路指孤鴻去

수심은 외론 학의 울음으로 이어지네	愁連一鶴吟
시를 짓는 것 천고의 일이나	詩篇千古事
헤어지고 나면 타향에서의 마음일 뿐	離別異鄕心
서로 그리워하는 뜻 알고자 한다면	欲識相思意
부용산 만 길의 푸르름을 보시오	芙蓉碧萬尋

성용연을 송별하며
送別成龍淵

중촌홍도(中村弘道)

멀고 먼 하늘 밖에서	迢遞雲霄外
부지런히 임금 은혜에 보답하는 몸	辛勤報主身
만나는 곳에서 꿈인가 의심했는데	逢場疑夢寐
갈림길은 삼신[136]처럼 아득하구나	岐路邈參辰
시 완성되니 나그네 비추는 달이요	詩就客中月
꽃잎 날리니 비온 후의 봄이라네	花飛雨後春
알겠구나 그대가 귀국하는 날이면	知君歸國日
명예로는 짝할 이 없으리란 것을	名譽自無鄰

---

136 삼신(參辰) : 서남방의 삼성(參星)과 동방의 상성(商星)을 말하는데, 동서(東西)로
등지고 있어 동시에 볼 수가 없다. 이 때문에 오래도록 만나지 못하거나 형제가 화목하지
못한 경우를 의미하게 되었다.

중촌학시에게 거듭 화답하다
重和中村鶴市

성대중(成大中)

넓고 아득한 삼신산의 꿈	浩渺三山夢
이리저리 떠도는 만 리의 몸이라	飄飆萬里身
구름 끝에서 고국을 바라보다가	雲端瞻故國
꽃 아래서 아름다운 날들을 사랑하네	花下愛芳辰
저녁 맑은 자리에 객이 남아서	留客淸筵夕
봄날 오래된 객관에서 시를 전한다	傳詩古舘春
마음 속 기약 간격이 없는 듯하니	襟期如不隔
이방 나라에서 금방 이웃 되었네	殊域便同隣

원현천을 송별하며
送別元玄川

중촌홍도(中村弘道)

이방 나라 천리까지 오신 손님	異邦千里客
벼루와 좌석을 잠시 서로 함께 하네	研席暫相同
우호를 닦은 것 오늘만의 일 아니요	修好非今日
지은 시에 고풍이 남아 있구나	賦詩存古風
사귐의 정은 원근이 없는데	交情無遠近
이별의 한이 동서로 떨어져 있네	離恨隔西東
이렇게 떠나간 후 고개를 돌려보면	此去試回首
북두성 사이에서 검의 기운 씩씩하리라	斗間劍氣雄

학시에게 거듭 화답하다
重和鶴市

원중거(元重擧)

산과 바다 멀리 있음을 근심하지 않으니	不愁山海遠
수레와 글이 오히려 같기 때문일세	猶得軌書同
높은 누대에서 보낸 날들 이야기가 길고	談永高樓日
큰 대나무에 이는 바람 시로 전하네	詩傳脩竹風
밝은 별 외론 달은 북쪽에 있고	明星孤月北
먼 바다 끊어진 구름 동쪽에 있네	遙海斷雲東
주옥같은 시구를 손 안에 넣었으니	收拾瓊瑤句
돌아가면 학시의 웅대함을 생각하리라	歸思鶴市雄

김퇴석을 송별하며
送別金退石

중촌홍도(中村弘道)

산과 바다의 길 천리요	山海程千里
고향은 하늘 한쪽 끝에 있네	鄉關天一涯
오실 때는 비와 눈 속에서 헤매더니만	來時迷雨雪
돌아가는 길엔 바람과 꽃이 가득하구나	歸路滿風花
나그네 생각 봄풀에 마음 상하고	羈思傷春草
행장에는 아침노을이 비치네	行裝映曙霞
앞으로 가는 길 서로 생각하는 그곳엔	前途相憶處
그저 흰 구름만 걸려 있으리	只有白雲遮

학시에게 세 번째로 화답하다
三和鶴市

김인겸(金仁謙)

마음은 하늘 북쪽 끝에 매달렸고	心懸天北極
마음은 바다 동쪽 가에 머물러 있네	身滯海東涯
지저귀는 새 소리에 잠에서 깨고	睡覺仍啼鳥
반쯤 진 꽃에 시가 완성되었다	詩成半落花
이별 수심에 들려오는 현포[137]의 학 울음소리	離愁玄圃鶴
귀향길 전대에는 적성의 노을 담아가네	歸橐赤城霞
언젠가 서로 그리워 꿈꿀 때면	他日相思夢
구름 산이 만 리를 가로막고 있겠지	雲山萬里遮

---

137 현포(玄圃) : 신선이 사는 곳으로 곤륜산(崑崙山) 꼭대기에 있다.

아름다운 그대들의 모습을 못 뵌 것이 벌써 사흘이나 되어 채갈(采葛)[138]의 그리움에 격탕된 마음이 먼지처럼 일어났는데, 하늘이 기이한 인연을 빌려주어 고상한 교분에 다시 흠뻑 젖을 수 있게 되니 실로 대단히 영광스럽고 다행한 일입니다.

충재(盅齋) 구보태형(久保泰亨)이 절합니다.

남 제술께 드리다
呈南製述

구보태형(久保泰亨)

멀리서 오신 손님 만났다 이렇게 헤어지니	遠客新知又此違
그대를 마주한 오늘 그리움이 사무치네	對君今日思依依
가장 무정한 건 하늘가의 기러기	無情最是天邊雁
가는 사람 재촉하며 북쪽으로 날아가네	鳴促歸人向北飛

충재에게 거듭 화답하다
重酬盅齋

남옥(南玉)

| 하루 동안 만났는데 하루 만에 헤어져 | 一日相逢一日違 |

---

138 채갈(采葛) :『시경』「왕풍(王風)」'채갈(采葛)'에 "하루라도 보지 않으면 삼추처럼 지루하네.[一日不見, 如三秋兮.]"라는 구절이 있는데, 정든 사람끼리 서로 그리는 마음을 노래한 것이다.

담박한 그대 모습 꿈속에서 아른거리겠지　　　冲然眉宇夢中依
선루 옆의 매화 꽃잎 천 조각　　　禪樓側畔梅千片
비바람 치는 하늘[139]에 태반이 날아갔네　　　風雨三霄太半飛

성 서기께 드리다
呈成書記

구보태형(久保泰亨)

경개[140]의 기쁨 나눴지만 정을 다하진 못했는데　　　傾蓋交歡未竭情
가는 길 재촉하는 거마의 소리 문득 들리네　　　忽聞車馬促歸程
가다가 한번 들어보시오 봄의 숲　　　行行試聽春林裏
꾀꼬리가 가지 끝에서 벗 구하는 소리를　　　黃鳥枝頭求友聲

충재에게 거듭 화답하다
重和盅齋

성대중(成大中)[141]

앞의 인연 끝나지 않아 한참 마음 두었는데　　　未了前緣久繫情
하늘에서 꽃비 내리니 시의 길 묻는구나　　　諸天花雨問詩程

---

139 하늘 : '삼소(三霄)'는 삼천(三天)과 같다. 도교에서 청미천(淸微天), 우여천(禹餘天), 대적천(大赤天)을 삼천이라고 하는데, 단지 높은 하늘을 뜻하기도 한다.
140 경개(傾蓋) : 수레의 일산을 마주 댄다는 뜻으로, 길에서 우연히 만나 수레를 가까이 대고 이야기를 나눔을 뜻한다. 여기서는 처음 만나 우의를 맺음을 이른다.
141 원문에는 작자가 기록되어 있지 않으나 성대중(成大中)의 시로 추측된다.

| 서호처사[142]와 함께 머물렀으니 | 西湖處士應同住 |
| 화답하는 시통 보내며 다시 소리 부친다 | 和送詩筒更寄聲 |

원 서기께 드리다
呈元書記

구보태형(久保泰亨)

홍려관을 자주 방문하는 것 싫지 않은데	莫厭鴻臚過訪頻
담소 나누다 헤어지면 삼상처럼 멀어지겠지	笑談一別隔參辰
동해에서의 그리움 밝은 달에 걸리고	相思東海懸明月
그 달빛 흘러 한양의 사람 비추리라	流照漢隔城裏人

충재에게 화답하다
和盅齋

원중거(元重擧)

선루의 한가한 날 만나는 것이 빈번한데	禪樓暇日接繁頻
한식이라 동풍 일고 가랑비 내리는 날일세	寒食東風細雨辰
먼 데서 온 객 마음속엔 다른 일 없어	遠客中情無一事
등불 앞에서 그저 자리에 있던 사람 생각하네	燈前空憶座間人

---

142 서호처사(西湖處士) : 북송의 임포(林逋)를 가리킨다. 자는 군복(君復). 서호의 고산(孤山)에 은거하여 20년 동안 성시(城市)에 발을 들여놓지 않았으며 행서와 시에 능하였는데 특히 매화시가 유명하다. 장가를 들지 않아 처자 없이 매화를 심고 학을 기르며 즐기니, 당시에 사람들이 '매처학자(梅妻鶴子)'라고 하였다.

김 서기께 드리다
呈金書記

구보태형(久保泰亨)

우연히 만나고 이별의 수심까지 얻으니	忽漫相逢兼別愁
이 마음 말하려 해도 답하기 어려움 한스럽다	寸心欲說恨難酬
청구 풍아는 그대 집안의 일이니	靑丘風雅君家事
언젠가 엮게 되면 이 원유 기억해주오	他日編修憶遠遊

충재가 준 시에 차운하다
次盅齋見贈韻

김인겸(金仁謙)

시회는 넉넉해도 수심은 끝나지 않아	詩會猶餘未了愁
글 짓는 자리 거듭 열고서 기쁘게 창수하네	重開文墨喜相酬
오늘에야 비로소 상봉[143]의 뜻 이루었으니	今來始遂桑蓬志
창해의 앞머리에서 장대한 유람 이뤄졌네	滄海前頭辨壯遊

---

143 상봉(桑蓬) : 뽕나무로 만든 활[桑弧]과 쑥대로 만든 화살[蓬矢]. 고대에 사내아이가
태어나면 뽕나무 활에 쑥대 화살을 메워서 천지 사방에 쏨으로써 장차 천하에 원대한
일을 할 것을 기대하였던 고사에서 유래한 말로, 천하를 경영하려는 남아의 큰 포부를
뜻한다.

추월에게 주며 이별의 정을 쓰다
贈秋月 敍離情

구보태형(久保泰亨)

안개 속의 꽃 삼월이라 좋은데	煙花三月好
이곳에서 이방의 손님을 보내네	此送異邦賓
해는 부상의 그림자를 비추고	日照扶桑影
하늘은 석목 나루에 낮게 깔렸다	天低析木津
봄 구름은 먼 길을 따라가고	春雲隨遠道
향기로운 풀 떠나는 사람을 원망하는데	芳艸怨離人
얼굴을 마주보는 오늘 밤만큼은	會面唯今夕
가슴속 생각을 다 말하기 어렵구나	襟懷難盡陳

용연에게 주며 이별의 정을 쓰다
贈龍淵 敍離情

구보태형(久保泰亨)

풍류 있는 삼한 땅의 손님	風流韓土客
그 글 짓는 아취 잠시 따라가 보네	文雅暫追攀
사람은 이역에서의 이별이 아쉬워	人惜殊方別
훗날 위해 얼굴을 시로 남겨두네	詩留他日顔
조각 돛 아득히 저 밖으로 가면	片帆縹緲外
삼신산은 보일 듯 말 듯 하리니	三島有無間
이별의 한은 물결을 따라가며	離恨隨潮水
부산까지 그대를 보내리라	送君到釜山

현천에게 주며 이별의 정을 쓰다
贈玄川 敍離情

구보태형(久保泰亨)

맞이한 지 며칠 되지도 않았는데	相迎無幾日
돌아가는 손님 앞길의 여정 헤아리네	歸客計前程
산에 쌓인 눈 언젠가 꿈에 나올 테고	嶽雪他年夢
바다의 구름은 고국을 그리는 정일세	海雲故國情
새벽 기러기 가다가 다시 끊어지고	曉鴻行又斷
봄풀은 초록빛만 돋아날 뿐	春草綠徒生
한번 헤어지면 소식 없으리니	一別音塵闕
각자의 하늘에서 밝은 달 함께하겠지	各天共月明

퇴석에게 주며 이별의 정을 쓰다
贈退石 敍離情

구보태형(久保泰亨)

사신은 모두 뛰어난 이 뽑았고	行人皆妙選
빈객의 시종 또한 재주 많은 사람들일세	賓從亦多才
붓을 휘두르니 용과 뱀이 달리는 듯	揮筆龍蛇走
시를 지으니 비단실로 수놓은 듯	賦詩錦繡裁
새로 알게 된 이와 종일토록 잔치하고	新知終日宴
긴 여로를 한 해 지나 돌아가네	長路隔年回
묻노니 요동의 학은	借問遼東鶴
어느 때 다시 이곳에 오는가	何時復此來

충재에게 거듭 화답하다
重和盅齋

남옥(南玉)

고향 생각하며 장석[144]처럼 읊었는데	懷土吟莊舃
누대에 올라 동빈[145]을 알게 되었네	登樓識洞賓
말은 상령의 잔도에서 시름하고	馬愁箱嶺棧
돛은 낭강의 나루에 머무르겠지	帆滯浪江津
가랑비에 꽃은 나무를 작별하고	細雨花辭樹
긴 구름에 기러기는 사람을 등진다	長雲雁背人
새로 사귄 이와 슬프게 헤어져야 하니	新知悲契濶
애상의 노래 이별 자리에서 부르노라	哀曲別筵陳

충재에게 거듭 화답하다
重和盅齋

성대중(成大中)

좨주께서 함장[146]을 여시니	祭酒開函丈
용문이 그대 오르는 걸 허락했구려	龍門許爾攀
영명함은 호연지기와 통하고	靈明通浩氣
문채가 기름진 얼굴 위에 흐르네	藻采上腴顔

---

144 장석(莊舃) : 전국시대 월(越)나라 사람 장석이 초(楚)나라에서 벼슬하다가 병이 들자 자기도 모르는 사이에 무의식적으로 월나라 노랫가락을 읊조렸다고 한다.

145 동빈(洞賓) : 여동빈(呂洞賓). 중국 신화에 나오는 팔선(八仙)의 하나로, 이름은 암(巖), 호는 순양자(純陽子), 자는 동빈(洞賓).

146 함장(函丈) : 학문을 강론하는 자리.

시서 속에서 솜씨 빌리고	藉手詩書裏
붓과 벼루 사이에서 잠심하였더니	潛心筆硯間
우연히 부평초처럼 만나	偶然萍水會
비 내리는 산에서 서로 마주하였네	相對雨中山

충재에게 거듭 화답하다
重和盅齋

원중거(元重擧)

방초 흐드러진 소나무 사이의 역	芳艸松間驛
외론 구름 떠 있는 해상의 길	孤雲海上程
산하에는 말의 발자취 남아 있는데	山河留馬跡
연기 낀 나무에 나그네 정 부친다	烟樹寄人情
진나라는 하성 잘하는 것[147] 이미 알았는데	已識秦能夏
노나라에 노생[148] 있음에 다시 놀라네	還驚魯有生
직방[149]이 외국의 일 책으로 엮는다면	職方編外國
풍속을 분명하게 기록하리라	風俗記分明

---

147 진나라는 하성 잘하는 것 : 『춘추좌씨전(春秋左氏傳)』 양공(襄公) 29년 조를 보면, 계찰이 진(秦)나라의 노래를 듣고 말하기를, "이것을 하성(夏聲)이라고 하니, 이 하성을 잘하면 크게 된다.[此之謂夏聲, 夫能夏則大.]"라고 하였다.

148 노생(魯生) : 전국시대 제(齊)나라의 노중련(魯仲連)을 말한다. 연(燕)나라 장수가 요성(聊城)을 점거하여 제나라가 일 년 동안 공격을 하고도 함락시키지 못하자, 중련이 연나라 장수에게 글을 보내 결국 항복을 받았다. 제나라 왕이 그에게 벼슬을 주려고 하니 동해의 해변으로 도망가 숨었다 한다.

149 직방(職方) : 벼슬 이름. 구주(九州)의 지도(地圖)를 관장하고 사방에서 들어오는 공물을 다루었다.

충재에게 다시 화답하다
再和盅齋

김인겸(金仁謙)

봉곡 노인 강학의 자리[150] 여니	鳳老緇帷闢
강주의 뛰어난 재사들이 모여들었네	江州集妙才
시단은 삼신산에 우뚝 솟아 있고	騷坫三島聳
비단 시 주머니 직녀[151]가 짠 것일세	錦囊七襄裁
머무는 객 꽃 앞에서 이야기하는데	留客花前話
지어진 시 빗속에서 돌아오네	題詩雨裏回
선루에는 시 빚이 아직도 남아 있건만	禪樓餘債在
내일 혹시 또 오려나	明日倘重來

앞의 이어진 화답시 네 수는 25일에 보내온 것이다.

150 강학의 자리 : '치유(緇帷)'는 강학(講學)하는 곳을 말한다. 공자가 제자들과 강학했던 행단(杏壇)에 나무만 울창하게 우거졌던 일에서 유래하였다. 『장자(莊子)』에 "공자가 치유(緇帷)의 숲 속에서 노닐며 행단(杏壇) 위에 앉아서 휴식을 취했나니, 제자들은 글을 읽고 공자는 거문고를 타며 노래를 불렀다."고 하였다.
151 직녀 : '칠양(七襄)'은 직녀성(織女星)이 낮 동안에 일곱 차례 자리를 옮기는 것을 이른다. 직녀성 자체를 가리키기도 한다.

저의 성은 반전(飯田)이고 이름은 량(良)입니다. 자는 군정(君貞)이고 호는 운대(雲臺)이며 별호는 죽동(竹洞)입니다. 무장(武藏) 사람이고 임 쫴주의 문인이며, 언근후(彦根侯)의 문학(文學)으로 임용되었습니다. 반전량(飯田良)이 재배(再拜)합니다.

학사 남공께 받들어 드리다
奉呈學士南公

반전량(飯田良)

태산북두의 아름다운 명성 원래부터 자자했는데	山斗芳聲元自聞
하늘에 닿은 깃발 바다 안개 가르고 왔네	接天旌旆海烟分
태양 아래 금빛 안장은 부용산을 비추고	金鞍日映芙蓉色
봄날 화려한 객관엔 비단에 수놓은 펼쳐졌네	華館春開錦繡文
몸은 조정에 있으면서 옥서[152]에 임하였고	身在中朝臨玉署
이름은 이역까지 이어져 청운으로 들어왔네	名連異域入靑雲
하물며 관원들 만나 훌륭한 우호 맺음에랴	況逢冠帶修嘉好
풍채 당당하니 더욱 불군의 모습일세	風采堂堂更不群

---

152 옥서(玉署) : 홍문관의 별칭.

반전운대에게 화답하다
和飯田雲臺

남옥(南玉)

사람 인 자 모양의 땅 예부터 익히 들어오니	人字封疆愜舊聞
동남으로 긴 폭이 하늘의 경계 나누었네	東南長幅界天分
고을은 처마의 그림 속에 있던 들이 아니요	州非軒畫之中野
경적에는 진회[153] 밖의 문장이 있구나	經有秦爐以外文
금과 은 나오는 산에는 야기가 등등하고	山出金銀騰夜氣
상어와 이무기 곁의 누각엔 봄 구름 덮여 있다	樓臨鮫蜃覆春雲
백년 만에 자못 영명한 길 터놓으니	百年頗闢靈明竅
임씨의 서생들 또 한 무리 이루었네	林氏書生又一群

찰방 성군께 받들어 드리다
奉呈察訪成君

반전량(飯田良)

천리 길 떠난 비단 돛 파도에 비치고	錦帆千里照波濤
펄펄 나는 서기는 봉황의 깃털[154] 지녔네	書記翩翩彩鳳毛
양국의 풍류로 잠시 수레 지붕 기울이고	兩地風流暫傾蓋
봄날의 풍경을 이에 붓으로 그린다	三春景象此揮毫
꽃 보고 흥이 나서 시편들이 나오지만	對花高興詞篇出

---

153 진회(秦灰) : 진시황이 책을 불태운 일.
154 봉황의 깃털 : 뛰어난 풍채와 문재를 비유한 말이다.

나그네의 궁한 근심 꿈마저 수고롭게 하는데   爲客窮愁夢寐勞
부평초처럼 만나 동해 가에서 우의를 맺으니   萍梗論交東海上
그대로 인해 오늘 재주와 호방함을 보네   因君今日見才豪

반전운대에게 화답하다
和飯田雲臺

성대중(成大中)

홍련막[155] 안에 가을 물결 깊숙이 담겨 있는데   紅蓮幕裡閟秋濤
대충 쓴 필적 탈영[156]의 솜씨에 몹시도 부끄럽다   漫跡多慚脫穎毛
창해에 행장 꾸려 채익주 타고 와서   滄海行裝浮彩鷁
별천지의 교제 반백의 머리로 감당하네   別天交際賴斑毫
송죽이 있는 옛 절 공연히 꿈에도 나타나   松篁故社空牽夢
꽃나무 속 선방에서 한참동안 쉬었네   花木禪房久息勞
운대에서 봄잠이 넉넉하다는 말 들었으니   見說雲臺春睡足
동창에서 백순[157]의 호방함을 배워야 하리   東窓須學伯淳豪

---

155 홍련막(紅蓮幕) : 막부(幕府)의 미칭(美稱). 남제(南齊) 때의 장군 왕검(王儉)이 유
   고지(庾杲之)를 위장 장사(衛將長史)로 등용하자, 소면(蕭緬)이 유고지의 인품을 찬미
   하여 '푸른 물 위의 연꽃[綠水芙蓉]' 같다고 하였다. 이는 당시 사람들이 왕검의 막부를
   일러 '연화지(蓮花池)'라고 했기 때문이다.
156 탈영(脫穎) : 주머니 안의 송곳 끝이 밖으로 나온다는 뜻으로 재능을 충분히 드러냄을
   비유한다. 『사기』 「평원군전(平原君傳)」에, "저[毛遂]를 일찌감치 주머니 속에 넣어주셨
   다면 송곳의 자루까지 밖으로 나왔을 것이니, 그저 송곳 끝만 보이는 데 그치지 않았을
   것입니다.[使遂蚤得處囊中, 乃穎脫而出, 非特其末見而已.]"라는 구절이 있다. '낭중지
   추(囊中之錐)'라는 말이 여기에서 나왔다.
157 백순(伯淳) : 송나라 정호(程顥)의 자. 세상에서 명도 선생(明道先生)이라 불렸다.

봉사 원군께 받들어 드리다
奉呈奉事元君

반전량(飯田良)

만 리 떠난 신선 배 기운이 씩씩하구나 　　　　仙槎萬里氣雄哉

한 해 저무는 관하에 부절을 지니고 왔네 　　歲晚關河擁節來

여관의 꿈은 돌아가는 기러기 쫓아가고 　　旅館夢隨歸雁去

이국의 꽃은 사신을 향해 피었네 　　　　　異鄕花向使臣開

새 시에 눈이 가득하니 서릉[158]의 밖이요 　新詩雪滿西陵外

채색 붓에서 구름이 이니 동해의 모퉁이라 　彩筆雲生東海隈

이날 사람들이 전대[159]의 일 칭찬하니 　　此日人稱專對事

부상의 봄빛 속에 영광 안고 돌아가리 　　　扶桑春色帶榮回

반전운대에게 화답하다
和飯田雲臺

원중거(元重擧)

서쪽으로 고향 바라보니 마음이 아득하다 　故園西望意悠哉

봄빛이 사람을 따라 만 리를 왔구나 　　　春色隨人萬里來

못 속의 정자 점점 나뉘어 위아래로 흐릿흐릿 　池榭漸分高下嫩

뜰의 꽃 한가롭게 세어 보니 두세 송이 피었네 　庭花閑數兩三開

우주의 본성과 사람의 성(性)이 본래 동일한 것이라 주장하였다.

158 서릉(西陵) : 황제(黃帝) 때의 나라 이름.

159 전대(專對) : 사신으로 가서 독자적인 판단으로 응대하는 것을 이른다.

마음은 구름 너머로 여행하는 학을 따르고	心隨旅鶴翩雲外
꿈은 바다 모퉁이 벗어나는 기러기 좇아가네	夢逐羈鴻出海隈
장정[160]까지는 만릿길 가야함을 알겠으니	默識長亭強萬里
귀로에선 보리 이삭 보면서 돌아가겠지	歸程應帶麥芒回

진사 김군께 받들어 드리다
奉呈進士金君

반전량(飯田良)

사신의 별 멀리 무창의 성에 이르러	使星遙到武昌城
이날 신선 손님의 이름 먼저 전하였네	此日先傳仙客名
구름에 펄럭이는 높은 깃발 함담[161]을 지나	雲動高旌經菡萏
바람 잔잔한 창해의 봉래산 영주산에 왔네	風平滄海訪蓬瀛
새 시는 환한 구슬처럼 함께 빛나고	新詩並照明珠色
맑은 곡조로 백설의 노래 잘 부르는구나	淸調堪歌白雪聲
양국의 강산 주머니 속에 초서로 담기니	兩地江山囊裡草
채색 붓 가지고 와 더욱 종횡으로 휘둘렀네	携來彩筆更縱橫

---

160 장정(長亭) : 행인들의 휴게소. 5리(里)마다 단정(短亭)을 설치하고 10리마다 장정을
설치한다.
161 함담(菡萏) : 연꽃 봉오리. 부사산(富士山)을 말한다.

반전운대에게 화답하다
和飯田雲臺

김인겸(金仁謙)

쌀쌀한 바람 몰고 적성에 도착하여	風馭泠泠到赤城
금룡사 밖에서 산 이름을 묻는다	金龍寺外問山名
두 나라 선비들 낯선 얼굴 맞이하는데	衣冠兩國迎新面
꽃과 버들 속 일천 집은 바다를 내려다보네	花柳千家壓大瀛
북과 깃발은 장엄하게 성루를 열고	雷鼓雲旗開壘壯
경거와 패옥은 맑은 소리 내는구나	瓊琚玉佩放聲淸
고개 돌려 봉래섬의 길 바라보니	回頭試望萊州路
봄 나무에 찬 안개가 만 리에 걸쳐 있네	春樹寒烟萬里橫

석상에서 추월 남공께 드리다
席上呈秋月南公

반전량(飯田良)

펄펄 나는 시객 동방으로 들어와	翩翩詞客入東方
한묵장에서 풍류로 만났네	相見風流翰墨場
양국의 명성 속에 그대가 있으니	兩地聲華君自在
경전 논함에 어찌 한나라 현량만 못하랴	談經何減漢賢良

반전운대에게 화답하다
和飯田雲臺

남옥(南玉)

늙은 객성이 기미[162] 쪽으로 오니	老客星臨箕尾方
백구[163]의 장에서 녹명가[164] 부르는 봄날이라	鹿苹春傍白駒場
화려한 자리 벼슬아치들 대개가 명사지만	華筵簪玳多名士
북학의 어진 인재 그대를 먼저 꼽아보네	先數夫君北學良

자리에서 용연 성군에게 주다
席間贈龍淵成君

반전량(飯田良)

재주와 명성 본래 불군이라 들었는데	聞道才名本不群
만나보니 더욱 사랑스러운 심휴문[165]이구나	相看更愛沈休文
원유 왔으니 시낭엔 분명 새 시가 있겠지	遠遊定識囊中賦
산꼭대기 비단 무늬 구름과 함께 빛나리라	並映峰頭錦繡雲

---

162 기미(箕尾) : 하늘의 기수(箕宿)와 미수(尾宿)에 해당되는 중국의 유(幽)・연(燕) 지역을 가리키는데, 여기서는 일본을 지칭한다.

163 백구(白駒) : 『시경』 소아(小雅)의 편명으로, 흰 망아지를 타고 온 멋진 손님을 떠나지 못하게 만류한다는 내용이다.

164 녹명가 : '녹평(鹿苹)'은 『시경』의 「녹명편(鹿鳴篇)」을 말하는데, 조정에서 손님을 접대할 때에 부르는 노래이다.

165 심휴문(沈休文) : 휴문은 남조 양(南朝梁)나라의 시인 심약(沈約)의 자(字)이다.

반전운대에게 화답하다
和飯田雲臺

성대중(成大中)

젊어서부터 사장의 솜씨 특출하여 　　　　　　　妙歲詞章獨出群
대나무 주렴에 가랑비 오는데 함께 글을 논하네 　筠簾細雨與論文
서쪽으로 돌아가서 오나라 명사를 묻는다면 　　西歸倘問吳名士
화려한 정자에 육운[166]이 있더라고 말해야지 　爲說華亭有陸雲

석상에서 현천 원군에게 드리다
席上呈玄川元君

반전량(飯田良)

사자가 서쪽으로부터 와 귀한 이웃 방문하니 　使者西來訪寶隣
관원들과 서로 만남에 채색 노을 새롭구나 　　相逢冠佩彩霞新
장유에 비록 파도를 보는 흥취 있다지만 　　　壯遊縱有觀濤興
어찌 계림의 도리화 피는 봄만 하겠소 　　　　何似雞林桃李春

---

166 육운(陸雲) : 진(晉)의 오군(吳郡) 사람. 자는 사룡(士龍). 기(機)의 아우. 청하내사
　(清河內史)를 역임하여 세상에서 육청하(陸清河)라 불렸으며, 시문을 잘하여 육기와 함
　께 이륙(二陸)이라 불렸다.

반전운대에게 화답하다
和飯田雲臺

원중거(元重擧)

층층의 파도 물리치고 이렇게 나란히 있으니	剗却層濤是比隣
백년의 사신 행렬 모습이 새롭구나	百年冠蓋影相新
남은 시편을 운대의 기록에 부쳐 주니	殘篇寄與雲臺記
언젠가 남겨 두고서 이월의 봄을 보시게나	他歲留看二月春

석상에서 퇴석 김군에게 드리다
席上呈退石金君

반전량(飯田良)

바다의 빛 아득한 천리의 물결	海色蒼茫千里潮
비단 돛에 바람 순하여 이제 그대를 맞이하네	錦帆風正此相邀
객로에서 이미 푸른 봄을 만났을 터	客程已值靑春好
도리화 피니 흥이 절로 넉넉하네	桃李花開興自饒

반전운대에게 화답하다
和飯田雲臺

김인겸(金仁謙)

높은 누각에 기대어 봄 물결소리 들으니	高樓徒倚聽春潮
초대를 기다리지 않고 사객과 함께 왔구나	詞客同來不竢邀
어젯밤 우연히 천리의 꿈 꾸었는데	昨夜偶成千里夢

금성의 꽃과 버들 빗속에 무성했었네 　　　　　　　錦城花柳雨中饒

추월 남공께 다시 드리다
再呈秋月南公

반전량(飯田良)

신선 손님 뗏목 타고 바다 동쪽으로 오니 　　　　　仙客乘槎大海東
관문의 붉은 기운 긴 하늘에 걸려 있네 　　　　　關門紫氣掛長空
의관 갖춘 몸은 금빛 성을 비추며 건너고 　　　　　衣冠身映金城度
칼과 패옥 소리 한림원에 와서 울린다 　　　　　　劍佩聲當翰苑通
화려한 객관에 꽃 피니 낙조가 사랑스럽고 　　　　華舘花開憐落照
비단 자리에서 노래하니 고풍을 접하누나 　　　　綺筵歌發接高風
미리 알았노라 여러 날 경전을 논한다면 　　　　　預知多日談經處
천년 후 사람들이 대시중[167]이라 전할 것을 　　　千歲人傳戴侍中

---

167 대시중(戴侍中) : 대풍(戴馮)을 말한다. 동한(東漢) 시대 동평(東平) 사람인데, 경씨(京氏)의 역학(易學)을 익히어 벼슬이 시중(侍中)에 이르렀다. 광무제(光武帝)가 일찍이 여러 신하 중에 경(經)을 잘 설명하는 자를 뽑아 서로 질의하게 하였는데, 만약 의(義)를 통하지 못한 자가 있으면 곧 그 좌석을 빼앗아 통한 자에게 더해 주었다. 마침내 대풍(戴馮)이 중석(重席)에 앉게 되니, 서울에서는 "경서를 설명하면 막히지 않는 대시중(戴侍中)이다."라고 하였다.

반전운대에게 화답하다
和飯田雲臺[168]

남옥(南玉)

가는 대나무 농염한 꽃 작은 못의 동쪽이라	細竹濃花小沼東
사신이 돌아간 후엔 이 누대 텅 비겠지	使華歸後此樓空
바닷길은 예부터 세 겹으로 막혀 있었는데	溟程自古三重阻
나라의 소식 지금까지 열두 번 전하였네	邦信于今十二通
부사산과 비파호 풍광을 거두어들이고	富岳琵湖收物色
영약을 전부 보고 풍요를 채집한다	全經靈藥採謠風
새로 사귐에 오히려 강엄의 한[169] 있으니	新交尙有江淹恨
남포의 봄 수심 푸른 방초에 담겨 있네	南浦春愁碧艸中

용연 성군께 다시 드리다
再呈龍淵成君

반전량(飯田良)

사자가 부절 받들고 빙례를 행하는 올해	使者分符修聘年
두우성 가에는 검기가 하늘을 가로지른다	橫天劍氣斗牛邊
관산의 길은 먼데 별빛은 말을 따르고	關山路遠星從馬
호수와 바다 잔잔해 달이 배에 가득하다	湖海潮平月滿船
백설가를 길게 부르니 양원[170]의 부인 듯	白雪長歌梁苑賦

---

168 원문에는 작자가 기재되어 있지 않으나 남옥(南玉)의 시로 추정됨.

169 강엄의 한 : 남조 양(南朝梁)의 문장가 강엄(江淹)이 만년에 꿈속에서 곽박(郭璞)을 만나 오색필(五色筆)을 돌려준 뒤로 갑자기 문재(文才)가 줄어들었다는 고사가 있다.

양춘곡에 화답하기 어려운 초궁의 시편일세 　陽春難和楚宮篇
꽃 사이에서 담소하니 사귐의 정 절절해 　花間談笑交情切
석양녘에 소매 붙드니 모두가 사랑스럽다 　把袂俱憐落日前

반전운대에게 화답하다
和飯田雲臺

성대중(成大中)

안개 낀 파도 이별하고 벌써 해를 넘기니 　烟波離別已經年
집은 청성의 옛 골짜기 옆에 있다네 　家在靑城古峽邊
박망후의 포도와 석류[171] 먼 지역까지 오고 　博望蒲榴通絶域
원장의 서화[172] 떠가는 배에 가득하다 　元章書畫滿浮船
신선의 인연 삼신산에서 부질없이 맺고 　仙緣謾結三神島
왕사로 인해 사모편[173]을 길게 읊조린다 　王事長吟四牡篇
강성에 다 져버린 매화 몇 잎이나 되는가 　落盡江城梅幾片
도형[174]의 시상 꽃 피기 전에 있었네 　道衡詩思在花前

---

170 양원(梁苑) : 서한(西漢) 경제(景帝) 때 양 효왕(梁孝王)이 만든 동산으로, 원림(園林)의 규모가 굉장하여 사방 300여 리나 되며 궁실이 서로 잇달아 있었다. 당시의 명사 사마상여(司馬相如)가 매승(枚乘)·추양(鄒陽)·장기부자(莊忌夫子) 등과 효왕의 빈객으로 몇 해 동안 그곳에서 지낼 때 「자허부(子虛賦)」를 지어 양 효왕에게 올렸다.
171 박망후의 포도와 석류 : 한 무제(漢武帝) 때 장건(張騫)이 서역 정벌에 나갔다가 귀국할 때 포도와 석류를 가져왔다고 전한다. '박망후(博望侯)'는 장건의 봉호이다.
172 원장의 서화 : '원장(元章)'은 미불(米芾)의 자. 송(宋)의 서화가인 그는 행서와 산수화로 일가(一家)를 이루었다.
173 사모편(四牡篇) : 『시경』 「소아(小雅)」 사모편(四牡篇)을 말하는데, 사신을 위로하고 환영하는 시이다.

현천 원군께 다시 드리다
再呈玄川元君

반전량(飯田良)

사신이 고삐 잡고 강관에 이르니 詞臣攬轡到江關

검과 패옥 은혜 받아 금전에서 번쩍인다 劍佩承恩金殿班

청역[175]의 구름은 창해에 이어져 솟아나고 蜻域雲連滄海出

계림의 달은 비단 돛 비추며 돌아가네 雞林月照錦帆還

새벽에 건너온 연하는 신선 기운에 걸려 있고 烟霞曉度懸仙氣

봄 깊은 도리화는 객의 얼굴을 위로하네 桃李春深慰客顔

잠시 즐거움 나누며 만난 것 좋았는데 暫爾交歡相見好

이별 후에 천 산 넘어 가면 어찌 견디나 何堪別後隔千山

반전운대에게 화답하다
和飯田雲臺

원중거(元重擧)

천자의 조서 구관[176]에 내려온 것 추억하는데 回憶天書下九關

무성의 궐에선 서리가 새벽 조반[177]을 스친다 武宸霜拂曉朝班

한 해의 봄은 물빛을 쫓아 이르렀고 一年春逐波光到

---

174 도형(道衡) : 수(隋)나라 시인 설도형(薛道衡)이 남조(南朝)에 사신으로 가서 지은 시에 '생각하기도 전에 꽃이 피었네[花發在思前]'라는 유명한 글귀가 있는데, 성대중의 시는 이를 전화(轉化)한 것이다.

175 청역(蜻域) : 청정주(蜻蜓州)를 말한다. 청정주는 일본의 옛날 이름.

176 구관(九關) : 아홉 겹으로 된 하늘의 관문. 또는 궁궐, 조정을 이름.

177 조반(朝班) : 조회(朝會)를 할 때에 참석한 벼슬아치들이 벌여 서는 차례.

만 리의 사람 풀빛을 따라 돌아가네 萬里人隨艸色還

층층의 파도 백발을 재촉함이 근심스러워 可邨層濤催白髮

진결 가지고 홍안이 되는 법 묻고 싶네 欲將眞訣問朱顏

눈앞에는 부사산이 무심하게 서 있어 眼中富嶽無心在

예나 지금이나 사람들 패사산이라 전하네 今古人傳貝槲山

퇴석 김군께 다시 드리다
再呈退石金君

반전량(飯田良)

다정한 마음 절로 붓 끝에 있는데 多情自是在毫端

객로에서 해가 지나다니 가는 길 어렵구나 客裡經年行路難

봄밤 외로운 객관의 꿈 알 만하니 堪識春霄孤舘夢

어조[178]로 양국의 즐거움을 함께 노래하세 共歌魚藻兩邦歡

구름에 나는 기러기 고향의 동산은 멀고 雲飛雁影鄉園遠

바람이 스쳐가는 매화 저녁 해가 차갑다 風度梅花夕日寒

양관[179]을 한번 부르니 이별 생각 절절해져 一唱陽關離思切

산천 어느 곳에다 평안함을 물을까 山川何處問平安

---

178 어조(魚藻) : 『시경』에 '어재재조(魚在在藻)' 편이 있는데, 천자(天子)가 제후와 함께 술 마시고 즐기는 것을 읊은 시이다.

179 양관(陽關) : 이별 노래를 뜻한다. 당(唐)나라 왕유(王維)의 「송원이사서안(送元二使西安)」이란 시에 "위성의 아침 비 가벼운 먼지 적시니, 객사에는 푸릇푸릇 버들 빛도 싱그럽네. 그대에게 권하노니 다시 한 잔 드시오. 서쪽으로 양관을 나서면 친구가 없다네.[渭城朝雨浥輕塵, 客舍靑靑柳色新. 勸君更進一杯酒, 西出陽關無故人.]"라고 하였다.

반전운대에게 화답하다
和飯田雲臺

김인겸(金仁謙)

끊임없는 나그네 수심 만 가지로 모여드니	湏洞羈愁集萬端
늘그막에 길 떠난 후 더욱 난감하구나	暮年行後更堪難
등불 앞의 고향 꿈은 세 바다에 막혔는데	灯前鄉夢三洋隔
매화 아래 시 모임에 반나절이 즐겁네	梅下詩遊半日歡
거울 대하는 노쇠한 얼굴 저무는 해에 놀라고	對鏡衰容驚歲晏
누대에 오른 병든 몸은 봄추위를 두려워한다	登樓病骨惻春寒
그대 붙들고 봉래산 정상에 오르고자 하니	携君欲上蓬萊頂
속세 떠나는 신선술을 안기생[180]에게 물으리	度世仙方問羨安

---

180 안기생 : '선안(羨安)'은 안기생(安期生)을 부러워 한다는 뜻이다. 안기생은 봉래에 산다는 신선.

저의 성은 궁무(宮武)이고 이름은 방견(方甄)입니다. 자는 자도(子陶)이고 호는 소산(小山)이며, 찬기(讚岐) 사람입니다. 임 쾌주의 문인이고 창평국학(昌平國學)의 생원입니다.

궁무방견(宮武方甄)이 재배(再拜)합니다.

제슬관 남군께 받들어 드리다
奉呈製述官南君

궁무방견(宮武方甄)

펄펄 나는 듯한 사절단 삼한을 나와	翩翩使節出三韓
마부를 꾸짖으니[181] 어찌 행로난을 논하랴	叱馭何論行路難
부산 바다에 배 띄우니 가을은 벌써 늙었고	釜海浮槎秋已老
함관에 말을 세우니 눈은 아직도 차다	函關駐馬雪猶寒
풍류로 외람되이 여러 현자들 대접하니	風流叨接諸賢座
시부를 그나마 하루의 기쁨으로 삼는다	詩賦聊爲一日歡
헤어진 후 누대에 올라 서로 생각난다면	別後登樓相憶處
하늘가에서 공연히 흰 구름만 바라보겠지	天涯空望白雲端

---

181 마부를 꾸짖으니 : 사천성(四川省) 공래산(邛郲山)의 구절판(九折阪)을 넘을 때, 한(漢)나라 왕존(王尊)이 마부를 꾸짖으면서 말하기를 "왕양(王陽)은 효자라서 자기 몸을 아꼈지만, 나는 충신이니 말을 빨리 몰아라."라고 하였던 고사가 있다.

소산에게 화답하다
和小山

남옥(南玉)

문장 한 지 반생인데 소한[182]에 부끄러워	文章半世愧蘇韓
바다에 떠서 상수 엿보니[183] 붓 대기가 어렵네	泛海窺湘下筆難
계수의 노[184] 구름 파도 헤치니 봄이 늙어 가는데	桂檝雲濤春色老
매화 핀 강의 나라에 빗소리가 차갑다	梅花江國雨聲寒
예전에 지은 은자의 옷 해지는 걸 어찌 막으랴[185]	芝荷舊製那禁弊
첫 잔치에서 음악 연주되니 억지로 즐기네	笙鼓初筵强作歡
소산의 초은부[186]에 화답하고자 하니	欲和小山招隱賦
높은 나무로 가는 숲의 새[187] 나무 끝에 있구나	遷喬幽鳥在林端

---

182 소한(蘇韓) : 당송팔대가(唐宋八大家)에 속하는 소식(蘇軾)과 한유(韓愈)의 병칭.

183 상수 엿보니 : 초(楚)나라의 충신 굴원(屈原)이 멱라수(汨羅水)에서 투신자살을 한 후 백 년이 지나 한(漢)나라의 가생(賈生)이 장사왕(長沙王)의 태부(太傅)가 되어 상수(湘水)를 지나게 되었는데, 이때 시를 지어 물속에 던져서 굴원의 영혼을 달랜 일이 있다.

184 계수의 노 : 계수나무로 만든 노. 고상한 은자를 상징한다.

185 은자의 옷……막으랴 : '지하(芝荷)'는 '기하(芰荷)'를 뜻하는 듯하다. '기제(芰製)'는 마름의 잎을 엮어 만든 옷이고, '하의(荷衣)'는 연잎으로 만든 옷인데 모두 고결한 사람 또는 은자가 입는 옷이다. 이 구절은 사행 기간이 길어져서 입고 온 옷이 많이 낡았음을 뜻한다.

186 소산의 초은부 : 회남왕(淮南王)의 문객 가운데 소산(小山)이 지은 「초은사(招隱士)」가 있다. 「초은사」는 원래 은자를 세상으로 불러들이는 노래였으나, 뒤에 은거를 지향하는 의미로 쓰이게 되었다.

187 높은 나무로 가는 숲의 새 : 『시경(詩經)』 「소아(小雅)」 '벌목(伐木)'에 "나무들 쩡쩡 찍는데, 새가 앵앵 울더니, 깊은 골짝에서 나와, 높은 나무로 옮겨 가네.[伐木丁丁, 鳥鳴嚶嚶, 出自幽谷, 遷于喬木.]" 한 데서 온 말로, 흔히 지위나 관직이 높아지는 것을 이른다.

앞의 운을 다시 써서 추월께 드리다
再用前韵 呈秋月

궁무방견(宮武方甄)

해내에선 그때에도 삼한을 알기 원했는데 　海內當時願識韓

예나 지금이나 인재를 얻기란 어려운 일 　古今知是得才難

천릿길 객로에 돛배는 무탈하고 　客程千里帆無恙

백 년의 선린 우호 맹세는 식지 않았네 　鄰好百年盟不寒

한가로운 흥취 재촉하는 채색 붓이 없다면 　非有彩毫催逸興

어떻게 비단 자리에서 즐거움 다 나누겠는가 　何緣綺席罄交歡

하늘 끝에서 헤어지면 호월[188]처럼 되리니 　天涯一別如胡越

석양이 나무 끝에 걸린 것 애석하구나 　可惜斜陽掛樹端

소산에게 거듭 차운하다
疊次小山

남옥(南玉)

예전부터 전숙 한안국[189]처럼 알고 지냈으니 　舊識還同叔與韓

나라가 달라서 마음 맞기 어렵다 말하지 마오 　殊方不道會心難

비온 후 꽃이 핀 절엔 종려나무가 크고 　雨花開院栟櫚長

봄 차를 전하는 잔 호박이 차갑네 　春茗傳杯琥珀寒

---

188 호월(胡越) : 중국 북쪽의 호(胡)나라와 남쪽의 월(越)나라. 서로 멀리 떨어져 있음을
비유한다.

189 전숙 한안국 : 전숙(田叔)과 한안국(韓安國). 각각 양(梁)나라, 조(趙)나라의 신하로
함께 한(漢)나라 조정에서 벼슬하였다.

무성한 계수는 곧 가수[190]로 전해질 것이요　　　叢桂便成嘉樹傳

조금 따뜻해지면 새 모시옷 기쁘게 입어보리　　　小暄新試縞衣歡

문 나서면 돌아갈 기약 아득한 것 어찌하랴　　　出門無奈歸期浩

집은 하늘 서쪽 옛 골짜기 끝에 있다네　　　家在天西古峽端

서기 성군께 받들어 드리다
奉呈書記成君

궁무방견(宮武方甄)

만 리의 장유 그 흥취 얼마나 호방한가　　　壯遊萬里興何豪

산 넘고 물 건너는 수고도 꺼리지 않았네　　　不憚山川跋涉勞

그림배 바람을 타고 큰 바다를 건너니　　　畫鷁乘風凌巨海

커다란 고래 물을 뿜어 파도를 말아올린다　　　長鯨噴沫捲飛濤

하늘의 별들 멀리 동방을 향해 모이니　　　星文遠向東方聚

검의 기운 밤마다 남두성까지 뻗치누나[191]　　　劍氣夜衝南斗高

마치 기다렸다는 듯 부사산에 봄이 환하니　　　岳雪春晴如有待

오늘 그대의 휘호 속으로 들어갈 듯 하오　　　似君今日入揮毫

---

190 가수(嘉樹) : 『시경』 일시(逸詩)의 편명(篇名)인데, 빈객 접대의 시이다.
191 검의 기운······뻗치누나 : 풍성(豐城) 땅에 묻힌 용천(龍泉)과 태아(太阿)의 두 보검이
　　밤마다 두우(斗牛) 사이에 자기(紫氣)를 발산하였다는 전설을 가리킨다.

궁무소산에게 화답하다

和宮武小山

성대중(成大中)

경사스러운 시단에서 그대 유독 호방해	長慶詞垣子獨豪
한 자리에서 수창하는데 수고롭다 말하지 않네	一筵酬和不言勞
문성의 진귀한 벼루 단계연[192]을 능가하고	文城寶硯欺端石
농부의 아롱진 종이 설도전[193]보다 낫구나	濃府紋牋勝薛濤
녹나무엔 희미한 안개 깨끗한 객관을 열고	栴樹微烟開館淨
살구꽃에 비 내리는데 높은 누대에 기대었네	杏花踈雨倚樓高
작은 산 계수나무 숲엔 봄이 온 지 오래라	小山叢桂春來長
아름다운 거문고 안고서 백호[194]를 묻는다	爲抱瑤琴問白毫

앞의 시에 차운하여 용연께 다시 드리다

次前韻 再呈龍淵

궁무방견(宮武方甄)

원간[195]은 본래부터 의기가 호방하여	元幹由來意氣豪

---

192 단계연(端溪硯) : 단계(端溪)는 광동성(廣東省) 고요현(高要縣) 동남쪽에 있는 시내
인데, 벼루를 만드는 돌의 생산지이다. 이곳에서 나는 벼루를 단계연(端溪硯) 혹은 단연
(端硯)이라고 하는데, 벼루 가운데 상품(上品)으로 유통된다.

193 설도전(薛濤牋) : 당(唐)의 여류 시인 설도(薛濤)가 만년에 성도(成都)의 완화계(浣
花溪)에서 우거하였는데, 스스로 붉은 색의 작은 채색 종이를 만들어 그 위에 시를 썼다.
당시 사람들이 이것을 '설도전'이라 불렀다.

194 백호(白毫) : 부처의 삼십이상(三十二相) 가운데 하나. 미간에 난 흰 터럭으로 밝은
빛을 발한다. 이곳이 절임을 나타낸 것이다.

장풍 부는 만릿길 수고를 마다하지 않았네	長風萬里不辭勞
안개와 노을 삼신산의 길에 숨었다 나타나고	煙霞隱見三山路
섬들은 아홉 나라의 물결 속에 아득하다	島嶼微茫九國濤
손바닥 위의 밝은 구슬 사람들이 귀히 여기며	掌上明珠人共貴
노래 속의 백설은 곡조가 얼마나 고상한가	曲中白雪調何高
계림에서 뽑힌 이들 중 그대는 특별한 존재	雞林妙選君殊在
자리에서 종횡으로 달리는 채색 붓을 보노라	當席縱橫看彩毫

소산에게 거듭 화답하다
重和小山

성대중(成大中)

진량은 초나라 남쪽 최고의 호걸	陳良最是楚南豪
북쪽 중국에서 배우며 힘들다 하지 않았네[196]	北學中州不道勞
천리의 국토에 귤나무 유자나무 차갑고	千里封疆寒橘柚
나라의 글과 제도는 구름 파도에 막혀 있는데	一方書軌限雲濤
경문에 절로 문과 담장 여는 길 있으니	經文自有門墻闢

---

195 원간(元幹) : 남조(南朝) 송나라 사람인 종각(宗慤)의 자. 그의 숙부 병(炳)은 뜻이
고상하여 벼슬하지 않았다. 종각이 어릴 때 숙부가 그의 뜻을 물으니 종각이 대답하기를,
"원컨대 긴 바람을 타고 만 리의 풍랑을 헤치고 싶습니다.[願乘長風, 破萬里浪.]"라고
하였다.

196 진량은……하지 않았네 : 북학은 북쪽으로 가서 공부한다는 말로 학문이 더 높은 곳에
가서 배운다는 뜻이다. 『맹자』「등문공 상(滕文公上)」에 "진량(陳良)은 초(楚)나라 사람
인데 주공(周公)과 공자의 도를 사모하여 북쪽으로 가서 중국에서 공부했다." 하였다.
여기서는 궁무방견을 진량에 빗대어 말한 것이다.

사율에 높은 벽이 있다 말하지 마시오　　　詞律休稱壁壘高
어린 이들 중에 인재가 많아 가르칠 만하니　孺子多材知可敎
세미한 이치로 추호처럼 분석을 잘하리라　　好將微理析秋毫

서기 원군께 받들어 드리다
奉呈書記元君

　　　　　　　　　　　　　궁무방견(宮武方甄)

남쪽으로 나는 붕새의 날개 기세가 웅장하다　圖南鵬翼勢雄哉
회오리바람 타고 날개 쳐서 만 리를 왔구나　搏擊扶搖萬里來
봉래도의 채색 구름 돛 너머로 떨어지고　　　蓬島彩雲帆外落
함곡관의 붉은 기운 말 머리에서 펼쳐지네　函關紫氣馬頭開
사장은 사마상여의 미문에 비길 만하고　　　詞章堪比相如美
사명[197]으로는 자우[198]의 재주라 칭할 수 있네　辭命殊稱子羽才
호저로 문장 논함에 오랜 친구 같으니　　　縞紵論文還似舊
서산의 석양이 재촉한다 말하지 마시오　　　莫言西嶺夕陽催

소산에게 화답하다
和小山

　　　　　　　　　　　　　원중거(元重擧)

동쪽 바다에 난 길 이렇게도 아득하구나　　東溟道路此悠哉

---

197 사명(辭命) : 외교문서의 문장과 언사.
198 자우(子羽) : 춘추시대(春秋時代) 정(鄭)나라의 재상인 자산(子産)을 가리킨다.

부상의 붉은 해가 난간을 스친다   紅日扶桑拂檻來
성긴 비에 여러분과의 약속 더욱 찾으니   疎雨更尋諸子約
선루에서 작은 모임 열도록 허락했네   禪樓因許小筵開
천하 물결에 자취 남기며 센 머리에 놀라지만   寰中浪迹驚衰髮
해외에서 새로 사귀며 준수한 인재 알아가네   海外新交識俊才
시 외의 일을 더 논하고 싶어도   正欲更論詩外事
만날 때마다 매번 먹과 붓 재촉을 받는구나   逢場每被墨毫催

다시 앞의 운으로 현천께 드리다
再以前韻呈玄川

궁무방견(宮武方甄)

무성의 봄빛 바라보니 아득하다   武城春色望悠哉
오늘은 빈관에 가르침 청하러 왔네   賓館玆辰問字來
강가의 안개와 노을 객을 맞아 아름답고   江上烟霞迎客媚
난간 앞의 꽃과 버들 그대 위해 피었구려   檻前花柳爲君開
사봉으론 천사람 대적할 수 있음을 알았지만   詞鋒元識千人敵
필력으론 팔두재[199]를 당해내기 어렵구나   筆力難當八斗才
서로 만나 거문고 연주하니 뜻이 무한한데   相遇鳴琴無限意
가고픈 생각 곡조 속에서 재촉하지 마시오   莫令歸思曲中催

---

199 팔두재(八斗才) : 재주가 많은 것을 일컫는다. 『남사(南史)』「사영운전(謝靈運傳」에
"영운이 말하기를 '온 천하의 재주가 모두 한 섬인데 조자건(曹子建 자건은 조조(曹操)의
아들인 식(植)의 자)이 8두(斗)를 얻었고 내가 1두(斗)를 얻었고 나머지는 고금(古今)
사람들이 차지했다.' 하였다."는 말이 있다.

소산에게 거듭 화답하다
重和小山

원중거(元重擧)

주나라 예악에서 온 이 문장이여	從周禮樂是文哉
하늘의 기운 북쪽에서 왔음을 보겠구나	天氣方看自北來
공맹의 도는 삼대를 따라 이어지고	孔孟道遵三代述
정주의 논설 여덟 문을 향해 펼쳐졌네	程朱說向八門開
쇄소의 중간에는 대도가 있는데	灑掃中間存大道
문장의 남은 숙제 범재에 속하였네	文章餘緒屬凡才
남방의 선비에게 은근히 말 부치니	殷勤寄語南方士
시간이 이 낭만을 재촉하지 말았으면	儘莫光陰漫浪催

서기 김군께 받들어 드리다
奉呈書記金君

궁무방견(宮武方甄)

옥백 들고 맹세 찾아 사신이 행차하니	玉帛尋盟使聘通
전장에서 여전히 태사[200]의 풍도 보겠네	典章猶見太師風
한양의 빈객과 시종들 위의가 성대하고	漢陽賓從威儀盛
정나라 행인[201]은 사명이 공교하구나	鄭國行人辭命工

---

200 태사(太師) : 고대 삼공(三公) 가운데 가장 높은 사람. 주(周)나라 때 임금을 보필하는 직임을 맡았다.

201 정나라 행인 : 춘추시대(春秋時代) 정(鄭)나라의 재상인 자산(子産)을 말하는데, 그는 외교 문서를 작성하는 일에 능했다. 『논어』「헌문(憲問)」에, "공자가 말씀하셨다. 사

이월의 안개 속 꽃을 보고 또 지나치나 　　二月烟花看又過

한 집에서 시부로 잠시 서로 함께하네 　　一堂詩賦暫相同

이별 후에 삼상처럼 떨어질 걸 생각하니 　　還思別後參商隔

녹수청산에 한스러움 끝이 없네 　　綠水青山恨不窮

소산이 주신 시에 차운하다
次小山見贈韻

김인겸(金仁謙)

멀고 먼 세 바다에 한 길이 통하였으니 　　三海蒼茫一路通

부상까지 만 리를 찬바람 몰고 왔네 　　扶桑萬里馭冷風

뗏목은 두우성에 닿아 은하수 끝까지 가려는 듯 　　槎侵牛斗河將盡

시는 봉래 영주에 이르러 정교하지 못하네 　　詩到蓬瀛句未工

사객의 의관은 남북이 다르지만 　　詞客衣冠南北異

빈연에서의 문묵은 고금이 같구나 　　賓筵文墨古今同

세상의 만나고 헤어짐은 온통 꿈만 같으니 　　浮世聚散渾如夢

어느 밤 그리워질 때면 한이 무궁하겠지 　　他夜相思恨莫窮

명(辭命)을 만들 때 비침(裨諶)이 초고를 만들고 세숙(世叔)이 토론하고 행인(行人) 자우 (子羽)가 수식하고 동리(東里) 자산(子產)이 윤색하였다.[子曰, 爲命, 裨諶草創之, 世 叔討論之, 行人子羽修飾之, 東里子產潤色之.]"라고 하였다.

앞의 시에 다시 차운하여 퇴석께 드리다
再次前韻 呈退石

궁무방견(宮武方甄)

다른 나라여서 길 통하기 어렵다 말하지 말라	休言殊域路難通
천리의 가벼운 돛은 바람 따라 왔다네	千里輕帆但信風
호기롭게 파도 보는 것 매숙의 흥취요	豪氣觀濤枚叔興
뛰어난 재주로 해부 지음은 목화[202]의 솜씨라	逸才賦海木華工
삼분오전[203]을 그대는 모름지기 익혔을 터	三墳五典君須熟
백설가와 양춘곡 누가 같을 수 있으랴	白雪陽春誰得同
빈관에서 새로 알게 돼 잠시 동안 즐거우나	賓館新知暫時樂
저녁 종소리 재촉하니 생각이 끝이 없네	暮鐘催處思無窮

소산에게 다시 화답하다
再和小山

김인겸(金仁謙)

신령한 무소뿔[204]처럼 필설로 통함에	點點靈犀筆舌通
회수의 남쪽에서 소산의 풍모 다시 보네	淮南復見小山風

---

202 목화(木華) : 진(晉)나라 사람으로, 그가 지은 「해부(海賦)」가 『문선(文選)』에 실려 있다.

203 삼분오전(三墳五典) : 중국 역사상 가장 오래된 책. '삼분'은 삼황(三皇)의 글이고, 오전(五典)은 오제(五帝)의 글이다.

204 신령한 무소뿔 : 영력(靈力)이 있는 무소의 뿔은 하나의 구멍이 있어서 뿌리에서 끝까지 통한다는 뜻으로, 두 사람의 마음이 잘 통함을 비유적으로 이르는 말.

일찍이 스승의 교훈 받드니 연원이 멀고　　早承師訓淵源逈

교묘하게 시의 길 통과하니 격률이 공교하다　妙透詩程格律工

양국이 천리나 떨어져 있다 말하지 말라　　莫道兩邦千里隔

사해가 한 동포라는 걸 원래부터 알았다네　元知四海一胞同

나 떠나면 다시 기옹의 한 있으리니　　　　吾行更有夔翁恨

부상이 지척이어도 다시 닿을 수 없으리　　咫尺扶桑又未窮

저의 성은 입정(笠井)이고 이름은 재청(載淸)입니다. 자는 성천(成川)
이고 호는 능산(綾山)이며 찬기(讚岐) 사람입니다. 임 좨주의 문인이고,
창평국학(昌平國學)의 생원입니다.

입정재청(笠井載淸)이 재배(再拜)합니다.

조선국 제술관 추월 남군께 받들어 드리다
奉呈朝鮮國製述官秋月南君

입정재청(笠井載淸)

신선의 뗏목 저 멀리 서쪽에서 오니	仙査縹渺自西方
땅은 봉래 영주에 접하였고 바닷길 길구나	地接蓬瀛海路長
사행 따르는 씩씩한 마음 오직 검에 의지하고	隨使雄心偏倚劍
글에 능한 재자들 이미 당에 올랐네[205]	能文才子已升堂
자리에 앉아서는 주랑[206]의 아름다움에 취하고	座來人醉周郎美
지나간 후에도 바람이 순령[207]의 향기 전하네	過後風傳荀令香
고상한 만남에도 정나라 모시옷 주지 못하고	雅會恨無貽鄭紵
정을 나눔에 그나마 한 장의 시 부친다네	交情聊寄一詞章

---

205 당에 올랐네 : 학문과 기예에서 이미 입문하였음을 비유한다.

206 주랑(周郎) : 삼국(三國)시대 오(吳)나라 장수 주유(周瑜)를 가리킨다. 음악에 조예
가 깊어 음률을 잘 분별하였다.

207 순령(荀令) : 순령군(荀令君)은 순욱(荀彧)을 말한다. 자가 문약(文若)인데, 시중(侍
中)이 되어 상서령(尚書令)의 일을 맡았다. 그에게는 특이한 향기가 있어서 그것이 옷에
배면 그 잔향이 삼일이 지나도 없어지지 않았다고 한다.

입정능산에게 화답하다
和笠井綾山

남옥(南玉)

사람의 무늬 처음 석목진 쪽으로 새어 나오니	人文初洩析津方
강남의 전적들에 장삿배가 길게 늘어섰다	書史江南賈帆長
기이한 글자 양자[208]의 초서에 많이 전하고	奇字多傳楊子草
제생은 노공[209]의 당에 반이나 남아 있네	諸生半在魯恭堂
구슬 환한 수국엔 하늘로 채색 빛 번져 가고	珠明水國霄騰彩
꽃 만발한 선루엔 비에도 향기가 배어 있네	花重禪樓雨裏香
온종일 연 시회 즐거움이 끝나지 않아	鎭日詩筵懽未了
각궁[210]의 세 번째 장을 그저 지을 뿐일세	角弓聊賦第三章

앞의 운을 써서 추월께 드리다
用前韻 呈秋月

입정재청(笠井載淸)

남자는 뽕나무 활로 사방에 뜻을 두니[211]	男子桑弧志四方

---

208 양자 : 양웅(揚雄)을 가리킨다. 전한(前漢) 촉군(蜀郡, 사천성) 성도(成都) 사람. 자는
자운(子雲)이다. 부(賦)로 유명하며, 주요저작으로는『법언(法言)』『태현경(太玄經)』이
있다.
209 노공 : 노공왕(魯共王) 유여(劉餘, ? ~ B.C.129)를 말한다. 중국 전한의 황족・제후
왕으로, 궁실과 원유(苑囿)를 짓고 개와 말을 키우는 것을 좋아했으며, 말년에는 음악을
좋아했다. 자기 궁실을 넓히고자 공자의 옛 집을 허물다가, 벽 안에서 고문경전을 발견했
다고 한다.
210 각궁(角弓) :『시경』「소아(小雅)」의 편명. 형제가 사이좋게 지내는 것을 노래하였다.

산과 바다에 길이 멀다고 어찌 말하리오　　何言山海路偏長
집으로 돌아가는 새벽의 꿈 천릿길이 힘들었는데　還家曉夢勞千里
객을 맞이한 봄바람 한 집에 같이 있구나　　迎客春風共一堂
양춘곡 백설가 고상하여 화답하는 이 적은데　陽雪調高元寡和
지란과 오래 앉아 있으니 점점 향기가 난다[212]　芝蘭座久漸聞香
그대는 가는 곳마다 아름다운 흥취가 많아　知君到處多佳興
달과 이슬의 시 시낭에 넉넉할 것을 알겠네　剩得奚囊月露章

입정능산의 시에 거듭 차운하다
疊次笠井綾山

남옥(南玉)

하늘 한쪽 끝에서 사미인곡 부르니　　思美人歌天一方
오나라 산 월나라 물 말 앞에 놓여 있네　吳山越水馬前長
봄의 무성한 잡초 끝없으니 남묘[213]를 어겼고　春蕪極目違南畝
서리 맞은 귤에 가슴 가득 북당을 그리워하네　霜橘盈懷戀北堂

---

211 뽕나무 활로 사방에 뜻을 두니 : 고대에 세자(世子)가 태어나면 뽕나무 활에 쑥대
　화살을 메워 천지 사방에 쏘아 원대한 뜻을 품기를 기원하였다.
212 지란과……향기가 난다 : 지란지교(芝蘭之交)를 뜻한다. 지초(芝草)와 난초(蘭草)가
　가득한 방에 들어가면 그 향기가 내 몸에 배이듯이, 훌륭한 친구와 사귀면 나의 인품도
　그를 닮아 훌륭하게 되는 것을 이른다.
213 남묘 : 농사짓는 밭을 이른다. 남쪽 언덕은 해를 향해 있으므로 농작물이 생장하는
　데 유리하다. 옛 사람들의 전토는 대체로 남쪽에 개간되었으므로 ‘남묘(南畝)’라고 하였
　다. 『시경』 「소아(小雅)」 ‘대전(大田)’에 “남쪽 밭을 갈아, 백곡의 씨를 뿌리네[俶載南畝,
　播厥百穀.]”라는 구절이 있다.

객로에서 구름 옆 기러기 울음에 놀랐는데	客路翻驚雲雁叫
시연에서 계수나무 꽃향기를 가까이하네	詩筵漫近木犀香
북두성 남쪽에서 이름 남기는 것 너무 부끄러워	斗南多愧留名姓
청천과 성장[214]을 먼저 드러낸다	先著青泉與聖章

서기 용연 성군께 받들어 드리다
奉呈書記龍淵成君

입정재청(笠井載淸)

멀고 먼 산하 부절과 깃발을 따르니	迢遞山河隨節旄
장유에 나선 담력과 용기 호방함에 걸맞네	壯遊膽氣最稱豪
맹세를 찾는 사람 기자의 나라에서 오니	尋盟人自箕邦到
자유자재로 응대함에 이름이 상역에서 높구나	專對名於桑域高
삼동[215]에 학업을 닦으며 서적을 탐독하고	學業三冬耽載籍
일세의 문재로 국풍과 이소를 내려다본다	文才一世傲風騷
필봉으로는 적수되기 어려움을 진작 알았는데	詞鋒元是知難敵
시단에서 휘두르는 채색 붓 보고 놀랐다오	驚見吟壇揮彩毫

---

214 청천과 성장 : 청천(青泉)은 1719년 제9차 통신사행 때 제술관으로 왔던 신유한(申維翰)의 호이고, 성장(聖章)은 1748년 제10차 통신사행 때 서기로 왔던 이봉환(李鳳煥)의 자이다.

215 삼동(三冬): 3년을 말한다. 『한서(漢書)』「동방삭전(東方朔傳)」에 "나이 열셋에 글을 배우고 3년 동안 문사(文史)를 닦았으면 쓰기에 족하다.[年十三學書, 三冬文史足用]"라는 말이 있다.

입정능산에게 화답하다
和笠井綾山

성대중(成大中)

선문에 열흘 동안 깃발을 머무니	禪門十日駐旌旄
시회에서 자주 이역의 호걸을 만나네	詩會頻逢異域豪
깊은 곳의 새 지저귈 때 숲의 비 멈추고	幽鳥囀時林雨歇
대붕이 넘어진 곳에 바다 구름이 높구나	大鵬騫處海雲高
대청의 음악에 어룡은 어지러이 춤추고	魚龍雜舞來軒樂
초나라 이소에 난과 국화 맑은 향기 들어오네	蘭菊淸香入楚騷
서호의 임 좨주에게 알리느라고	與報西湖林祭酒
봉지에서 사명 받들며 빨리 붓을 휘두르는가	鳳池辭命亟揮毫

서기 현천 원군께 받들어 드리다
奉呈書記玄川元君

입정재청(笠井載淸)

산수는 아득하고 도로는 험난한데	山水悠悠道路難
시간을 거쳐 온 깃발 삼한으로부터 왔네	歷時旌旄自三韓
가을 가득한 바다의 하늘에 배를 탄 손님	海天秋滿乘槎客
맑은 봄날 산 위의 눈을 말 멈추고 바라본다	嶽雪春晴駐馬看
사절이 몇 년이나 옥백으로 통하였나	使節幾年通玉帛
빈연엔 오늘 의관 갖춘 선비들 모였다네	賓筵今日會衣冠
두 나라 말이 다른 것을 어찌 꺼리겠는가	何妨兩地方言異
시필로 교제를 논하며 기쁨을 다한다오	詩筆論交此罄歡

입정능산에게 화답하다
和笠井綾山

원중거(元重擧)

배에서 자고 바람 따라 가는 일 어렵지만	水宿風行不說難
백년의 아름다운 믿음이 화국과 삼한 맺어주었네	百年芳信結和韓
중추의 봉래산 바다에 서리 빛 모였었는데	中秋萊海霜光集
이월 상호에서 풀빛을 보네	二月箱湖草色看
아름다운 글에 초나라 풍속 펼쳐짐을 알겠으니	文藻正知開楚俗
사신은 그저 주나라 관이 부끄럽다오	皇華空自媿周冠
창평 국학에는 범상한 선비가 없으니	昌平國學無凡士
만나는 곳에선 늘 구면인 듯 즐겁구나	逢處常如舊識歡

서기 퇴석 김군께 받들어 드리다
奉呈書記退石金君

입정재청(笠井載淸)

발해에 비단 돛 펼쳐졌다고 들었는데	曾聞渤海錦帆開
구름 같은 벼슬아치들 사신으로 왔구나	冠盖如雲使者來
꽃이 금 안장을 맞이하니 역로가 환하고	花迓金鞍明驛路
바람에 날리는 옥피리 소리 누대에 가득하다	風飄玉管滿樓臺
시편으로 영주에 오른 손님 먼저 말하니	詞篇先說登瀛客
사명은 국경을 벗어난 재주라 높일 만하네	辭命堪推出境才
이것부터가 남아의 세상 향한 뜻이라	自是男兒四方志
장대한 유람 호방한 흥취가 시 속에 있구나	壯遊豪興賦中裁

입정능산이 준 시에 차운하다
次笠井綾山投贈韻

김인겸(金仁謙)

바다 끝나고 하늘 높은 곳에 대륙이 열리니	海盡天高大陸開
안개와 달에 싸인 부사산 말 앞으로 왔네	富岑烟月馬前來
빗속의 봄 나무 동쪽 고을의 들판이요	雨中春樹東州野
구름 너머 붉은 노을 늙은 이무기의 누대라	雲外丹霞老蜃臺
상역의 산하에는 특이한 풀이 많고	桑域山河多異草
임씨 문하의 제자들 뛰어난 재주 넉넉하네	林門弟子足奇才
해를 넘긴 나그네 쇠하고 병들어	經年旅榻衰兼病
고향으로 고개 돌리니 한을 표현 못하겠네	回首鄕園恨莫裁

앞의 시에 차운하여 퇴석께 드리다
次前韻　呈退石

입정재청(笠井載淸)

강성에 비 그치고 저녁 구름 개었는데	江城雨歇暮雲開
동해의 안개와 노을 객관을 비춘다	東海烟霞映舘來
백설가를 완성하려 채필을 휘두르니	白雪歌成揮彩筆
푸른 봄 꽃이 필 때 향기로운 누대에 모였네	靑春花發會香臺
명성은 형남의 옥에 비길 만하고	聲名堪比刑南玉
사부로는 업하의 인재라 일찍이 추앙받았지	詞賦曾推鄴下才
부평초 같은 그대 오래 있지 못하리니	定識萍蹤君不久
종일토록 응대하며 바람을 몰고 다니네	周旋終日挹風裁

입정능산에게 다시 화답하다
再和笠井綾山

김인겸(金仁謙)

꽃 아래 대나무 창 닫고서 열지 않으니	花下筠窓掩不開
바다 바람이 비를 불어와 주렴으로 들어온다	海風吹雨入簾來
천년의 나라에서 서복이 뗏목을 멈추고	停槎徐福千年國
칠보의 누대에서 구담²¹⁶의 의자를 빌렸네	借榻瞿曇七宝臺
봉래도의 봄빛은 살아있는 그림 펼쳐진 듯	蓬島春光張活畵
부사산의 빼어난 색이 영재를 길러냈구나	富山秀色毓英才
그댈 만나자마자 이별의 한 품게 되니	逢君翻抱離君恨
수심을 붓 하나로 풀어내기 참으로 어렵소	愁緒誠難一筆裁

---

216 구담(瞿曇) : 석가모니(釋迦牟尼)가 속세에 있을 때의 성(姓). 부처를 이른다.

산과 바다가 비록 멀지만 조수가 드나드는 길은 통해 있으니, 함께 밝은 세상에 있으면서 성대한 일을 같이 만났습니다. 지금 다행히 처음 뵙게 되니, 어떤 행운이 이보다 더할 수 있겠습니까? 저의 성은 산안(山岸)이고 이름은 장(藏)입니다. 자는 비룡(非龍), 호는 문연(文淵)이며, 별호는 조현정(釣玄亭)입니다. 신농(信濃) 사람이고 임(林) 좨주의 문인이며, 창평국학(昌平國學)의 생원(生員)입니다. 삼가 거친 말들을 엮어 보잘것없는 생각을 펴 보이며, 아울러 영정(郢正)[217]을 바랍니다.

산안장(山岸藏)이 재배(再拜)합니다.

제술관 남공께 받들어 드리다
奉呈製述官南公

산안장(山岸藏)

비단 돛 높이 채색 구름 스치며 펼쳐지니	錦帆高拂彩雲開
만 리의 세찬 바람 또한 씩씩하구나	萬里雄風亦壯哉
호기는 앵무부[218]를 참으로 알 만하고	豪氣正知鸚鵡賦
명성은 봉황대를 먼저 울리네	名聲先動鳳凰臺
학문은 삼대로 인해 문화가 남아 있고	學因三代餘文化
땅은 중국과 닿아서 뛰어난 인재 많다네	地接中州多俊才
배를 타고 진나라 사신 왔다고 말하면서	謾道浮舟秦使至
신선을 물어 봉래도로 들어가려 하네	問仙時欲入蓬萊

---

217 영정(郢正) : 남에게 시문의 첨삭을 청하는 겸사. '영인(郢人)'은 흙손질을 잘하는 영 땅 사람을 말하는데, 기술이나 재능을 알아주는 친구를 비유하기도 한다.

218 앵무부(鸚鵡賦) : 한(漢)나라 예형(禰衡)의 「앵무부」가 『문선(文選)』에 실려 있다.

산안문연에게 화답하다
和山岸文淵

남옥(南玉)

꽃기운 무성한 곳에 비 개이지 않았는데	花氣冥蒙雨不開
언제나 식미가[219]를 부르며 돌아가려는가	式微何日賦歸哉
산중에서 부질없이 도연명의 집을 생각하고	山中漫憶淵明宅
해상에서 자주 두자미의 누대에 오르네	海上頻登子美臺
진나라 아이를 못 만나고 성긴 머리 슬퍼하며	未遇秦童悲短髮
그저 한나라 사신 따르니 서툰 재주 부끄럽다	虛隨漢使媿踈才
고향 동산의 매화와 학 지금은 주인 없으니	故園梅鶴今無生
누가 봄 숲에 가서 잡초들을 잘라주겠나	誰向春林剪棘萊

추월 남군에게 다시 화답하다
再和秋月南君

산안장(山岸藏)

큰 자라가 해를 받든 곳 채색 노을 걷혔는데	巨鰲捧日彩霞開
봉래도의 창주[220]에는 기운이 무성하도다	蓬島滄洲氣鬱哉
십만의 무지개 깃발 대해를 건너고	十万霓旌濟大海
삼천의 구슬 신발이 고대에 오르네	三千珠履上高臺

---

219 식미(式微) : 『시경』「패풍(邶風)」의 편명. 여후(黎侯)의 신하가 나라를 잃고 위(衛)에 머무르던 여후에게 귀국을 권한 시. 후에는 고향으로 돌아가려는 뜻을 나타내는 말로 쓰인다.

220 창주(滄洲) : 물가의 수려한 경치를 뜻하는 말인데, 남조(南朝) 제(齊)나라 시인 사조(謝朓)가 선성 태수(宣城太守)로 나가서 창주의 정취를 마음껏 누렸던 고사가 유명하다.

영주에 오른 선비 호학인 줄 원래 알았고   原知好學登瀛士

습석[221]의 재주로 경서 논함을 이미 보았네   已見談經襲席才

시부의 풍류 즐거움이 아직 미흡한데   詩賦風流歡未洽

가련한 그대 부절을 돌려 동래로 가려 하네   憐君旋節向東萊

산안문연에게 거듭 화답하다
疊和山岸文淵

남옥(南玉)

매일 이름난 절에서 비단 자리 펼쳐지니   分日名藍綺席開

창주의 눈길 닿는 곳마다 길이 아득하도다   滄洲縱目道悠哉

중이 온 대숲 너머 종소리 사원에 전해지고   僧來竹外鐘傳院

객이 떠난 매화 옆엔 달이 누대 위에 떴네   客去梅邊月上臺

바다 굽이 지금까지 선비 많이 얻었으니   海曲于今多得士

세상 어느 곳에서 재주를 내지 않으리오   世間何地不生才

자규새 우는 근처는 초록으로 돌아갈 것이니   子規啼近當歸綠

봄옷이 완성되면 춤추던 노래자[222] 기억하리라   春服成時憶舞萊

---

221 습석(襲席) : 석진(席珍)을 이어받음. '석진'은 '석상진(席上珍)'이라고도 하는데, 자리 위에 놓인 보배라는 뜻으로 유자(儒者)의 학덕을 비유한다.

222 춤추던 노래자 : 노래자(老萊子)는 춘추(春秋) 때 초(楚)의 은사(隱士)인데, 어지러운 세상을 피하여 몽산(蒙山) 아래에서 농사를 짓고 살았다. 초왕(楚王)이 초빙하자 아내와 함께 강남땅으로 가서 은거하고 나오지 않았다 한다. 칠십에 어린애 옷을 입고 춤을 추어 부모를 기쁘게 한 일로 유명하다.

찰방 성군께 받들어 드리다
奉呈察訪成君

산안장(山岸藏)

사모[223]가 끄는 수레 멀리 동해 가에 와서	四牡遙臨東海濱
춘풍 부는 삼월에 가벼운 먼지 떨구네	春風三月拂輕塵
관문이 천산의 길을 막지 않으니	關門不隔千山路
깃발 부절이 먼저 통하여 두 나라 친해졌네	旌節先通兩國親
만 길의 채색 무지개 붓을 따라 일어나고	萬丈綵虹隨筆起
세 봉우리 흰 눈이 시에 들어와 새로워지네	三峰白雪入吟新
아! 그대의 이 노래에 누가 능히 화답할까	嗟君此曲誰能和
본래부터 계림의 첫째가는 사람이구나	元是雞林第一人

문연에게 화답하다
和文淵

성대중(成大中)

만 호의 누대 안개 낀 물가	萬戶樓臺烟水濱
비 내린 후의 큰 길에는 먼지도 일지 않네	雨餘衢陌不生塵
산하가 서로 비추니 정신이 달라지고	山河映發精神別
시문으로 종용하니 느낌이 친근하다	翰墨從容氣味親
저녁 버들 밝은 꽃이 그림 난간에 피었고	晚柳晴花開畫欄

---

223 사모(四牡) : 한 마차를 끄는 네 필의 말. 사신이 탄 수레를 말한다. 『시경』 「소아(小雅)」 '사모'편은 사신의 수고와 그를 위로하는 내용을 담고 있다.

흰 구름 개인 달이 새 시에 들어오네 白雲晴月到詩新
숲 정자에 심오함을 낚는 곳[224] 있다 하니 林亭聞有釣玄地
모름지기 고요하고 적막한 사람 되리라 須作寥寥寂寂人

용연 성군에게 다시 화답하다
再和龍淵成君

산안장(山岸藏)

기림[225]의 맑은 운무 강가에 닿아 있어 秪林晴靄接江濱
붕 뜬 곳에서 만나니 세속의 티끌 벗어났네 浮地相逢出世塵
금란의 사귐 천리에 막혀 있음은 애석하나 縱惜金蘭千里隔
부평초 신세라도 잠시나마 친한 것 사랑스럽소 但憐萍梗一時親
날아가는 기러기 그림자 묵지에 드리우고 飛鴻影入墨池落
떠다니는 안개 채필에서 나오니 새롭구나 游霧色從彩筆新
시를 백편이나 지으니 누가 같을 수 있으랴 詩賦百篇誰得似
풍류로는 적선인[226]에게도 양보하지 않겠네 風流不讓謫仙人

---

224 심오함을 낚는 곳 : 지금 시를 수창하는 산안장의 별호가 조현정(釣玄亭)이므로 이렇게 말한 것이다.

225 기림(秪林) : 본래 중인도(中印度) 사위성(舍衛城)의 남쪽에 있던 기타태자(祇陀太子)의 동산을 이르는데, 후대에 절을 가리키는 말로 쓰인다. 원문의 '秪'는 '祇'의 오기인 듯하다.

226 적선인(謫仙人) : '귀양 온 신선'이라는 뜻으로 이백(李白)을 가리킨다. 하지장(賀知章)이 이백을 '적선'이라 부른 데서 유래하였다.

산안문연에게 거듭 화답하다
疊和山岸文淵

성대중(成大中)

호숫가 내려다보는 가파른 돌 성가퀴	峥嶸石堞壓湖濱
사신을 앞서 인도하니 비에 속진이 씻겼네	先導皇華雨灑塵
옛 절의 못에는 봄이 절로 좋아	古寺池塘春自好
이방의 물고기와 새들 날마다 친해진다	異方魚鳥日相親
먼 하늘엔 나그네 한이 기러기 울음 되고	長天旅恨鴻聲咽
이별하는 포구엔 가고픈 마음이 풀빛에 새롭다	別浦歸心草色新
몇 장의 맑은 시에 오히려 익숙해진 얼굴	數紙淸詩猶宿面
푸른 구름 머물 때면 더 그리워질 사람	碧雲停處更思人

봉사 원군께 받들어 드리다
奉呈奉事元君

산안장(山岸藏)

사신이 왕명 받들고 사조[227]를 나오니	使臣含命出詞曹
창해의 아침 구름 부절과 깃발을 비춘다	滄海朝雲照節旄
노을을 두른 풍성 검과 패옥을 맞이하고	霞繞豊城迎劍佩
바람이 이는 비석 파도를 말아올리네	風生碣石捲波濤
나루 가에서 요동치는 창룡에 홀연 놀라고	忽驚津上蒼龍動
두우성 사이에 높이 솟은 자줏빛 기운 보네	兼見斗間紫氣高

---

227 사조(詞曹) : 문학으로 시종하는 관아.

임금의 은택으로 지금까지 우로가 많았으니 　聖澤從來多雨露
산 넘고 물 건너는 노고를 어찌 사양하랴 　山川跋涉豈辭勞

문연에게 화답하다
和文淵

원중거(元重擧)

창평의 국학에는 신선들이 모여 있어 　昌平舘裏集仙曹
문장으로 훨훨 나니 북쪽 깃발 환히 빛난다 　詞藻翩翩耀北旄
문채가 종횡으로 달리니 빠른 말을 놀래키고 　文彩縱橫驚陣馬
풍류가 빛을 발하니 층층의 파도 용솟음치네 　風流映發湧層濤
시를 보고 총명함에 도달한 것 이미 알았고 　篇中已識聽明到
석상에서 생각이 고상함을 또 보았네 　席上兼看想意高
나그네는 봄 풀빛에 마음이 상해 　行子傷心春艸色
오경에도 촛불 밝히고 긴 고생길 꿈꾼다오 　五更攄燭夢長勞

현천 원군에게 다시 화답하다
再和玄川元君

산안장(山岸藏)

이월의 춘풍 동조에 가득하니 　春風二月滿東曹
상서로운 기운 자욱한 채 하얀 깃발 맞이한다 　佳氣氤氳迎白旄
화려한 수레 기울여 옛 일을 논하며 　華蓋傾來論舊故

채색 붓 휘두르니 큰 파도가 이는 듯	彩毫揮處捲洪濤
시로써 영 땅의 백설가 전하니 천년의 빛이요	詩傳郢雪千年色
재주가 업성의 누대 압도하니 팔두와 같구나	才壓鄴臺八斗高
연릉[228]이 사신 간 날을 이에 알겠으니	知是延陵修聘日
이역에서 풍속을 묻되 힘들다 하지 않네	問風異域未言勞

문연에게 거듭 화답하다
疊和文淵

원중거(元重擧)

문장의 근원 업성에 유조[229]가 성대한데	詞源鄴下盛劉曹
시단의 봄빛 수놓은 깃발을 비춘다	墨壘春光映繡旄
서까래 붓은 삼도의 나무를 능가하고	椽筆正凌三島樹
구름 돛은 오호의 파도를 올라타려 하네	雲帆欲駕五湖濤
동풍이 부는 수국에 치어가 나오고	東風水國魚兒出
한식날 누대에 제비가 높이 나네	寒食樓臺燕子高
멀리서 온 객은 쇠한 용 일어날까 근심스러워	遠客正愁衰龍作
추운 침상에서 독현[230]의 노고 작게 읊조린다	寒床微誦獨賢勞

---

228 연릉(延陵) : 춘추시대 오(吳)나라 공자(公子) 계찰(季札)을 말하는데, 그의 호가 연
   릉계자(延陵季子)이다. 예악(禮樂)에 밝아 노(魯)나라로 사신 가서 주(周)나라 음악을
   듣고 열국(列國)의 치란흥쇠(治亂興衰)를 알았다고 한다.
229 유조(劉曹) : 유향(劉向)은 목록학의 비조로 일컬어졌으며, 그의 아들 유흠(劉歆)은
   아버지의 일을 계승하여 육경(六經)을 정리하고 칠략(七略)을 엮었다. 조조(曹操)와 그
   의 아들 조비(曹丕)·조식(曹植)은 모두 시문에 뛰어났다.
230 독현(獨賢) : '독로(獨勞)'와 같은 말. 『시경』 「소아(小雅)」 '북산(北山)'에, "대부가

진사 김군께 받들어 드리다
奉呈進士金君

산안장(山岸藏)

만 리 먼 부상은 대해의 동쪽　　　　　　萬里扶桑大海東

사신 수레 아득하게 긴 하늘을 건너 왔네　　星槎縹渺度長空

채색 노을 금빛 성 너머로 환하게 일어나고　彩霞晴起金城外

패옥 소리 푸른 전각 안에서 맑게 울린다　　玉佩聲清翠殿中

잠깐 사귀며 못난 시를 드리는 건 부끄럽지만　傾蓋偏慙投下調

은혜 입어 높은 풍모 접한 것은 얼마나 다행인가　承恩何幸接高風

붓을 마음껏 휘둘러도 정을 다하긴 어려운데　毫端縱使情難罄

이방에서 글과 제도 같음을 함께 기뻐하네　共喜殊方書軌同

문연에게 화답하다
和文淵

김인겸(金仁謙)

아득한 바다에 우리 배가 동쪽으로 오니　　溟海茫洋我棹東

부상 만 리에 물과 구름 텅 비었네　　　　扶桑万里水雲空

나부끼는 부평초 함지[231]의 바깥에 있고　颯零萍梗咸池外

휘감은 연무는 비단 주머니 안에 있다네　籠絡烟霧錦橐中

균평하지 못한지라, 나만 종사하게 하여 홀로 어질다 하노라.[大夫不均, 我從事獨賢.]"
라고 했는데, 모전(毛傳)에 '현(賢)은 수고한다(勞)는 뜻이다.'라는 설명이 있다.

231 함지(咸池) : 신화 속에서, 태양이 목욕을 한다는 곳.

물 옆의 화려한 자리 옛 절에 펼쳐지고 傍水華筵開古寺
주렴 가까이 나는 제비 춘풍에 지저귄다 近簾飛燕語春風
내일 아침 말발굽은 상호의 길에 있으리니 明朝蹄馬箱湖路
서글픈 이별 수심은 그대와 같다오 怊悵離愁與子同

퇴석 김군에게 다시 화답하다
再和退石金君

산안장(山岸藏)

자줏빛 기운 관동을 넘었다고 들었었는데 曾聞紫氣度關東
신선의 풍모 만나보니 헛된 명성이 아닐세 相遇仙標名不空
높은 절개는 연기와 안개 능가할 듯하고 高節將凌烟霧外
사귐의 정은 담소하는 중에 알 수가 있네 交情可識談笑中
어찌 꼭 열흘을 평원군과 마셔야만 하리오[232] 何須十日平原飲
천년 기자의 유풍을 묻고 싶을 뿐이네 欲問千年箕子風
사신 와서 오랜 우호 다지지 않았다면 非是聘來修舊好
귀한 자리 어찌 잠시라도 함께할 수 있었으랴 瓊筵爭得暫時同

---

232 열흘을 평원군과 마셔야만 하리오 : 『사기(史記)』 「범수채택열전(范雎蔡澤列傳)」에,
"진(秦) 소왕(昭王)이 이에 거짓으로 화친하자는 편지를 평원군(平原君)에게 보냈다. '과
인은 당신이 지고한 의리를 지니고 있다고 들었소. 그래서 당신과 신분을 뛰어넘어 사귀
고 싶으니, 부디 당신이 과인에게 들러주면 당신과 함께 열흘 동안 술을 마시려 하오.'"라
는 대목이 있다. 훗날 '십일음(十日飮)'은 벗들이 연일 즐겁게 모이는 것을 비유하는 말로
쓰인다.

문연에게 거듭 화답하다
疊和文淵

김인겸(金仁謙)

나의 집은 멀리 금호의 동쪽에 있는데	吾家遠在錦湖東
몇 채의 집이긴 하나 사벽이 텅 비었다오	數棟第廬四壁空
소나무 국화 거문고 책 사이에 누워 있고	身臥琴書松菊內
물과 구름 벌레와 새를 두고서 시를 쓴다오	詩成蟲鳥水雲中
계림에서 산속의 벗과 웃으며 이별하고는	雞林笑別山間友
청역에 와서 직하의 풍속을 보는구나	蜻域來觀稷下風
금빛 모래에 봄비 내리는 때 단란하게 모이니	春雨金沙團一會
시단의 깃발과 북에 아홉 사람 함께 하네	騷壇旗鼓九人同

석상에서 학사와 서기 각각의 좌하에 드리다
席上呈學士書記各座下

산안장(山岸藏)

배가 별빛 나루를 건너니	槎棹度星津
하늘가에서 수고하는 사신이라	天涯勞使臣
고향 그리는 마음 늘 꿈속에 들어오는데	鄉心常入夢
객중에 공연히 봄이 남아 있구나	客裡空餘春
이역에는 원래 벗이 없지만	異域元無友
고당에는 분명 부모님이 계시리	高堂定有親
흰 구름 천리 너머에 떠 있어[233]	白雲千里外
돌아갈 생각 빗속에서 새로워지네	歸思雨中新

문연에게 화답하다
和文淵

남옥(南玉)

빈 배를 섭진²³⁴에 매니	虛舟繫攝津
국경을 나온 신하 무사히 왔구나	好返出疆臣
옷은 삼신산의 비에 젖었고	衣潤三山雨
돛은 만 리의 봄에 가볍게 간다	帆輕萬里春
젖은 길에서 익숙한 풍경 찾아보고	洽途尋慣見
이역에서 특별한 사귐으로 친해지네	殊域別交親
남국에는 꾀꼬리가 없으니	南國無黃鳥
새소리는 날마다 새롭게 들리겠지	啼應到日新

위와 같음
同

성대중(成大中)

사신의 별 석목진을 침범하니	使星侵析津
바다의 끝에 머문 왕의 신하라	窮海滯王臣

---

233 흰 구름 천리 너머에 떠 있어 : '망운지정(望雲之情)'을 뜻하는 시구이다. 당나라 측천
무후(則天武后) 때 적인걸(狄仁傑)이 병주(幷州)의 법조참군(法曹參軍)으로 임명되어
부임했다. 당시 그의 부모는 하양(河陽)의 별장에 있었는데, 적인걸은 부모님이 그리울
때마다 태항산(太行山)에 올라 외롭게 떠다니는 흰 구름을 보면서 주변 사람들에게 말하
였다. "우리 부모님의 집이 저 아래 있겠지." 그렇게 오랫동안 슬픈 모습으로 구름을 쳐다
보다가 구름이 걷히면 그곳을 떠났다고 한다.

234 섭진(攝津) : 섭진주(攝津州, 세쓰주)는 대판성(大坂城, 오사카성)이 있는 곳이다.

배와 노가 다시 해를 넘기니 舟楫還經歲

꾀꼬리와 꽃 보며 또 봄을 지내네 鸎花又度春

기울어진 해바라기처럼 늘 임금 그리고 傾葵常戀主

귤을 품으니[235] 부모님 생각 배가 되지만 懷橘倍思親

돌아가는 행장 속에는 只許歸裝裏

신령한 풀[236] 새 상자에 가득할 뿐이리 靈苗滿篋新

위와 같음
同

원중거(元重擧)

배와 노가 바다의 길로 오니 舟楫歸滄津

안개와 노을 한나라 신하에게 속하였구나 烟霞屬漢臣

별은 상령의 밤을 가로지르고 星橫箱嶺夜

하늘은 무주의 봄으로 들어왔네 天入武州春

해외의 순박한 풍속은 옛 것이요 海外淳風古

천하의 어진 선비와 친해졌네 寰中吉士親

현의 뜻과 글자가 은근하니 殷勤玄志字

성긴 비에 살구꽃이 새롭구나 踈雨杏花新

---

235 귤을 품으니 : 후한(後漢)의 육적(陸績)이 어릴 때 원술(袁術)을 뵈러 갔는데, 그 집
에서 귤을 대접하자 어머니에게 갖다 드리려고 품속에 품었다는 고사가 있다.

236 신령한 풀 : 신선이 먹는 불사약(不死藥)을 가리킨다.

위와 같음
同

김인겸(金仁謙)

석목진에 배를 매고	維舟析木津
폐백 드리고자 파도와 작별한 신하	投幣謝波臣
성근 비 내리는 청연의 나라요	踈雨蜻蜒國
미풍 부는 귤과 유자의 봄이로구나	微風橘柚春
마음을 논하는데 거슬림이 없고	論心還莫逆
수레 지붕 기울이자 벌써 친해졌네	傾蓋已相親
내일 서쪽으로 돌아가는 길에	來日西歸路
새록새록 이별의 마음 어찌 견딜지	那堪別意新

추월 남군을 송별하다
送別秋月南君

산안장(山岸藏)

서로 만나니 어찌 세속의 정이랴	相逢豈是世中情
천고의 시맹에 풍월이 맑구나	千古詩盟風月清
모르겠소만 고당에서 작별한 후에	不識高堂分手後
언제쯤 옥가[237]의 소리 들을 수 있을까	何時得聽玉珂聲

---

237 옥가(玉珂) : 5품(品) 이상의 관원이 말(馬)에 다는 옥 장식. 여기서는 사신 수레에
달린 장식을 뜻한다.

산안문연에게 화답하다
和山岸文淵

남옥(南玉)

지저귀는 제비 날리는 꽃에 공연히 싱숭생숭 　語燕飛花空復情

시인이 돌아간 후에도 절집은 맑으리라 　詩人歸後佛樓清

전날 밤 이별의 한 그 얼마였던가 　前霄別恨知多少

뜰 나뭇가지에 남겨 두니 빗소리 들리네 　留得庭柯聽雨聲

앞의 운을 다시 써서 추월 남군께 드리다
再用前韻 呈秋月君

산안장(山岸藏)

이역의 바람과 안개에 터질 것 같은 마음 　異域風烟不耐情

도화 핀 삼월에 비단 시내가 맑구나 　桃花三月錦流清

돌아가는 배는 이제부터 하늘 밖으로 향할 터 　歸帆從是指天外

뜬 구름 향해 몇 번이나 소리를 부친다오 　好向浮雲數寄聲

문연에게 거듭 화답하다
疊和文淵

남옥(南玉)

고인은 이곳에서 정을 잊지 못했으니 　故人於此未忘情

남포엔 구름 떠 있고 조각달은 맑구나 　南浦雲橫片月清

깊은 숲의 새 옮겨가려 해도 그러질 못해 　幽鳥欲遷遷不得

숲 너머에서 두세 번 울음소리 보내오네   隔林啼送兩三聲

문연이 객중에서 그 어머니의 생신을 맞이하여 멀리서 축수를 드림에, 앞의 시에 첩운하여 바치다
文淵 客中 値其萱堂晬辰 遙致壽喜 疊前韻以奉

남옥(南玉)

나그네 봄이 깊어지니 귤을 품은 마음   遊子春深懷橘情

생신에 멀리서 바라보니 무성의 빛 맑구나   晬辰遙望婺輝清

복숭아를 손수 따서 돌아가는 사신 편에 보내니   瑤桃手折憑歸使

새벽에 숲 까마귀 반포[238]하는 소리를 들었네   曉聽林鴉反哺聲

용연 군을 송별하다
送別龍淵君

산안장(山岸藏)

잠깐 수레 지붕 기울이다 갑자기 헤어지니   忽傾華蓋忽分襟

떠나는 집에서 이별의 한 깊어짐을 어찌 견디랴   何堪離堂別恨深

이제부터 하늘 끝에선 그리움이 절절할 텐데   從是天涯相思切

흰 구름 밝은 달은 저 혼자 무심하구나   白雲明月自無心

---

238 반포(反哺) : '되돌려 먹인다'는 뜻으로, 까마귀가 부화한 지 60일이 지나면 어미 새에 게 먹이를 물어다 먹인다는 데서 나온 말이다. 자식이 자라서 어버이의 은혜에 보답하는 효성을 뜻한다.

산안문연에게 화답하다
和山岸文淵

성대중(成大中)

중선의 누대에서 다시 회포 펼치는데	仲宣樓上更開襟
북으로 곧게 뻗은 봄빛이 바다를 깊게 둘렀네	直北春光匝海深
만 리 먼 곳에서 산안 씨와 우의 맺으니	万里論交山岸氏
시 속에서 응당 돌아가고픈 마음 알리라	詩中應識欲歸心

다시 원운에 의거해서 용연 군께 드리다
再依原韻 呈龍淵君

산안장(山岸藏)

사객의 풍류에 우연히 흉금을 씻었는데	詞客風流偶滌襟
오늘 밤 이별 수심 깊어짐을 어쩌지 못하겠네	難何今夜別愁深
돌아간 후 장백산 위에 뜬 달은	歸來長白山頭月
분명 그리워하는 한 조각 마음일 테지	正是相思一片心

문연에게 거듭 화답하다
疊和文淵

성대중(成大中)

봄 달이 아름답게 객의 마음 비추는데	春月媚媚照客襟
백화가 모인 곳에 온 뜰이 깊어가네	百花叢裏一庭深
서해의 풀빛은 해마다 푸를 것이니	西海艸色年年綠

시통 속에 석별의 마음 남겨 두었네   留得詩筒惜別心

문연이 부모님을 떠나 원유를 왔는데 그 생신을 맞이해서 돌아
갈 수 없음에, 멀리서 헌수를 하니 그 마음에 감동되어 거듭
화운해서 그에게 준다
文淵離親遠遊, 値其晬辰, 不得歸, 遙爲獻壽, 爲感其意, 疊和贈之。

성대중(成大中)

한 조각 풀에 봄이 빛나는 건 나그네 마음   寸艸春輝游子襟
원추리 그늘 멀리서 흔들리니 북당이 깊구나   萱陰遙搖北堂深
육랑이 귤을 품은 것 도리어 여사이니   陸郎懷橘還餘事
첨생이 멀리 와서 공부한 마음 알아야 하리   宜識詹生遠學心

현천 군을 송별하다
送別玄川君

산안장(山岸藏)

높은 누대의 꿈 대도의 끝[239]으로 돌아가   高樓夢回大刀頭
귀향 생각 천지에 가득한데 객주를 매었네   歸思乾坤繫客舟
파리곡 여러 번 올리는 것 이상하다 생각지 마오   莫怪巴歌數相奏
천년의 이 만남 참으로 아득해질 테니   千年此會正悠悠

---

239 대도의 끝 : 칼머리에 달린 고리를 지칭한 것인데, 전하여 '환(還)'자의 은어(隱語)로
쓰인다. 여기서는 고향에 돌아가는 것을 의미한다.

문연에게 화답하다
和文淵

원중거(元重擧)

아침에 거울 속 반백의 머리에 놀라고	鏡裡朝驚白半頭
겹겹의 바다에서 뱃길을 물으려 하네	重溟還欲問征舟
기러기는 세 번 울고 다시 눈물 떨구는데	賓鴻更落三聲淚
수양버들 가지 끝에 세월이 아득하다	楊柳枝頭歲月悠

다시 앞의 운을 따라서 현천 군께 드리다
再依前韻 呈玄川君

산안장(山岸藏)

해는 동해의 여섯 자라 머리 위에 뜨고	日浮東海六鰲頭
달 실은 서쪽의 바다 황학주로다	月載西溟黃鶴舟
이별 후에 푸른 먼지 어느 곳에서 부칠까	別後靑塵何處寄
천산만수가 모두 아득하기만 하다	千山萬水共悠悠

퇴석 군을 송별하다
送別退石君

산안장(山岸藏)

내일 아침 헤어지면 산과 바다 달리할 터	明朝分袂山海殊
하늘 밖에서 누굴 향해 안부를 물으랴	天外向誰問有無
이별 후 시편을 그대 아끼지 마오	別後詩篇君莫吝

옥함산 위에 백운이 외롭게 떠 있으니   玉函山上白雲孤

문연에게 화답하다
和文淵

김인겸(金仁謙)

관복과 언어 다른 것 싫지가 않으니   莫嫌冠服語言殊
이역에서의 지음은 옛날에도 없었네   異域知音古亦無
하늘 남북으로 구름은 만 리에 걸쳐 있는데   斗北天南雲萬里
떠나는 기러기 달 속의 외로움 견딜 수 있으랴 可堪離雁月中孤

앞의 운을 써서 다시 퇴석 군을 전송하다
用前韻 再送退石君

산안장(山岸藏)

만국의 수레 다니는 길 다르지 않으니   車轍萬邦道弗殊
고금에 문서가 어찌 없을까   文書今古豈何無
사신이 산 넘고 물 건너는 수고를 하여   使臣能爲勞跋涉
천년의 선린우호에 외롭지 않다네   鄰好千年得不孤

문연에게 거듭 화답하다
疊和文淵

김인겸(金仁謙)

봄빛이 고향과 다르지 않은데	春光不與故園殊
까치와 꾀꼬리만 유독 없구나	綵鵲黃鸎也獨無
이역의 나그네 수심을 그대는 묻지 말라	異域羈愁君莫問
세 바다 만 리 떠난 외로운 부평초라오	三洋万里一萍孤

韓館唱和續集 卷之二

二月廿四日，南太元及小室當則、關脩齡、中村弘道、久保泰亨、飯田良、宮武方甄、笠井載清、山岸藏等九人，會學士書記。

僕姓南，名太元，字君初，號月湖。訒亭之孫，省齋之子，林祭酒門人也。列儒官，延享戊辰使節之東，旣蒙朴公諸子之盛眷，今又諸君辱賜青顧，感謝曷盡。
南太元再拜。

《奉呈製述官南君》　　　　　　　　　　　　　　　南太元
海頭旌旆自蒼蒼，仙路風溫幾許長。夕繞星軺暉夜月，朝飄冠佩作春裝。

《奉和南月湖》　　　　　　　　　　　　　　　　　南玉
明月南胡湖水蒼，相逢問姓海雲長。雙金價重青氈舊，三世詩傳北客裝。

《再和秋月南君》　　　　　　　　　　　　　　　　南太元
仙客冠纓佩水蒼，合歡同姓若交長。詞章白日芙蓉頂，雲路遙遷落日裝。

《重和月湖》　　　　　　　　　　　　　　　南玉
上客華筵髩髮蒼，禪樓一笑兩聲長。新歡未足離愁動，傳得天書便
理裝。

《奉呈察訪成君》　　　　　　　　　　　　　南太元
使臣萬里渡春波，山海追隨日月過。禮樂長存異代妙，開軒颯爾亦
如何。

《和南月湖》　　　　　　　　　　　　　　　成太中
南浦春風漢綠波，戊辰槎月夢中過。茅家奕世詩箱重，滄海遙通問
幾何。

《和龍淵成君》　　　　　　　　　　　　　　南太元
海內接霞不擧波，仙郎東望片舟過。千秋遍託風流氣，忍見才名如
我何。

《重和月湖》　　　　　　　　　　　　　　　成大[240]中
細雨蘋洲漲碧波，浪華烟柳記曾過。孤懷寄與湖邊月，天際其如送
別何。

240　원문에는 '太'로 되어 있으나 오기(誤記)이므로 바로잡음.

《奉呈奉事元君》 南太元
驛路春風晴色寬，斗間紫氣映波瀾。一從使節迎東海，邂逅開筵交
厚難。

《和月湖》 元重舉
明神秀格帶衣寬，東海文波欲放瀾。孤許清芬看一席，含情脉脉語
言難。

《疊和玄川元君》 南太元
相逢詞客勇風寬，吟動春霞筆下瀾。徒有綺筵佳麗色，才毫長託幾
人難。

《奉呈進士金君》 南太元
東望斗邊帆影迎，迢迢波靜翠雲傾。關門曉渡千秋客，冠蓋風斜容
色清。

《和月湖南君》 金仁謙
春雨禪樓一笑迎，百年南北盖初傾。羅山詩脉傳來遠，喜子瓊章句
語清。

《再和退石金君》 南太元
春日開筵風裡迎，天涯擁霞霽陰傾。詞才垂跡眞如此，賦就難攀奈
濁清。

《疊和月湖》　　　　　　　　　　　　　　金仁謙

三韓槎客喜重迎，前後詩筵氣意傾。鳳谷門前才子足，瓊林玉樹幾
枝清。

《送別南秋月》　　　　　　　　　　　　　南太元

一從登旅舘，滿坐仰冕冠。山入雲霞暖，雪侵松柏寒。人龍才逐跡，
仙客德難看。眞有雄風潔，勞心他日寬。

《和月湖》　　　　　　　　　　　　　　　南玉

海客靑萍劍，山人碧蕙[241]冠。莫云香臭別，猶照寸心寒。言語憑詩遞，
容顏乘燭看。離愁無那遠，歸雁楚天寬。

《送別書記三君》　　　　　　　　　　　　南太元

才名齊鄴下，料識昔時遨。吟接月明濶，曲添山色高。遍無依玉案，
又若託綈袍。終日逢淸賞，別離不耐勞。

《和月湖》　　　　　　　　　　　　　　　成大[242]中

晚逐師襄迹，空懷列子遨。長空踈雨暗，深海遠濤高。舊好留瓊軸，
新交贈紵袍。歸帆北渚去，他日夢魂勞。

《和月湖》　　　　　　　　　　　　　　　元重擧

新春開海國，韶景屬良遨。踈雨梅花落，東風燕子高。禪樓金作章，

---

241 원문에는 '黃'으로 되어 있으나 '蕙'의 오기(誤記)인 듯함.
242 원문에는 '太'로 되어 있으나 오기(誤記)이므로 바로잡음.

嘉客繡成袍。分日留芳約, 終筵未覺勞。

《和月湖》　　　　　　　　　　　　　　　　金仁謙
林公門下士, 載筆共遊遨。滄海詞源濶, 蓬山墨壘高。秋霜生越劍,
湖月照荷袍。前後迎賓舘, 投詩慰客勞。

僕姓小室, 名當則, 字公道, 號汶陽, 武藏人, 林祭酒門人, 會津侯儒
臣。延享之聘, 與矩軒諸公, 會于此堂, 今又遇此盛事, 天幸實多。欣欣
慰慰。
小室當則再拜。

《奉呈秋月南公》　　　　　　　　　　　　　　小室當則
小東東海大東東, 萬里朝潮夕汐通。解纜鏡中開淑景, 揚帆畫裏映晴
空。孤山明月晁卿賦, 陰洞靈芝徐福宮。今日新觀周冕弁, 兩邦禮樂穆
淸風。

《奉和小室汶陽》　　　　　　　　　　　　　　　南玉
桑枝斷石更無東, 亥步張槎有路通。花事一春都似夢, 筆遊三日未曾
空。長雲鴻雁歸儵嶠, 細雨枇杷濕梵宮。小室山居蓬島近, 坐間渾覺動
冷風。

《再用前韻 呈南公》　　　　　　　　　　　　小室當則
冠裳相映日華東, 旌旆揚揚佳氣通。鷁舫飄飆浮自穩, 蜃樓彷彿望來
空。天回千里百餘國, 雲合三山十二宮。縱使江關多翠色, 不如鄉路醉
春風。

《疊和小室汶陽》　　　　　　　　　　　　　　南玉

一片花飛一片東, 別來春樹渺難通。堯封日月分寶域, 楚尾雲烟際太空。良讌罷回龍象院, 淸詩題滿蜃鮫宮。天涯顔面何由記, 除是神鵬假大風。

《奉呈龍淵成君》　　　　　　　　　　　　　小室當則

靑海波平接早天, 玉簫金鼓起樓船。錦帆搖曳掛雲表, 彩鷁安流到日邊。驛院鳴鐘傳後夜, 故園明月滿前川。見經屮木烟霞色, 十五國風詩幾篇。

《和小室汶陽》　　　　　　　　　　　　　　成大中

峩冠偉帶照春天, 扶木西枝繫六船。小室幽居叢桂裏, 辰年餘命落梅邊。徐王故國道三島, 杜老羈蹤滯四川。從古楚南多麗藻, 九歌騷響繼葩篇。

《用前韻 呈成君》　　　　　　　　　　　　小室當則

蒼蒼君子國東天, 臘盡浪華迎畵船。舍館曉風驚夢裏, 關山寒月滿愁邊。豈稱酒頌談金谷, 惟說茶經學玉川。吾輩幸相逢盛事, 朝儀應賦鹿鳴篇243。

《重和小室汶陽》　　　　　　　　　　　　　成大中

星軺風馭十洲天, 仙氣浮浮太乙船。萬里行程終有限, 重溟烟雨更無邊。雲霄舊列瞻宸極, 漁釣閑緣夢抱川。尙賴新詩寬客恨, 驪駒和返式

---

243 원문에는 '篶'으로 되어 있으나 오기(誤記)이므로 바로잡음.

微篇[244]。

《奉呈玄川元君》　　　　　　　　　　　　　　　小室當則

仙郞玉節自西方，日夜函關紫氣揚。松柏風聲傳樂譜，樓臺月影入文章。那須習氏池頭飲，正接令公衣上香。無奈歸鞍遙悵望，蒼茫越水楚雲長。

《和小室汶陽》　　　　　　　　　　　　　　　　元重擧

已識文星開海方，更看詩罍坐間揚。無空合浦凝珠貝，風落荊山蔚豫章。華硯綠沾杷露潤，彩毫紅濕柏花香。昌平館裏紛紛士，摠道歐陽舊澤長。

《用前韻 呈元君》　　　　　　　　　　　　　　小室當則

羽旗鼓吹動東方，車馬如雲行色揚。旅館紗窓月一片，京城文苑花千章。勞來雪後蒹葭老，見歷江南橘柚香。咫尺此中難再奉，孤懷尙與碧天長。

《疊和小室汶陽》　　　　　　　　　　　　　　元重擧

十日瀟然臥丈方，海天輕雨晚悠揚。磬前碧瓦跁龍角，席上彤毫繡虎章。春水綠涵千樹影，夜花紅從萬家香。相看忽訝蓬壺夢，塵外冥冥瀣渤長。

---

244 원문에는 '萹'으로 되어 있으나 오기(誤記)이므로 바로잡음.

《奉呈退石金君》　　　　　　　　　　　　　　　小室當則

直指波濤出大都, 日之東海海之隅。星辰宛轉辨天象, 島嶼微茫按地
圖。諸彦弦歌新樂府, 先人賦筆舊江湖。來晨千騎頻歸去, 菡萏峯頭雪
色孤。

《和小室汶陽》　　　　　　　　　　　　　　　　金仁謙

雲帆万里訪桃都, 三島風烟析木隅。滄海雄心宗愍浪, 名山宿計少文
圖。華堂冠服連蜻鰈, 故國松篁隔嶺湖。十載賓筵參翰墨, 喜君標格獨
清孤。

《用前韻 呈金君》　　　　　　　　　　　　　　小室當則

風夜清霜歷兩都, 卸鞍偃蹇鳳城隅。群賢意氣見詩賦, 上客風流入畫
圖。何問壯遊開北海, 定知大雅憶西湖。星輧過處德輝滿, 萬里比隣還
不孤。

《疊和小室汶陽》　　　　　　　　　　　　　　　金仁謙

前年曾別漢陽都, 今歲猶淹渤澥隅。扶木火騰看日出, 天池波立見鵬
圖。萍蓬渺渺侵朱鳥, 松菊悠悠憶錦湖。怊悵與君分手後, 可堪他夜月
來孤。

《奉呈秋月南公》　　　　　　　　　　　　　　　小室當則

巡遊尚值異鄉春, 客思題詩江水濱。偏使王孫促歸意, 銀塘芳艸柳
條新。

《和小室汶陽》　　　　　　　　　　　　　　　　　　　南玉

軟草垂楊一色春，汶陽送客落梅濱。幽禽似有遷喬願，細雨枝頭百囀新。

《奉呈龍淵成君》　　　　　　　　　　　　　　　　　小室當則

江上陽春白雪林，無端花鳥客情深。風光暫爾能携手，天末參商恨不禁。

《和小室汶陽》　　　　　　　　　　　　　　　　　　成大中

桃花紅雨濕祗林，海上春雲一院深。信美山河空滿目，仲宣懷緒更難禁。

《奉呈玄川元君》　　　　　　　　　　　　　　　　　小室當則

高樓竟日對仙郎，猶接風姿座裏香。繼燭詩篇卽留別，翩翩才筆獨珍藏。

《奉呈退石金君》　　　　　　　　　　　　　　　　　小室當則

蒼茫秦望海雲開，報道仙舟李郭來。青玉案頭相見去，仁風和氣滿春臺。

《和小室汶陽》　　　　　　　　　　　　　　　　　　金仁謙

法界高樓傍海開，江都才子雨中來。看君詩律多新格，頗似長州老鶴臺。

《奉寄退石君》　　　　　　　　　　　　　　　　　　　　小室當則

向携詞筆坐瓊筵, 花片爲堆銀燭前。遙憶高麗橋上望, 春風三月送
樓船。

《和小室汶陽》　　　　　　　　　　　　　　　　　　　　金仁謙

春風澹蕩鹿鳴筵, 文壘初開繡佛前。四寄瓊章情更重, 知應怊悵北
歸船。

《奉寄秋月君》　　　　　　　　　　　　　　　　　　　　小室當則

河上春風芳艸肥, 王孫彩筆賦西歸。東藩産物雖微細, 夜夜應能照
墨池。

《和小室汶陽 謝會津侯蠟蠋之惠》　　　　　　　　　　　　南玉

何處僊山蜂液肥, 五侯烟入客船歸。鶴樓賁飾慚無力, 誰道三湘作
硯池。

僕姓關, 名脩齡, 字君長, 號松窗, 武藏人, 林祭酒門人, 廐橋侯儒臣。
戊辰信使之幕賓朴、李、柳諸子, 曾辱垂顧, 今復遇此盛會, 榮幸實夥。
關脩齡再拜。

《贈秋月南君》　　　　　　　　　　　　　　　　　　　　關脩齡

東道春雲聘使年, 兼探竹簡古文編。美名曾傍詞場起, 藻翰長隨藝苑
傳。何限雄心生海嶽, 無端歸計隔風烟。一時萍梗存交誼, 薄劣深慚子
産賢。

《和關松窓》　　　　　　　　　　　　　　　　　　　　南玉

醉雪東浮十七年，夜牕松月照歸編。端明故事天涯誤，張祿前名座上
傳。客舘春愁桃杏雨，佛樓詩思橘藤烟。西還定問君消息，報道吳蒙勝
昔賢。

《贈龍淵成君》　　　　　　　　　　　　　　　　　　關脩齡

積水長天客路分，東關稅駕雨紛紛。相思入夢池塘草，對語含愁日暮
雲。偏羨遠游能載筆，更憐清宴坐論文。春風猶滯梅花後，萬里歸鴻不
可聞。

《和關松窓》　　　　　　　　　　　　　　　　　　　　成大中

滄溟南望楚天分，寒色東風客緒紛。桃李半開前夜雨，衣巾相對上方
雲。嘉賓尙記皇華讌，雅道應傳柱史文。剩識阿蒙非昔狀，西歸與報雪
翁聞。

《贈玄川元君》　　　　　　　　　　　　　　　　　　關脩齡

信使迢遙道路難，高堂握手問加餐。修文已許千秋業，把酒何妨十日
歡。海上仙槎驚歲晚，天涯旅服畏春寒。只今縞帶堪相遺，猶作當年季
札看。

《和松窓》　　　　　　　　　　　　　　　　　　　　　元重擧

四美華堂併二難，人人仙骨老瓊餐。蘇仙惠外傳虛報，羊舌中州記舊
歡。遙海三山凝暮雨，層城二月逗餘寒。清秋玉節皇華路，歸日長亭草
色看。

《贈退石金君》　　　　　　　　　　　　　　　　　　關脩齡

春城玉帛曳裾長, 記室能名動海方。已自遠游知謝朓[245], 還因佳會見
鄒陽。一時風裁梯航日, 異代聲華翰墨場。回首應憐歸騎晚, 客程芳草
正微茫。

《和松窓》　　　　　　　　　　　　　　　　　　　　　金仁謙

端軸無涯鷁路長, 一帆來到極東方。三山花月扶桑外, 萬戶樓臺紫海
陽。古寺雲煙愁繫馬, 華筵文墨喜逢場。始知稷下多名士, 休道風騷久
渺茫。

《席上贈秋月南君》　　　　　　　　　　　　　　　　關脩齡

休疑紫氣入關高, 詞客乘春弄彩毫。路過芙蓉明雪色, 帆懸勃海起秋
濤。十年夢寐情難盡, 一日風流興轉豪。知是他鄉同調少, 朱絃更向幾
人操。

《再和松窓》　　　　　　　　　　　　　　　　　　　　南玉

神仙標格雪翁高, 想得龍蛇動醉毫。海外風流驚日域, 夢中顔鬢隔雲
濤。舊聞區冊從韓老, 新識陳良是楚豪。我亦師襄琴縵學, 曲終山水爲
君操。

《席間贈龍淵成君》　　　　　　　　　　　　　　　　關脩齡

海門西接樂浪城, 使者來尋帶礪盟。客裡春花騷思發, 簾前暮雨旅魂
驚。隨珠並照靑雲座, 郢曲兼操白雪聲。却懷當年杯酒興, 風流不減故

---

245 원문에는 '眺'로 되어 있으나 '朓'의 오기(誤記)인 듯함.

人情。

《再和松窓》　　　　　　　　　　　　　　　　　　成大中
槎上星輝照水城, 寺樓春日記前盟。雪翁標格神仙降, 濟叟詞章鬼物
驚。喜得朝鞭稱舊識, 敢言陳橄動新聲。郵筒萬里勞相問, 深認關門出
世情。

《席間贈玄川元君》　　　　　　　　　　　　　　　關脩齡
聞說朱絃調最新, 彈來爲問和歌人。江城客久逢寒食, 山驛花深對暮
春。坐上詞篇才自長, 天涯明好意相親。何妨海嶠風煙遠, 此日騷壇會
有神。

《再和松窓》　　　　　　　　　　　　　　　　　　元重擧
舊事龍宮忽更新, 雪翁風彩寄東人。儀標獨映開筵日, 歡笑因留滿座
春。知德早承平仲契, 愛才還得李膺親。淡醲采白皆殊用, 始識寰中交
有神。

《席上贈退石金君》　　　　　　　　　　　　　　　關脩齡
書記翩翩海北來, 飛楊萬里氣雄哉。共稱枚叔觀濤興, 也說陳琳草橄
才。匣裡珠迎明月動, 囊中賦對落花開。預愁兩地江山隔, 不得相逢把
酒杯。

《再和松窓》　　　　　　　　　　　　　　　　　　金仁謙
鰲背長風駕鷁來, 析津烟月興悠哉。腐儒素乏靑霞氣, 華髮元非白雪
才。梅下鄉愁悲獨坐, 燈前詩會喜同開。和韓莫道東西遠, 滄海吾今視

一杯。

《贈秋月南君　兼示柳子相》　　　　　　　　　　　　關脩齡
春風喜好使，原隰擁征軺。騷客含毫出，儒臣執玉朝。交情明月遠，
歸路白雲遙。仙叟今無恙，因君寄海潮。

《和松窓》　　　　　　　　　　　　　　　　　　　　南玉
曉啓天書袟，春歸使者軺。禮成笙瑟讌，命復聖明朝。代馬嘶風疾，
邊鴻引月遙。多情關尹子，惆悵望空潮。

《題醉雪詩　贈松窓》　　　　　　　　　　　　　　　成大中
斷雲殘雪是東城，日出鳴驪催去程。余髮蕭蕭詩更苦，寒梅花下不
勝情。

《次柳子相韻　酬龍淵成君》　　　　　　　　　　　　關脩齡
桃李春深海上城，風塵行役復歸程。故園若遇仙翁問，翰墨長留別
後情。

《題關君長扇》　　　　　　　　　　　　　　　　　南玉
獨對松窓月，遙思醉雪翁。天涯知己字，題送北歸鴻。

《酬秋月南君題扇見貽》　　　　　　　　　　　　　關脩齡
醉翁存舊識，君適是知音。別後清秋月，並懸千里心。

僕姓中村，名弘道，字厚載，號鶴市，讚岐人，林祭酒門人，讚岐侯儒臣。

中村弘道再拜。

《贈製述官南秋月》　　　　　　　　　　　中村弘道

箕封才學昔曾聞，今日良緣始見君。華蓋秋辭漢陽月，畫旗春映海東
雲。聚星此處纔相遇，風馬由來不作群。連榻何妨言語異，兩邦詞筆本
同文。

《和中村鶴市》　　　　　　　　　　　　　南玉

簷雨踈踈林鳥聞，上方清磬引諸君。羈愁七過虧盈月，交誼雙看聚散
雲。風蕊東西那有蔕，暮鴻三四不成群。惟應別後相思處，箕斗星芒夜
夜文。

《用前韻 再贈秋月》　　　　　　　　　　中村弘道

風流儒雅勝前聞，英俊誰人得並君。坐似兼葭依玉樹，望如鸞鶴下仙
雲。詞源浩蕩眞無敵，禮貌逍遙自出群。更識箕邦存聖化，八條不啻見
遺文。

《疊和鶴市》　　　　　　　　　　　　　南玉

松梢殘滴霽猶聞，舊菖香清見數君。海上眞仙違羨偓，江東才士得機
雲。魚山梵裏禽相對，鳳谷門前鶴不群。一別參商還似舊，渭天春樹隔
論文。

《贈書記成龍淵》　　　　　　　　　　　中村弘道

客自西方萬里程，鶯花二月入江城。遙經徐福求仙路，肯讓張騫奉使
名。元是善鄰稱國寶，不妨出境結詩盟。遠游豈乏囊中草，定識篇篇裁

旅情。

《次中村鶴市》　　　　　　　　　　　　　　　　　成大中

鵬雲高處啓王程, 春日旌旐海上城。鳳谷門生多識面, 鶴汀才子始知
名。禪樓晚聞衣裳會, 詩壘初成武建盟。一別西洲消息斷, 江花渭柳謾
牽情。

《用前韻 再贈龍淵》　　　　　　　　　　　　　　　中村弘道

詞臣何事計歸程, 柳翠花盟東武城。已識健毫能愈病, 又聞佳句獨專
名。寶鄰來續先君好, 文苑同尋諸子盟。別後交歡隔千里, 更憑飛夢竭
餘情。

《重和鶴市》　　　　　　　　　　　　　　　　　　成大中

水陸相催萬里程, 晚春風雨暗江城。近知書畫眞無益, 多愧詩文早有
名。玄燕歸飛須作件, 白鷗閑落與同盟。九皐仙侶欣迎客, 當識林家子
養情。

《贈書記元玄川》　　　　　　　　　　　　　　　　中村弘道

星使遙辭漢水秋, 釜山明月送仙舟。路過九國鵬雲際, 天限兩邦鯨海
流。隨地烟花傷異客, 望鄉詩賦滿登樓。此行不佀[246]來通好, 亦似觀風
季子游。

---

246 원문에는 '佀'로 되어 있으나 '但'의 오기(誤記)인 듯함.

《和鶴市》 元重舉

徐王海色老千秋，鶴外春風送客舟。日月光侵三島出，山河影入六鰲流。披離橘柚烟中樹，錯落金銀水上樓。多謝高朋分日訪，半林踈雨辨清游。

《用前韻 再贈玄川》 中村弘道

行人載幣發清秋，東海春留彩鷁舟。鮮土詞臣多俊逸，鄴都才子避風流。兩邦修信期千歲，萬里論交共一樓。幸荷瓊瑤永爲好，吟來別後憶同遊。

《重和鶴市》 元重舉

皇華否度記春秋，靖土功歸濟漢舟。縞紵之情嘉樹愛，黃河不盡帶如流。春風玉節朝鮮使，二月梅花實相樓。何事東方多瑣節，不敎人作紫街遊。

《贈書記金退石》 中村弘道

萬里烟濤客路賒，擬窮蓬島問仙霞。天涯已送三春雁，海畔猶留八月槎。預計長程期臘雪，豈圖嘉會後梅花。來修鄰好堪酬國，莫道他鄉老歲華。

《次鶴市見贈韻》 金仁謙

鵬路迢迢日下賒，荷衫來拂赤城霞。永嘉臺外頻瞻月，大坂江前久繫槎。仙訣蒼茫蓬島藥，羈愁腕脫武州花。見君年少詩才捷，莫笑韓人兩鬢華。

《用前韻 再贈退石》　　　　　　　　　　中村弘道

誰道芳鄰路不賒, 征袍飛蓋染烟霞。防身常帶衝星劍, 報主遙隨凌漢槎。已有橐中珠照乘, 又看席上筆生花。憶君還向鄉關日, 纔渡鯨洋頭盡華。

《再和鶴市》　　　　　　　　　　　　　金仁謙

滄海東頭月色賒, 興來惟對富山霞。雕梁玄燕營新壘, 齋院紅梅着古槎。客裏愁添衝浦雁, 夢中春晚洛陽花。浮生聚散堪怊悵, 豈獨殊方感物華。

《送別南秋月》　　　　　　　　　　　　中村弘道

西天萬餘里, 歸路海雲深。童僕諳方語, 江山入客吟。鳴禽知別恨, 垂柳亂羈心。懽好自玆隔, 夢魂何處尋。

《重和中村鶴市別詩》　　　　　　　　　南玉

春城寒食雨, 晚寺落花深。路指孤鴻去, 愁連一鶴吟。詩篇千古事, 離別異鄉心。欲識相思意, 芙蓉碧萬尋。

《送別成龍淵》　　　　　　　　　　　　中村弘道

迢遞雲霄外, 辛勤報主身。逢場疑夢寐, 岐路邈參辰。詩就客中月, 花飛雨後春。知君歸國日, 名譽自無鄰。

《重和中村鶴市》　　　　　　　　　　　成大中

浩渺三山夢, 飄飆萬里身。雲端瞻故國, 花下愛芳辰。留客清筵夕, 傳詩古舘春。襟期如不隔, 殊域便同隣。

《送別元玄川》　　　　　　　　　　　　　　中村弘道
　異邦千里客，研席暫相同。修好非今日，賦詩存古風。交情無遠近，
離恨隔西東。此去試回首，斗間劍氣雄。

《重和鶴市》　　　　　　　　　　　　　　　　元重擧
　不愁山海遠，猶得軌書同。談永高樓日，詩傳脩竹風。明星孤月北，
遙海斷雲東。收拾瓊瑤句，歸思鶴市雄。

《送別金退石》　　　　　　　　　　　　　　　中村弘道
　山海程千里，鄉關天一涯。來時迷雨雪，歸路滿風花。羈思傷春草，
行裝映曙霞。前途相憶處，只有白雲遮。

《三和鶴市》　　　　　　　　　　　　　　　　金仁謙
　心懸天北極，身滯海東涯。睡覺仍啼鳥，詩成半落花。離愁玄圃鶴，
歸橐赤城霞。他日相思夢，雲山萬里遮。

　睽違懿範，倏忽三日，采葛之思，湯心塵生，天假奇緣，獲再沐高誼，
榮幸實多。
　盅齋久保泰亨拜。

《呈南製述》　　　　　　　　　　　　　　　　久保泰亨
　遠客新知又此違，對君今日思依依。無情最是天邊雁，鳴促歸人向
北飛。

《重酬盅齋》 南玉

一日相逢一日違，沖然眉宇夢中依。禪樓側畔梅千片，風雨三霄太
牟飛。

《呈成書記》 久保泰亨

傾蓋交歡未竭情，忽聞車馬促歸程。行行試聽春林裏，黃鳥枝頭求
友聲。

《重和盅齋[247]》

未了前緣久繫情，諸天花雨問詩程。西湖處士應同住，和送詩筒更
寄聲。

《呈元書記》 久保泰亨

莫厭鴻臚過訪頻，笑談一別隔參辰。相思東海懸明月，流照漢隔城
裏人。

《和盅齋》 元重擧

禪樓暇日接繁頻，寒食東風細雨辰。遠客中情無一事，燈前空憶座
間人。

《呈金書記》 久保泰亨

忽漫相逢兼別愁，寸心欲說恨難酬。青丘風雅君家事，他日編修憶
遠遊。

---

247 원문에는 작자가 기재되어 있지 않으나 성대중(成大中)의 시로 추정됨.

《次盅齋見贈韻》　　　　　　　　　　　　　　　　金仁謙

詩會猶餘未了愁，重開文墨喜相酬。今來始邃桑蓬志，滄海前頭辨
壯遊。

《贈秋月　敍離情》　　　　　　　　　　　　　　　久保泰亨

煙花三月好，此迓異邦賓。日照扶桑影，天低析木津。春雲隨遠道，
芳艸怨離人。會面唯今夕，襟懷難盡陳。

《贈龍淵　敍離情》　　　　　　　　　　　　　　　久保泰亨

風流韓土客，文雅暫追攀。人惜殊方別，詩留他日顏。片帆縹緲外，
三島有無間。離恨隨潮水，送君到釜山。

《贈玄川　敍離情》　　　　　　　　　　　　　　　久保泰亨

相迎無幾日，歸客計前程。嶽雪他年夢，海雲故國情。曉鴻行又斷，
春草綠徒生。一別音塵闊，各天共月明。

《贈退石　敍離情》　　　　　　　　　　　　　　　久保泰亨

行人皆妙選，賓從亦多才。揮筆龍蛇走，賦詩錦繡裁。新知終日宴，
長路隔年回。借問遼東鶴，何時復此來。

《重和盅齋》　　　　　　　　　　　　　　　　　　南玉

懷土吟莊舃，登樓識洞賓。馬愁箱嶺棧，帆滯浪江津。細雨花辭樹，
長雲雁背人。新知悲契濶，哀曲別筵陳。

《重和盅齋》　　　　　　　　　　　　　　　成大中

祭酒開函丈, 龍門許爾攀。靈明通浩氣, 藻采上腴顏。藉手詩書裏,
潛心筆硯間。偶然萍水會, 相對雨中山。

《重和盅齋》　　　　　　　　　　　　　　　元重擧

芳艸松間驛, 孤雲海上程。山河留馬跡, 烟樹寄人情。已識秦能夏,
還驚魯有生。職方編外國, 風俗記分明。

《再和盅齋》　　　　　　　　　　　　　　　金仁謙

鳳老緇帷闢, 江州集妙才。騷坰三島聳, 錦囊七襄裁。留客花前話,
題詩雨裏回。禪樓餘債在, 明日倘重來。

右屬和四首, 二十五日贈來。

僕姓飯田, 名良, 字君貞, 號雲臺, 別號竹洞, 武藏人, 林祭酒門人, 試
彥根侯文學。

飯田良再拜。

《奉呈學士南公》　　　　　　　　　　　　　飯田良

山斗芳聲元自聞, 接天旌旆海烟分。金鞍日映芙蓉色, 華館春開錦繡
文。身在中朝臨玉署, 名連異域入青雲。況逢冠帶修嘉好, 風采堂堂更
不群。

《和飯田雲臺》　　　　　　　　　　　　　　南玉

人字封疆愜舊聞, 東南長幅界天分。州非軒畫之中野, 經有秦爐以外

文。山出金銀騰夜氣, 樓臨鮫蜃覆春雲。百年頗闢靈明竅, 林氏書生又一群。

《奉呈察訪成君》　　　　　　　　　　　　飯田良

錦帆千里照波濤, 書記翩翩彩鳳毛。兩地風流暫傾蓋, 三春景象此揮毫。對花高興詞篇出, 爲客窮愁夢寐勞。萍梗論交東海上, 因君今日見才豪。

《和飯田雲臺》　　　　　　　　　　　　　成大中

紅蓮幕裡閟秋濤, 漫跡多慚脫穎毛。滄海行裝浮彩鷁, 別天交際賴斑毫。松篁故社空牽夢, 花木禪房久息勞。見說雲臺春睡足, 東窓須學伯淳豪。

《奉呈奉事元君》　　　　　　　　　　　　飯田良

仙槎萬里氣雄哉, 歲晚關河擁節來。旅館夢隨歸雁去, 異鄉花向使臣開。新詩雪滿西陵外, 彩筆雲生東海隈。此日人稱專對事, 扶桑春色帶榮回。

《和飯田雲臺》　　　　　　　　　　　　　元重擧

故園西望意悠哉, 春色隨人萬里來。池榭漸分高下嫩, 庭花閑數兩三開。心隨旅鶴翩雲外, 夢逐羈鴻出海隈。默識長亭强萬里, 歸程應帶麥芒回。

《奉呈進士金君》　　　　　　　　　　　　飯田良

使星遙到武昌城, 此日先傳仙客名。雲動高旌經菡萏, 風平滄海訪蓬

瀛。新詩並照明珠色, 淸調堪歌白雪聲。兩地江山囊裡草, 携來彩筆更
縱橫。

《和飯田雲臺》   金仁謙

　風馭冷冷到赤城, 金龍寺外問山名。衣冠兩國迎新面, 花柳千家壓大
瀛。雷鼓雲旗開壘壯, 瓊琚玉佩放聲淸。回頭試望萊州路, 春樹寒烟萬
里橫。

《席上呈秋月南公》   飯田良

　翩翩詞客入東方, 相見風流翰墨場。兩地聲華君自在, 談經何減漢
賢良。

《和飯田雲臺》   南玉

　老客星臨箕尾方, 鹿苹春傍白駒場。華筵簪玳多名士, 先數夫君北
學良。

《席間贈龍淵成君》   飯田良

　聞道才名本不群, 相看更愛沈休文。遠遊定識囊中賦, 並映峰頭錦
繡雲。

《和飯田雲臺》   成大中

　妙歲詞章獨出群, 筠簾細雨與論文。西歸倘問吳名士, 爲說華亭有
陸雲。

《席上呈玄川元君》 飯田良

使者西來訪寶隣，相逢冠佩彩霞新。壯遊縱有觀濤興，何似雞林桃李春。

《和飯田雲臺》 元重舉

剗却層濤是比隣，百年冠蓋影相新。殘篇寄與雲臺記，他歲留看二月春。

《席上呈退石金君》 飯田良

海色蒼茫千里潮，錦帆風正此相邀。客程已值青春好，桃李花開興自饒。

《和飯田雲臺》 金仁謙

高樓徒倚聽春潮，詞客同來不竢邀。昨夜偶成千里夢，錦城花柳雨中饒。

《再呈秋月南公》 飯田良

仙客乘槎大海東，關門紫氣掛長空。衣冠身映金城度，劍佩聲當翰苑通。華舘花開憐落照，綺筵歌發接高風。預知多日談經處，千歲人傳戴侍中。

和飯田雲臺[248]

細竹濃花小沼東，使華歸後此樓空。溟程自古三重阻，邦信于今十二

---

248 원문에는 작자가 기재되어 있지 않으나 남옥(南玉)의 시로 추정됨.

通。富岳琵湖收物色, 全經靈藥採謠風。新交尙有江淹恨, 南浦春愁碧
艸中。

《再呈龍淵成君》 飯田良

使者分符修聘年, 橫天劍氣斗牛邊。關山路遠星從馬, 湖海潮平月滿
船。白雪長歌梁苑賦, 陽春難和楚宮篇。花間談笑交情切, 把袂俱憐落
日前。

《和飯田雲臺》 成大中

烟波離別已經年, 家在靑城古峽邊。博望蒲榴通絶域, 元章書畵滿浮
船。仙緣謾結三神島, 王事長吟四牡篇。落盡江城梅幾片, 道衡詩思在
花前。

《再呈玄川元君》 飯田良

詞臣攬轡到江關, 劍佩承恩金殿班。蜻域雲連滄海出, 雞林月照錦帆
還。烟霞曉度懸仙氣, 桃李春深慰客顏。暫爾交歡相見好, 何堪別後隔
千山。

《和飯田雲臺》 元重擧

回憶天書下九關, 武宸霜拂曉朝班。一年春逐波光到, 萬里人隨艸色
還。可耶層濤催白髮, 欲將眞訣問朱顏。眼中富嶽無心在, 今古人傳貝
樹山。

《再呈退石金君》 飯田良

多情自是在毫端, 客裡經年行路難。堪識春霄孤舘夢, 共歌魚藻兩邦

歡。雲飛雁影鄉園遠, 風度梅花夕日寒。一唱陽關離思切, 山川何處問平安。

《和飯田雲臺》　　　　　　　　　　　　　　金仁謙

潁洞羈愁集萬端, 暮年行後更堪難。灯前鄉夢三洋隔, 梅下詩遊半日歡。對鏡衰容驚歲晏, 登樓病骨惻春寒。携君欲上蓬萊頂, 度世仙方問羨安。

僕姓宮武, 名方甄, 字子陶, 號小山, 讚岐人, 林祭酒門人, 昌平國學生員。

宮武方甄再拜。

《奉呈製述官南君》　　　　　　　　　　　　宮武方甄

翩翩使節出三韓, 叱馭何論行路難。釜海浮槎秋已老, 函關駐馬雪猶寒。風流叨接諸賢座, 詩賦聊爲一日歡。別後登樓相憶處, 天涯空望白雲端。

《和小山》　　　　　　　　　　　　　　　　南玉

文章半世愧蘇韓, 泛海窺湘下筆難。桂檝雲濤春色老, 梅花江國雨聲寒。芝荷舊製那禁弊, 笙鼓初筵强作歡。欲和小山招隱賦, 遷喬幽鳥在林端。

《再用前韻 呈秋月》　　　　　　　　　　　宮武方甄

海內當時願識韓, 古今知是得才難。客程千里帆無恙, 鄰好百年盟不寒。非有彩毫催逸興, 何緣綺席罄交歡。天涯一別如胡越, 可惜斜陽掛樹端。

《疊次小山》　　　　　　　　　　　　　　　　　南玉

舊識還同叔與韓, 殊方不道會心難。雨花開院栟櫚長, 春茗傳杯琥珀寒。叢桂便成嘉樹傳, 小暄新試縞衣歡。出門無奈歸期浩, 家在天西古峽端。

《奉呈書記成君》　　　　　　　　　　　　　　宮武方甄

壯遊萬里興何豪, 不憚山川跋涉勞。畫鷁乘風凌巨海, 長鯨噴沫捲飛濤。星文遠向東方聚, 劍氣夜衝南斗高。岳雪春晴如有待, 似君今日入揮毫。

《和宮武小山》　　　　　　　　　　　　　　　成大中

長慶詞垣子獨豪, 一筵酬和不言勞。文城寶硯欺端石, 濃府紋牋勝薜濤。栟樹微烟開館淨, 杏花踈雨倚樓高。小山叢桂春來長, 爲抱瑤琴問白毫。

《次前韻 再呈龍淵》　　　　　　　　　　　　宮武方甄

元幹由來意氣豪, 長風萬里不辭勞。煙霞隱見三山路, 島嶼微茫九國濤。掌上明珠人共貴, 曲中白雪調何高。雞林鈔選君殊在, 當席縱橫看彩毫。

《重和小山》　　　　　　　　　　　　　　　　成大中

陳良最是楚南豪, 北學中州不道勞。千里封疆寒橘柚, 一方書軌限雲濤。經文自有門墻闢, 詞律休稱壁壘高。孺子多材知可敎, 好將微理析秋毫。

《奉呈書記元君》　　　　　　　　　　　宮武方甄

圖南鵬翼勢雄哉, 搏擊扶搖萬里來。蓬島彩雲帆外落, 函關紫氣馬頭開。詞章堪比相如美, 辭命殊稱子羽才。縞紵論文還似舊, 莫言西嶺夕陽催。

《和小山》　　　　　　　　　　　　　　元重擧

東溟道路此悠哉, 紅日扶桑拂檻來。疎雨更尋諸子約, 禪樓因許小筵開。寰中浪迹驚衰髮, 海外新交識俊才。正欲更論詩外事, 逢場每被墨毫催。

《再以前韻呈玄川》　　　　　　　　　　宮武方甄

武城春色望悠哉, 賓館茲辰問字來。江上烟霞迎客媚, 檻前花柳爲君開。詞鋒元識千人敵, 筆力難當八斗才。相遇鳴琴無限意, 莫令歸思曲中催。

《重和小山》　　　　　　　　　　　　　元重擧

從周禮樂是文哉, 天氣方看自北來。孔孟道遵三代述, 程朱說向八門開。灑掃中間存大道, 文章餘緒屬凡才。殷勤寄語南方士, 儘莫光陰漫浪催。

《奉呈書記金君》　　　　　　　　　　　宮武方甄

玉帛尋盟使聘通, 典章猶見太師風。漢陽賓從威儀盛, 鄭國行人辭命工。二月烟花看又過, 一堂詩賦暫相同。還思別後參商隔, 緣水靑山恨不窮。

《次小山見贈韻》　　　　　　　　　　　　　　　金仁謙

三海蒼茫一路通, 扶桑萬里馭冷風。槎侵牛斗河將盡, 詩到蓬瀛句未工。詞客衣冠南北異, 賓筵文墨古今同。浮世聚散渾如夢, 他夜相思恨莫窮。

《再次前韻 呈退石》　　　　　　　　　　　　　宮武方甄

休言殊域路難通, 千里輕帆但信風。豪氣觀濤枚叔興, 逸才賦海木華工。三墳五典君須熟, 白雪陽春誰得同。賓館新知暫時樂, 暮鐘催處思無窮。

《再和小山》　　　　　　　　　　　　　　　　金仁謙

點點靈犀筆舌通, 淮南復見小山風。早承師訓淵源逈, 妙透詩程格律工。莫道兩邦千里隔, 元知四海一胞同。吾行更有夔翁恨, 咫尺扶桑又未窮。

僕姓笠井, 名載清, 字成川, 號綾山, 讚岐人, 林祭酒門人, 昌平國學生員。

笠井載清再拜。

《奉呈朝鮮國製述官秋月南君》　　　　　　　笠井載清

仙查縹渺自西方, 地接蓬瀛海路長。隨使雄心偏倚劍, 能文才子已升堂。座來人醉周郎美, 過後風傳荀令香。雅會恨無貽鄭綍, 交情聊寄一詞章。

《和笠井綾山》　　　　　　　　　　　　　　　南玉

人文初洩析津方，書史江南賈帆長。奇字多傳楊子草，諸生半在魯恭堂。珠明水國霄騰彩，花重禪樓雨裏香。鎮日詩筵懽未了，角弓聊賦第三章。

《用前韻 呈秋月》　　　　　　　　　　　　　笠井載清

男子桑弧志四方，何言山海路偏長。還家曉夢勞千里，迎客春風共一堂。陽雪調高元寡和，芝蘭座久漸聞香。知君到處多佳興，剩得奚囊月露章。

《疊次笠井綾山》　　　　　　　　　　　　　　南玉

思美人歌天一方，吳山越水馬前長。春燕極目違南畝，霜橘盈懷戀北堂。客路翻驚雲雁叫，詩筵漫近木犀香。斗南多媿留名姓，先著青泉與聖章。

《奉呈書記龍淵成君》　　　　　　　　　　　笠井載清

迢遞山河隨節旄，壯遊膽氣最稱豪。尋盟人自箕邦到，專對名於桑域高。學業三冬耽載籍，文才一世傲風騷。詞鋒元是知難敵，驚見吟壇揮彩毫。

《和笠井綾山》　　　　　　　　　　　　　　成大中

禪門十日駐旄旌，詩會頻逢異域豪。幽鳥囀時林雨歇，大鵬騫處海雲高。魚龍雜舞來軒樂，蘭菊清香入楚騷。與報西湖林祭酒，鳳池辭命亟揮毫。

《奉呈書記玄川元君》　　　　　　　　　　　笠井載清

山水悠悠道路難, 歷時旌斾自三韓。海天秋滿乘槎客, 嶽雪春晴駐馬
看。使節幾年通玉帛, 賓筵今日會衣冠。何妨兩地方言異, 詩筆論交此
罄歡。

《和笠井綾山》　　　　　　　　　　　　　　元重擧

水宿風行不說難, 百年芳信結和韓。中秋萊海霜光集, 二月箱湖草色
看。文藻正知開楚俗, 皇華空自媿周冠。昌平國學無凡士, 逢處常如舊
識歡。

《奉呈書記退石金君》　　　　　　　　　　　笠井載清

曾聞渤海錦帆開, 冠盖如雲使者來。花迓金鞍明驛路, 風飄玉管滿樓
臺。詞篇先說登瀛客, 辭命堪推出境才。自是男兒四方志, 壯遊豪興賦
中裁。

《次笠井綾山投贈韻》　　　　　　　　　　　金仁謙

海盡天高大陸開, 富岑烟月馬前來。雨中春樹東州野, 雲外丹霞老蜃
臺。桑域山河多異草, 林門弟子足奇才。經年旅榻衰兼病, 回首鄉園恨
莫裁。

《次前韻 呈退石》　　　　　　　　　　　　笠井載清

江城雨歇暮雲開, 東海烟霞映舘來。白雪歌成揮彩筆, 靑春花發會香
臺。聲名堪比刑南玉, 詞賦曾推鄴下才。定識萍蹤君不久, 周旋終日把
風裁。

《再和笠井綾山》 金仁謙

花下筠窓掩不開，海風吹雨入簾來。停槎徐福千年國，借榻瞿曇七宝臺。蓬島春光張活畫，富山秀色毓英才。逢君翻抱離君恨，愁緒誠難一筆裁。

山海雖遙，潮汐路通，共在明世，同逢盛事。今幸辱識荊，何幸加之。僕姓山岸，名藏，字非龍，號文淵，別號釣玄亭，信濃人，林祭酒門人，昌平國學生員。謹賦蕪詞以攄俚懷，兼祈郢正。

山岸藏再拜。

《奉呈製述官南公》 山岸藏

錦帆高拂彩雲開，萬里雄風亦壯哉。豪氣正知鸚鵡賦，名聲先動鳳凰臺。學因三代餘文化，地接中州多俊才。謾道浮舟秦使至，問仙時欲入蓬萊。

《和山岸文淵》 南玉

花氣冥蒙雨不開，式微何日賦歸哉。山中漫憶淵明宅，海上頻登子美臺。未遇秦童悲短髮，虛隨漢使媿踈才。故園梅鶴今無生，誰向春林剪棘萊。

《再和秋月南君》 山岸藏

巨鰲捧日彩霞開，蓬島滄洲氣鬱哉。十万霓旌濟大海，三千珠履上高臺。原知好學登瀛士，已見談經襲席才。詩賦風流歡未洽，憐君旋節向東萊。

《疊和山岸文淵》　　　　　　　　　　　　　　　　　南玉

　分日名藍綺席開, 滄洲縱目道悠哉。僧來竹外鐘傳院, 客去梅邊月上臺。海曲于今多得士, 世間何地不生才。子規啼近當歸綠, 春服成時憶舞萊。

《奉呈察訪成君》　　　　　　　　　　　　　　　　　山岸藏

　四牡遙臨東海濱, 春風三月拂輕塵。關門不隔千山路, 旌節先通兩國親。萬丈綵虹隨筆起, 三峰白雪入吟新。嗟君此曲誰能和, 元是雞林第一人。

《和文淵》　　　　　　　　　　　　　　　　　　　　成大中

　萬戶樓臺烟水濱, 雨餘衢陌不生塵。山河映發精神別, 翰墨從容氣味親。晚柳晴花開畫欄, 白雲晴月到詩新。林亭聞有釣玄地, 須作寥寥寂寂人。

《再和龍淵成君》　　　　　　　　　　　　　　　　　山岸藏

　秪林晴靄接江濱, 浮地相逢出世塵。縱惜金蘭千里隔, 但憐萍梗一時親。飛鴻影入墨池落, 游霧色從彩筆新。詩賦百篇誰得似, 風流不讓謫仙人。

《疊和山岸文淵》　　　　　　　　　　　　　　　　　成大中

　崢嶸石堞壓湖濱, 先導皇華雨灑塵。古寺池塘春自好, 異方魚鳥日相親。長天旅恨鴻聲咽, 別浦歸心草色新。數紙清詩猶宿面, 碧雲停處更思人。

《奉呈奉事元君》　　　　　　　　　　　　　　　　　山岸藏

使臣含命出詞曹, 滄海朝雲照節旄。霞饒豊城迎劍佩, 風生碣石捲波濤。忽驚津上蒼龍動, 兼見斗間紫氣高。聖澤從來多雨露, 山川跋涉豈辭勞。

《和文淵》　　　　　　　　　　　　　　　　　　　　元重擧

昌平舘裏集仙曹, 詞藻翩翩耀北旄。文彩縱橫驚陣馬, 風流映發湧層濤。篇中已識聽明到, 席上兼看想意高。行子傷心春艸色, 五更攄燭夢長勞。

《再和玄川元君》　　　　　　　　　　　　　　　　　山岸藏

春風二月滿東曹, 佳氣氤氳迎白旄。華蓋[249]傾來論舊故, 彩毫揮處捲洪濤。詩傳郢雪千年色, 才壓鄴臺八斗高。知是延陵修聘日, 問風異域未言勞。

《疊和文淵》　　　　　　　　　　　　　　　　　　　元重擧

詞源鄴下盛劉曹, 墨壘春光映繡旄。椽筆正凌三島樹, 雲帆欲駕五湖濤。東風水國魚兒出, 寒食樓臺燕子高。遠客正愁衰龍作, 寒床微誦獨賢勞。

《奉呈進士金君》　　　　　　　　　　　　　　　　　山岸藏

萬里扶桑大海東, 星槎縹渺度長空。彩霞晴起金城外, 玉佩聲淸翠殿中。傾蓋偏慙投下調, 承恩何幸接高風。毫端縱使情難罄, 共喜殊方書

---

249 원문에는 '盡'으로 되어 있으나 '蓋'의 오기(誤記)인 듯함.

軌同。

《和文淵》　　　　　　　　　　　　　　　　金仁謙

溟海茫洋我棹東, 扶桑万里水雲空。颯零萍梗咸池外, 籠[250]絡烟霧錦橐中。傍水華筵開古寺, 近簾飛燕語春風。明朝蹄馬箱湖路, 怊悵離愁與子同。

《再和退石金君》　　　　　　　　　　　　　山岸藏

曾聞紫氣度關東, 相遇仙標名不空。高節將凌烟霧外, 交情可識談笑中。何須十日平原飲, 欲問千年箕子風。非是聘來修舊好, 瓊筵爭得暫時同。

《疊和文淵》　　　　　　　　　　　　　　　金仁謙

吾家遠在錦湖東, 數棟第廬四壁空。身臥琴書松菊內, 詩成蟲鳥水雲中。雞林笑別山間友, 蜻域來觀稷下風。春雨金沙團一會, 騷壇旗鼓九人同。

《席上呈學士書記各座下》　　　　　　　　　山岸藏

槎棹度星津, 天涯勞使臣。鄉心常入夢, 客裡空餘春。異域元無友, 高堂定有親。白雲千里外, 歸思雨中新。

《和文淵》　　　　　　　　　　　　　　　　南玉

虛舟繫攝津, 好返出疆臣。衣潤三山雨, 帆輕萬里春。洽途尋慣見,

250　원문에는 '寵'으로 되어 있으나 '籠'의 오기(誤記)이 듯함.

殊域別交親。南國無黃鳥, 嗁應到日新。

《同》　　　　　　　　　　　　　　　　　　　　成大中
使星侵析津, 窮海滯王臣。舟楫還經歲, 鶯花又度春。傾葵常戀主,
懷橘倍思親。只許歸裝裏, 靈苗滿篋新。

《同》　　　　　　　　　　　　　　　　　　　　元重擧
舟楫歸滄津, 烟霞屬漢臣。星橫箱嶺夜, 天入武州春。海外淳風古,
寰中吉士親。殷勤玄志字, 踈雨杏花新。

《同》　　　　　　　　　　　　　　　　　　　　金仁謙
維舟析木津, 投幣謝波臣。踈雨蜻蜓國, 微風橘柚春。論心還莫逆,
傾蓋已相親。來日西歸路, 那堪別意新。

《送別秋月南君》　　　　　　　　　　　　　　　　山岸藏
相逢豈是世中情, 千古詩盟風月清。不識高堂分手後, 何時得聽玉
珂聲。

《和山岸文淵》　　　　　　　　　　　　　　　　　南玉
語燕飛花空復情, 詩人歸後佛樓清。前霄別恨知多少, 留得庭柯聽
雨聲。

《再用前韻　呈秋月君》　　　　　　　　　　　　　山岸藏
異域風烟不耐情, 桃花三月錦流清。歸帆從是指天外, 好向浮雲數
寄聲。

《疊和文淵》 南玉

故人於此未忘情，南浦雲橫片月淸。幽鳥欲遷遷不得，隔林啼送兩
三聲。

《文淵 客中 值其萱堂晬辰 遙致壽喜 疊前韻以奉》 南玉

遊子春深懷橘情，晬辰遙望婺輝淸。瑤桃手折憑歸使，曉聽林鴉反
哺聲。

《送別龍淵君》 山岸藏

忽傾華蓋忽分襟，何堪離堂別恨深。從是天涯相思切，白雲明月自
無心。

《和山岸文淵》 成大中

仲宣樓上更開襟，直北春光帀海深。万里論交山岸氏，詩中應識欲
歸心。

《再依原韻 呈龍淵君》 山岸藏

詞客風流偶滌襟，難何今夜別愁深。歸來長白山頭月，正是相思一
片心。

《疊和文淵》 成大中

春月媚媚照客襟，百花叢裏一庭深。西海艸色年年綠，留得詩筒惜
別心。

《文淵離親遠遊, 值其晬辰, 不得歸, 遙爲獻壽, 爲感其意, 疊和贈之。》
　　　　　　　　　　　　　　　　　　　　　　　成大中
　寸艸春輝游子襟, 萱陰遙搖北堂深。陸郎懷橘還餘事, 宜識詹生遠
學心。

《送別玄川君》　　　　　　　　　　　　　　　　　山岸藏
　高樓夢回大刀頭, 歸思乾坤繫客舟。莫怪巴歌數相奏, 千年此會正
悠悠。

《和文淵》　　　　　　　　　　　　　　　　　　　元重擧
　鏡裡朝驚白半頭, 重溟還欲問征舟。賓鴻更落三聲淚, 楊柳枝頭歲
月悠。

《再依前韻 呈玄川君》　　　　　　　　　　　　　　山岸藏
　日浮東海六鰲頭, 月載西溟黃鶴舟。別後青塵何處寄, 千山萬水共
悠悠。

《送別退石君》　　　　　　　　　　　　　　　　　山岸藏
　明朝分袂山海殊, 天外向誰問有無。別後詩篇君莫吝, 玉函山上白
雲孤。

《和文淵》　　　　　　　　　　　　　　　　　　　金仁謙
　莫嫌冠服語言殊, 異域知音古亦無。斗北天南雲萬里, 可堪離雁月
中孤。

《用前韻 再送退石君》　　　　　　　　　　　　　山岸藏

車轍萬邦道弗殊，文書今古豈何無。使臣能爲勞跋涉，鄰好千年得
不孤。

《疊和文淵》　　　　　　　　　　　　　　　　　金仁謙

春光不與故園殊，綵鵲黃鸎也獨無。異域羈愁君莫問，三洋万里一
萍孤。

【영인자료】

韓館唱和續集

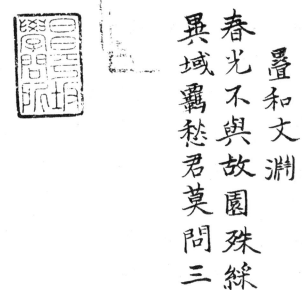

疊和文淵　　金仁謙

春光不與故園殊綠鵲黃鸎也獨無

異域羈愁君莫問三洋万里一萍孤

韓館唱和續集序

韓館唱和續集成矣是門人

儒官林信有德力良弼南太

元土田貞儀林信富等五人

及久徵以下二十四人贈酬

韓客之詩篇也夫八义七步

固稱即時敏捷之才剁燭擊
鉢寧顧後來格調之論乃筆
卷首

寶曆甲申暮春下澣
　國子祭酒林信言子恭識

4

韓館唱和續集後序

韓館唱和續集者友儒及國學生二十餘人与學士書記俱所唱和而所以簡示本朝文學之盛於世人也贈聯爲數十卷印廣敷以

之妙搜奇挟快雕謿其文
高尚之辭較壹聲以爭今
才鳴呼韓人於是破膽先
未可知矣乃集為冊子而
藏杅家而已
宝暦甲申三月

朝散大夫祕書監兼陸
延諫官林信篤子端識

韓館唱和續集卷之一

二月廿三日林信有德力良弼及松
田久徵後藤世鈞木部敦澁井平河
口俊彥片岡有庸松本為美井上厚
淂青葉養浩芽十一人會南學士三

書記

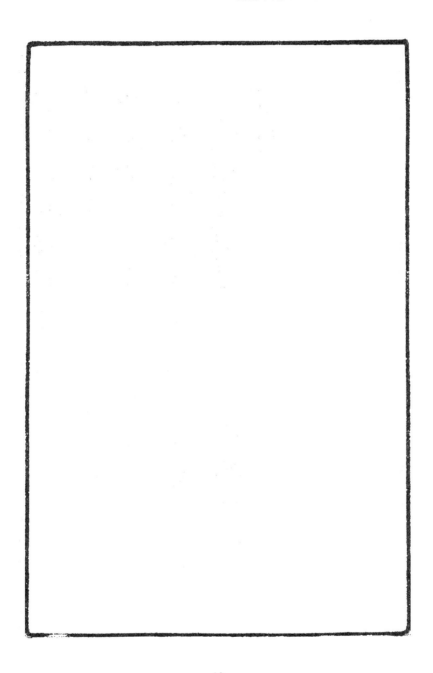

僕姓林名信有字子功號桃蹊故國
子祭酒信篤之孫故經筵講官信智
之子也為國學敎官

林信有再拜

奉贈學士南君　　　　　　　　　　　　林信有

原識朱絃絕代音相逢今日始登臨

鮮顏且喜交歡切握手偏知意氣深

簾外雲飛驚旅雁天涯花發滿春林

風流恰好揮毫處佳興新歌慰客心

席上奉酬林桃谿教官　　　　　　　　　南玉

春鳥嚶〻異國音一樓雲物仲宣臨

韋國家世桑卿耀王巷風流竹院深

雛羽丹阿知瑞族孫枝嶧首少凡林

惠連奇句如靈運　細草地塘慰客心

林信有

再和秋月南君

使者風流思好音一時冠盖遠相臨

偏驚賦筆陽春動忽見樓臺夕照深

愧我官途從藝苑多君事業滿詞林

誰憐客裡吟明月應起天涯萬里心

14

疊和桃蹊

南玉

玉珮瓊琚有舊音　西垣奎彩獨長臨
羅翁詞翰開荒速　退叟功夫見道蔟
材秀皆從湖郡學　風流不減既家林
吾邦幾度兹樓會　毋忘春秋縞紵心

奉贈龍淵成君

林信有

春城烟雨正范范　錦字聯翩客滿堂
海上雲開孤渚月　峰頭風靜萬林霜

新篇更出文章色舊業先知翰墨塲

避近相逢豪氣敞共憐吟嘯興渝長

奉和林桃蹊　　　　　　　　成大中

已亥星搓已眇范後人文會又禪堂

崑山片玉猶輝國鳳沼雙花已閱霜

五世藻華傳舊學兩家親好識逢塲

梅簷昨得阿遠訪春草鳴禽寄意長

再和龍淵成君　　　　　林信有

仙槎萬里望蒼茫詞客相逢在此堂

大國禮容看劍佩中原交態隔煙霜

猶思經術曾高第但說詩篇更擅場

共接風流堪戀賞東山月出興偏長

疊和林桃蹊　　　　　　成大中

羅老淵源闢混茫松風雅操又同堂

蘭早萑偏含露桃李先華不畏霜

小須參高士座風流肯入少年場

問樓録裏承前迹遲日禪樓翰墨長

奉贈玄川元君　　林信有

知君鄉夢幾時休霽、鶯花動旅愁

冨嶽天遙晴見雪扶桑海闊共登樓

諸賢傾蓋堪佳興騷客吟詩旦遠遊

勝會風流今古少坐聞談笑意悠悠

和林桃蹊　　元重舉

令德源〻流不休林家有子百無愁

雍容標格珠成樹錯落詩詞蚤作臺
海外眷君延季志天涯皆喜馬公遊
論文一席猶知幸歸日回思奈路悠

　再和古川元君

林信有

天涯客思且何休為問佗鄉孤鶴愁
萬里衣冠飛郢雪四逵翰墨會江樓
賦詩幾度攜佳興傾蓋暫時陪壯遊
樹色陰〻催落照歸來却望白雲悠

疊和林桃蹊　　　　　　　　　　元童擧

華閈名門德與休　半生猶自解詩愁
孤吟莞爾看升旭　兼興飄然獨上樓
珠貝金銀共妙句　梭楠橘柚足清遊
東槎軸裏林家什　此日相看意更悠

奉贈退石金君　　　　　　林信有

亭〻孤月碧流寒　天畔芙蓉萬里看
故國歸心遊子意　異鄉蒥亭故人歡

唱酬愧我詞鋒鈍詩賦多君學海寬
佳客揮毫誰得似高堂投轄興曾闌

　和林桃蹊
　　　　　　　　金仁謙、

江雲冽冽釀輕寒東國山川倚檻看
絕海風霜惟覺老異邦歌笛不成歡
梅花落盡鄉愁動瓊律投來客抱寬
南北百年修聘禮一床文墨日將闌

　再和退石金君

　　　　　　　林信有

知君容路怨春寒故國雲煙萬里看

萍梗論交嶧際會華堂傾蓋結交歡

高歌白雪詞才美遠興青山旅思寬

恰好清風明月色嘯吟憑檻夜將闌

疊和林桃蹊　　金仁謙

雨餘春意尚輕寒鰲背風烟不盡看

松菊湖庄千里遠萍蓬蕭寺一床歡

日東始覺英豪集天下方知渤澥寬

且莫更將詩律寄華堂殘炳已更闌

席上呈秋月南君　　　林信有

錦帆千里映波濤蜃氣樓臺旅夢勞

風起江山明月色題詩幾處興偏高

和林挑蹊　　　南玉

禪宮一面撼松濤歌鹿初休四壯勞

踐土葵丘衣帶會百年文霸此樓高

席上呈龍淵成君　　　林信有

23

相逢一笑見英才旅館春風花正開
避近佳辰詩賦興任佗斜日映蒼苔

　　　　成大中

和林挑蹊

整宇門闌瑞世才家聲留向價延開
相看却有滄桑感翠嘯詞垣已綠苔

　　　　林信有

席上呈玄川元君

碧海風煙旅夜情何圖避近接才名
舟車無恙琶緔慶一出扶桑萬里行

24

和林挑蹊

　　　　　　　　　　元童舉

皇華使節舊風情萬里遙〻南斗名

聯識林家几樹少嗣宗采霧仲容行

席上呈退石金君　　　　林信有

席上雙珠才自高相逢此霧興逾豪

嘯吟最是佗鄉月已見新詩弄彩毫

和林挑蹊　　　　　　金仁謙

羅兕文章日下高青霞奇氣世傳豪

見君才捷詩無敵三島雲煙入彩毫

僕姓德力名良弼字浚明號龍澗良

顯之子林祭酒門人

德庿之朝以父蔭列儒官

悼庿之朝補內直學士見任秘府司書

戊辰年曾與見

聘儀贈酬于客館

德力良弼再拜

奉寄學士南君　　　　　　　　　德力良弼

鳳城春滿彩霞濃依舊隣交聘禮恭

玉帛千秋猶禹貢帆檣萬頃自箕封

人皆日下慚鳴鶴客有雲間壓士龍

四海為家休道遠梯航世々慶時雍

奉和德力龍澗　　　　　　　　　南玉

樓迥春山翠滴濃初筵秩々攝儀恭

光陰十七重迎聘海岱三千各限封

周制衣冠看鷺雛楚卿風而動魚龍

須知此道無差別林氏儒功在辟雍

再奉贈秋月南君　德力良弼

知君四方志未肯事園林蹣跚扶桑

外朝翔東海潯傳書臨日域采藥入

仙岑別後縱相想渺茫何處尋

再和龍澗　南玉

石欄春拈筆詩壘在東林細竹依虛

院寒潮上晚潯鄰交通產札駬語入
高岑別後禪樓月蒼菀夢裏尋
用井太室叙情韻贈別龍淵

南玉

一別還為天外人杏花樓閣記今春
但看片月中天影萬里同光若在隣
奉和秋月南君見贈韻告別

德力良弼

詩就情深異城人　栢梁英氣漢時春
別離不用折楊柳　永見文章德作隣

　　奉呈書記成君　　　　德力良弼

祥雲瑞日萬方開　千里雄飛忘快哉
帆影遙從銀漢墮　珮聲近向玉墀未
鄴都齊見群賢賦　援下相逢諸子才
如此壯遊誰不羨　況猶春好自遲回

　　奉和德力龍澗　　　　成大中

32

海曲春光溥蕩開仲宣樓上意悠哉

珠方梅柳愁中見故國風雲夢裡來

祭酒門屏知雅道皇華筵席識英才

名藍永日杳煙靜留畫清緣不放回

再奉贈龍淵成君　　　德力良弼

聖代敷文德大邦承舊盟楊雄辭故

里持節入神京水逐浮槎興山隨叱

馭行親看三謝詠何減二王名佳句

世咸識幸談坐悉驚一時留唱和千

載見交情

再和龍潭

　　　　成大中

晚酬弧矢債仍結晉吳盟舟楫窮河

渚風雲渺漢京江城春共遠海國月

同行忽見聯華永遷听識盛名交應

千里近詩豈一筵驚耦坐疎梅下閑

談亦道情

奉呈書記元君　　　　　　　　德力良弼

日照江關紫氣連高樓瓊宴集才賢

旌旗晴映西山雪笙鼓春摇東海烟

幾載久懸徐穉榻即今親見李膺舩

一時應貴江都紙遠近爭傳楚客篇

和龍澗　　　　　　　　元重舉

華裾雲袟影相連大貝南金海上賢

詞藻客秝芳樹而老成人對落花烟

高明自唱驪珠曲　行子囬思錦纜舡

暇日雍容奇寘在　不妨吟併楚騷篇

再奉贈玄川元君　　德力良弼

雨晴淑氣滿樓臺　梅柳參差詩興催

武德開元今日寘　並看四傑出群才

再和龍澗　　元重舉

明滅波光厍影臺　龍宮花樹愛春催

風流詞藻意言外　各惜楩楠老楚才

奉呈書記金君　　　　　　　德力良弼

江城遲日訪英豪　為慰征途跋涉勞

攬轡已吟蓬島雪　倚樓須賦廣陵濤

相如完璧名愈大　季札聞詩論最高

彩筆長留邦域内　千秋稱作鳳皇毛

次德力龍澗見贈韻　　　　金仁謙

年老猶看氣意豪　禪樓来慰客行勞

皇華半視奎華彩　學海平臨渤海濤

碎鶴廣拳吾自愧盈囊傑句子惟高

韓人贐抱休相問日覺寒霜著鬢毛

再奉贈退石金君

昌平和氣萬邦通共仰車書四海同

鳳管應天開杏籥艫懸日下清空

賈生仕藻名聲早司馬遊梁詞賦雄

邂逅相歡分手後無何烟浪隔西東

德力良弼

再和龍澗德力君

金仁謙

十載隣邦信一通寧圖落々馬牛風

逢山春色三花老鯷海波光萬里空

自笑霜毛為幕客忽驚柔域有詩雄

誰知錦上雲遊跡未卧迄々富岳東

僕姓松田名久徴字子文號鴻漸伊勢人林祭酒門人昌平國學生員長享保己亥之聘嘗辱申姜成張四子之垂青延享之會有故不得與悵恨誠深今歯已踰七望八幸又遇此盛事得與諸君應酬為榮已甚

松田久徴再拜

奉呈學士南公　　　　　　　松田久徵

千里善鄰蒼海浮畫船遙指日東州

江山凝望文章羨雲氣春溫上蜃樓一樓

和松田鴻溝　　　　　　　　南玉

座閉天西博望浮靈光獨立海中州

白楊已老青泉墓霜鬢重迎本願樓

用前韻呈秋月南公　　　松田久徵

天挺仙姿風骨浮悠〻春色度瀛州

佳期却聴青泉計日暮忘帰悲翠樓

疊和松田鴻溝

厄眉如雪道機浮南極星光照一州　　南玉

四十六年前度客盡將花筆記仙樓

奉呈察訪成君　　松田久徴

梵王臺裏白梅開翰墨詞塲駆雅催

一接紫眉千載意群賢卓犖盛唐才

和松田鴻溝　　戌人中

靈光長向日東閑一任桑田閱刼催

長嘯詩筵猶宿昔簡孫囊中愧非才

用前韻呈龍淵成君　　　　松田久徵

雞林文質壯游開梅柳度江春色催

貴族遺風明月璧異鄉返照不羣才

　　疊和松田鴻溝　　　　成大中

梅窻良夜燭花開却恨驪駒席上催

尚有清詩揆滿袖蓬山長識老仙才

奉呈奉事元君　　　　　松田久徵

使君豪氣動春陽旅館花開白玉堂
老侍綺筵逢盛事數篇高和坐未芳

和松田鴻溝　　　　　　元童舉

早服還丹冨士陽霜毛八十更堂〻
眼前巳亥如隔晨遠容紛〻珮馬行

用前韻呈玄川元君　　　松田久徵

樓舡觧纜向東陽旅館經過拂畵堂

春日佳期迎送切高歌敏捷落梅芳

奉呈進士金君

　　　　　　　　松田久徵

古調千年異域人一篇歌就換陽春

和松田鴻溝

　　　　　　　　金仁謙

太平文物皆如玉惠賜和章屬此身

禪樓相對兩邦人柳綠花開二月春

日下文章君獨步自慚衰病華吾身

用前韻呈退石金君

　　　　　　　　松田久徵

千年好會異鄉人客館高歌滅却春

故國山川無謂遠譽名長照可傳身

再呈秋月南公薰呈成君元君金
君

松田久徵

春風嫋嫋望遲遲念我齋貼明月詩

班鬢只残知已意緇衣偏免衆人疑

縱橫詞翰千秋事来往江湖萬里期

知是泛舟歸國日多君想像別離辰

和松田鴻溝別詩　　　　南玉

松下仙翁歲月遲白頭三賦送搓詩
麻姑閱海蓬萊淺攜老看春甲子疑
五十年光迷逆旅九重泉路問交期
風流萬厚難忘霙臨水登山詠楚辭

和松田鴻溝別詩　　　　成大中

碧桃花下閱春遲曾唱皇華送別詩
綺嶺閑眠仙氣靜茅山清藉俗緣疑

白楊泉路悲前契滄海風帆斷後期
況是吾家傳世好落梅禪榻帳將辭

和松田鴻溝　　　元童擧

欲別回頭意更遲袖中欵有老成詩
人間七十无非少世外存亡更莫疑
分手出門鬟有淚傳書渡海鶴無期
我生巳亥頭今白壽考如君祗不辭

和松田鴻溝　　　金仁謙

蓬島仙人度世遲　賓筵再誦鹿鳴詩
牙絃寂寂泉翁去　霜鬢蕭蕭橘老疑
五十年來餘曾殿　三千里外見安期
江雲渭樹迢迢夢　佗夜相思且莫辭

和秋月公龍淵君玄川君退石君
四君辱賜予告別和章復綴前韻

星槎遠泛海雲遲　逆旅山川悉入詩

松田久徵

南北羣望唯好會西東奇遇勿相疑

文章偏暎錦袍色世譽遙持玉節期

豈恨異鄉言語別多情惜別荅賓辭

惜別秋月南公

　　　　　松田久徵

曉發武昌鷄犬聲鐘鳴月小送君情

東西萬里人間世一別風雲白髮生

和松田鴻溝

　　　南玉

陌柳庭花總兩聲古松惟有歲寒情

人間屢別皇華客　每一相逢問先生

惜別龍淵成君

握手難分李郭舟　春江花月古風流

歸鄉如遇知音問　顙鑠鶏溝倘唱酬

和松田鴻溝

飛眉三見北來舟　南極星輝不盡流

竹外詩筒重話舊　滄桑錄裏有餘酬

松田久徵

成大中

僕姓後藤名世句金傍字守中以有避
於貴國假以字行彌芝山讚岐人林
祭酒門人讚岐處儒臣延享之會與
矩軒濟菴海皐諸子唱酬今復得接
諸君雅範幸〻甚〻

後藤守中再拜

贈製述官南秋月　　　　後藤世鈞

海漫天地濶一擊路三千析木鄉雲

遠扶桑朝日懸逢迎凡幾客唱和許

多篇坐了春風裡興餘夕照前

和後藤芝山　　　　　南玉

梅蘂飄三四鄉雲渺六千已知天不

剩唯見斗孤懸攬鏡驚今我逢塲減

舊篇靈芝消息斷憑問佛樓前芝山貴瓠

敬結

贈書記成龍淵　　　　　後藤世鈞

海西千萬里玉帛自天涯入開郵亭

暮馬遲野館花容心驚節候詩思弄

烟霞邂逅鴻臚裏吟哦日易斜

奉和後藤芝山　　　成大中

繡帆歸何日滄溟是一涯天邊霽月

色湖上蒻梅花濱舘屢〻日單盧〻〻

淡霞新知還爛熳巾服任歌斜

贈書記元玄川　　　　後藤世鈞

彼美自西方長風一葦航踰年路迢

遞涉險馬玄黃驛樹行人倭都門候

更祀相逢欲有贈終日不成章

和芝山　　　　　　元童峯

斗極渺何方南來海有航山河浮日

赤流鋈入雲黃芳艸含煙漲殘花着

而忙悠然分一席欲對繡成章

贈書記金退石　　　後藤世釣

時序移長路憐君歷苦辛海雲籠去

雁嵐氣撩行人眺飽江山異詩酬花

柳新儒冠循故事謬接遠方賓

次藤芝山見贈韻　　金仁謙

水陸五千里経年飽百辛梅窓孤燭

夜霜髮異郷人詩興看〻盡驅懷去

去新感君禪榻上來問海西賓　　　後藤世鈞

再贈秋月

辰年朴李結詩盟今日逢君通姓名

歸後西人若相問鬢班前度一書生

重酬芝山　　　南玉

濟阜諸子我同盟到處相逢說項名

帝日漢陽應問訊為言三秀晚香生

奄海阜每道盛名歸

當傳芝山不老之春

再贈龍淵　後藤世釣

海西文士久相聞華館春風此遇君
詩句幸堪通彼我不然爭得話殷勤

童和芝山　成大中

戊辰橋上盛名聞天外神交有四君
細雨禪扉童逕客同文一會兩情勤

再贈玄川　後藤世釣

驛人相逢故無他唯有詩篇可暗歌

報我瓊瑤非所望狂言信口漫吟哦

　重和芝山　　　　　元重舉

知君重厚斷無佗酬到怊然漫自歌

北客堪羞伸紙筆忽〻潦艸更微吟

　再贈退石　　　後藤世鈞

暫將詞翰結風流莫厭當筵頻唱酬

啼鳥落花無限意相逢之處卽離愁

　再和後藤君韻　　金仁謙

春風盪蕩海雲流鰲背炯嵐宿債酬
乍接芝眉將遠別可堪佗夜露葭愁

次秋月贈別德龍澗韵

後藤世鈞

賓館忙逢異域人離情難奈海東春
唱酬詩句交龍錦坐久還疑褻室憐

又和用贈別龍澗韻

南玉

似曾相識萍逢人無可奈何花落春

獨夜危檣烟浪裏應思天外不孤隣

古風一篇贈製述官及三書記　　後藤世鈞

寶曆第十四大歲在甲申嗣君親新

政而露萬物春聘耒朝鮮使鄰交義

在敦遙拍挟棄日早㸔析木津帆檣

凌濤霧鼓吹盪海垠晨征旦夕行在

途幾十旬靡靡涉素節駸駸入芳辰

彩霞擁畫戟花氣襲彫輪候人迓鹵
簿九陌颾紅塵珠玳多實從冠葢溢
城闉清道街卒走警火坊吏巡爭觀
都人士比屋聯相因樓臺罹諭犀帷
幕錦繡紛戒日將使命國書報殷勤
講信十朝久撙禮奮章循償介交豕
脊恩殊海外人祈俎享多儀命侑勞
便臣逵實祢土宜旅百盡國眒五粜

復無比千里駿絕倫泰皮綠沈列炬
席班爛陳非必寶遠物所寶惟善隣
偃武四海同修文兩邦親百年關不
閉頌作太平民儍一个書生叨接幕
中實雜苦方語異可怕會面新已竊
東郭吹欲傚西施矉今日又何日逢
君更別君別君永無期秉華抱情懇
芝山贈古體詩就其中得韻以和

南玉

筭舖裹一年春商嶺衣冠承擷新

細雨樓臺花隱佛夕陽簾幕燕窺人

林門獨抱傳經學箕域重迎載筆賓

茶罷香銷生別恨品川烟樹望藤輪

筭舖用三秀語

商嶺用四客事

次韻謝秋月

良緣邂逅近遇芳春心契何論傾蓋新

後藤世鈞

到霙觀風吳李子幾時謀野鄭行人

世平四海皆兄弟坐久一堂忘主賓

瓊琚投来離恨切豈堪楊柳拂歸輪

　五和後藤芝山　　　南王

龍亭遙轉百花春夾水層城樹色新

三部笙簫憑軾使兩行樓閣卷簾人

松梅竹所分開館上次中官各讌賓

二百年来鄰好意一天明月皎同輪

貴邦宮観有松之間梅之間竹之間
之名攀行人員有上官中官下官之
別

芝山有五古之贈枯其韻以七律
謝之

　　　　　　　成大中

文神交道若同鄰扶木兩頭晚問津
芝草晴烟仙島曉杏花踈而佛樓春
他時別恨分山海今日清歡對主賓
更喜諸君聯償席十枚俱是照車珍

次龔淵韻　　　　　　　　　　　　後藤世鈞

十朝使聘德成隣　儐從如君實要津
離恨難裁暫時話　交情幸覯一枝春
預期華館延驂客　須厭瓊琚多雜寶
惜別報章驚錦繡　更忻席上足奇珍

四和後藤芝山　　　　　　成大中

空谷幽香少德鄰　揜烟花霧暗前津
河豚吹浪還微雨　海燕尋巢已晚春

71

州

數日風流留凈社三章雅樂讌嘉賓

詩筒只合通情素綺羅元未不足珍

芝山有長篇見贈拈其韻賦短律

以謝

元童擧

瑤島千重海芝山一樹春風霜低新

木日老滄津文藻纏同席淹留娬

浹旬依稀存半面帳帳北歸辰

次玄川韻

後藤世鈞

72

詩思比鄒律更驚寒谷春報荼青玉

棄情在綠楊津會面纔終日歸程涉

幾旬乾坤限南北一別隔參辰

　　童和芝山　　　　　元童舉

空對梯間月間思座上春清詩存澹

澹雅韵見津〻不見餘三日孤遊曠

一旬歸程烟樹外能復會良辰

潦章一律謝芝山古詩韵

東風繫馬武城春萬戶樓臺壓海濱　　　　　金仁謙

歸夢浮雲天外去離愁芳艸而餘新

十年再生同文約一笑重迎異國賓

林氏門生君獨老芝山秀色碧嵯峨

次退石韻　　　　　後藤世鈞

從未遊子易傷春薄宦卄年東海濱

深愧黑貂為客獎豈圖青眼向君新

詩篇相遇同心侶言語何妨殊域實

記室偏憐才最老壯心賦就氣嵯峋

四和芝山　　　　　　　金仁謙

輕輿踏盡葦原春經歲探珠赤水濱

而後芳林禽語滑月中悲角客愁新

高山紗曲酬鍾子北海清遊學洞賓

故國歸心君莫問夢中皆骨玉嶙峋

金剛一

名皆骨

僕姓木部名敦字子翼號滄洲武藏
人林祭酒門人守山寮儒臣延享戊
辰之聘已曾奏薄技于貴邦諸子今
復蒙諸君之不弃倞幸何加

　　　　　　木部敦再拜

奉呈學士南公　　　木部敦

三韓使者向東方為問旅懷生異鄉

正是男兒須所志何勞王事容中長

和木部滄洲　　　　南玉

桂棹篾輿天一方杏花寒食憶吾鄉

知君自為滄洲趣前後呈瑤嘯詠長

再用前韻呈秋月南公　木部敦

北陸東滇各異方風烟萬里不同郷
最憐萍水人間會酬我新詩交態長

疊和木部滄州　　南玉

花木禪樓欝上方十寸子會訪南郷
大東不乏靈明氣看取林家一脉長

奉呈察訪成君　　木部敦

布帆如鳥海漫漫舟路遙思多少難
柔性行程知幾日送寒迎暖得相看

和木部滄洲

　　　　　　　　成大中

風濤萬里浩漫漫三海行裝隔歲難

早識滄洲吾道在白毫光裏盡情看

再用前韻呈龍淵成君

　　　　　　　　木部敦

仙客乘槎洋渺漫蓬萊咫尺不為難

先知東海芙蓉嶽天外長懸白雪看

奉呈奉事元君

　　　　　　　　木部敦

滄海綠波涵水溪凌虛舟楫遠勞心

相逢此處歌高調知是郢中白雪看

和木部滄洲　元重舉

千樹樓臺夕雨深春光撩動北人心

相看不以殊方隔手撫瑠徽問水音

再用前韻呈玄川元君　木部敦

東海春風興正深交游何負弟兄心

知君彩筆縱橫動吟就由來屬妙音

疊和木部滄洲　　元重舉

滄洲暮而浸烟深半日相看竹水心

南國高明知不少常愁錯過失知音

奉呈進士金君　　木部敦

離鄉幾度月明圓直向東方日出邊

詩載國風論未罷當年李子待君賢

和木部滄洲　　金仁謙

海外天開世界圍漢槎遙到析津邊

今未喜得文章士見子愈知鳳谷賢

再用前韻呈退石金君

木部敦

海霧朝晴紅日圓芙蓉殘雪揷雲邊

客中此霞乘春興詩賦風流冠世賢

昼和木部滄洲　金仁謙

禪榻斜陽一會圓奎華故彩靄雲疊

84

三韓客病詩寸退鳳谷門人箇箇賢

再呈秋月南公　　　　　木部敦

東海舟行盡相逢旅館春懃懃通賤

姓避近會未實聊結新知好遽如故

舊親即歌巴里曲愧贈大韓人

和木部滄洲　　　　　　南玉

一半歸西路三分了二春斗躔臨漢

節桑旭近義實稍觧吳音偓還看楚

俗親相逢疑夙昔歲卷中人

再呈退石金君　　木部敦

紅日拍桑域彩雲繞九霄驛亭千里

路嶋嶼四邊潮鶴搏東溟瀾客來北

陸遙正知風土異旅恨更難消

僕姓澁井名平字子章號太室武藏

人林祭酒門人佐倉庶儒臣

先朝聘賀之時曾蒙矩軒諸彥之不

弃今又與諸君唱酬為幸誠多若不

吝一顧榮荷銘佩

澁井平再拜

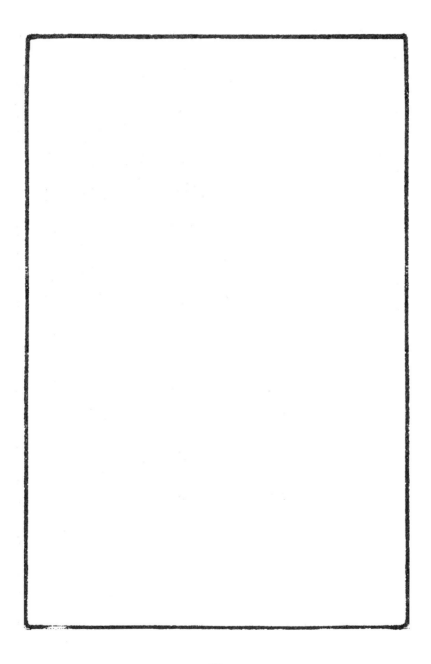

奉呈秋月南公　　　　　　渋井平

高冠當席丘梁開使節風流望壯哉

倚檻曾窺皺客室攀林久寓枕王臺

天涯必合翻鄉思海上誰堪試賦才

今日吾曹泰誘接詞塲旗鼓漫相催

奉次渋井太室　　　　　　南玉

襌扉日〻筆筵開賓主東南信美哉

燕子風微清几案桃花兩晚盛樓臺

四冠堪愧歌芝伴十璧誰為照乘才

牛渚詩人通問訊滿江明月客心催

再用前韻呈秋月　　渋井平

雅筵每繞化城開辭氣懸河点快哉

豈為蓬萊求大藥更如碼石築高臺

論文曾聽雕龍質撟藥元傳繡虎才

日服十人欺稷下談天曼衍亦爰催

疊和渋井太室　　南玉

澤國春陰漭不開　天邊歸雁送悠哉
四明仙客憶牛渚　赤水詩豪想鶴臺
友李元實、如見面逢廖道士更求才
詞變朱了風流事　剛恨斜暉竹外催

　奉呈龍淵成君　　　涉井平

江城佳興在揮毫　忽怪神龍驅海濤
帶雪芙蓉朝日迥　參天岱嶽暮雲高
聲名且助三都賦　蘊藉仍知十斛醪

欲問佗時西望意風流書記錦征袍

奉和澁井太室　　　成大中

西天一鶴刷奇毫汗漫真遊傲巨濤

萬里行裝三島近百聯詩思四明高

梅前夢玲如歌雪松下神清憶賦鼇

少室幽居知不速石梯丹宇照霞袍

再用前韻呈成君　　　澁井平

聞說牛窻闥彩毫六舩淸興捲春濤

凌雲与海青爭捷吐氣令長白讓高

賤子一堂陪綺席故人它日醉香醪

祇園坐久鐘聲度攜手徘徊欲贈袍

童和波井太室　　成太中

禪窗燈點放光毫繞壁長松響夜濤

海內交情知有道楚南詩格豈爭高

一春烟柳沾新雨諸子風流勝濁醪

自愧踈才當草檄黑頭蓮幕曳青袍

奉呈玄川元君　　　　　　　　　渋井平

有周文物漢衣冠杳渺烟濤相會難
西使成儀聯九外東方賓禮設千官
別逢永日金爐煖不管春風鮋殿寒
編紛由未如舊識近林進滕罄交歡

和渋井太室　　元重舉

滄海三冬老鶡冠武列春水託艱難
東滇白日雷秦世北極青雲擁漢官

94

當檻短烟含夕雨半庭踈樹逗餘寒
憑君復說午窓夕一笑還如井子歡
　　　用前韻呈元君　　　　　渋井平
西來容子金華冠航海捫山萬里難
巳使羨門充導騎還將宋玉作衛官
豈思細說午窓夜更使相忘梳閣寒
娓娓筆鋒成灸轂何妨命燭奉君歡
　　　疊和渋井太室　　　　　元童舉

秦家日月漢衣冠　一席相忘併二難

清磬聲聞開梵刹　扶桑歌裡會仙官

蛟龍海碧雲蒸雨　珠貝丹樓竹擁寒

烟水漫傳牛渚咏　青燈空失四明歡

奉呈退石金君　　　　　　渋井平

二邦修好闔詞臣　落筆雲烟坐上新

不假良媒便此遇　魚消象昚忽相親

長筵錦繡差裁盡　永日琴書慕意真

腸斷大帆歸去後臨風何得寄音塵

次澁井太室

金仁謙

一抹萍會二邦臣乍接清芬瀉膽新

十載天東重聘使孤蹤海外四無親

莫言刷服元相異始覺文章自有真

怊悵明朝分手後回頭爭似隔前塵

用前韻呈金君

澁井平

紅佩何須擬楚臣撐天唯合擅清新

不悲別後參商隔敢惜林前笑語親

此日銀潢思已過由來彩石事愈真

歸來旦值秋鴻度顧聽滄桑未動塵

疊和澁井太室　　　　金仁謙

隣邦事對選三臣六艦衣冠濟濟新

異域逢春猶未返驪蹤經歲果誰親

茉西病客思鄉遠稷下諸生講道真

未日歸鞍莆恨外君應怊悵望征塵

呈四公　叙情　　　　　　　渋井平

話舊殊疑故苑人　臨風難耐別離春

明朝此地猶今古　孰道天涯若比隣

　三和渋井太室　　　　　　南玉

古寺枇杷近人　一回飄散送餘春

花猶未歳如今歳　人各天涯不可隣

　三和渋井太室　　　　　　成大中

隔馬牛風萬里人　偶然相會橘洲春

歸舟一片滄溟月分照嵩山豪士隣

　三和澁井太室　　金仁謙

鳳谷門前霜鬢客重經楼館聘東隣
春風海外未歸人十日淹留古寺春

　呈龍淵成君　　　澁井平

憐君饒藻思眠坐似雲流借問賓將
主誰同曹與劉才華檀方里志氣橫
千秋愧我已歆調空懷離別愁

四和澀井太室　　成大中

海外隨仙侶江南問道流風烟窮𡏢

粤賓容愧應劉舫載牛洲月搓横藻

諸秋漫成禪榻會稍慰旅窓愁

僕姓河口名俊彦字君啓號太岳陸

奧人林祭酒門人氏橋廐儒臣

河口俊彦再拜

奉呈秋月南君　　　　　　　　　河口俊彦

海上天晴四望開長風萬里大帆来

行裝新見青驄步賦筆深知繡虎才

戀闕白雲愁不盡思家明月恨難裁

兩朝共羨恩輝遍相遇歸心莫謾催

酬河口大岳　　　　南玉

萬戶桃櫻取次開塞鴻歸盡燕初来

群英總集林君復倦跡虛隨馬子才

言外通情屢徃復花邊覓句錦縫裁

襟期不道山河阻彼事唅哦未必催　河口俊彦

用前韻呈秋月

關河迢遞夕陽開飛蓋崚嶒嶽色未

掌上千金能結客卷中雙玉自憐才

青山幾屐行邊遍白雪何人風裡裁

相遇交情歡不極天涯且恨別離催

三和太岳　南玉

106

萬里鵬雲一道開百年邦信每東来

縱岑影響嘆全老禹穴周遊愧不才

鹿雅今看娛客賦縞衣還欲與君裁

藤蘿昏黑悲笳動雲外離鴻頻更催

　　　　　　　　河口俊彦

　奉呈龍淵成君

使者雄才滿漢京曳裾仙館坐来清

揮毫已見新詩好為客遙憐故國情

臺上黃金多駿馬懷中白璧動連城

自從一起風雲會書記翩翩有義名

奉和河口太岳　成大中

王臣海外念周京錦帆東頭瘴霧清

富岳開雲真爽眼琵湖晴月最関情

風程浩渺三千水仙氣蒼茫十二城

本願寺中賓席浄文章初識斗南名

用前韻呈龍淵　河口俊彥

詞臣携手集神京仙路迢遙行色清

為容同憐千里目結交共見百年情

鄉關日蓬星隨馬驛道春寒雪滿城

偏羨遠遊多俊句風流不減鄴中名

三和太岳　　　　　成大中

海上群仙朝玉京十洲雲物各伴清

空煩遠客還山夢誰識羈臣戀闕情

薝艸芳馨多楚澤梅花苦調散江城

仙槎尚記辰年事濟老曾傳大岳名

奉呈玄川元君

河口俊彥

城傍仙館彩雲深　更喜諸賢共照臨

長鋏休彈齊客引瑤琴難寫楚人吟

関河渺渺多詩興　山嶽蒼蒼發嘯音

但說佗卿何限思　賦成還見馬卿心

和太岳

元童舉

琳宮踈雨夕炯深　二月明花絳節臨

忽似徐生東海到　渾如岩客嶽歸吟

110

詩文脉、永看格山水洋、晚識音
箱嶺入天茱樹香坐泰休問遠人心
　　　　　　　　　　　　　　　河口俊彥

用前韻呈玄川

一世龍門興自深相逢詞客此登臨
彩毫忽見生春色白雪偏驚入楚吟
懷璧幾人難定價彈琴何憂問知音
憐君西望風烟遠應起鄉園萬里心
　三和太岳　　　　　　　　元重舉

春雨濛〻罄語深禪樓回憶更登臨
踈鐘漏滴歸何處修竹燈明獨謾吟
坐對孤雲依樹色起將流水問桐音
榠橘披難遍歸日空懷楚客心

奉呈退石金君

　　　　　河口俊彥

華館従游好罄歡交情見爾客中寬
揮毫坐上青雲動開匣天門紫氣寒
自是金蘭千載事還知文物萬人看

可憐半夜歸鄉夢碣石山前行路難

次太岳詞伯韻　金仁謙

絕域行裝自少歡強呼歌笛客懷寬
千里華髮蕭々短二月春陰惻々寒
蓬島風烟曾入梦和邦文物亦堪看
今朝縱得同盟喜巨耐他時更會難

用前韻呈退石　河口俊彦

相逢客舍結交歡賦就知君旅思寬

西嶽雲侵鳥几起大江雪映彩毫寒

人間傾蓋千年事海上危樓萬里看

此處論交殊不惡盛筵誰道聚星難

　三和太岳　　　金仁謙

兩國同盟一榻歡賴君清律容懷寬

奚囊未括三山勝板屋初排二月寒

斗北紅雲愁獨望花前青眼喜相看

懸知來日分攜後海闊天長夢亦難

席上贈秋月南君　　河口俊彦

風旆悠々指十洲朝來極目幾層樓

羨君絶域經行處彩筆如椽賦遠遊

再和太岳　　南玉

春風歌嘯倚瀛洲奇氣猶橫百尺樓

到處蘭苕歸采拾此遊全勝子長遊

席上贈龍淵成君　　河口俊彦

江左風流思不群時名誰復有如君

怪來昨夜豐城上星斗新晴遠自分

再和太岳　　　　　　　成大中

喬木鳴禽與作群楚良之後又逢君

禪房雅集伴閒趣和盡清詩到夜分

席上贈玄川元君　　　河口俊彦

傾蓋相看興轉長況逢前路百花香

高才染翰春風裏無限雲霞媚夕陽

再和太岳

元重舉

常苦賓筵話不長北歸猶帶姓名香

燈前黙坐知君面記得楓楠楚水陽

席上贈退石金君

彩華含花映鳳毛容程詞賦興逾豪

知君一唱陽春曲飛雪翩翩照錦袍

次太岳君　　金仁謙

河口俊彥

袞貿東來颯鬢毛羡君才氣老猶豪

何時傳命星軺返經歲殊方獎綠袍

僕姓片岡名有庸字子平號氷川武

藏人林祭酒門人昌平國學生員試

忍侯文學

片岡有庸再拜

贈朝鮮國製述官南秋月　　片岡有庸

滄海渺茫春浪平仙槎還似訪蓬瀛

王程指日扶桑近鄉國占星折木明

自有加籩供使者擬將束帛贈先生

一堂相值方音異詩賦聊通彼我情

次片岡永川　　南玉

五嶽奇遊慕尚平隔年舟楫到蓬瀛

風霜飽閱衣兒黑砂汞微茫鬢髮明
寒食樓臺煙外隱故鄉花絮夢中生
喉聲脉〻眉心烱人道無情是有情

　　　　　　　　片岡有庸

步前韻謝南秋月

滄波萬里楼天平遙掛雲帆度大瀛
龍窟片時陰雨黑蜃樓一半夕陽明
浮槎奉使酬賢主連榻裁詩親友生
避近相逢新謝好紵衣縞帶見交情

122

疊酬永川　南玉

桃花春雨麥畦平綺閣連雲壓巨瀛

鵬鶊路程橫渤澥燕鶯消息近清明

徐君祠廟迷秦世林氏門庭集曾生

詩去詩來心膽見不勞邾譯借通情

步前韻贈南秋月聊叙離情　片岡有庸

海路漫漫積水平長風萬里度滄瀛

碧天懸月龍吟遠 江日射波魚眼明
佳句百篇思白也 汪陂千頃慕黄生
鴻臚館裏分襟慶 暮景空含久別情
三和片岡氷川 叙離情作

南玉

松外長亭直北平 浪萃春舫接輦臝
繁花每似今年好 片月惟分兩地明
悠遊未荷帶速將 離復結海雲生

永瀆流水添新漲鳴送歸帆管客情

贈成書記

片岡有庸

一片雲帆萬里舟碧天迢逓入神州

凌波金節魚龍避隔海帛書鴻雁愁

應有郢歌生顧眄謾將巴曲接風流

定知到處江山興彩筆揮来賦遠遊

和奉永川詞宗

成大中

浪華烟水繫靈舟春色相將入武州

書劍空懷酬國志　風波祇結望鄉愁

昌平庠裏多佳士　林氏門庭足勝流

却喜新交如舊面　佛樓連日辦清遊

步前韻謝成龍淵　　片岡有庸

賦就佗鄉繋客舟　還如王粲在荊州

詞塲縷結軒裳契　華館忽添弦管愁

滿苑鶯聲春日暖　映簾花影夕陽流

賢才曾聽吳公子　剩蓋逍遙上國遊

重和氷川

蘋洲春滿木蘭舟梅柳風和橘柚州

兩國車書無異則十洲烟月入閒愁

經來海水三千里交盡吳門第一流

九萬長空隨所適莊生惟信大鵬遊

步前韻贈成龍淵聊敍離情　　成大中

海外將歸使者舟春風暫駐武藏州

片岡有庸

嬌鶯靏〻空求友芳艸萋〻不解愁

夜宿龍邊鶯客夢曉凌鴨際駕鯨流

與君形影雙星隔一別難期翰墨遊

三和永川

書画虹光大米舟白雲晴月滿東州

成大中

兩年覊思無常夢三海危程不盡愁

古堞斜陽炮氣靜虛樓深夜雨聲流

長天碧水歸時想應憶禪堂此日遊

128

贈元書記 片岡有庸

使節遙來天一涯悠々容路易經時
海程月出危檣泊山驛花開征蓋遲
言理寧論骰茂面容儀忻接紫芝眉
相逢今日還相別坐惜林端夕照移

和永川 元童峯

我行忽在海東涯煙柳依々蜃影時
天地高低行已遍波濤滉漾夢猶遲

樓前萬樹浮空界檻外三山隨半眉

共喜車書歸一路相看不厭夕陽移

步前韻謝元玄川　　　　　片岡有庸

驛路迢迢豈有涯槎航萬里報君時

彩雲一片揮毫落黃鳥數聲留客遲

山水知音歸妙手文章絶世屬長眉

縱逢河石爲星日兩國盟交終不移

童和永川　　　　　　　　元童擧

山光不盡水無涯四牡還尋錦騷時

落日苒苒天影濶孤雲裊裊客心遲

山河久接烏三足蒐夢遙隨月一眉

殘角數聲清漏罷愁人猶自燭頻移

步前韻贈元玄川聊叙離情　　片岡有庸

計日征帆指海涯春風江上雁歸時

兩情不隔論心切再會無緣欲別遲

長路空勞游子夢遠山巧画美人眉

應驚郷樹鳴禽変徒使年華客裏移

酬永川　　元重舉

凄凄風雨楚天涯寒食樓臺燕子時

芳艸路兼歸夢遠落花春入客愁遅

琵湖水濶烟如繡富嶽雲収月似眉

海外高明同一席覊懐空向短篇移

贈金書記

片岡有庸

玉帛尋盟結善隣　鴻臚此日宴嘉賓
彩毫應帶烟霞色　藻思況逢桃李春
千歲風流吳使者　四方辨命鄭行人
論交何處無兄弟　最喜對君情更親

次永川詞伯韻

　　　　金仁謙

仙槎渺渺聘東隣　花雨諸天對主賓
旭曜山前看落日　金龍寺外感中春
盍簪莫道皆新面　傾蓋還倓似故人

四海同胞君認否　聊酬瓊律意先親

步前韻謝金退石　　　　　片岡有庸

兩邦自古道為隣　盟好未修西土賓

作客夢魂迷舊國　經年驛路入芳春

花邊立馬聞啼鳥　江上看山問楫人

青眼論交新似故　更將詩賦轉相親

再和氷川　　　　　　　金仁謙

重洋欸鑼接為隣　遠到扶桑出日賓

故國松篁千里夢東風桃李萬家春

仙槎久滯佗山寺文墨惟逢異域人

四海皆存兄弟義一投瓊律轉相親

步前韻贈金退石聊敘離情

　　　片岡有庸

姓名久已動殊隣妙選多居觀國賓

海外相思千里月天涯難寄一枝春

殷勤看取憐歸雁邂逅無端別逺人

唯有夢魂期後會聊攀盛桮示情親

三和片岡永川韻　　金仁謙

東風幢節自西隣莫惜踈才待上賓
萬里愁冷孤燭夜三時遙憶故山春
今朝偶作梅前會佗歲難忘日下人
一別悠悠無後約此生何處更相親

前日以林祭酒書記已通獎刺于月

右今又隨例接清範幸甚幸甚不更

煩詳姓字

西湖松本為美拜

奉呈學士南公　　　　　　　松本為義

使星遙動武昌城　回首波濤萬里清

日霽錦帆浮北海　風暄玉帛入東京

揮毫忽起雲烟色　投賦偏為金石聲

大客高名誰得似　詞才元是自縱橫

和松本西湖　　　　　　　　南玉

詩筵日闢落梅城　眉眼依依隔夜清

放鶴遙憐君復社　登樓謾憶仲宣京

139

露花好雨能知節遷木幽禽自和聲

寄謝洋宮林學士門前逢掖五經橫

和秋月南君　松本為美

揚々旌旂向江城路上花開行色清

月朗千帆桂鰲嶋途平萬馬過神京

鳴琴相值青山調作賦偏驚白雲聲

終日紺園何限興梵王宮外暮雲橫

疊和西湖　南玉

霸氣蒼茫海作城百花開處佛樓清

天書遲辭紅雲怕仙約虛期白玉京

歸馬應尋芳州色春禽不覺異方聲

林君獨營種諲命早向公門綠葦橫、

奉呈察訪成君　　　松本為美

海上遙過韓使舟已辭鄉國下東州

隣交不背千年約羈思應憐萬里遊

詩賦従来侵氣象文章元自見風流

彩毫忽起明珠色　更照江天十二樓

　和呈松本西湖　成大中

歸思空凝竹葉舟春梅乱薤古江州

始知吳下多名士却喜天南賦壯遊

四海論交詩卷在一方聯席筆花流

依々衿珮俠重遍歌鹿餘歡是寺樓

　和龍淵成君　松本為義

繋得無楊萬里舟春風青靄満江州

交歡應聲龍門會　眺望尤知雲夢遊

綺席把琴迎霽月　紺園揮筆賦清流

吾曹幸接雞林客　終日高歌共倚樓

童和西湖　　　　　　　　成大中

扶桑影裡久停舟　春滿東南六十州

蓬島空尋徐市路　會稽還憶馬遷遊

孤山月白胎禽睡　滄海天長旅雁流

從古皇華留此會　償延長記實相樓

143

奉呈奉事元君　　　　　　　　　　松本爲美

武昌無柳弄春晴此日星軺入鳳城
西嶺雪消紫靄起南樓花發黃鸞鳴
詞才不讓揚雄賦經術爭傳劉向名
主客相逢香閣裡風流詩思見交情

和西湖　　　　　　　　　　　元重擧

禪樓佳會屬春晴坐聽街鐘遶碧城
後約殷勤經夜卜餘懷跌宕數篇鳴

寰中共結風流集海外永收角尾名
林氏門前無俗士何嫌一見即留情

和玄川元君　　　　　松本為義

香臺春色暮雲晴回首忽披丹鳳城
嶽雪當窓寒影動潮流映檻水聲鳴
從來榻客耽高調好是仙卽留大名
時覺諸公歸日近綺筵無奈別離情

疊酬西湖　　　　　元重舉

輕烟低入武州晴雲物依〻遠碧城
南國人稱王氏舊韓公時有孟郊鳴
名山正入龍門矚嘉樹秉牧曾客名
歸日茫〻滄海外西湖春色更関情

松本為美

奉呈退石金君
才子高名白雪吟雞林詞客鬱如林
天邊遙映三山色席上俱裁兩地心
紺苑把琴彈樹裡香臺染翰賦花陰

武昌城外相逢憂終日　清談情轉深

次松本西湖韻　　　　　金仁謙

羈懷悄〻獨愁吟海日亭〻橘柚林
萬里惟思湖上宅一時誰慰客中心
微風燕子呢喃語極浦春陰靉靆陰
異城萍蓬梅下會感君瓊律寄情深

和退石金君　　　　　松本為義

堪憐遠客望鄉吟今日來尋祇樹林

覊思驛樓千里夢交情賓館百年心

香臺裁賦悲春晚綺席揮毫坐暮陰

為是諸君難再會驪筵別手別心深

再和西湖

　　　　金仁謙

禪窓終日費閒吟暝色蒼蒼自遠林

嬰病難酬鄒人曲知音幸得伯牙心

離愁耿耿春燈外歸路迢迢冨岳陰

此後童逢應未易不妨連袂坐更深

送秋月南君　　　　　　松本為美

使者遙辭海岱東　千帆無恙挂春風
故園好是歸來後　更識雞林第一功

和松本西湖別詩　　　　南玉

芝函初捧武關東　紅帕祥雲散逐風
更識報書千緞筆　鄭僑門下討論功

送龍淵成君　　　　　松本為美

征鞍萬里度春風　此去交情兩地同

勿謂異邦海波遠　清秋自是有飛鴻

和松本西湖別詩　成大中

僧寮夜靜竹林風　華燭淸歡恨不同

獨鶴林亭傳磬遠　祇應啼送北歸鴻

送玄川元君　松本爲羙

旌旗此日度關山　客路岧嶤拂別顏

君去江城回首處　雞林遙識五雲間

和西湖別詩　元重擧

雲際回看富士山玉峰晴雪帶慶顏

何人贈我相思字留寄深情岳雲間

送退石金君 松本為美

武昌春色送君還道路遙過海岱間

別後無何何限恨烟波江上邈河山

和西湖 金仁謙

東風玉節欲西還歸路天長馬蹴開

一別悠々三海隔夢魂難到日東山

僕姓井上名厚得字子固號若溪武
藏人林祭酒門人昌平國學生員
井上厚得再拜

奉呈製述官南君　　　　井上厚澤

行程萬里訪蓬萊一片雲帆向日開

自是雞林修好久寧同徐福覓仙來

夜占天象文星動曉度函關紫氣催

何幸良緣叨御李新詩欲贈愧非才

和井茗溪　　　　　南玉

逢子班衣屬老萊天涯羈抱苦難開

㫧背郭穿雲去客燕尋棲渡海來

杜曲危樓愁獨坐　柳洲寒食感相催

眼前一事羞堪喜　榕橘鄉中淂妙才

　　奉呈書記成君　　　　井上厚淂

彩舟遙泛海之東　地接蓬瀛仙路通

玉節榮名千里動　桑弧高志四方雄

懸帆風浪春無恙　叱馭山川途不窮

定識天邊富嶽色　新題應入錦囊二

　　和井茗溪　　　　成大中

丹山片羽大瀛東　對囊靈犀一點通
遲日文筵饒唱和　少年華思識材雄
踈梅小榭丰眉映　積水長天慧眼窮
瀭摘驪珠光燦爛　卿卿筆下見奇工

奉呈書記元君　　　　井上厚潯

遙駕長風度大瀛　舟車到處有逢迎
五雲一路求仙客　千里長程報主情
囊底新詩携雪色　案頭高調擲金聲

俪〻詞翰元無敵都下争傳書記名

和井秀才　　　　元重擧

大明千里關東瀛隨處烟霞詞客迎

落日華筵東武國新春花樹北人情

樓臺漠〻三山色星斗迢〻一雁聲

英妙如君無妙句他時屬目斗南名

奉呈書記金君　　　　井上厚得

騷客飄然氣象豪炯花二月照征袍

千年玉帛通隣好萬里帆檣度海濤
文筆揮成金自響新章吟就調方高
日東驛路春風裡定識江山映彩毫

和井茗溪　　　金仁謙

衰骨東來氣未豪白頭蓮幕愧荷袍
逢春不禁雜岑夢經歲絕過鰐海濤
心目頓開琶水闊煙霞遙把富山高
知君手裡生花筆應是蟾宮玉兔毫

次前韻 再呈南君　井上厚得

彩雲無盡護蓬萊五色浮空瑞景開

玉帛千年衙命到波濤萬里泛槎來

腰間劍氣衝星動筆下詞華當席催

此日幸逢文雅會幕中賓客摠多才

疊和茗溪　南玉

瑤林琪草破蒿萊一線文風海國開

閣上史官劉向去壇前詩客項斯來

茶烟氣合䟆梅近花筆香傳画燭催

蚤識羅山遺韻在至今門館盛英才

　　　　　　　井上厚得

次前韻再呈成君

驛路迢迢訪日東星軺到處姓名通

橐中珠玉文才冨紙上雲烟筆勢雄

兩國新知誠可樂千年舊好本無窮

良緣幸接風流士頻見詩章錦綉工

　　　　　　　成大中

疊和茗溪

祭酒韃帷闢海東汾河論學慕王通

後生可畏鋒稜銳寸子多知意氣雄

萬里程途終自致五車經籍不難窮

東來喜得雲間抄二十大章作賦工

次前韻再呈元君　井上厚得

波濤萬里渡蒼瀛使者征軺郊外迎

傾蓋一堂欽手采論文異域締交情

彩毫自映炯霞色高調方聞金石聲

國寶千年修舊好 更知季札讓英名

疊酬井秀才　　　　　　元重舉

盈盈南北隔重瀛 霞氣蒼范鋒節迎
暇日禪樓開笑語 妙年才子更風情
迢前已看凌雲藻 竹裏如聞碎玉聲
芳歲會須窮典籍 文章餘事是浮名

次前韻再呈金君　　　井上厚得

翩翩書記氣方豪 千里雲山映客袍

使節曉過岐嶋雪　星楂晴度廣陵濤
握中明月寒相照　曲裏陽春歌自高
君是騷壇推獨步　深知詩賦在揮毫

　　　　金仁謙

疊和并茗溪

韓人未會日下豪　君佩秋蓮我錦袍
萬里逢春悲木偶　三洋経歲困風濤
幕中病骨形容老　橘裡仙碁手法高
詩律曾從何處學　詞壇妙挌析絲毫

僕姓青葉名養浩字知言號紫峰謹

岐人林祭酒門人昌平國學生員　青葉養浩再拜

贈製述官南秋月　　　　　　　　青葉養浩

奉使征軺到武城迢々驛路幾行程

山河不改千年誓詩賦堪通兩地情

旅雁離群迷遠影流鶯求友弄新聲

舊聞西土文儒望稔識南宮君子名

次青葉紫峯　　　　　　　　　　南玉

歷盡江南數十城堠亭如夢記歸程

雲濤萬里逢新面霄雅三章見古情

167

真味通融梅對影風驃錯落竹傳聲

君如未至梁園客更喜鄰書善得名

再贈秋月

青葉養浩

一時相遇武昌城傾蓋論交孔與程

縞紵偏看新識好綈袍宣讓故人情

共听玉帛衣裳會忽聽官商金石聲

此地壯遊誰得似浮湘太史自無名

疊酬紫峰

南玉

曹劉牆壓五言城　日々詞壇趁課程

白髮襄梅儗作棗　碧雲明月許論情

懽同晉楚之間會　詩愧嘉隆以後聲

袛是初筵通雅意　不關朱鳥繫虛名

次秋月別德力龍澗韻

良緣相遇異方人　詩賦風流別有春

無奈兮離今夕恨　只忻兩國德為隣

青葉養浩

又和用別龍澗韻　南玉

歸雁空洲逺迡人隔年旌節伴青春

難逢易別天南北蜀客郤岑似我隣

贈秋月叙別恨　青葉養浩

淹留春欲暮竣事薄言旋渺渺三韓

跨遥遥萬里天豈堪寫肝膽幾許隔

山川別後如相憶回頭朝日邊

和青葉紫峰別詩韻　南玉

論交琴劍外豪越費周旋遂澗鵬鶃

海羞池燕雁天歸根花落院分影月

横川一出禪關本青峯阿那邊

贈成書記

樓舩遙指大瀛東海路渺茫連碧空

千里豪遊三島近十朝奮好兩邦通

曾聞禮教商時偌又見威儀漢代風

交會何論言語異賓筵詩賦幸相同

青葉養浩

和青葉紫峰　　　　　　成大中

奎壁文明散海東鹿鳴詩席不曾空
靈襟自有琴心合雅契何煩筆舌通
備佛騰前流洲景木犀香裏轉知風
延僑應會看今日好是車書萬國同

再贈成龍淵　　　　青葉養浩

一片征帆指日東恰如鵬翼駕長空
星躔縱有參商隔滇海豈無潮汐通

當席珠輝訝明月滿堂蘭氣坐香風

萍蓬此會知難再可惜文筵心賞同

　　贈韻潤叙離情　　　青葉養浩

滄海途千里桑孤志不違流鶯求友

切歸雁伴人飛山靄隨征蓋花香撲

客衣襟懷猶未盡四牡去駢〻

　　和紫峯　　　　　　　成大中

渡海新知盛傳経宿願遠客懷賒雨

冷卿夢白雲飛雅會開蓮社清芬到
芰衣離愁還悄悄前路整驂騑
　　　　　　　　　青葉養浩
贈元書記
良緣此日識荊州手采當今算一流
異語何妨傾蓋遇同心更作盍簪遊
縱教鴻雁催歸思好有烟花慰客愁
元白迺筒非易得連床況復共相酬
和紫峯
　　　　　　　　　元重峯

辣雨溶々擁武州坐中談笑自風流

三春花樹含新態萬里行人耐薄遊

滄海東窮知壯矚富岑西望復深愁

江南周陸多英抄半日何妨唱更酬

　再贈元玄川　　青葉養浩

羽蓋淹留東武州一樓何幸接名流

使才擁旃推專對駿思揮毫賦遠遊

花柳更添羈客恨江山偏惹異鄉愁

暫時托契新如故膠漆交情恐不酬

疊和紫峰　　元童舉

南國繁華較杭州百年王謝更風流

星霜共逐波間月烟樹因成物外遊

積水三千遶遠夢長橋十二寄新愁

眼中諸子皆仙侶靈藥誰將白髮酬

贈玄川叙別意　　青葉養浩

嗟君海隔去長此絕徽音無酒淸離

恨有詩寄別心驛程春草合津樹暮
烟深縱使波濤險殷勤夢寐尋

酬紫峯　　　　　　　　　　元重峯

坐中看秀氣燈下憶清音客有煙霞
想人懷永月心微兩重門鎖踈鐘亂
竹深歸程臨水驛餘復還相尋

贈金書記　　　　　　　　青葉養浩

使節遙從渤海來征帆遠向日邊開

乘槎賞月　張騫興　破浪駕風元幹才

維昔三仁餘禮俗于今八道是英材

相逢同是新知樂遽莫城頭暮景催

次紫峯詞伯見贈韻　金仁謙

重洋萬里一帆末古寺斜陽墨壘開

自笑霜毛偏覺老始知桑域尔多才

蓋將木李酬瓊律喜得喬松傍櫟材

聚散不堪渾似夢江城明日客行程

再贈金退石

青葉養浩

書記翩翩載筆來　鴻臚相遇笑談開

一堂叩奏雕龍技　八斗偏驚繡虎才

愧我元非瑚璉器　知君自是棟梁材

人間聚散應難定　萬里傷心淚暗催

再和紫峰君

金仁謙

渡海踰山裒裒來　蓬瀛花月日邊開

雞林詞客孤萍跡　鳳谷門生八斗才

179

却怪瓊瑤盈錦橐還慚玉樹傍樗材

淄淄健筆元難歔詩會斜陽莫漫催

贈退石叙離恨　　青葉養浩

天限東西隔邈如參与辰萍蓬一為

別形影兩無因山記来時面人迎曾

宿賓只忻傾蓋故不似白頭新

　和紫峯　　　金仁謙

烟霞探勝界花柳屬良辰囊括無邊

景詩酬未了因聯床欵鴻臚投轄感
留賔来日琵湖濶離愁步〻新

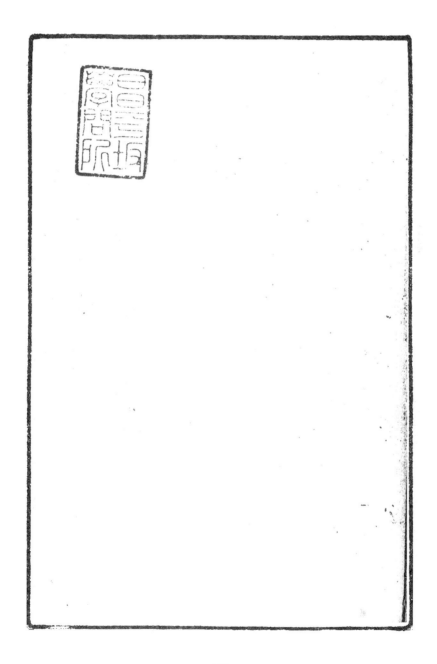

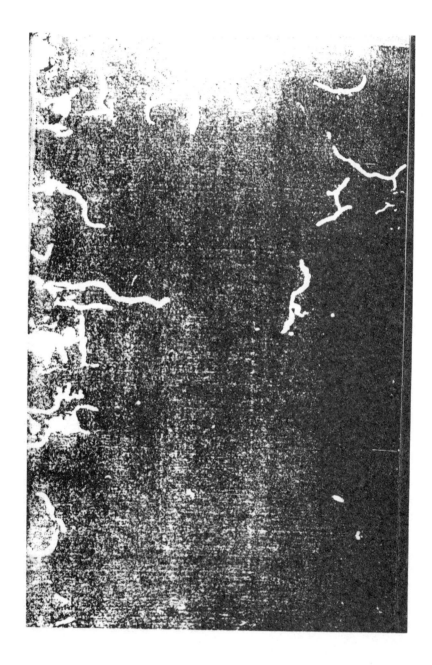

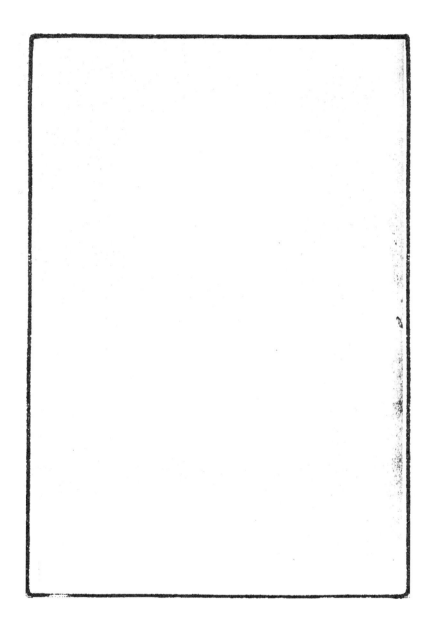

韓館唱和續集卷浅草文庫

一月廿四日南太元及小室當則闕

脩齡中村弘道久保泰亨飯田良宮

武方甄篁井載清山岸藏等九人會

學士書記

僕姓南名太元字君初號月湖說亭
之孫省齋之子林祭酒門人也列儒
官延享戊辰使節之東既蒙朴公諸
子之盛眷今又諸君厚賜青顧感謝
昌盡

　　　　南太元再拜

奉呈製述官南君　　　　　南太元

海頭旌旂自蒼蒼仙路風溫幾許長

夕繞星軺暉夜月朝飄冠佩作春裝

奉和南月湖　　　　　南玉

雙金價重青氈舊三世詩傳北客裝

明月南胡湖水蒼相逢問姓海雲長

再和秋月南君　　　南太元

仙客冠纓佩水蒼合歡同姓若交長

詞章白日芙蓉頃雲路遙遷落日裝

重和月湖

上容華筵鬂髮蒼禪樓一笑兩聲長　南玉

新歡未足離愁動傳得天書便理裝

奉呈察訪成君　南太元

使臣萬里渡春波山海追隨日月過

禮樂長存異代妙開軒颯函亦如何

和南月湖　成太中

南浦春風漢綠波戌辰槎月夢中過

茅家奕世詩箱重滄海遙通問幾何

和龍淵成君　　　　　南太元

海內接霞不舉波仙郎東望片舟過

千秋遍託風流氣恐見才名如我何

重和月湖　　　　　　成太中

細雨蘋洲漲碧波浪華烟柳記曾過

孤懷寄与湖邊月天際其如送別何

奉呈奉夔元君

驛路春風晴色寬斗間紫氣映波瀾

一從使節迎東海邂逅開筵交厚難　南太元

和月湖

明神秀格帶衣寬東海文波欲放瀾

孤許清芬看一席含情脉脉語言難　元重舉

疊和玄川元君

相逢詞客勇風寬吟動春霞筆下瀾　南太元

10

徒有綺筵佳麗色才亳長託幾人難

奉呈進士金君　　　　南太元

東望斗邊帆影迎迢迢波静翠雲傾
關門曉渡千秋客冠蓋風斜客色清

和月湖南君　　　　金仁謙

春雨禪樓一笑迎百年南北盖初傾
羅山詩脉傳来遠喜子瓊章句語清

再和退石金君　　　　南太元

11

春日開筵風裡迎天涯擁霞霽陰傾

詞才岳跡真如此賦就難攀奈濁清

　　　　　　　金仁謙

墨和月湖

鳳谷門前才子逞瓊林玉樹幾枝清

三韓槎客喜童迎前後詩筵氣意傾

　　　　　南太元

送別南秋月

一從登旅館滿坐仰晃冠山入雲霞

暖雪侵松柏寒人龍才逐跡仙客德

難看真有雄風潔勞心他日寬

和月湖　　　　　　　南玉

海客青萍劍山人碧黃冠莫云香臭

別猶照寸心寒言語憑詩遞容顏柔

燭看離愁無那遠歸雁楚天寬

送別書記三君　　　南太元

才名齊蚌下料識昔時遠吟接月明

瀾曲添山色高遍無依玉案又若託

綵袍終日逢清賞　別離不耐勞

和月湖

晚逐師襄迹空懷列子遊長空疎雨

成太中

暗深海遠濤高舊好留瓊軸新交贈

紵袍歸帆北渚去他日夢魂勞

和月湖

元重舉

新春開海國韶景屬良遨疎雨梅花落

東風燕子高禪樓金作章嘉客繡成

袍分日留芳約終筵未覺勞

和月湖　　　　　　　　　金仁謙

林公門下士載筆共遊遨滄海詞源

濶蓬山墨壘高秋霜生越劍湖月照

荷袍前後迎賓館投詩感客勞

僕姓小室名當則字公道號汶陽武
藏人林祭酒門人會津久儒臣延享
之聘与矩軒諸公會于此堂今又遇
此盛事天幸實多欣々慰々

　　　　　　小室當則再拝

奉呈秋月南公　　　　　　　小室當則

小東東海大東東萬里朝潮夕汐通

解纜鏡中開淑景揚帆畫裏映晴空

孤山明月晁卿賦陰洞靈芝徐福宮

今日新觀周晃卉兩邦禮樂穆清風

奉和小室汶陽　　　　　　　南玉

桑枝斷石更無東亥步張搓有路通

花事一春都似夢筆遊三日未曾空

長雲鴻雁帰儂嶠細雨枇杷濕梵宮

小室山居蓬島近坐間渾覺動冷風

再用前韻呈南公　　小室當則

冠裳相映日華東旌旆揚々佳氣通

鷁舫飄飄浮自穩蜃樓彷彿望來空

天回千里百餘國雲合三山十二宮

縱使江關多翠色不如鄉路醉春風

疊和小室汶陽　　南玉

20

一片花飛一片東　別来春樹渺難通

竞封日月分寰域　楚尾雲烟際太空

良覿罷回龍象院　清詩題滿蜃鮫宮

天涯顏面，何由記　除是神鵬假大風

奉呈龍潤成君　　　小室當則

青海波平接早天　玉簫金鼓起樓舡

錦帆搖曳掛雲表　彩鷁安流到日邊

驛院鳴鐘傳後夜　故園明月滿前川

見経艸木烟霞色十五國風詩幾篇

和小室汶陽　　　成大中

峩冠偉帶照春天扶木西枝繫六舩

小室幽居叢桂裏辰年餘命落梅邊

徐王故國道三島杜老覊蹤滯四川

從古楚南多麗藻九歌驚響繼葩篇

叢

用前韻呈成君　　　小室當則

箸〻君子國東天臘盡浪華迎画舮

舍館曉風驚夢裏關山寒月滿愁邊

豈禰酒頌談金谷惟說茶經學玉川

吾輩幸逅逢盛事朝儀應賦鹿鳴篇

重和小室汝陽　　　成大中

星軺風馭十洲天仙氣浮〻太乙舩

萬里行程終有限重溟烟雨更無邊

雲霄舊列瞻宸極漁釣閒緣夢抱川

尚賴新詩寬客恨驪駒和迸式微篇

奉呈玄川元君　　小室當則

仙郎玉節自西方　日夜函關紫氣揚

松拍風聲傳樂譜　接臺月影入文章

那須習氏池頭飲　正接令公衣上香

無奈歸鞍遙帳望　蒼茫越水楚雲長

和小室次陽　　元重舉

已識文星開海方　更看詩壘坐間揚

熙空合浦疑珠貝　風落荊山蔣隊章

葦硯綠沾把露潤彩毫紅濕拍花香

昌平館裏紛々士撚道歐陽舊澤長

用前韻呈元君　　小室當則

羽旗鼓吹動東方車馬如雲行色揚

旅館紗窓月一片京城文苑花千章

勞來雪後萹葭老見歷江南橘柚香

恐尺此中難再奉孤懷尚與碧天長

疊和小室汶陽　　元重舉

25

十日瀟然臥丈方海天輕雨晚悠揚
磬前碧瓦踈龍角席上彤毫繡虎章
春水綠涵千樹影夜花紅從萬家香
相看忽訝蓬臺夢塵外眞々瀨漱長

奉呈退石金君　小室當則

直指波濤出大都日之東海々之偶
星辰宛轉辨天象島嶼微荒按地圖
諸彥弦歌新樂府先人賦筆舊江湖

來晨千騎頻歸去 蘭蕋峯頭雪色孤

和小室汶陽　　　　金仁謙

雲帆万里訪桃都 三島風烟折末隅
滄海雄心宗懋浪 名山宿計少文圖
華堂冠服連蜻鰈 故國松篁隔嶺湖
十載賓筵桑翰墨 喜君標格獨清孤
用前韻呈金君　　　小室當則

風夜清霜歷兩都 卻鞍傴僂鳳城隅

群賢意氣見詩賦　上客風流入畫圖

何問壯遊開北海定知大雅憶西湖

星軺過處德輝滿萬里比隣還不孤

疊和小室汶陽　　金仁謙

前年曾別漢陽都今歲猶淹渤澥隅

扶木火騰者日出天池波立見鵬圖

萍蓬淼淼侵朱鳥松菊悠悠憶錦湖

怊悵與君分手後可堪他夜月來孤

奉呈秋月南公　　　　　　　　　小室當則

巡遊尚值異鄉春　客思題詩江水濱
偏使王孫促歸意　銀塘芳艸柳條新

和小室汶陽　　　　　　　　　　南玉

軟草垂揚一色春　汶陽送客落梅濱
幽禽似有遷喬願　細雨枝頭百囀新

奉呈龍淵成君　　　　　　　　　小室當則

江上陽春白雪林　無端花鳥客情深

29

風光暫爾能携手天末參商恨不禁

　和小室汶陽

挑花紅雨濕祇林海上春雲一院深　　成大中

信美山河空滿目仲宣懷緒更難禁

　奉呈玄川元君　　　　小室當則

高接竟日對仙郎猶接風姿座裏香

繼燭詩篇即留別翩翩才筆獨珍藏

　奉呈退石金君　　　　小室當則

蒼茫秦望海雲開報道仙舟李郭来

青玉案頭相見去仁風和氣滿春臺

和小室汶陽　　　　　金仁謙

看君詩律多新格頗似長州老鶴臺

法眾高樓傍海開江都才子雨中来

奉寄退石君　　　　小室當則

向携詞筆坐瓊筵花片為堆銀燭前

遙憶高麗橋上望春風三月返樓船

和小室汶陽　　　　　金仁謙

春風澹蕩鹿鳴莚　文墨初開繡佛前
四寄瓊章情更重　知應怊悵北歸舡

奉寄秋月君　　　　小室當則

河上春風芳艸肥　王孫彩筆賦西歸
東藩産物雖微細　夜々應能照墨池

和小室汶陽謝會津歲蠟蠋之惠　南玉

何處僊山蜂液肥五羨烟入客舩歸
鶴樓賁飾慚無力誰道三湘作硯池

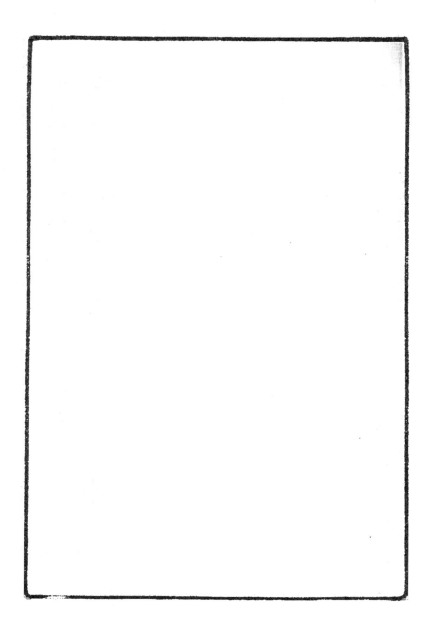

償姓閔名偹齡字君長彌松窟武藏
人林祭酒門人廄橋侯儒臣戊辰信
使之幕賓朴李柳諸子曾辱丞顧今
後遇此盛會榮幸實影

閔偹齡再拜

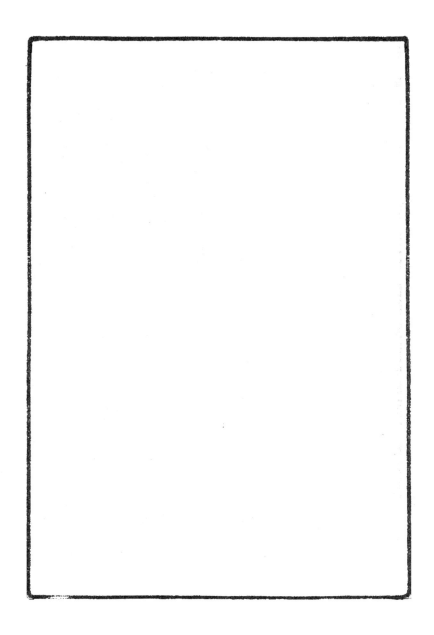

贈秋月南君　　關脩齡

東道春雲聘使年兼探竹簡古文編

美名曾傍詞場起藻翰長隨藝苑傳

何限雄心生海嶽無端歸計隔風烟

一時萍梗存交誼薄劣深慚子產賢
　　　　　　　南玉

和關松窗

醉雪東浮十七年夜緫松月照歸編

端明故事天涯誤張祿前名座上傳

37

客舘春愁桃杏雨佛樓詩思橘藤烟

西還定問君消息報道吳蒙勝昔賢

贈龍淵成君

閔脩齡

積水長天容路分東關稅駕雨紛紛

相思入夢池塘草對語含愁日暮雲

偏羨遠游能載筆更憐清宴坐論文

春風猶滯梅花後萬里歸鴻不可聞

和閔松窓

成大中

滄溟南望楚天分寒色東風客緒紛

挑李半開前夜雨衣巾相對上方雲

嘉賓尚記皇華讌雅道應傳柱史文

劍識阿蒙非昔狀西歸與報雪翁聞

贈玄川元君　　　　　　關脩齡

信使迢遙道路難高堂握手問加餐

修文已許千秋業把酒何妨十日歡

海上仙槎驚歲晚天涯旅服畏春寒

只今縞帶堪相遺猶作當年季札看

和松窓

　　　　　元童舉

四美華堂併二難人〻仙骨老瓊餐

蘇仙惠外傳虛報羊舌中州記舊歡

遠海三山疑暮雨層城二月逗餘寒

清秋玉蕭皇華路歸日長亭草色看

贈退石金君

　　　　　閔脩齡

春城玉帛曳裾長記室能名動海方

巳自遠游知謝朓　還因佳會見鄒陽
一時風裁掃航日　異代聲華翰墨場
回首應憐歸騎晚　客程芳草正微茫

和松窗　　　　　　　　　金仁謙

三山花月扶桑外　萬戶樓臺紫海陽
端軸無涯鵷路長　一帆來到極東方

古寺雲煙愁繫馬　華筵文墨喜逢塲
始知櫻下多名士　休道風騷久渺茫

41

席上贈秋月南君

閔脩齡

休疑紫氣入關高詞客棄奉弄彩毫

路過芙蓉明雪色帆懸勃海起秋濤

十年夢寐情難盡一日風流興轉豪

知是他鄉同調少朱絃更向幾人操

再和松窓

南玉

神仙標格雪翁高想得龍蛇動醉毫

海外風流驚日域夢中顏髮隔雲濤

舊聞區冊從韓老　新識陳良是楚豪

我亦師襄琴縵學　曲終山水為君操

席間贈龍淵成君　　關俊齡

海門西接樂浪城　使者来尋帶礪盟

容裡春花驚思發　簾前暮雨旅魂驚

隨珠並照青雲座　郢曲兼操白雪聲

却懷當年杯酒興　風流不減故人情

再和松窓　　　　　　成大中

搓上星輝照水城寺樓春日記前盟

雪翁標格神仙降濟叟詞章毘物驚

喜得朝鞭稱舊識敢言陳檄動新聲

鄰笥萬里勞相問深認関門出世情

7 席間贈玄川元君　　関脩齢

聞説朱絃調最新彈來為問和歌人

江城客久逢寒食山驛花深對暮春

此上詞篇才自長天涯明好意相親

何妨海嶠風煙遠此日騷壇會有神

再和松窓

舊事龍宮忽更新雪翁風彩寄東人

儀標獨映開筵日歡笑因留滿座春　　元重舉

知德早承平仲契愛才還得李膺親

淡鹹柔白皆殊用始識寰中交有神

席上贈退石金君　　　　關脩齡

書記翻：海北來飛楊萬里氣雄哉

共稱枚叔觀濤興也說陳琳草檄才

匣裡珠迎明月動囊中賦對落花開

預愁西地江山隔不得相逢把酒杯

　　　　　　　　　金仁謙

再和松窓

鰲背長風駕鶴來析津烟月興悠哉

腐儒素乏青霞氣華髮元非白雪才

梅下鄕愁悲獨坐燈前詩會喜同閒

和韓莫道東西遠滄海吾今視一杯

贈秋月南君兼示柳子相

關脩齡

春風喜好使原隰擁征軺
出儒臣執玉朝交情明月遠歸路白
雲遙仙叟今無恙因君寄海潮

騷客含毫

南玉

和松窓

曉啓天書祇春歸使者軺禮成笙瑟
諭命復聖明朝代馬嘶風疾邊鴻引

47

月遙多情関尹子惆悵望空潮
題醉雪詩贈松窓　　成大中

斷雲殘雪是東城日出鳴驪催去程
余髮蕭〻詩更苦寒梅花下不勝情
次柳子相韻酬龍淵成君

　　　　　　　　　関脩齡

桃李春深海上城風塵行役復歸程
故園若遇仙翁問翰墨長留別後情

題閔君長扇　　南玉

獨對松窗月遙思醉雪翁天涯知已

字題送北歸鴻

酬秋月南君題扇見貽關脩齡

醉翁存舊識君適是知音別後清秋

月並懸千里心

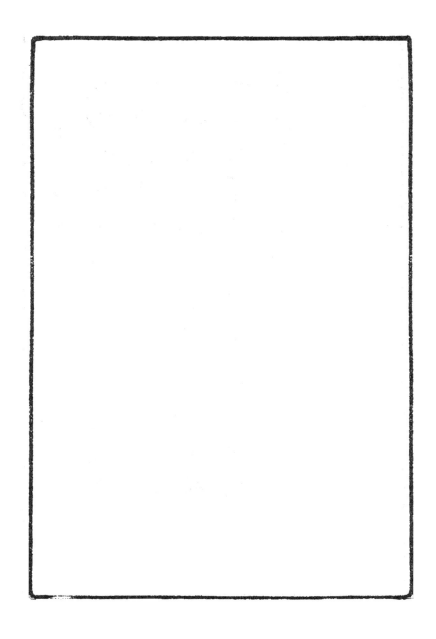

僕姓中村名弘道字厚載號鶴市讚
岐人林祭酒門人讚岐矦儒臣
中村弘道再拜

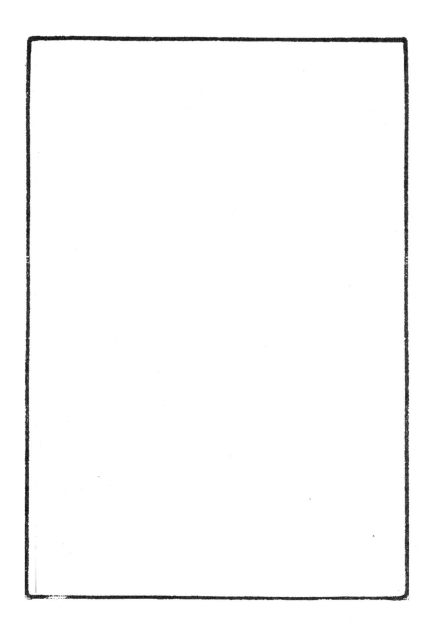

贈製述官南秋月　　　　　中村弘道

箕封才學昔曾聞　今日良緣始見君

華蓋秋辭漢陽月　畫旗春映海東雲

聚星此處總相遇　風馬由來不作群

連揖何妨言語異　兩邦詞筆本同文

和中村鶴市　　　　　　　　南玉

橋雨踈踈林鳥聞　上方清磬引諸君

羇愁七過蘬盈月　交誼雙看聚散雲

風莢東西那有蔕暮鴻三四不成群

惟應別後相思處箕斗星芒夜々文

用前韻再贈秋月　中村弘道

風流儒雅勝前聞英俊誰人得並君

坐似箕莢依玉樹望如鸞鶴下仙雲

詞源浩蕩真無敵禮貌逍遙自出群

更識箕邦存聖化八條不啻見遺文

疊和鶴市　　南玉

54

松梢殘滴霽猶聞蒼蒩香清見數君

海上真仙達羨偓江東才士淂機雲

魚山梵裏會相對鳳谷門前鶴不群

一別參离還似舊渭天春樹隔論文

　　贈書記成龍洲

　　　　　　　中村弘道

客自西方萬里程鴬花二月八江城

遙經徐福求仙路昔讓張騫奉使名

元是善鄰称國寶不妨出境結詩盟

遠游豈乏囊中草定識篇：裁旅情

次中村鶴市　　　成大中

鵬雲高處啓王程春日旌旄海上城

鳳谷門生多識面鶴汀才子始知名

禪棲晚聞衣裳會詩壘初成武建盟

一別西洲消息斷江花渭柳謾牽情

用前韻再贈龍淵　　中村弘道

詞臣何事計歸程柳翠花盟東武城

已識健毫能愈病又聞佳句獨專名

實鄰来續先君好文苑同尋諸子盟

別後交歡隔千里更憑飛夢竭餘情

　　　　　　　　　　成大中

童和鶴市

水陸相催萬里程晚春風雨暗江城

近知書畫真無益多愧詩文早有名

玄燕歸飛須作伴白鷗閒落與同盟

九皐仙侶飲迎客當識林家子養情

贈書記元玄川　中村弘道

星使遙辞漢水秋釜山明月送仙舟

路過九國鵬雲際天限西邦鯨海流

隨地烟花傷異客望鄉詩賦滿登樓

此行不但来通好亦似観風季子游

和鶴市　元重擧

徐王海色老千秋鶴外春風送客舟

日月光侵三嶋出山河影入六鰲流

披離橘柚烟中樹錯落金銀水上樓

多謝高朋分日訪半扶跂雨辦清游

用前韻再贈玄川　　　中村弘道

行人載幣發清秋東海春留彩鷁舟

鮮土詞臣多俊逸鄰都才子避風流

両邦修信期千歲萬里論交共一樓

幸荷瓊瑤永爲好吟來別後憶同遊

童和鶴市　　　　　元童舉

皇華咨度記春秋靖土功帰済漢舟

縞紵之情嘉樹愛黄河不盡帯如流

春風玉篸朝鮮使二月梅花實相接

何事東方多瑣節不教人作紫街遊　　中村弘道

贈書記金退石

萬里烟濤容路賒擬窮蓬島問仙霞

天涯已送三春雁海畔猶留八月槎

預計長程期臘雪豈圖嘉會後梅花

未修鄰好堪酬國莫道他鄉老歲華

次鶴市見贈韻　　　　金仁謙

鵬路迢々日下賒荷衫來拂赤城霞

永嘉臺外頻瞻月大坂江前久繫槎

仙訣蒼茫蓬島藥羇愁脘脘武州花

見君年少詩才捷莫笑韓人兩鬢華

用前韻再贈退石　　中村弘道

誰道芳鄰路不賒征袍飛蓋染烟霞

防身常帶衝星劍報主遙隨凌漢槎
已有橐中珠照乘又看席上筆生花
憶君還向鄉關日繞渡鯨洋頭盡華

　再和鶴市

　　　　　金仁謙

滄海東頭月色賒興來惟對富山霞
雕梁玄燕管新壘齋院紅梅着古槎
容裏愁添衝浦雁夢中春晚洛陽花
浮生聚散堪悁悵豈獨殊方感物華

送別南秋月　　　　　中村弘道

西天萬餘里歸路海雲深童僕諳語方
語江山入客吟鳴禽知別恨岸柳乱
羈心懌好自茲隔夢魂何處尋

重和中村鶴市別詩　　南玉

春城寒食雨晚寺落花深路指孤鴻
去愁連一鶴吟詩篇千古事離別興
鄉心欲識相思意芙蓉碧萬尋

送別成龍淵　　　　　　中村弘道

迢遞雲霄外辛勤報主身逢場疑夢寐
岐路邀參辰詩就客中月花飛雨後
春知君歸國日名譽自無鄰

　童和中村鶴市　　成大中

浩渺三山夢飄飆萬里身雲端瞻故
國花下愛芳辰留客淸筵夕傳詩古
舘春襟期如不隔殊或便同隣

送別元玄川　　　　　　　中村弘道

異邦千里客研席暫相同修好非今

日賦詩存古風交情無遠近離恨隔

西東此去試四首斗間劍氣雄

重和鶴市　　　　　　　元重舉

不愁山海遠猶得軋書同談永高樓

日詩傳偌竹風明星孤月北遙海斷

雲東収拾瓊瑤句帰思鶴市雄

送別金退石　　　　　　中村弘道

山海程千里鄉關天一涯来時迷雨
雪歸路滿風花羈思傷春草行裝映
曙霞前途相憶處只有白雲遮

三和鶴市　　　　　　　金仁謙

心懸天北極身滯海東涯曉覺仍啼
鳥詩成半落花離愁玄圃鶴歸臺赤
城霞他日相思夢雲山萬里遮

多塵生天假奇緣獲再沐高誼榮章實

暌違懿範倏忽三日采葛之思渴心

盍齋久保泰亨拜

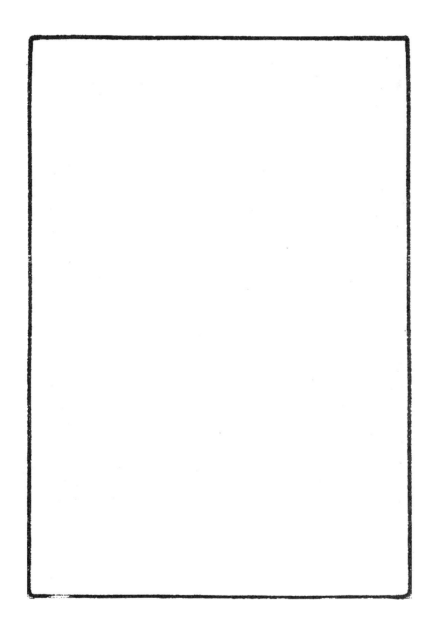

呈南齋述

久保泰亨

遠客新知又此逢　對君今日思依依
無情最是天邊雁　鳴促歸人向北飛

重酬盅齋

南　玉

一日相逢一日違　冲然眉宇夢中依
禪樓側畔梅千片　風雨三霄太半飛

呈成書記

久保泰亨

傾葢交歡未竭情　忽聞車馬促歸程

行々試聽春林裏黃鳥枝頭求友聲

重和盎齋

未了前緣久繫情諸天花雨問詩程

西湖處士應同住和送詩筒更寄聲

呈元書記

久保泰亨

莫厭鴻臚過訪頻笑談一別隔參辰

相思東海懸明月流照漢陽城裏人

和盎齋

元重舉

禪樓暇日接繁頻　寒食東風細雨辰
遠客中情無一事　燈前空憶座間人

呈金書記

久保泰亨

忽漫相逢兼別愁　寸心欲說恨難酬
青丘風雅君家事　他日編修憶遠遊

次盡齋見贈韻

金仁謙

詩會猶餘未了愁　重開文墨喜相酬
今來始遂桑蓬志　滄海前頭辦壯遊

贈秋月叙離情　　　　　　　　　久保泰亨

煙花三月好此送異邦賓日照扶桑
影天低析木津春雲隨遠道芳艸怨
離人會面唯今夕襟懷難盡陳

贈龍淵叙離情　　　　　　　久保泰亨

風流韓土客文雅暫追攀人惜殊方
別詩留他日顏片帆縹緲外三島有
無間離恨隨潮水送君到釜山

贈玄川叙離情　　　　　　　　　久保泰亨

相迎無幾日　歸客計前程　嶽雪他年
夢海雲故國情　曉鴻行又斷春草綠

徒生一別音塵關各天共月明

贈退石叙離情　　　　　　　　久保泰亨

行人皆妙選賓從亦多才揮筆龍蛇
走賦詩錦繡裁新知終日宴長路隔
年回借問遼東鶴何時復此来

重和盎齋　南玉

懷土吟莊鳥登樓識洞賓
馬愁箱嶺
撥帆滯浪江津細雨花
辭樹長雲雁
背人新知悲契澗哀曲
別楚陳

重和盎齋　成大中

祭酒開函大龍門許爾華
靈明通浩
氣藻來上映顏藉手詩書
裏潛心筆
硯間偶然萍水會相對
雨中山

重和盅齋　　　　　　　　　　　　　　　　　元重舉

芳艸松間驛孤雲海上程山河留馬

跡烟樹寄人情已識秦能夏還驚魯

有生職方編外國風俗記分明

　　再和盅齋　　　　　　　　　　　金仁謙

鳳老緗帷闢江州集妙才驗坤三島

聳錦幖七襄裁留客花前話題詩雨

裏回禪樓餘債在明日倘重来

右屬和四首 二十五日 贈来

文學

竹洞武藏人林祭酒門人試彥根侯

償

姓飯田名良字君貞號雲臺別號

飯田良再拜

奉呈學士南公　　飯田良

山斗芳聲元自聞接天旌旆海烟分
金鞍日映芙蓉色華館春開錦繡文
身在中朝臨玉署名連異域入青雲
況逢冠帶修嘉好風采堂々更不群

　和飯田雲臺　　南玉

人字封疆愜舊聞東南長幅畏天分
州非軒畫之中野經有秦爐以外文

山出金銀騰夜氣撲臨鮫屋覆春雲

百年頤闓靈明巖林氏書生又一群

奉呈寀訪成君

　　　　　飯田良

錦帆千里照波濤書記翩〻彩鳳毛

両地風流暫傾蓋三春景象此揮毫

對花高興詞篇出為客窮愁夢寐勞

萍梗論交東海上因君今日見才豪

和飯田雲臺

　　　　　成大中

社

紅蓮幕裡閱秋濤漫跡多慚脫頴毛

滄海行裝浮彩鷁別天交際頼班毫

松篁故枷空牽夢花木禪房久息勞

見說雲臺春睡足東窗須學伯淳豪

奉呈奉事元君　　　　　飯田良

仙槎萬里氣雄哉歲晚關河擁節來

旅館夢隨歸雁去異鄉花向使臣開

新詩雪滿西陵外彩筆雲生東海限

此日人稱專對事扶桑春色帶榮囘

和飯田雲臺

故園西望意悠哉春色隨人萬里來　元重舉

池榭漸分高下嫩庭花閑數兩三開

心隨旅鶴翩雲外夢逐驚鴻出海隈

默識長亭強萬里歸程應帶麥芒囘

奉望進士金君　　飯田良

使星遙到武昌城此日先傳仙客名

雲動高旌経蕩菌風平滄海訪蓬瀛

新詩並照明珠色清調堪歌白雪聲

両地江山囊裡草携来彩筆更縱横

　　　　　　　　　　　金仁謙

和飯田雲臺

風馭冷冷到赤城金龍寺外問山名

衣冠両國迎新面花柳千家壓大瀛

雷鼓雲旗開壁壘瓊琚玉佩放聲清

回頭試望莱州路春樹寒烟萬里横

席上呈秋月南公　　　飯田良

翩翩詞客入東方相見風流翰墨塲

兩地聲華君自在談經何減漢賢良

和飯田雲臺　　　　　　南玉

老容星臨箕尾方鹿茸春傍白駒塲

華筵簪珮多名士先數夫君北學良

席間贈龍淵成君　　　飯田良

聞道才名本不群相看更受沈休文

遠遊定識囊中賦並映峰頭錦繡雲

和飯田雲臺　　　　　　　成大中

妙歲詞章獨出群篆細雨與論文

西歸儻問吳名士爲說華亭有陸雲

席上呈玄川元君　　　　　飯田良

使者西來訪寶隣相逢冠佩彩霞新

壯遊縱有觀濤興何似雞林桃李春

和飯田雲臺　　　　　　　元重舉

剗却層濤是比隣　百年冠蓋影相新

殘篇寄與雲臺記　他歲留看二月春

席上呈退石金君　　　　飯田良

海色蒼茫千里潮　錦帆風正此相邀

客程已值青春好　桃李花開興自饒

和飯田雲臺　　　　　金仁謙

高樓毿倚聽春潮　詞客同来不竢邀

昨夜偶成千里夢　錦城花柳雨中饒

再呈秋月南公　　　　　飯田良

仙客乘槎大海東関門紫氣掛長空

衣冠身映金城度剣佩声當翰苑通

華舘花開憐落照綺莚歌發接高風

預知多日談経處千歳人傳戴侍中

和飯田雲臺

細竹濃花小沼東使華帰後此樓空

溟程自古三重阻邦信于今十二通

87

冨岳琵湖牧物色全経靈藥採謡風

新交尚有江淹恨南浦春愁碧艸中

再呈龍渕成君　　飯田良

使者分符修聘年横天劍氣斗牛邊

關山路遠星従馬　湖海潮平月滿舩

白雪長歌梁苑賦陽春難和楚宮篇

花間談笑交情切把袂倶憐落日前

和飯田雲臺　　成大中

烟波離別已經年家在青城古峽邊
愽望蒲榴通絶域元章書畫滿浮舩
仙緣謾結三神島王事長吟四牡篇
落盡江城梅幾片道衡詩思在花前

再呈玄川元君　　　　飯田良

詞臣攬轡到江關劍佩承恩金殿班
蜻域雲連滄海出雞林月照錦帆還
烟霞曉度懸仙氣桃李春深慰客顏

暫爾交歡相見好何堪別後隔千山

和飯田雲臺　　　　　元童舉

回憶天書下九閽武宸霜拂曉朝班

一年春逐波光到萬里人隨卅色還

眼中富嶽血心在今古人傳貝榭山

呵邨層濤催白髮欲將真訣問朱顏

再晃退石金君　　　　飯田良

多情自是在毫端客裡経年行路難

堪話春宵孤館夢共歌魚藻兩邦歡

雲飛雁影鄉園遠風度梅花夕日寒

一唱陽關離思切山川何處尚平安

和飯田雲臺
　　　　　　金仁謙

湏洞羇愁集萬端暮年行後更堪難

灯前鄉夢三洋隔梅下詩遊半日歡

對鏡裏容驚歲晏登樓病骨惻春寒

攜君欲上蓬萊頂度世仙方問羡安

僕姓宮武名方甄字子陶號小山讚
岐人林祭酒門人昌平國學生負

宮武方甄再拜

奉呈製述官南君　　　　宮武方甄

翩々使節出三韓　吧駛何論行路難
釜海浮槎秋已老　函關駐馬雪猶寒
風流叨接諸賢座　詩賦聊為一日歡
別後登樓相憶處　天涯空望白雲端

和小山　　　　　　　　南玉

文章半世愧蘇韓　泛海窺湘下筆難
桂樹雲濤春色老　梅花江國雨声寒

芝荷舊製那禁弊　笙鼓初筵強作歡
欲和小山招隱賦　遷喬幽鳥在林端

再用前韵呈秋月　宮武方甄

海内當時顧識韓　古今知是得才難
客程千里帆無恙　鄰好百年盟不寒
非有彩毫催逸興　何緣綺席鏖交歡
天涯一別如胡越　可惜斜陽掛樹端

疊次小山　南玉

舊識還同叔與韓殊方不道會心難
雨花開院拼欄長春茗傳杯琥珀寒
叢挂便成嘉樹傳小暄新試縞衣歡
出門鱼奈帰期浩家在天西古峽端

奉呈書記咸君　　　　宮武方甄

壯遊萬里興何豪不憚山川跋涉勞
画鶂来風凌巨海長鯨噴沫捲飛濤
星文遠向東方聚劍氣夜衝南斗高

岳雪春晴如有待似君今日入揮毫

和宮武小山　成大中

長慶詞恒子獨豪一莚酬和不言勞

文城寶硯欺端石濃府紋牋勝薛濤

栴樹微烟閣館淨杏花踈雨倚樓高

小山叢挂春来長為抱瑤琴問白毫

次前韻再呈龍淵　宮武方甄

元幹由来意氣豪長風萬里不辭勞

烟霞隱見三山路島嶼微茫九國濤
掌上明珠人共貴曲中白雪調何高
雞林妙選君殊在當席縱橫看彩毫
　重和小山　　成大中

陳良最是楚南豪北學中州不道勞
千里封疆寒橘柚一方書軌限雲濤
經文自有門墻闢詞律休稱壁壘高
孺子多材知可教好將微理析秋毫

奉呈書記元君

宮武方甄

圖南鵬翼勢雄哉　摶擊扶搖萬里来
蓬嶋彩雲帆外落　函關紫氣馬頭開
詞章堪比相如美　辯命殊稱子羽才
縞紵論文還似舊　莫言西嶺夕陽催

和小山　元重舉

東滇道路此　悠哉　紅日扶桑拂檻來
疎雨更尋諸子約　禅樓因許小筵開

100

寰中浪迹驚衰鬢海外新交識俊才

正欲更論詩外事逢塲每被墨毫催

再以前韻呈玄川　　宮武方甄

武城春色望悠哉賓館茲辰問字來

江上烟霞迎客媚檻前花柳為君開

詞鋒元識千人敵筆力難當八斗才

相遇鳴琴無限意莫令歸思曲中催

重和小山　　元重舉

從周禮樂是文哉天氣方看自北来

孔孟道邊三代述程朱説向八門間

瀟掃中間存大道文章餘緒屬几才

慇勤寄語南方士儘莫光陰漫浪催

奉呈書記金君　　宮武方甄

玉帛尋盟使聘通典章猶見太師風

漢陽寅從威儀盛鄭國行人舜命工

二月烟花看又過一堂詩賦暫相同

還思別後參商隔綠水青山恨不窮

次小山見贈韻　　　　　金仁謙

三海蒼茫一路通扶桑萬里馭泠風

搓侵牛斗河將盡詩到蓬瀛句未工

詞客衣冠南北異賓筵文墨古今同

浮世聚散渾如夢他夜相思恨莫窮

　再次前韻呈退石　　宮武方甄

休言殊域路難通千里輕帆但信風

103

豪氣觀濤枚叔興逸才賦海木華工
三墳五典君湏熟白雪陽春誰得同
賓館新知暫時樂暮鐘催慮思無窮

再和小山

金仁謙

黙〻靈犀筆舌通淮南復見小山風
早承師訓淵源逈妙透詩程格律工
莫道兩邦千里隔元知四海一胞同
吾行更有蔾翁恨恐尺扶桑又未窮

僕姓笠井名載清字成川號綾山讚
岐人林祭酒門人昌平國學生員
　　　　　　　　笠井載清再拜

奉呈朝鮮國製述官秋月南君
　　　　　　　　　　　　笠井載清

仙查縹渺自西方地接蓬瀛海路長
隨使雄心偏倚劍能丈才子己升堂
座來人醉周郎美過後風傳荀令香
雅會恨無貽鄭紵交情聊寄一詞章
　　　　　　　　　　　　南玉
和笠井綾山

人文初洩柝津方書史江南賈帆長

奇字多傳楊子草　諸生半在魯恭堂

珠明水國霄騰彩　花童禪樓雨裏香

鎮日詩筵懷未了　角弓聊賦第三章

用前韻呈秋月　　笠井載清

男子桑弧志四方　何言山海路偏長

還家曉夢勞千里　迎客春風共一堂

陽雪調高元寡和　芝蘭座久漸聞香

知君到處多佳興　剩得奚囊月露章

疊次笠井縫山　　　　南玉

思美人歌天一方吳山越水馬前長

春蕪極目違南畝霜橘盈懷戀北堂

客路翻驚雲雁叫詩筵漫近木犀香

斗南多媿留名姓先著青泉與聖章

　　奉呈書記龍淵成君　　笠井載清

迢遞山河隨節旄壯遊膽氣最稱豪

尋盟人自箕邦到專對名於桑域高

學業三冬耽載籍文才一世傲風騷
詞鋒元是知難敵驚見吟壇揮彩毫
和笠井綾山　　　　　成大中

禪門十日駐旌旄詩會頻逢異域豪
幽鳥囀時林雨歇大鵬騫處海雲高
魚龍雜舞来軒樂蘭菊淸香入楚騷
與報西湖林祭酒鳳池舜命巫揮毫
奉呈書記玄川元君　　笠井載淸

山水悠悠道路難歷時旌斾自三韓
海天秋滿乘槎客嶽雪春晴駐馬者
使節幾年通玉帛賓筵今日會衣冠
何妨兩地方言異詩筆論交此鑿歡

　　　　　　　　　　　元重舉

和笠井綾山

水宿風行不說難百年芳信結和韓
中秋菜海霜光集二月箱湖草色看
文藻正知閩楚俗皇華空自愧周冠

昌平國學魚兀士逢屢常如舊識歡

奉呈書記退石金君　笠井載清

曾聞渤海錦帆開冠盖如雲使者来

花迓金鞍明驛路風飄玉管滿樓臺

詞篇先説登瀛客辭命堪推出境才

自是男児四方志壯遊豪興賦中裁

次笠井綾山投贈韻　金仁謙

海盡天高大陸開冨岑烟月馬前來

雨中春樹東州野雲外卅霞老屋臺

桑域山河多異草林門弟子足奇才

經年旅榻裏簾病囬首鄉園恨莫裁

次前韻呈退石

笠井載清

江城雨歇暮雲開東海烟霞映舘來

白雪歌成揮彩筆青春花發會香臺

聲名堪比荆南玉詞賦曾推鄴下才

定識萍蹤君不久周旋終日挹風裁

再和笠井綾山　　金仁謙

花下筇窓掩不開海風吹雨入簾來
停槎徐福千年國借榻瞿曇七宝臺
蓬嶋春光張活畵冨山秀色毓英才
逢君翻抱離君恨愁緒誠難一筆裁

山海雖遙潮汐路通共在明世同逢
盛事今幸辱識荊何幸加之儌姓山
岼名藏字非龍號文淵別號釣玄亭
信濃人林祭酒門人昌平國學生員
謹賦蕪詞以攄俚懷兼祈郢正
　　　　　　　　山岸藏再拜

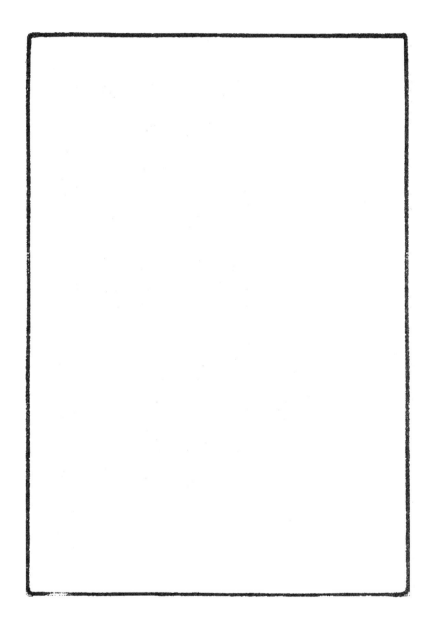

奉呈製述官南公　山岍藏

錦帆高拂彩雲開萬里雄風亦壯哉
豪氣正知鸚鵡賦名聲先動鳳凰臺
學因三代餘文化地接中州多俊才
謾道浮舟秦使至問仙時欲入蓬萊

和山岍文淵　南玉

花氣冥蒙雨不開式微何日賦歸哉
山中漫憶淵明宅海上頻登子美臺

未遇秦童悲短髮虛随漢使媿疎才

故園梅鶴今尚生　誰向春林剪棘薪

再和秋月南君

　　　　山岾藏

巨鰲捧日彩霞開蓬島滄洲氣欝哉

十万霓旌濟大海三千珠履上高臺

原知好學登瀛士已見談經襲席才

詩賦風流歡未洽憐君旋節向東萊

疊和山岸文淵

　　　南玉

分日名藍綺席開滄洲縱目道悠哉

僧来竹外鐘傳院客去梅邊月上臺

海曲于今多得士世間何地不生才

子規啼近當歸綠春服成時憶舞雩

奉呈寮訪成君　　　山岫藏

四牡遙臨東海濱春風三月拂輕塵

関門不隔千山路旌節先通兩國親

萬丈綵虹隨筆起三峰白雪入吟新

嗟君此曲誰能和　元是雞林第一人

和文淵

　　　　　　　成大中

萬戶樓臺炯水濱　雨餘衢陌不生塵
山河映發精神別　翰墨從容氣味親
晚柳晴花開畫欄　白雲晴月到詩新
林亭聞有釣玄地　須作寥寥寂寂人

再和龍淵成君

　　　　　　　山㟓藏

柹林晴靄接江濱　淨地相逢出世塵

縱惜金蘭千里隔但憐萍梗一時親

飛鴻影入墨池落游霧色從彩筆新

詩賦百篇誰得似風流不讓謫仙人

疊和山岊文淵　　成大中

嶙峋石堞壓湖濱先導皇華雨灑塵

古寺池塘春自好異方魚鳥日相親

長天旅恨鴻聲咽別浦歸心草色新

數紙清詩猶宿面碧雲停處更思人

奉呈奉事元君

山㟝藏

使臣含命出詞曹滄海朝雲照節旄
霞饒豐城迎劍佩風生碣石捲波濤
忽驚津上蒼龍動象見斗間紫氣高
聖澤從來多雨露山川跂涉豈辭勞

和文淵

元重舉

昌平館裏集仙曹詞藻翩々耀北旄
文彩縱橫驚陣馬風流煥發湧層濤

篇中已識聰明到　席上篝看想意高

行子傷心春艸色五更罏燭夢長勞

　再和玄川元君　　　山岼藏

春風二月滿東曹佳氣氤氳迎白旄

華盡傾來論舊故彩毫揮處捲洪濤

詩傳鄭雪千年色才壓酇臺八斗高

知是延陵修聘日問風異域來言勞

　　疊和文淵　　　元重舉

詞源鄴下盛劉曹墨壘春光映繡旌

椽筆正凌三島撐雲帆欲駕五湖濤

東風水國魚兒出寒食樓臺燕子高

遠客正愁裏龍作寒床微誦獨賢勞

　　　　　　　　　　山岊藏

奉呈進士金君

萬里扶桑大海東星槎縹渺度長空

彩霞晴起金城外玉佩聲清翠殿中

傾蓋翩翩投下調承恩何幸接高風

毫端緝俠情難罄共喜殊方書軌同

和文淵

金仁謙

滇海茫洋我棹東扶桑万里水雲空

颯零萍梗咸池外罷絡烟霧錦橐中

傍水華筵開古寺近簾飛燕語春風

明朝蹄馬箱湖路怊悵離愁與子同

再和退石金君

山岬藏

曾聞紫氣度關東相遇仙標名不空

高節將凌烟霧外交情可識談笑中
何須十日平原飮欲問千年箕子風
非是聘来修舊好瓊筵爭得整時同

疊和文淵　　　金仁謙

吾家遠在錦湖東數棟茅廬四壁空
身臥琴書松菊内詩成蟲鳥水雲中
雞林笑別山間友靖域来觀稷下風
春雨坌沙圖一會騷壇旗鼓九人同

席上呈學士書記各座下

　山岫藏

槎掉慶星津天涯勞使臣鄉心常入
夢客裡空餘春興域元血友高堂定
有親白雲千里外歸思雨中新

　和文淵

　　南玉

虛舟繫攬津好返出疆臣衣潤三山
雨帆輕萬里春洽途尋慣見殊域別

交親南國血黃鳥啼應到日新

同　　　　　　　　　　　成大中

使星侵析津窮海滯王臣舟楫還經
思親只許歸裝裏靈苗滿篋新
歲鶯花又度春傾葵常戀主懷橘倍

同　　　　　　　　　　　元重舉

舟楫歸滄津烟霞屬漢臣星橫箱嶺
夜天入武州春海外淳風古寰中吉

士親骰勤玄志學踈雨杏花新

同　　　　　　　　　　　金仁謙

維舟折木津投幣謝波臣踈雨蜻蜓

國微風橘柚春論心還莫逆傾蓋已

相親來日西歸路那堪別意新

送別秋月南君　　　　山岈藏

相逢豈是世中情千古詩盟風月清

不識高堂分手後何時得聽玉珂聲

和山岾文淵　　南玉

語燕飛花空復情詩人帰後佛樓清
前霄別恨知多少留得庭柯聽雨聲

再用前韻呈秋月君　　山岾藏

異域風烟不耐情桃花三月錦流清
帰惟從是指天外好向浮雲數寄聲

疊和文淵　　南玉

故人於此未忘情南浦雲橫片月清

130

幽鳥欲遷〻不得隔林啼送兩三聲

文淵客中值其萱堂晬辰遙致壽

喜疊前韻以奉　　　南玉

瑤桃手折憑歸使曉聽林鵙反哺聲

遊子春深懷橘情晬辰遙望婺輝清

送別龍淵君　　　山岬藏

忽傾華蓋忽分襟何堪離堂別恨深

從是天涯相思切白雲明月自無心

和山岾文淵　　　　　成大中

仲宣樓上更開襟直北春光匝海深
万里論交山岾氏詩中應識欲歸心

词客風流偶溨襟難何今夜別愁深
帰来長白山頭月正是相思一片心

再依原韻呈龍淵君　　山岾藏
　　　　　　　　　　成大中

疊和文淵
春月娟々照客襟百花叢裏一庭深

西海卅色年々綠留得詩簡惜別心

文淵離親遠遊值其晬辰不得歸

遙為献壽為感其意疊和贈之

　　　　　　　　咸大中

寸卅春輝游子襟萱陰遙搖北堂深

陸卿懷橘還餘事宜識詹生遠學心

送別玄川君

　　　　　山岈藏

高樓夢囘大刀頭歸思乾坤繋客舟

莫怪巴歌數相羨千年此會正悠々

和文淵

鏡裡朝驚白半頭重滇還欲尚征舟
　　　　　　　　　元重擧

賓鴻更落三聲淚楊柳枝頭歲月悠

再依前韻呈玄川君　山岾藏

日浮東海六鰲頭月載西滇黃鶴舟

別後青塵何處寄千山萬水共悠々

送別退石君　　山岾戯

明朝分袂山海殊天外向誰問有無

別後詩篇君莫吝玉函山上白雲孤

　　和文淵　　　　　　　　金仁謙

莫嬈冠服語言殊異域知音古亦無

斗北天南雲萬里可堪離雁月中孤

用前韻再送退石君　山岼藏

車轍萬邦道弗殊文書今古豈何無

使臣能為勞跋涉鄰好千年得不孤

【영인자료】

韓館唱和續集

여기서부터 영인본을 인쇄한 부분입니다. 이 부분부터 보시기 바랍니다.

조선후기 통신사 필담창화집
번역총서를 간행하면서

20세기 초까지 한자(漢字)는 동아시아 사회의 공동문자였다. 국경의 벽이 높아서 사신 외에는 국제적인 교류가 불가능했지만, 문자를 통한 교류는 활발했다. 중국에서 간행된 한문 전적이 이천년 동안 계속 한국과 일본을 비롯한 주변 나라에 전파되었으며, 사신의 수행원들은 상대방 나라의 말을 못해도 상대방 문인들에게 한시(漢詩)를 창화(唱和)하여 감정을 전달하거나 필담(筆談)을 하며 의사를 소통했다.

동아시아 삼국이 얽혀 싸웠던 임진왜란이 7년 만에 끝난 뒤, 조선에 군대를 파견하였던 중국과 일본은 각기 왕조와 정권이 바뀌었다. 중국에는 이민족인 청나라가 건국되고 일본에는 도쿠가와 막부가 세워졌다. 조선과 일본은 강화회담이 결실을 맺어 포로도 쇄환하고 장군이 계승할 때마다 통신사를 파견하여 외교를 회복했지만, 청나라와에도 막부는 끝내 외교를 회복하지 못하고 단절상태가 계속되었다. 일본은 조선을 통해서 대륙문화를 받아들일 수밖에 없었고, 그 방법 중 하나가 바로 통신사를 초청할 때 시인, 화가, 의원 등의 각 분야 전문가를 초청하는 것이었다.

오백 명 규모의 문화사절단 통신사

연암 박지원은 천재시인 이언진(李彦瑱, 1740~1766)이 11차 통신사 수행원으로 일본에 다녀온 지 2년 만에 세상을 뜨자, 이를 애석히 여겨 「우상전」을 지었다. 그 첫머리에 일본이 조선에 다양한 전문가들로 구성된 문화사절단을 파견해 달라고 요청한 사연이 실려 있다.

일본의 관백(關白)이 새로 정권을 잡자, 그는 저축을 늘리고 건물을 수리했으며, 선박을 손질하고 속국의 각 섬들에서 기재(奇才) · 검객(劍客) · 궤기(詭技) · 음교(淫巧) · 서화(書畵) · 여러 분야의 인물들을 샅샅이 긁어내어, 서울로 모아들여 훈련시키고 계획을 갖추었다. 그런 지 몇 달 뒤에야 우리나라에 사신을 파견해 달라고 요청하였는데, 마치 상국(上國)의 조명(詔命)을 기다리는 것처럼 공손하였다.

그러자 우리 조정에서는 문신 가운데 3품 이하를 골라 뽑아서 삼사(三使)를 갖추어 보냈다. 이들을 수행하는 사람들도 모두 말 잘하고 많이 아는 자들이었다. 천문 · 지리 · 산수 · 점술 · 의술 · 관상 · 무력으로부터 퉁소 잘 부는 사람, 술 잘 마시는 사람, 장기나 바둑 잘 두는 사람, 말을 잘 타거나 활을 잘 쏘는 사람에 이르기까지, 한 가지 기술로 나라 안에서 이름난 사람들은 모두 함께 따라가게 되었다. 그런데 이들 가운데서도 문장과 서화를 가장 중요하게 여기지 않을 수가 없었다. 왜냐하면 그들은 조선 사람의 작품 가운데 한 글자만 얻어도 양식을 싸지 않고 천 리 길을 갈 수 있기 때문이었다.

도쿠가와 이에하루(德川家治)가 쇼군을 계승하자 일본 각 분야의 대표적인 인물들을 에도로 불러들여 조선 사절단 맞을 준비를 시킨 뒤, "마치 상국의 조서를 기다리는 것처럼 공손하게" 조선에 통신사를 요청하였다. 중국과 공식적인 외교가 단절되었으므로, 대륙문화를 받아들이기 위해 조선을 상국같이 모신 것이다. 사무라이 국가 일본에는 과거제도가 없기 때문에 한문학을 직업삼아 평생 파고든 지식인들이 적어서, 일본인들은 조선 문인의 문장과 서화를 보물같이 여겼다.

조선에서도 국위를 선양하기 위해 여러 분야의 문화 전문가들을 선발하여 파견했는데, 『계림창화집(鷄林唱和集)』이 출판된 8차 통신사(1711년) 때에는 500명을 파견했다. 당시 쓰시마에서 에도까지 왕복하는 동안 일본인들이 숙소마다 찾아와 필담을 나누거나 한시를 주고받았는데, 필담집이나 창화집은 곧바로 출판되어 널리 읽혔다. 필담 창화에 참여한 일본 지식인은 대륙의 새로운 지식을 얻었을 뿐만 아니라, 일본 사회에서 전문가로서의 위상도 획득하였다.

8차 통신사 때에 출판된 필담 창화집은 현재 9종이 확인되었으며, 필담 창화에 참여한 일본 문인은 250여 명이나 된다. 이는 7차까지 출판된 필담 창화집을 모두 합한 것보다 훨씬 많은 수인데, 통신사 파견이 100년 가까이 되자 일본에서도 한문학 지식인 계층이 두터워졌음을 알 수 있다. 8차 통신사에 참여한 일행 가운데 2명은 기행문을 남겼는데, 부사 임수간(任守幹)이 기록한 『동사록(東槎錄)』이나 역관 김현문(金顯門)이 기록한 또 하나의 『동사록』이 조선에 돌아와 남에게 보여주기 위해 일방적으로 쓴 글이라면, 필담 창화집은 일본에서 조선과 일본의 지식인들이 마주앉아 함께 기록한 글이다. 그러기에 타인의 눈을 통해 자신의 모습을 객관적으로 볼 수 있다.

16권 16책의 방대한 분량으로 다양한 주제를 정리한 『계림창화집』

에도막부 초기의 일본 지식인은 주로 승려였기에, 당연히 승려들이 통신사를 접대하고, 필담에 참여하였다. 그 다음으로 유자(儒者)들이 있었는데, 로널드 토비는 이들을 조선의 유학자와 비교해 "일본의 유학자는 국가에 이용가치를 인정받은 일종의 전문 지식인에 지나지 않았다"고 규정하였다. 그 가운데 상당수는 의원이었으므로 흔히 유의(儒醫)라고 하는데, 한문으로 된 의서를 읽다보니 유학에도 관심을 가지게 된 것이다. 이노 작스이(稻生若水)가 물고기 한 마리를 가지고 제술관 이현과 서기 홍순연 일행을 찾아가서 필담을 나눈 기록이『계림창화집』권5에 실려 있다.

> 이 현 : 이 물고기는 우리나라의 송어입니다. 조령의 동남 지방에 많이 있어, 아주 귀하지는 않습니다.
>
> 홍순연 : 이 물고기는 우리나라의 농어와 매우 닮았습니다. 귀국에도 농어가 있는지 모르겠지만, 이것과 같지 않습니까? 농어가 아니라면 내가 아는 물고기가 아닙니다.
>
> 남성중 : 이 물고기는 우리나라 송어입니다. 연어와 성질이 같으나 몸집이 작으며, 우리나라 동해에서 납니다. 7~8월 사이에 바다에서 떼를 지어 강으로 올라가는데, 몸이 바위에 갈려 비늘이 다 떨어져 나가 죽기까지 하니 그 성질을 모르겠습니다.

그는 일본산 물고기의 습성을 자세히 설명하고 조선에도 있는지 물었지만, 조선 문인들은 이 방면의 전문가들이 아니어서 이름 정도나

추정했을 뿐이다. 홍순연은 농어라고 엉뚱하게 대답하기까지 하였다. 조선 문인이라면 모든 것을 알 수 있을 것이라고 기대했기에 생긴 결과인데, 아직 의학필담으로 분화되기 이전의 형태다. 이 필담 말미에 이노 작스이는 이런 기록을 덧붙여 마무리했다.

> 『동의보감』을 살펴보니 "송어는 성질이 태평하고 맛이 달며 독이 없다. 맛이 진기하고 살지다. 색은 붉으면서 선명하다. 소나무 마디 같아서 이름이 송어이다. 동북쪽 바다에서 난다"고 하였다. 지금 남성중의 대답에 『동의보감』의 설명을 참고하니, '鮭'은 송어와 같은 것이다. 그러나 '송어'라는 이름은 조선의 방언이지, 중화에서 부르는 이름이 아니다. 『팔민통지(八閩通志)』(줄임) 『해징현지(海澄縣志)』 등의 책에 모두 송어가 실려 있으나, 모습이 이것과 매우 다르다. 다른 종류인데, 이름이 같을 뿐이다.

기록에서 보듯, 이노 작스이는 다수의 의견에 따라 이 물고기를 '송어'라고 추정한 후, 비교적 자세한 남성중의 대답과 『동의보감』의 기록을 비교하여 '송어'로 결론 내렸다. 그런 뒤에 조선의 '송어'가 중국의 송어와 같은 것인지 확인하기 위해 중국의 여러 지방지를 조사한 후, '송어'는 정확한 명칭이 아니라 그저 조선의 방언인 것으로 결론지었다. 양의(良醫) 기두문(奇斗文)에게는 약초를 가지고 가서 필담을 시도하였다.

> 稻生若水 : 이 나뭇잎은 세 개의 뾰족한 끝이 있고 겨울에 시들지 않으며, 봄에 가느다란 꽃이 핍니다. 열매의 크기는 대두만하고, 모여서 둥글게 공처럼 되며, 생길 때는 파랗고, 익으면 자흑색이 됩니다. 나무

에 진액이 있어 엉기면 향이 나고, 색이 붉습니다. 이름은 선인장 나무
입니다. (줄임)

　기두문 : 이것이 진짜 백부자(白附子)입니다.

　제술관이나 서기들이 경험에 의존해 대답한 것과 달리, 기두문은
의원이었으므로 자신의 지식을 바탕으로 확실하게 대답하였다. 구지
현박사의 연구에 의하면 이노 작스이는 『서물류찬(庶物類纂)』이라는
박물지를 편찬하기 위해 방대한 자료를 수집·고증하고 있었는데, 문
화 선진국 조선의 문인에게 서문을 부탁하여, 제술관 이현이 써 주었
다. 1,054권이나 되는 일본 최대의 백과사전에 조선 문인이 서문을 써
주어 권위를 얻게 된 것이다.

출판사 주인이 상업적인 출판을 위해 직접 필담에 참여하다

　초기의 필담 창화집은 일본의 시인, 유학자, 의원 등 전문 지식인이
번주(藩主)의 명령이나 자신의 정보욕, 명예욕에 따라 필담에 나선 결
과물이지만, 『계림창화집』 16권 16책은 출판사 주인이 직접 전국 각
지역에서 발생한 필담 창화 원고들을 수집하여 출판한 것이다. 따라
서 필담 창화 인원도 수십 명에 이르며, 많은 자본을 들여서 출판하였
다. 막부(幕府)의 어용 서적을 공급하던 게이분칸(奎文館) 주인 세오겐
베이(瀨尾源兵衛, 1691~1728)가 21세 청년의 몸으로 교토지역 필담에 참
여해 『계림창화집』 권6을 편집하고, 다른 지역의 필담 창화 원고까지
모두 수집해 16권 16책을 출판했을 뿐 아니라, 여기에 빠진 원고들까

지 수집해『칠가창화집(七家唱和集)』10권 10책을 출판하였다.

　『칠가창화집』은『계림창화속집』이라고도 불렸는데, 7차 사행 때의 최대 필담 창화집인『화한창수집(和韓唱酬集)』4권 7책의 갑절 규모에 해당한다. 규모가 이러하니 자본 또한 막대하게 소요되어, 고쇼모노도코로(御書物所)인 이즈모지 이즈미노조(出雲寺 和泉掾) 쇼하쿠도(松栢堂)와 공동 투자하여 출판하였다. 게이분칸(奎文館)에서는 9차 사행 때에도『상한창화훈지집(桑韓唱和塤篪集)』11권 11책을 출판하여, 세오겐베이(瀬尾源兵衛)는 29세에 이미 대표적인 출판업자로 자리매김하게 되었다. 그러나 안타깝게도 38세에 세상을 떠나, 더 이상의 거질 필담창화집은 간행되지 못했다.

필담창화집 178책을 수집하여 원문을 입력하고 번역한 결과물

　나는 조선시대 한문학 연구가 조선 국경 안의 한문학만이 아니라 국경 너머를 오가며 외국인들과 주고받은 한자 기록물까지 연구해야 한다는 생각으로, 첫 번째 박사논문을 지도하면서 '통신사 필담창화집'을 과제로 주었다. 구지현 선생은 1763년에 파견된 11차 통신사 구성원들이 기록한 사행록 9종과 필담창화집 30종을 수집하여 분석했는데, 박사학위를 받은 뒤에도 필담창화집을 계속 수집하여 2008년 한국학술진흥재단의 토대연구에『조선후기 통신사 필담창수집의 수집, 번역 및 데이터베이스 구축』이라는 과제를 신청하였다. 이 과제를 진행하면서 우리 팀에서 수집한 필담창화집 178책의 목록과, 우리가 예상한 작업진도 및 번역 분량은 다음과 같다.

1) 1차년도(2008. 7.~2009. 6.) : 1607년(1차 사행)에서 1711년(8차 사행)까지

연번	필담창화집 책 제목	면 수	1면 당 행수	1행 당 글자 수	예상되는 원문 글자 수
001	朝鮮筆談集	44	8	15	5,280
002	朝鮮三官使酬和	24	23	9	4,968
003	和韓唱酬集首	74	10	14	10,360
004	和韓唱酬集一	152	10	14	21,280
005	和韓唱酬集二	130	10	14	18,200
006	和韓唱酬集三	90	10	14	12,600
007	和韓唱酬集四	53	10	14	7,420
008	和韓唱酬集(결본)				
009	韓使手口錄	94	10	21	19,740
010	朝鮮人筆談幷贈答詩(國圖本)	24	10	19	4,560
011	朝鮮人筆談幷贈答詩(東京都立本)	78	10	18	14,040
012	任處士筆語	55	10	19	10,450
013	水戶公朝鮮人贈答集	65	9	20	11,700
014	西山遺事附朝鮮使書簡	48	9	16	6,912
015	木下順菴稿	59	7	10	4,130
016	鷄林唱和集1	96	9	18	15,552
017	鷄林唱和集2	102	9	18	16,524
018	鷄林唱和集3	128	9	18	20,736
019	鷄林唱和集4	122	9	18	19,764
020	鷄林唱和集5	110	9	18	17,820
021	鷄林唱和集6	115	9	18	18,630
022	鷄林唱和集7	104	9	18	16,848
023	鷄林唱和集8	129	9	18	20,898
024	觀樂筆談	49	9	16	7,056
025	廣陵問槎錄上	72	7	20	10,080
026	廣陵問槎錄下	64	7	19	8,512
027	問槎二種上	84	7	19	11,172

028	問槎二種中	50	7	19	6,650
029	問槎二種下	73	7	19	9,709
030	尾陽倡和錄	50	8	14	5,600
031	槎客通筒集	140	10	17	23,800
032	桑韓醫談	88	9	18	14,256
033	辛卯唱酬詩	26	7	11	2,002
034	辛卯韓客贈答	118	8	16	15,104
035	辛卯和韓唱酬	70	10	20	14,000
036	兩東唱和錄上	56	10	20	11,200
037	兩東唱和錄下	60	10	20	12,000
038	兩東唱和後錄	42	10	20	8,400
039	正德韓槎諭禮	16	10	18	2,880
040	朝鮮客館詩文稿(내용 중복)	0	0	0	0
041	坐間筆語附江關筆談	44	10	20	8,800
042	七家唱和集－班荊集	74	9	18	11,988
043	七家唱和集－正德和韓集	89	9	18	14,418
044	七家唱和集－支機閒談	74	9	18	11,988
045	七家唱和集－朝鮮客館詩文稿	48	9	18	7,776
046	七家唱和集－桑韓唱酬集	20	9	18	3,240
047	七家唱和集－桑韓唱和集	54	9	18	8,748
048	七家唱和集－賓館縞紵集	83	9	18	13,446
049	韓客贈答別集	222	9	19	37,962
예상 총 글자수					589,839
1차년도 예상 번역 매수 (200자원고지)					약 8,900매

2) 2차년도(2009. 7.~2010. 6.) : 1719년(9차 사행)에서 1748년(10차 사행)까지

연번	필담창화집 책 제목	면수	1면 당 행수	1행 당 글자 수	예상되는 원문 글자 수
050	客館璀璨集	50	9	18	8,100
051	蓬島遺珠	54	9	18	8,748
052	三林韓客唱和集	140	9	19	23,940
053	桑韓星槎餘響	47	9	18	7,614

054	桑韓星槎答響	106	9	18	17,172
055	桑韓唱酬集1권	43	9	20	7,740
056	桑韓唱酬集2권	38	9	20	6,840
057	桑韓唱酬集3권	46	9	20	8,280
058	桑韓唱和塤篪集1권	42	10	20	8,400
059	桑韓唱和塤篪集2권	62	10	20	12,400
060	桑韓唱和塤篪集3권	49	10	20	9,800
061	桑韓唱和塤篪集4권	42	10	20	8,400
062	桑韓唱和塤篪集5권	52	10	20	10,400
063	桑韓唱和塤篪集6권	83	10	20	16,600
064	桑韓唱和塤篪集7권	66	10	20	13,200
065	桑韓唱和塤篪集8권	52	10	20	10,400
066	桑韓唱和塤篪集9권	63	10	20	12,600
067	桑韓唱和塤篪集10권	56	10	20	11,200
068	桑韓唱和塤篪集11권	35	10	20	7,000
069	信陽山人韓館倡和稿	40	9	19	6,840
070	兩關唱和集1권	44	9	20	7,920
071	兩關唱和集2권	56	9	20	10,080
072	朝鮮人對詩集1권	160	8	19	24,320
073	朝鮮人對詩集2권	186	8	19	28,272
074	韓客唱和/浪華唱和合章	86	6	12	6,192
075	和韓唱和	100	9	20	18,000
076	來庭集	77	10	20	15,400
077	對麗筆語	34	10	20	6,800
078	鳴海驛唱和	96	7	18	12,096
079	蓬左賓館集	14	10	18	2,520
080	蓬左賓館唱和	10	10	18	1,800
081	桑韓醫問答	84	9	17	12,852
082	桑韓鏘鏗錄1권	40	10	20	8,000
083	桑韓鏘鏗錄2권	43	10	20	8,600
084	桑韓鏘鏗錄3권	36	10	20	7,200
085	桑韓萍梗錄	30	8	17	4,080
086	善隣風雅1권	80	10	20	16,000
087	善隣風雅2권	74	10	20	14,800
088	善隣風雅後篇1권	80	9	20	14,400

089	善隣風雅後篇2권	74	9	20	13,320
090	星軺餘矗	42	9	16	6,048
091	兩東筆語1권	70	9	20	12,600
092	兩東筆語2권	51	9	20	9,180
093	兩東筆語3권	49	9	20	8,820
094	延享五年韓人唱和集1권	10	10	18	1,800
095	延享五年韓人唱和集2권	10	10	18	1,800
096	延享五年韓人唱和集3권	22	10	18	3,960
097	延享韓使唱和	46	8	14	5,152
098	牛窓錄	22	10	21	4,620
099	林家韓館贈答1권	38	10	20	7,600
100	林家韓館贈答2권	32	10	20	6,400
101	長門戊辰問槎상권	50	10	20	10,000
102	長門戊辰問槎중권	51	10	20	10,200
103	長門戊辰問槎하권	20	10	20	4,000
104	丁卯酬和集	50	20	30	30,000
105	朝鮮筆談(元丈)	127	10	18	22,860
106	朝鮮筆談1권(河村春恒)	44	12	20	10,560
107	朝鮮筆談1권(河村春恒)	49	12	20	11,760
108	韓客對話贈答	44	10	16	7,040
109	韓客筆譚	91	8	18	13,104
110	韓人唱和詩	16	14	21	4,704
111	韓人唱和詩集1권	14	7	18	1,764
112	韓人唱和詩集1권	12	7	18	1,512
113	和韓文會	86	9	20	15,480
114	和韓唱和錄1권	68	9	20	12,240
115	和韓唱和錄2권	52	9	20	9,360
116	和韓唱和附錄	80	9	20	14,400
117	和韓筆談薰風編1권	78	9	20	14,040
118	和韓筆談薰風編2권	52	9	20	9,360
119	鴻臚傾蓋集	28	9	20	5,040
예상 총 글자수					723,730
2차년도 예상 번역 매수 (200자원고지)					약 10,850매

3) 3차년도(2010. 7.~ 2011. 6.) : 1763년(11차 사행)에서 1811년(12차 사행)까지

연번	필담창화집 책 제목	면수	1면당 행수	1행당 글자수	예상되는 원문 글자수
120	歌芝照乘	26	10	20	5,200
121	甲申槎客萍水集	210	9	18	34,020
122	甲申接槎錄	56	9	14	7,056
123	甲申韓人唱和歸國1권	72	8	20	11,520
124	甲申韓人唱和歸國2권	47	8	20	7,520
125	客館唱和	58	10	18	10,440
126	鷄壇嚶鳴 간본 부분	62	10	20	12,400
127	鷄壇嚶鳴 필사부분	82	8	16	10,496
128	奇事風聞	12	10	18	2,160
129	南宮先生講餘獨覽	50	9	20	9,000
130	東渡筆談	80	10	20	16,000
131	東槎餘談	104	10	21	21,840
132	東游篇	102	10	20	20,400
133	問槎餘響1권	60	9	20	10,800
134	問槎餘響2권	46	9	20	8,280
135	問佩集	54	9	20	9,720
136	賓館唱和集	42	7	13	3,822
137	三世唱和	23	15	17	5,865
138	桑韓筆語	78	11	22	18,876
139	松菴筆語	50	11	24	13,200
140	殊服同調集	62	10	20	12,400
141	快快餘響	136	8	22	23,936
142	兩東鬪語乾	59	10	20	11,800
143	兩東鬪語坤	121	10	20	24,200
144	兩好餘話상권	62	9	22	12,276
145	兩好餘話하권	50	9	22	9,900
146	倭韓醫談(刊本)	96	9	16	13,824
147	倭韓醫談(寫本)	63	12	20	15,120
148	栗齋探勝草1권	48	9	17	7,344
149	栗齋探勝草2권	50	9	17	7,650
150	長門癸甲問槎1권	66	11	22	15,972

151	長門癸甲問槎2권	62	11	22	15,004
152	長門癸甲問槎3권	80	11	22	19,360
153	長門癸甲問槎4권	54	11	22	13,068
154	萍遇錄	68	12	17	13,872
155	品川一燈	41	10	20	8,200
156	表海英華	54	10	20	10,800
157	河梁雅契	38	10	20	7,600
158	和韓醫談	60	10	20	12,000
159	韓客人相筆話	80	10	20	16,000
160	韓館應酬錄	45	10	20	9,000
161	韓館唱和1권	92	8	14	10,304
162	韓館唱和2권	78	8	14	8,736
163	韓館唱和3권	67	8	14	7,504
164	韓館唱和續集1권	180	8	14	20,160
165	韓館唱和續集2권	182	8	14	20,384
166	韓館唱和續集3권	110	8	14	12,320
167	韓館唱和別集	56	8	14	6,272
168	鴻臚摭華	112	10	12	13,440
169	鷄林情盟	63	10	20	12,600
170	對禮餘藻	90	10	20	18,000
171	對禮餘藻(明遠館叢書 57)	123	10	20	24,600
172	對禮餘藻(明遠館叢書 58)	132	10	20	26,400
173	三劉先生詩文	58	10	20	11,600
174	辛未和韓唱酬錄	80	13	19	19,760
175	接鮮瘖語(寫本)1	102	10	20	20,400
176	接鮮瘖語(寫本)2	110	11	21	25,410
177	精里筆談	17	10	20	3,400
178	中興五侯詠	42	9	20	7,560
예상 총 글자수					786,791
3차년도 예상 번역 매수 (200자원고지)					약 11,800매

1차년도에는 하우봉(전북대) 교수와 유경미(일본 나가사키국립대학) 교수를 공동연구원으로 하여 고운기, 구지현, 김형태, 허은주, 김용흠 박

사가 전임연구원으로 번역에 참여하였다. 3년 동안 기태완, 이지양, 진영미, 김유경, 김정신, 강지희 박사가 연구원으로 교체되어, 결국 35,000매나 되는 번역원고를 마무리하였다.

일본식 한문이 중국식 한문과 달라서 특히 인명이나 지명 번역이 힘들었는데, 번역문에서는 독자들이 읽기 쉽도록 한국식 한자음으로 표기하고, 첫 번째 각주에서만 일본식 한자음을 표기하였다. 원문을 표점 입력하는 방법은 고전번역원에서 채택한 방법을 권장했지만, 번역자마다 한문을 교육받고 번역해온 과정이 다르기 때문에 재량을 인정하였다. 원본 상태를 확인하려는 연구자를 위해 영인본을 뒤에 편집하였는데, 모두 국내외 소장처의 사용 승인을 받았다.

원문과 번역문을 합하여 200자원고지 5만 매 분량의『조선후기 통신사 필담창화집 번역총서』를 12,000면의 이미지와 함께 편집하고 4차에 나누어 10책씩 출판하는 과정이 복잡하고 힘들었기에, 연세대학교 정갑영 총장에게 편집비 지원을 신청하였다.『조선후기 통신사 필담창수집 번역본 30권 편집』정책연구비(2012-1-0332)를 지원해주신 정갑영 총장에게 감사드린다.

『조선후기 통신사 필담창화집 번역총서』를 편집하는 과정에 문화재청으로부터『통신사기록 조사 및 번역, 데이터베이스 구축』연구용역을 발주받게 되어, 필담창화집을 비롯한 통신사 관련 기록을 세계기록유산으로 등재하는 작업에 참여하게 된 것도 기쁜 일이다. 통신사 관련 기록들이 모두 데이터베이스로 구축되어 국내외 학자들이 한일문화교류, 나아가서는 동아시아문화교류 연구에 손쉽게 참여하게 된다면『통신사 필담창화집 번역총서』의 사명을 다하는 것이라고 생각한다.

 조선후기 통신사가 동아시아 문화교류 연구에 중요한 이유는 임진왜란 이후에 중국(청나라)과 일본의 단절된 외교를 통신사가 간접적으로 이어주었기 때문이다. 통신사 필담창화집 번역총서 60권 출판이 마무리되면 조선후기에 한국(조선)과 중국(청나라) 지식인들이 주고받은 척독집 40여 권도 데이터베이스로 구축하여, 일본에서 조선을 거쳐 청나라로 이어지는 '동아시아 문화교류의 길' 데이터베이스를 국내외 학자들에게 제공하고자 한다.

▌강지희(姜志喜)

1973년 서울 출생.
성균관대학교 한문학과 및 동 대학원 졸업. 문학박사.
민족문화추진회 국역연수원 수료.
현재 퇴계학연구원 전임연구원, 성균관대학교·한림대학교 강사.
논저로는 『매월당 시에 있어서의 내적갈등과 현실인식』, 「퇴계의 '화도집음주이십수'에 나타
난 도연명 수용 양상」, 「조선시대 통신사들의 포은 정몽주 인식」, 「조선시대 관료문인의 시에
나타난 이은관의 실제」 등이 있고, 역서로는 『국역 당시삼백수』(공역), 『조선인필담병증답시』,
『선린풍아·우창록』 등이 있다.

조선후기 통신사 필담창화집 번역총서 38
韓館唱和續集

2017년 6월 23일 초판 1쇄 펴냄

역　자 강지희
발행인 김흥국
발행처 도서출판 보고사

등록 1990년 12월 13일 제6-0429호
주소 경기도 파주시 회동길 337-15 2층
전화 02-922-5120~1(편집), 02-922-2246(영업)
팩스 02-922-6990
메일 kanapub3@naver.com
http://www.bogosabooks.co.kr

ISBN　979-11-5516-683-3　94810
　　　　979-11-5516-055-8 (세트)
ⓒ 강지희, 2017

정가 46,000원